Lessen in chemie

boekerij.nl

BONNIE GARMUS

LESSEN IN CHEMIE

Het leven is niet makkelijk voor een vrouwelijke scheikundige in de jaren vijftig. Gelukkig is de briljante Elizabeth niet voor één gat te vangen.

BOEKERIJ

ISBN 978-90-225-9303-5
ISBN 978-94-023-1668-1 (e-book)
ISBN 978-90-528-6465-5 (audio)
NUR 302

Oorspronkelijke titel: *Lessons in Chemistry*
Vertaling: Eefje Bosch
Omslagontwerp: Colin Thomas, bewerkt door Bürosüd
Omslagbeeld: © Colin Thomas
Zetwerk: ZetSpiegel, Best

Voor mijn moeder, Mary Swallow Garmus

1

November 1961

In 1961, toen vrouwen hemdjurken droegen en bij tuinclubs gingen en zonder erbij na te denken legioenen kinderen rondreden in auto's zonder gordels; toen niemand nog wist dat er een jarenzestigbeweging zou komen, laat staan een die in de zestig jaar erna door de deelnemers zou worden opgetekend; toen de wereldoorlogen voorbij waren en de geheime oorlogen net uitbraken en iedereen met een schone lei begon en geloofde dat niets onmogelijk was, stond de dertigjarige moeder van Madeline Zott elke ochtend voor zonsopgang op, en wist ze één ding zeker: haar leven was voorbij.

Ondanks die overtuiging vond ze haar weg naar het lab om de lunch voor haar dochter in te pakken.

Stof tot leren, schreef Elizabeth Zott op een stukje papier, dat ze vervolgens in de broodtrommel van haar dochter deed. Toen stopte ze even, met haar potlood omhoog, alsof ze het heroverwoog. *Doe mee aan sport in de pauze maar laat de jongens niét automatisch winnen*, schreef ze op een ander stukje. Toen stopte ze weer even en tikte met haar potlood op tafel. *Je beeldt het je niet in*, schreef ze op een derde. *De meeste mensen zijn verschrikkelijk.* Ze legde de laatste twee bovenop.

De meeste kleine kinderen kunnen niet lezen, en als ze dat wel kunnen, zijn het meestal woordjes als 'hond' en 'ga'. Maar Madeline las al sinds haar derde en nu, op haar vijfde, was ze al bijna helemaal door Dickens heen.

Madeline was zo'n týpisch kind – zo'n kind dat een Bach-concert kon neuriën maar haar eigen veters niet kon strikken; dat de rotatie van de aarde kon uitleggen maar vastliep bij boter-kaas-en-eieren. En dat was het probleem. Want muzikale wonderkinderen worden altijd opgehemeld, maar vroege lezers niet. En dat komt doordat vroege lezers alleen maar goed zijn in iets waar anderen uiteindelijk ook goed in worden. Daarin de beste zijn is dus niet bijzonder, het is alleen maar irritant.

Madeline begreep dat. Daarom maakte ze er iedere ochtend een punt van om – als haar moeder al weg was en haar oppas Harriet, de buurvrouw, druk bezig was met andere dingen – de briefjes uit de lunchtrommel te halen, ze te lezen, en ze vervolgens weg te stoppen bij alle andere briefjes die ze in een schoenendoos achter in haar kast bewaarde. Eenmaal op school deed ze net alsof ze zoals alle andere kinderen was: zo goed als ongeletterd. Het was voor Madeline van groot belang erbij te horen. En daar had ze onomstotelijk bewijs voor: haar moeder had er nooit bij gehoord en moest je zien wat er van haar terecht was gekomen.

Daar, in het Zuid-Californische stadje Commons, waar het weer overwegend warm was, maar niet te warm, en de lucht overwegend blauw, maar niet te blauw, en de lucht schoon, gewoon omdat de lucht dat toen was, lag ze in bed met haar ogen dicht te wachten. Ze wist dat ze zo zachtjes op haar voorhoofd zou worden gekust, haar lakens voorzichtig zouden worden ingestopt naast haar schouders, er zachtjes 'Pluk de dag' in haar oor zou worden gefluisterd. Vlak daarna zou ze een automotor horen aanslaan, geknerp van banden terwijl de Plymouth achteruit de afrit af reed, een hortende schakeling van zijn achteruit naar zijn één. En dan zou haar chronisch depressieve moeder naar de tv-studio vertrekken waar ze een schort zou omdoen en een set op zou lopen.

Het programma heette *Supper at Six*, en Elizabeth Zott was de onbetwistbare ster.

2

Pine

Elizabeth Zott, voormalig chemicus, was een vrouw met een vlekkeloze huid en het onmiskenbare gedrag van iemand die niet doorsnee was en dat ook nooit zou worden.

Ze werd, zoals het een echte ster betaamt, ontdekt. Al was er bij Elizabeth geen ijscowinkel mee gemoeid, was ze niet bij toeval gespot op een bankje, niet nét aan de juiste persoon voorgesteld. Nee, het was diefstal – van eten om precies te zijn – die tot haar ontdekking had geleid.

Het was een eenvoudig verhaal: een kind dat Amanda Pine heette en dusdanig van eten hield dat het door sommige therapeuten als significant zou worden beschouwd, at voortdurend de lunch van Madeline op. Dat kwam doordat de lunch van Madeline niet doorsnee was. Terwijl alle andere kinderen op hun boterhammen met jam en pindakaas kauwden, trof Madeline bij het openen van haar lunchtrommel een dikke plak lasagne van de vorige avond aan, met een portie botercourgette, een exotische kiwi in partjes, vijf parelronde cherrytomaatjes, een piepklein Morton-zoutvaatje, twee nog warme chocolate chip cookies en een roodgeruite thermosfles vol ijskoude melk.

Vanwege deze inhoud wilde iedereen de lunch van Madeline hebben, Madeline incluis. Maar Madeline stond hem af aan Amanda omdat vriendschap offers vergt, maar ook omdat Amanda de enige was in de hele school die dat rare kind niet uitlachte, en Madeline wist toen al dat ze dat was.

Pas toen het Elizabeth opviel dat Madelines kleren als slechte gordijnen om haar knokige lijf begonnen te hangen vroeg ze zich af wat er aan de hand was. Volgens haar berekeningen kreeg Madeline dagelijks precies voldoende binnen wat nodig was voor een optimale ontwikkeling, waardoor het gewichtsverlies wetenschappelijk onmogelijk was. Een groeispurt dan? Nee. Groei had ze meegenomen in haar berekeningen. Vroegtijdige eetstoornis? Niet waarschijnlijk. 's Avonds at Madeline als een paard. Leukemie? Zeker niet. Elizabeth was geen paniekvogel – ze was niet het type dat 's nachts wakker lag van het idee dat haar dochter aan een ongeneeslijke ziekte leed. Als wetenschapper zocht ze altijd naar een waarneembare verklaring, en toen ze Amanda Pine ontmoette, met rode vlekken van de *pomodoro*-saus op haar lippen, wist ze dat ze die gevonden had.

'Meneer Pine,' zei Elizabeth, toen ze op een woensdagochtend langs een secretaresse de lokale tv-studio binnenstormde, 'ik ben u al drie dagen aan het bellen, en u hebt nog niet één keer het fatsoen opgebracht om terug te bellen. Ik ben Elizabeth Zott. Ik ben de moeder van Madeline Zott – onze kinderen zitten samen op Woody Elementary – en ik kom u vertellen dat uw dochter onder valse voorwendselen een vriendschap met mijn dochter onderhoudt.' En omdat hij haar beduusd aankeek, zei ze erachteraan: 'Uw dochter eet mijn dochters lunch op.'

'L-lunch?' stamelde Walter Pine, terwijl hij de beeldschone vrouw opnam die voor hem stond en in haar witte labjas een aura van heilig licht uitstraalde, los van één detail: de initialen 'E.Z.', vlak boven het zakje in het rood aangebracht.

'Uw dochter, Amanda,' zei Elizabeth weer op beschuldigende toon, 'eet mijn dochters lunch op. Kennelijk is dat al maanden aan de gang.'

Walter kon alleen maar staren. Ze stond daar, lang en hoekig, haren in de kleur van aangebrande toast met boter naar achteren vastgezet met een potlood, met haar handen in haar zij, haar lippen compromisloos rood, stralende huid, rechte neus. Ze keek hem van bovenaf aan als een legerarts die beoordeelde of het nog zin had hem te redden.

'En het feit dat ze doet alsof ze bevriend is met Madeline om haar lunch te krijgen,' vervolgde ze, 'is gewoonweg verderfelijk.'

'W-wie was u ook alweer?' hakkelde Walter.

'Elizabeth Zott!' blafte ze terug. 'De moeder van Madeline Zott!'

Walter knikte, en probeerde het te plaatsen. Hij was al jarenlang producent van middagprogramma's op tv en bekend met drama. Maar dit? Hij bleef staren. Ze was adembenemend. Ze benam hem letterlijk de adem. Kwam ze soms ergens auditie voor doen?

'Het spijt me,' zei hij uiteindelijk. 'Maar alle verpleegstersrollen zijn al vergeven.'

'Pardon?' snauwde ze.

Er viel een lange stilte.

'Amanda Pine,' zei ze nog een keer.

Hij knipperde met zijn ogen. 'Mijn dochter? O,' zei hij, nerveus ineens. 'Wat is er met haar? Bent u arts? Bent u van school?' Hij sprong overeind.

'Godallemachtig, nee,' antwoordde Elizabeth. 'Ik ben chemicus. Ik ben hier helemaal vanuit Hastings in mijn lunchpauze naartoe gekomen omdat u mij niet terugbelt.' En toen hij beduusd bleef kijken lichtte ze het nader toe. 'Het Hastings Research Instituut? Waar Grensverleggend Onderzoek Grenzen Verlegt?' Ze slaakte een zucht bij die nietszeggende slogan. 'Goed, het zit zo: ik doe mijn uiterste best om een voedzame lunch voor Madeline te maken – iets wat u vast en zeker ook probeert voor uw eigen kind.' En toen hij haar wezenloos aan bleef staren, zei ze erachteraan: 'Omdat Amanda's cognitieve en lichamelijke ontwikkeling u ter harte gaat. Omdat u weet dat die ontwikkeling afhankelijk is van een correcte balans van vitaminen en mineralen.'

'Nou weet u, mevrouw Pine is…'

'Ja, dat weet ik. Verdwenen. Ik heb geprobeerd contact met haar op te nemen maar kreeg te horen dat ze in New York woont.'

'We zijn gescheiden.'

'Wat vervelend, maar een scheiding heeft weinig met lunch te maken.'

'Dat lijkt misschien zo, maar…'

'Een man kan wel degelijk een lunch bereiden, meneer Pine. Dat is biologisch gezien niet onmogelijk.'

'Absoluut, inderdaad,' zei hij, morrelend aan een stoel. 'Alstublieft, mevrouw Zott, gaat u toch zitten.'

'Ik heb iets in het cyclotron staan,' zei ze geïrriteerd, met een vlugge blik op haar horloge. 'Begrijpen we elkaar of niet?'

'Cyclo…'

'Subatomische deeltjesversneller.'

Elizabeth keek naar de muren. Die hingen vol ingelijste advertenties voor soapseries en op effect beluste spelletjesprogramma's.

'Mijn werk,' zei Walter, ineens in verlegenheid gebracht door de domheid ervan. 'Misschien hebt u er wel eens een gezien?'

Ze draaide zich terug naar hem. 'Meneer Pine,' zei ze op een wat verzoenender toon. 'Ik vind het jammer dat ik de tijd noch de middelen heb om een lunch voor uw dochter te maken. We weten allebei dat voeding de katalysator is die onze hersenen ontsluit, verbinding brengt in ons gezin en bepalend is voor onze toekomst. En toch...' Ze viel even stil, met toegeknepen ogen bekeek ze een poster van een soapserie met een verpleegster die een patiënt uitzonderlijk veel aandacht gaf. 'Heeft er iemand tijd om het hele land te leren hoe je eten maakt waar je wat aan hebt? Had ik het maar, maar ik heb het niet. U wel?'

Toen ze zich omdraaide om weg te gaan zei Pine, die niet wilde dat ze wegging, noch helemaal begreep wat hij op het punt stond binnen te halen, vlug: 'Wacht, wacht nou even alstublieft. Wat... wat zei u nou daarnet? Iets over het hele land leren hoe je eten maakt waar... waar je wat aan hébt?'

Supper at Six maakte vier weken later zijn debuut. En hoewel Elizabeth niet echt stond te springen bij het idee – ze was chemicus – nam ze de baan aan om de gebruikelijke redenen: het betaalde beter en ze moest een kind onderhouden.

Vanaf de eerste dag dat Elizabeth een schort omdeed en de set op liep, was het duidelijk: ze had 'het', dat ongrijpbare wat het prettig maakte naar haar te kijken. Maar ze had ook diepgang – ze was zo rechtdoorzee, zo nuchter dat niemand goed wist wat hij met haar aan moest. Waar in andere kookprogramma's goedgeluimde koks opgewekt hun sherry achteroversloegen, was Elizabeth Zott serieus. Ze lachte nooit. Ze maakte nooit grapjes. En haar gerechten waren net zo eerlijk en praktisch als zijzelf.

Binnen een half jaar was het programma van Elizabeth een nieuwe belofte. Binnen een jaar een begrip. En binnen twee jaar was duidelijk dat het niet alleen ouders met hun kinderen wist te verbinden, maar ook burgers met hun land. Je zou kunnen stellen dat wanneer Elizabeth Zott klaar was met koken, er een heel volk aan tafel ging.

Zelfs vicepresident Lyndon Johnson keek naar haar programma. 'Wilt u weten wat ik vínd?' vroeg hij om een volhardende journalist af te poeieren. 'Ik vind dat u minder zou moeten schrijven en meer tv zou moeten kijken. Begin eens met *Supper at Six* – die Zott, die weet waar ze het over heeft.'

En dat was ook zo. Je zou Elizabeth Zott nooit horen uitleggen hoe je kleine komkommersandwiches of verfijnde souffleetjes maakt. Haar recepten waren stevig: stoofpotten, ovenschotels, dingen die in grote metalen pannen werden gemaakt. Ze legde de nadruk op de schijf van vijf. Ze geloofde in fatsoenlijke porties. En ze hield vol dat ieder gerecht dat het bereiden waard was het waard was om binnen een uur bereid te worden. Iedere aflevering sloot ze af met dezelfde zin: 'Kinderen, dek de tafel. Jullie moeder heeft even tijd voor zichzelf nodig.'

Maar toen schreef een vooraanstaand journalist een artikel met de titel: 'Waarom we alles slikken wat zij ons voorschotelt' en terloops naar haar verwees als 'Lekkere Lizzie', een bijnaam die, omdat hij zowel toepasselijk als allitererend was, even snel bleef plakken aan haar als aan het papier waar hij op werd afgedrukt. Vanaf die dag werd ze door wildvreemden Lekkertje genoemd, maar haar dochter noemde haar mama, en Madeline begreep al, ook al was ze nog maar een kind, dat haar moeders talenten door die bijnaam werden gebagatelliseerd. Ze was chemicus, geen tv-kok. En Elizabeth, die zich opgelaten voelde tegenover haar enige kind, schaamde zich.

Soms lag Elizabeth 's avonds in bed en vroeg ze zich af hoe het allemaal zo had kunnen lopen in haar leven. Maar dat duurde nooit lang omdat ze het antwoord al wist.

Zijn naam was Calvin Evans.

3

Het Hastings Research Instituut

Tien jaar eerder, januari 1952

Calvin Evans werkte ook bij het Hastings Research Instituut, maar in tegenstelling tot Elizabeth, die in een overvolle omgeving werkte, had hij een groot laboratorium helemaal voor zichzelf.

Gelet op zijn staat van dienst verdiende hij dat laboratorium misschien ook wel. Op zijn negentiende had hij al cruciaal onderzoek gedaan waarmee hij de beroemde Britse scheikundige Frederick Sanger geholpen had de Nobelprijs binnen te slepen; op zijn tweeëntwintigste had hij een snellere manier ontdekt om eenvoudige eiwitten synthetisch te produceren; op zijn vierentwintigste was hij na zijn doorbraak omtrent de reactiviteit van dibenzoselenofeen op de cover van *Chemistry Today* beland. Bovendien had hij zestien wetenschappelijke artikelen op zijn naam staan, uitnodigingen voor tien internationale congressen ontvangen en was hem een beurs voor Harvard aangeboden. Tot twee keer toe. Die hij had afgeslagen. Tot twee keer toe. Deels omdat Harvard jaren eerder zijn toelatingsaanvraag had afgewezen, en deels omdat – nou, eigenlijk was er geen andere reden. Calvin was een briljante man, maar zijn makke was dat hij wrok bleef koesteren.

Naast die wrok stond hij bekend om zijn ongeduld. Zoals zo veel briljante mensen kon Calvin maar niet begrijpen dat niemand anders het snápte. Hij was ook introvert, wat niet echt een makke is, maar wel vaak afstandelijk overkomt. En het ergst van alles was dat hij roeide.

Iedere niet-roeier kan je vertellen dat er aan roeiers geen lol te beleven valt. Dat komt doordat roeiers het altijd alleen maar over roeien willen hebben. Zet twee of meer roeiers bij elkaar en het gesprek gaat van normale onderwerpen zoals werk of het weer geheid over in oeverloos lange verhalen over boten, blaren, riemen, handgrepen, trainingen, inpikken, recovers, uitpikken, riggers, herstelperiodes, rolbankjes, baantempo en of het water echt 'glad' was of niet. Daarna gaat het meestal over wat er misging bij de laatste strijd, wat er mis kan gaan bij de volgende en wiens fout dat was en/of zal zijn. Op een gegeven moment steken de roeiers hun handen uit om eeltplekken te vergelijken. Als je echt pech hebt kan dat worden gevolgd door hoofden die een aantal minuten eerbiedwaardig gebogen blijven terwijl een van hen zijn relaas doet over de perfecte strijd waarin alles soepel ging.

Buiten chemie was roeien het enige waar Calvin echt warm voor liep. Sterker nog, roeien was aanvankelijk de reden waarom Calvin zich bij Harvard had ingeschreven: als je in 1945 roeide voor Harvard, roeide je voor de beste. Of eigenlijk de een-na-beste. De University of Washington was de allerbeste, maar de University of Washington bevond zich in Seattle en Seattle stond bekend om de regen. Calvin had een hekel aan regen. Daarom keek hij wat verder weg – naar het andere Cambridge, dat in Engeland, waarmee hij een van de grootste mythes over wetenschappers ontkrachtte: dat ze goed zijn in onderzoek.

De eerste dag dat Calvin op de Cam roeide regende het. De tweede dag regende het. Derde dag: ook. 'Regent het hier altíjd zo?' klaagde Calvin toen hij en zijn teamgenoten de zware houten boot op hun schouders hesen en naar de steiger sjokten. 'Nee, hoor, nooit,' verzekerden ze hem. 'In Cambridge is het meestal heel zacht.' En toen keken ze elkaar aan als om te bevestigen wat ze al lange tijd vermoedden: dat Amerikanen niet goed snik waren.

Helaas was hij in zijn dategedrag al net zo gestoord – een groot probleem aangezien Calvin dolgraag verliefd wilde worden. In de volle zes jaar die hij in Cambridge doorbracht kreeg hij het voor elkaar om vijf vrouwen mee uit te vragen, en van die vijf stemde er maar een in met een tweede date, en alleen omdat ze hem voor iemand anders hield toen ze de telefoon opnam. Zijn voornaamste probleem was onervarenheid. Hij was net een hond die na jaren proberen een eekhoorn vangt en vervolgens geen flauw benul heeft wat hij ermee aanmoet.

'Hallo, eh...' had hij gezegd, met bonzend hart, klamme handen, een plotseling gat in zijn geheugen toen zijn date de deur opendeed. 'Debbie?'

'Deirdre,' verzuchtte ze, met een blik op haar horloge die de eerste van vele zou worden.

Aan tafel vloog het gesprek heen en weer tussen de moleculaire afbraak van aromatische zuren (Calvin) en welke film er zou draaien (Deirde), en tussen de synthese van non-reactieve eiwitten (Calvin) en of hij van dansen hield (Deirdre), naar is het al zo laat, half negen al, en dat hij de volgende ochtend moest roeien en haar direct naar huis zou brengen (Calvin).

Het behoeft geen betoog dat er na die dates maar weinig seks werd bedreven. Helemaal geen, eigenlijk.

'Hoe kan het nou niet lukken,' zeiden zijn teamgenoten tegen hem. 'Meiden zijn gék op roeiers.' Wat niet waar was. 'En voor een Amerikaan zie je er helemaal niet slecht uit.' Wat ook niet waar was.

Een deel van het probleem was zijn lichaamshouding. Hij was 1,92 meter, slungelig en lang, maar hij helde naar rechts – waarschijnlijk doordat hij altijd bakboord roeide. Maar het grootste probleem was zijn gezicht. Hij had een eenzame blik, als een kind dat zichzelf had moeten opvoeden, met grote grijze ogen, warrig blond haar en paarsige lippen die bijna altijd opgezwollen waren omdat hij er continu op liep te bijten. Zijn gezicht was van het soort dat door deze of gene misschien nietszeggend zou worden genoemd, een ondermaatse compositie die geen blijk gaf van het verlangen of de intelligentie die erachter schuilging, los van één cruciaal onderdeel – zijn tanden – die recht en wit waren, en die het volledige landschap van zijn gelaat goedmaakten als hij glimlachte. Gelukkig liep Calvin, helemaal nadat hij verliefd was geworden op Elizabeth Zott, aan één stuk door te glimlachen.

Ze ontmoetten – of eigenlijk, spraken – elkaar op een dinsdagochtend op het Hastings Research Instituut, het zonnige zuid-Californische particuliere onderzoekscentrum waar Calvin, die in recordtijd was gepromoveerd aan Cambridge en drieënveertig banen aangeboden had gekregen, een aanstelling had geaccepteerd deels om de reputatie, maar vooral om de neerslaggraad. Het regende nauwelijks in Commons. Elizabeth daarentegen had de baan op Hastings aangenomen omdat het de enige was die haar was aangeboden.

Ze stond voor het lab van Calvin Evans en zag een aantal grote waarschuwingsborden hangen:

NIET BINNENKOMEN

EXPERIMENT GAANDE

VERBODEN TOEGANG

BLIJF BUITEN

Toen deed ze de deur open.

'Hallo,' riep ze boven Frank Sinatra uit, die uit een onhandig midden in de ruimte geplaatste stereo schetterde. 'Ik moet degene spreken die hier de leiding heeft.'

Calvin, verbaasd om een stem te horen, stak zijn hoofd achter een grote centrifuge uit.

'Pardon, juffrouw,' riep hij geïrriteerd, met een grote bril om zijn ogen te beschermen tegen wat het ook mocht zijn dat rechts van hem stond te borrelen, 'maar het is hier verboden terrein. Hebt u de borden niet gezien?'

'Zeker wel,' riep Elizabeth terug, die zonder op zijn toon te reageren het lab door liep om de muziek uit te zetten. 'Zo. Nu kunnen we elkaar horen.'

Calvin beet op zijn lip en wees. 'U mag hier niet zijn,' zei hij. 'De bórden.'

'Ja, nou, mij was verteld dat er extra bekerglazen in uw lab stonden en beneden hebben we er te weinig. Hier staat het.' Ze reikte hem een vel papier aan. 'Het is goedgekeurd door de manager voorraadbeheer.'

'Daar weet ik niks van,' zei Calvin met een aandachtige blik op het papier. 'En het spijt me, maar nee. Ik heb alle bekerglazen nodig. Misschien moet ik even met een chemicus van beneden praten. Zeg maar tegen uw baas dat hij me belt.' Hij draaide zich weer naar zijn werk, en zette in het voorbijgaan de stereo weer aan.

Elizabeth verroerde zich niet. 'Wilt u een chemicus spreken? Iemand anders dan míj?' riep ze boven Frank uit.

'Ja,' antwoordde hij. En toen sloeg hij een mildere toon aan. 'Hoor eens, ik weet ook wel dat u er niks aan kunt doen, maar ze moeten geen secretaresse naar boven sturen om het vuile werk voor hen op te knappen. Ik weet dat dit voor u lastig te begrijpen is, maar ik zit midden in iets belangrijks. Alstublieft. Zeg gewoon tegen uw baas dat hij me belt.'

Elizabeth kneep haar ogen samen. Ze moest niets hebben van mensen die aannames maakten gebaseerd op naar haar idee achterhaalde visuele aanwijzingen, en ze moest ook niets hebben van mannen die geloofden dat, zelfs al was ze secretaresse geweest, het feit dat ze secretaresse was betekende dat ze buiten 'Typ dit uit in drievoud' geen andere woorden begreep.

'Wat een toeval,' riep ze terwijl ze recht op een plank afliep en er een grote doos bekerglazen vanaf haalde. 'Ik heb het ook druk.' Toen beende ze naar buiten.

Er werkten meer dan drieduizend mensen op het Hastings Research Instituut – daarom kostte het Calvin een week om haar op te sporen – en toen hij haar uiteindelijk gevonden had, wist ze kennelijk niet meer wie hij was.

'Ja?' vroeg ze. Met een grote beschermbril op die haar ogen groter maakte en grote rubberhandschoenen aan haar handen en onderarmen draaide ze zich om om te zien wie haar lab was binnengekomen.

'Hallo,' zei hij. 'Ik ben het.'

'Ik?' vroeg ze. 'Kunt u iets specifieker zijn?' Ze richtte zich weer op haar werk.

'Ik,' zei Calvin. 'Van vijf verdiepingen hierboven? U hebt mijn bekerglazen meegenomen?'

'U kunt beter even achter dat gordijn gaan staan,' zei ze met een hoofdgebaar naar links. 'We hebben hier vorige week een ongelukje gehad.'

'U bent moeilijk te vinden.'

'Kunt u even wachten?' zei ze. 'Nu ben ík met iets belangrijks bezig.'

Hij wachtte geduldig terwijl ze haar metingen afrondde, notities in haar boek maakte, de testresultaten van de vorige dag opnieuw bekeek, en naar de wc ging.

'Bent u er nog steeds?' vroeg ze toen ze terugkwam. 'Moet u niet aan het werk?'

'Zeker wel.'
'Uw bekerglazen krijgt u niet terug, hoor.'
'Dus u herinnert mij zich nog.'
'Ja. Maar niet met warmte.'
'Ik kwam mijn excuses aanbieden.'
'Hoeft niet.'
'Wat dacht u van een lunch?'
'Nee.'
'Een etentje?'
'Nee.'
'Koffie?'
'Hoor eens,' zei Elizabeth, met haar grote handschoenen in haar zij, 'u moet weten dat u me op mijn zenuwen begint te werken.'
Calvin keek gegeneerd weg. 'Dat spijt me oprecht,' zei hij. 'Ik ga.'

'Was dat nou Calvin Evans?' vroeg een laborant toen hij Calvin zich een weg zag banen door vijftien wetenschappers die elleboog aan elleboog zaten te werken in een ruimte die een kwart besloeg van het privélab van Calvin. 'Wat kwam híj hier doen?'
'Iets onbelangrijks over eigendomsrecht van bekerglazen,' zei Elizabeth.
'Bekerglazen?' Hij aarzelde. 'Wacht even.' Hij pakte een van de nieuwe bekerglazen. 'Die grote doos waarvan u vorige week zei dat u hem had gevonden. Waren die van hém?'
'Ik heb nooit gezegd dat ik bekerglazen heb gevonden. Ik zei dat ik bekerglazen had verkrégen.'
'Van Calvin Evans? Bent u gek geworden?'
'Technisch gezien niet.'
'Zei hij dat u zijn bekerglazen mee mocht nemen?'
'Technisch gezien niet. Maar ik had een formulier.'
'Wat voor formulier? U weet dat dat via mij gaat. U weet dat ik de voorraad bestel.'
'Dat begrijp ik. Maar ik zat al drie maanden te wachten. Ik heb het u vier keer gevraagd, ik heb vijf aanvraagformulieren ingevuld, ik heb dr. Donatti erover gesproken. Eerlijk waar, ik was ten einde raad. Mijn onderzoek valt of staat met die spullen. *Het zijn maar bekerglazen.*'

De laborant deed zijn ogen dicht. 'Hoor eens,' zei hij, terwijl hij ze langzaam weer opendeed als om haar stompzinnigheid te benadrukken. 'Ik loop hier al heel wat langer rond dan u en sommige dingen weet ik gewoon. U weet toch waar Calvin Evans om bekendstaat? Naast chemie?'

'Ja. Om zijn buitensporige hoeveelheid benodigdheden.'

'Nee,' zei hij. 'Hij staat bekend om zijn haatdragendheid. Haatdragendheid!'

'O ja?' vroeg ze, ineens geïnteresseerd.

Elizabeth Zott was ook haatdragend. Al beperkte haar wrok zich vooral tot een patriarchale maatschappij die gestoeld was op het idee dat vrouwen minder waard waren. Minder competent. Minder intelligent. Minder inventief. Een maatschappij die geloofde dat mannen naar hun werk gingen om belangrijke dingen te doen – planeten ontdekken, producten ontwikkelen, wetten maken – en vrouwen thuisbleven om de kinderen op te voeden. Ze wilde geen kinderen – dat wist ze van zichzelf – maar ze wist ook dat veel andere vrouwen wél kinderen én een carrière wilden. En wat was daar mis mee? Niets. Mannen kregen precies hetzelfde.

Ze had laatst iets gelezen over een land waar beide ouders werkten én hun kinderen opvoedden. Waar was dat ook alweer? Zweden? Ze was het even kwijt. Maar de conclusie was dat het heel goed functioneerde. De productiviteit was hoger, gezinnen waren stabieler. Ze zag zichzelf wel voor zich in zo'n maatschappij. Waar ze haar niet altijd automatisch voor secretaresse zouden aanzien, waar ze zich, als ze haar bevindingen in een vergadering presenteerde, niet schrap hoefde te zetten voor de mannen die haar steevast in de rede vielen, of erger nog, met de eer voor haar werk gingen strijken. Elizabeth schudde haar hoofd. Wat gelijkwaardigheid betrof was 1952 een bittere teleurstelling.

'U moet hem uw excuses aanbieden,' drong de laborant aan. 'Als u die verdomde bekerglazen terugbrengt, kruip dan. U hebt ons hele lab in gevaar gebracht, en mij voor schut gezet.'

'Komt heus wel goed,' zei Elizabeth. 'Het zijn maar bekerglazen.'

Maar de volgende ochtend waren de bekerglazen weg, en vervangen door vuile blikken van een paar van haar collega's, die nu ook geloofden dat ze de legendarische wrok van Calvin Evans over hen had uitgeroepen.

Ze probeerde het met hen te bespreken, maar allemaal keken ze haar op hun eigen manier met de nek aan, en toen ze later langs de zitruimte liep hoorde ze datzelfde groepje over haar klagen – dat ze zichzelf zo serieus nam, dat ze zichzelf beter vond dan de rest, dat ze nooit eens met iemand van hen een afspraakje wilde, zelfs niet met de alleenstaande mannen. En dat ze haar doctoraal in organische chemie aan UCLA alleen maar met hard werken bereikt had kunnen hebben – waarbij het woordje 'hard' begeleid werd door onbeschofte gebaren en gespannen lachjes. Wie dacht ze wel niet dat ze was?

'Iemand zou haar eens een lesje moeten leren,' zei er een.

'Zo slim is ze niet eens,' zei een ander.

'Het is een kutwijf,' verklaarde een bekende stem. Haar baas, Donatti.

Elizabeth, gewend aan de eerste woorden maar verbijsterd over de laatste, ging tegen een muur staan, kotsmisselijk. Dit was de tweede keer dat ze zo werd genoemd. De eerste keer – die eerste verschrikkelijke keer – was op UCLA geweest.

Het was bijna twee jaar eerder gebeurd. Ze was een doctoraalkandidaat met nog maar tien dagen tot aan haar afstuderen en zat om negen uur 's avonds nog in het lab, ervan overtuigd dat ze een probleem met het testprotocol had gevonden. Terwijl ze met een pas geslepen HB2-potlood op het papier tikte en nadacht over haar voorgevoel, hoorde ze de deur opengaan.

'Hallo?' riep ze. Ze verwachtte niemand.

'Je bent er nog,' zei een stem zonder verbazing. Haar studiebegeleider.

'O. Dag dr. Meyers,' zei ze toen ze opkeek. 'Inderdaad. Nog even de testprotocollen voor morgen aan het doornemen. Volgens mij heb ik een probleem ontdekt.'

Hij zette de deur iets verder open en kwam binnen. 'Daar heb ik je niet om gevraagd.' Zijn stem klonk gespannen van irritatie. 'Ik had toch gezegd dat alles klaarstond.'

'Dat weet ik,' zei ze. 'Maar ik wilde er nog een laatste blik op werpen.' Die nog-een-laatste-blik-benadering deed Elizabeth niet voor haar eigen lol – ze wist dat ze dat móést doen om haar positie te behouden in het verder uitsluitend mannelijke onderzoeksteam van Meyers. Niet dat zijn onderzoek haar nou zo boeide: het was veilig, helemaal niet vernieuwend. Ondanks een opvallend gebrek aan creativiteit gepaard met een alarmerende afwezigheid van nieuwe ontdekkingen werd Meyers beschouwd als een van de top-DNA-onderzoekers in de Verenigde Staten.

Elizabeth mocht Meyers niet; niemand mocht hem. Behalve misschien op UCLA, waar ze hem hoog hadden zitten omdat de man meer artikelen publiceerde dan wie dan ook in het veld. Meyers' geheim? Hij schreef de artikelen niet zelf – dat deden zijn studenten. Maar hij streek altijd met de volledige eer, soms veranderde hij alleen de titel en hier en daar wat zinnetjes waarna hij het voor een volkomen ander artikel liet doorgaan, en daar kwam hij mee weg want wie leest er nou een wetenschappelijk artikel in zijn geheel? Niemand. En zo werd zijn verzameling artikelen steeds groter, en daarmee ook zijn reputatie.

Naast zijn talent voor overbodige artikelen stond Meyers ook bekend als geilaard. Er zaten maar weinig vrouwen op de wetenschapsafdeling van UCLA, maar de enkele die er waren – voornamelijk secretaresses – werden allemaal het mikpunt van zijn ongevraagde aandacht. Meestal waren ze na een half jaar vertrokken, met een deuk in hun zelfvertrouwen, opgezwollen ogen, zich beroepend op persoonlijke redenen. Maar Elizabeth ging niet weg – dat kon ze niet, ze had dat doctoraal nodig. Daarom onderging ze de dagelijkse vernederingen – de aanrakingen, de schunnige opmerkingen, de ranzige suggesties – terwijl ze wel duidelijk maakte geen interesse te hebben. Tot de dag waarop hij haar bij zich in zijn kantoor riep, zogenaamd om haar toelating tot zijn doctoraalprogramma te bespreken, maar in plaats daarvan schoof hij zijn hand onder haar rok. Woedend trok ze die weg en dreigde hem aan te geven.

'Bij wie dan?' zei hij lachend. Toen waarschuwde hij haar dat er 'geen lol' aan haar te beleven was en gaf haar een tik op haar billen, waarna hij zei dat ze zijn jas uit zijn kantoorkast moest halen, wetend dat ze als ze de deur opendeed ze daar allemaal foto's van topless vrouwen zou zien hangen, sommige op handen en voeten, met een wezenloze blik en een mannenschoen triomfantelijk op hun rug.

'Hier staat het,' zei ze tegen dr. Meyers. 'Stap 99 op pagina 232. De temperatuur. Ik weet vrijwel zeker dat die te hoog is, wat betekent dat het enzym inactief wordt, en de resultaten niet meer kloppen.'

Dr. Meyers keek haar vanaf de deur aan. 'Heb je dit aan iemand anders laten zien?'

'Nee,' zei ze. 'Het viel me zojuist pas op.'

'Dus je hebt Philip er niet over gesproken.' Philip was Meyers' toponderzoeksassistent.

'Nee,' zei ze. 'Hij is net weg. Ik kan hem vast nog wel inhalen...'

'Hoeft niet,' onderbrak hij haar. 'Is er verder nog iemand hier?'

'Niet dat ik weet.'

'Het protocol klopt,' zei hij scherp. 'Jij bent hier niet de expert. Ik wil niet dat je mijn autoriteit in twijfel trekt. En je vertelt dit aan niemand. Begrepen?'

'Ik wilde alleen maar helpen, dr. Meyers.'

Hij keek haar aan, alsof hij afwoog in hoeverre ze dat echt meende. 'En ik heb je hulp nodig,' zei hij. En toen draaide hij zich weer naar de deur en deed hem op slot.

Zijn eerste klap was een mep met vlakke hand waarvan haar hoofd als een goed geraakte boksbal naar links tolde. Geschokt hapte ze naar adem, hervond toen haar evenwicht, met bebloede mond en grote ogen van ongeloof. Hij trok een gezicht alsof hij niet tevreden was over het resultaat, sloeg haar toen opnieuw, en deze keer viel ze van haar kruk af. Meyers was een uit de kluiten gewassen man – ruim 110 kilo – zijn kracht had hij te danken aan massa, niet aan fitheid. Ze lag op de vloer en hij boog zich over haar heen, greep haar bij haar heupen, hees haar overeind als een hijskraan die een natte lading hout optilt, en kwakte haar weer als een lappenpop op de kruk. Toen draaide hij haar om, trapte de kruk weg en smeet haar gezicht en boezem tegen het roestvrijstalen werkblad. 'Niet bewegen, kutwijf,' zei hij terwijl ze lag te worstelen en hij met zijn vlezige vingers onder haar rok graaide.

Elizabeth snakte naar adem, haar mond werd gevuld met de smaak van metaal terwijl hij haar heen en weer schoof, met zijn ene hand haar rok tot aan haar middel omhoogtrok en met zijn andere in de huid aan de binnenkant van haar dijen kneep. Met haar gezicht plat op tafel kreeg ze bijna geen adem, laat staan dat ze kon schreeuwen. Ze trapte woedend naar achteren als een dier in de val, maar haar weigering om mee te werken maakte hem alleen maar woedender.

'Niet tegenstribbelen,' waarschuwde hij, terwijl het zweet van zijn buik op de achterkant van haar benen droop. Maar door al zijn gedraai kwam haar arm weer vrij. 'Niet bewégen,' zei hij dwingend, woedend, toen ze heen en weer draaiend en geschokt naar adem hapte terwijl haar lichaam door zijn pafferige torso als een pannenkoek werd platgedrukt. In een laatste poging haar te laten zien wie er de baas was greep hij haar bij haar haar en gaf er een ruk aan. Toen schoof hij als een slappe dronkenlap bij haar naar binnen, kreunend van genot tot er met een schreeuw van pijn een eind aan kwam.

'Verdomme!' schreeuwde Meyers, en trok zijn gewicht van haar af. 'Jezus, verdomme! Wat was dat?' Hij duwde haar van zich af, beduusd van een plotselinge pijnscheut in zijn zij. Hij keek omlaag naar zijn blubberige middel, probeerde de pijn thuis te brengen, maar zag alleen een klein roze gummetje uit zijn rechterdarmbeen steken. Er zat een dunne ring bloed omheen.

Het HB2-potlood. Met haar vrije hand had Elizabeth het weten te vinden, gepakt en regelrecht in zijn zij geboord. Niet een stukje – helemaal. De scherpgepunte stift, het vriendelijke gele hout, de glimmende gouden band – de volle achttien centimeter versus zijn volle achttien centimeter. En daarmee doorboorde ze niet alleen zijn dikke en dunne darm, maar ook haar academische carrière.

'Studeer jij hier écht?' vroeg de politieagent van de campus nadat dr. Meyers door een ambulance was afgevoerd. 'Studentenpas graag.'

Met gescheurde kleren, trillende handen, en een grote blauwe plek die zich op haar voorhoofd vormde, keek Elizabeth hem ongelovig aan.

'Dat is een normale vraag,' zei de agent. 'Wat heeft een vrouw 's avonds laat nog in een laboratorium te zoeken?'

'Ik ben s-student,' stamelde ze, met een misselijk gevoel. 'Chemie.'

De agent zuchtte alsof hij geen tijd had voor dit soort onzin, en haalde toen een notitieblokje tevoorschijn. 'Vertel me anders maar wat jíj denkt dat er gebeurd is.'

Met een matte, geschrokken stem vertelde Elizabeth hem de details. Hij deed alsof hij alles opschreef, maar toen hij zich omdraaide om tegen een andere agent te zeggen dat hij 'alles onder controle had', zag ze dat het notitieblok leeg was.

'Alstublieft. Ik… ik moet naar een arts.'

Hij klapte zijn notitieblok dicht. 'Wil je een spijtverklaring afleggen?' Toen wierp hij een blik op haar rok alsof de stof alleen al een duidelijke uitnodiging was. 'Je hebt hem gestoken. Het zal beter voor je uitpakken als je laat zien dat je spijt hebt.'

Verwilderd keek ze hem aan. 'U… u begrijpt het verkeerd, agent. Hij viel mij aan. Ik… ik verdedigde mezelf. Ik heb een arts nodig.'

De agent slaakte een zucht. 'Geen spijtverklaring dus?' Hij klikte zijn pen dicht.

Trillend en met haar mond een beetje open keek ze hem aan. Toen keek ze naar haar bovenbeen met de lichtpaarse omtrek van Meyers handafdruk erop. Ze moest haar best doen om niet over te geven.

Toen ze opkeek zag ze hem nog net op zijn horloge kijken. Die kleine beweging was de druppel. Ze griste haar studentenpas uit zijn hand. 'Ja, agent,' zei ze, met een stem zo strakgespannen als prikkeldraad. 'Bij nader inzien heb ik van één ding spijt.'

'Kijk,' zei hij. 'Nou komen we ergens.' Hij klikte zijn pen weer open. 'Kom maar op.'

'Potloden,' zei ze.

'Potloden,' zei hij haar na, en hij schreef het op.

Ze keek op om zijn blik te vangen, terwijl er een straaltje bloed over haar slaap droop. 'Jammer dat ik er daar niet meer van heb.'

De aanval, of 'het vervelende incident', zoals de toelatingscommissie het had genoemd vlak voor ze haar toelating tot het doctoraalprogramma formeel hadden herroepen, was haar schuld geweest. Dr. Meyers had haar op fraude betrapt. Ze had een testprotocol proberen te veranderen om de resultaten van het experiment te verdraaien – hij kon het bewijs zo laten zien – en toen hij haar daarmee confronteerde had ze hem besprongen en gezegd dat ze seks met hem wilde. Toen dat niets uithaalde was er een fysiek gevecht ontstaan en voor hij het wist had hij een potlood in zijn darm. Hij mocht van geluk spreken dat hij nog leefde.

Bijna niemand geloofde dat verhaal. Dr. Meyers had een reputatie. Maar hij was ook belangrijk, en UCLA was niet van plan een man van zijn statuur te verliezen. Elizabeth lag eruit. Haar doctoraal was afgerond. Haar blauwe plekken verdwenen wel. Iemand zou wel een aanbevelingsbrief voor haar schrijven. Wegwezen.

Zo was ze op het Hastings Research Instituut terechtgekomen. En nu stond ze hier, naast de zitruimte van Hastings, met haar rug tegen de muur en kotsmisselijk.

Toen ze opkeek zag ze de laborant naar haar gluren. 'Gaat het wel, Zott?' vroeg hij. 'U ziet een beetje pips.'

Ze gaf geen antwoord.

'Mijn fout, Zott,' gaf hij toe. 'Ik had niet zo'n heisa om die bekerglazen moeten maken. En wat hen betreft,' zei hij met een hoofdgebaar naar de zitruimte – hij had het gesprek duidelijk ook gehoord – 'zo zijn mannen nou eenmaal. Gewoon negeren.'

Maar ze kon ze niet negeren. Sterker nog, de volgende dag werd ze door haar baas, dr. Donatti – die haar een kutwijf had genoemd – op een ander project gezet. 'Dat is een stuk makkelijker,' zei hij. 'Meer op uw intellectuele niveau.'

'Waarom, dr. Donatti?' vroeg ze. 'Is er iets mis met mijn werk?' Ze was de drijvende kracht achter het huidige onderzoeksproject van haar groep geweest en daardoor stonden ze nu op het punt van publiceren. Maar Donatti wees naar de deur. De volgende dag werd ze op een eenvoudig aminozuuronderzoek gezet.

De laborant, die haar toenemende ongenoegen zag, vroeg haar waarom ze eigenlijk wetenschapper wilde worden.

'Ik wil helemaal geen wetenschapper worden,' snauwde ze. 'Ik bén wetenschapper!' En ze bedacht dat ze zich niet door een of andere vetzak van UCLA, haar baas of een handjevol bekrompen collega's van haar doelen ging laten afhouden. Ze had wel voor heter vuren gestaan. Ze zou alles te boven komen.

Maar te boven komen heet niet voor niets te boven komen: je gaat eerst kopje-onder. Naarmate de maanden verstreken werd haar zelfbeheersing keer op keer op de proef gesteld. Het enige waar ze nog enige troost uit haalde was het theater, en zelfs dat stelde soms teleur.

Het was zaterdagavond, een week of twee na het bekerglazenincident. Ze had een kaartje voor *The Mikado* gekocht, naar verluidt een grappige operette waar ze zich lang op had verheugd. Maar naarmate het verhaal zich ontvouwde realiseerde ze zich dat ze het helemaal niet grappig vond. De teksten waren racistisch, de acteurs waren wit, en het was overduidelijk dat de vrouwelijke hoofdrol de schuld zou krijgen van de wandaden van alle anderen. Het deed haar denken aan haar werk. Ze besloot haar verlies te nemen en in de pauze weg te gaan.

Het toeval wilde dat Calvin Evans er ook was die avond, en als hij in staat was geweest op te letten, dan was hij het vast met Elizabeth eens geweest. Maar hij was op een eerste date met een secretaresse van het biologiedepartement, én kotsmisselijk. Het eerste was een vergissing: de secretaresse had hem alleen maar mee naar de operette gevraagd omdat ze dacht dat iemand die zo bekend was als hij wel rijk moest zijn, en hij had vanwege haar verstikkende parfum een paar keer met zijn ogen geknipperd, wat zij uitlegde als 'lijkt me heel leuk'.

De misselijkheid was begonnen in de eerste akte, maar tegen het eind van de tweede akte was het tot het punt van uitbarsten geëscaleerd. 'Sorry,' fluisterde hij, 'maar ik voel me niet goed. Ik ga.'

'Hoe bedoel je?' vroeg ze argwanend. 'Je ziet er helemaal niet ziek uit.'

'Kotsmisselijk,' zei hij.

'Nou, sorry hoor, maar ik heb deze jurk speciaal voor vanavond gekocht,' zei ze, 'en ik ga niet weg tot ik hem de volle vier uur heb aangehad.'

Calvin wierp haar wat taxigeld toe in de richting van haar stomverbaasde gezicht en haastte zich toen naar de foyer, waar hij met één hand op zijn onderbuik rechtstreeks naar de toiletten liep en zijn gevoelige maag niet te veel probeerde te bewegen.

Het toeval wilde dat óók Elizabeth net op dat moment de foyer in kwam, en net als Calvin naar de toiletten liep. Maar bij het zien van de lange rij draaide ze zich gefrustreerd weer om, waarna ze vol tegen Calvin aan botste, die meteen over haar heen spuugde.

'O god,' zei hij tussen het kokhalzen door, 'o jezus.'

Elizabeth, in eerste instantie geschokt, vermande zich en legde zonder op de knoeiboel op haar jurk te letten een troostende hand op het ineengekrompen bovenlichaam. 'Deze man is ziek,' riep Elizabeth naar de rij voor het toilet, zonder door te hebben wie het was. 'Kan iemand een dokter bellen?'

Maar niemand deed dat. Alle toiletgangers van het theater wisten bij het ruiken en horen van de heftige ziekteverschijnselen niet hoe snel ze weg moesten komen.

'O god,' bleef Calvin maar zeggen, terwijl hij zijn buik vasthield, '*o god.*'

'Ik regel wel even een papieren handdoekje,' zei Elizabeth rustig. 'En een taxi.' En toen bekeek ze zijn gezicht eens goed en zei: 'Zeg, ken ik jou niet ergens van?'

Twintig minuten later hielp ze hem zijn huis binnen. 'Volgens mij kunnen we aerosolische verspreiding van difenylchloorarsine uitsluiten,' zei ze. 'Omdat er verder niemand last had.'

'Chemische oorlogvoering?' hijgde hij met zijn handen op zijn buik. 'Dat mag ik hopen.'

'Waarschijnlijk heb je gewoon iets verkeerds gegeten,' zei ze. 'Voedselvergiftiging.'

'O,' kreunde hij. 'Ik schaam me dood. Het spijt me vreselijk. Je jurk. Ik betaal de stomerij.'

'Geeft niet,' zei ze. 'Het is maar een spatje.' Ze hielp hem zijn bank op, waarna hij als een grote massa ineenzakte.

'Ik... ik kan me de laatste keer dat ik moest overgeven niet meer heugen. Laat staan in het openbáár.'

'Kan gebeuren.'

'Ik had een afspraakje,' zei hij. 'Kun je het je voorstellen? Ik heb haar daar achtergelaten.'

'Nee,' zei ze, terwijl ze terug probeerde te halen wanneer ze voor het laatst een afspraakje had gehad.

Ze bleven een paar minuten zwijgend zitten, toen deed hij zijn ogen dicht. Dat leek haar een goed moment om te vertrekken.

'Nogmaals, het spijt me verschrikkelijk,' fluisterde hij.

'Alsjeblieft. Je hoeft je echt niet te verontschuldigen. Het was een reactie, een chemische incompatibiliteit. We zijn toch wetenschappers. Wij begrijpen dat soort dingen.'

'Nee, nee,' zei hij zwakjes, omdat hij het wilde toelichten. 'Ik bedoel dat ik er die dag van uitging dat je secretaresse was – dat ik toen zei dat je baas me maar moest bellen,' zei hij. 'Het spijt me verschríkkelijk.'

Daar had ze geen antwoord op.

'We zijn nooit officieel aan elkaar voorgesteld,' zei hij. 'Ik ben Calvin Evans.'

'Elizabeth Zott,' antwoordde ze, haar spullen bij elkaar rapend.

'Nou, Elizabeth Zott,' zei hij, met een moeizaam glimlachje, 'je bent een reddende engel.'

Maar dat had ze duidelijk niet gehoord.

'Mijn DNA-onderzoek was gericht op polyfosforische zuren als condenseermiddel,' vertelde ze Calvin een week later bij een kop koffie in het café. 'En tot nu toe verliep dat voorspoedig. Afgelopen maand ben ik overgeplaatst. Naar een aminozurenstudie.'

'Maar waarom dan?'

'Donatti – jij werkt toch ook voor hem? Hoe dan ook, hij besloot dat mijn werk niet nodig was.'

'Maar onderzoek naar condenseermiddel is essentieel voor een beter begrip van DNA...'

'Ja, vertel mij wat,' zei ze instemmend. 'Ik wilde erop promoveren. Al ligt mijn ware interesse bij abiogenese.'

'Abiogenese? De theorie dat het leven is ontstaan uit eenvoudige nietlevensvormen? Maar je bent geen promovenda.'

'Nee.'

'Maar abiogenese is iets voor een proefschrift.'

'Ik heb een doctoraal in chemie. Aan UCLA.'

'De academische wereld.' Hij knikte begrijpend. 'Het werd saai. Je wilde weg.'

'Niet bepaald.'

Er viel een lange, ongemakkelijke stilte.

'Goed,' begon ze weer, en ze haalde diep adem, 'mijn hypothese over polyfosforische zuren luidt als volgt.'

Voor ze het wist zat ze ruim een uur met hem te praten, terwijl Calvin knikkend aantekeningen maakte, haar af en toe onderbrekend met een uitgebreide vraag, die ze met alle gemak pareerde.

'Ik zou verder zijn geweest,' zei ze, 'maar zoals ik al zei ben ik "overgeplaatst". En daarvoor bleek het haast onmogelijk de basisbenodigdheden te krijgen die ik moest hebben om verder te kunnen met mijn echte werk.' Daarom, legde ze uit, had ze apparatuur en voorraad uit andere laboratoria moeten stelen.

'Maar waarom was het zo moeilijk om aan spullen te komen?' vroeg Calvin. 'Hastings bulkt van het geld.'

Elizabeth keek hem aan alsof hij zojuist had gevraagd hoe er in China, met al die rijstvelden, in hemelsnaam zo veel kinderen honger konden lijden. 'Seksediscriminatie,' antwoordde ze, en ze pakte het HB2-potlood dat ze altijd achter haar oor of in haar haar had zitten en tikte er nadrukkelijk mee op tafel. 'Maar ook gekonkel, vriendjespolitiek, ongelijkheid en algehele onrechtvaardigheid.'

Hij beet op zijn lip.

'Maar vooral seksediscriminatie,' zei ze.

'Wat voor seksediscriminatie?' vroeg hij onnozel. 'Waarom zouden we geen vrouwen in de wetenschap willen? Dat slaat toch nergens op. We mogen blij zijn met elke wetenschapper die we kunnen krijgen.'

Elizabeth keek hem verbijsterd aan. Ze was in de veronderstelling geweest dat Calvin Evans een slimme man was, maar nu besefte ze dat hij misschien zo iemand was die slechts beperkt slim was. Ze bekeek hem aandachtiger, alsof ze probeerde te bedenken hoe ze tot hem door zou kunnen dringen. Met beide handen pakte ze haar haar en draaide het in twee strengen, die ze in een knot op haar hoofd met haar potlood vastzette. 'Toen jij op Cambridge zat,' zei ze voorzichtig, en ze legde haar handen weer op tafel. 'Hoeveel vrouwelijke wetenschappers kende je toen?'

'Niet een. Maar op mijn college zaten alleen maar mannen.'

'Aha,' zei ze. 'Maar op andere plekken hadden vrouwen natuurlijk wel dezelfde kansen, toch? Hoeveel vrouwelijke wetenschappers ken je dan? En kom niet aan met Madame Curie.'

Hij keek haar aan met een blik die aangaf dat hij onraad rook.

'Het probleem is, Calvin,' zei ze gedecideerd, 'dat de halve wereldbevolking wordt verspild. Het is niet alleen dat ik de spullen niet kan krijgen die ik nodig heb om mijn werk af te maken, maar dat vrouwen niet de opleiding kunnen krijgen die ze nodig hebben om hún bestemming te vervullen. En zelfs al gaan ze naar de universiteit, dan nog is het nooit een Cambridge. Wat betekent dat ze nooit gelijke kansen of hetzelfde respect zullen krijgen. Ze beginnen onderaan de ladder en daar blijven ze. En dan heb ik het nog niet eens over het salaris. En dat alles omdat ze niet op een opleiding hebben gezeten die hen om te beginnen al niet wilde toelaten.'

'Jij beweert dus,' zei hij langzaam, 'dat er meer vrouwen de wetenschap in zouden willen.'

Ze zette grote ogen op. 'Natúúrlijk willen we dat. De wetenschap in, maar ook de geneeskunde, het zakenleven, de muziek, de wiskunde. Noem maar een domein.' En toen zweeg ze, omdat ze heel eerlijk gezegd maar een handjevol vrouwen kende dat de wetenschap, of wat voor domein dan ook eigenlijk, in wilde. De meeste vrouwen die ze tijdens haar studie had ontmoet zaten daar naar eigen zeggen alleen om een man aan de haak te slaan. Het was zorgwekkend, alsof ze allemaal iets hadden gedronken wat hen tijdelijk ontoerekeningsvatbaar maakte.

'Maar,' ging ze verder, 'vrouwen zitten thuis, om baby's te krijgen en tapijten te reinigen. Het is legale slavernij. Zelfs het werk van de vrouwen die vrijwillig huisvrouw zijn wordt volledig miskend. Mannen denken blijkbaar dat de belangrijkste beslissing die een moeder van vijf op een dag moet nemen, de kleur van haar nagellak is.'

Calvin stelde zich vijf kinderen voor en huiverde.

'Nog even over je werk,' zei hij, in een poging van onderwerp te veranderen. 'Volgens mij kan ik wel iets regelen.'

'Je hoeft helemaal niks te regelen,' zei ze. 'Ik ben prima in staat mijn eigen boontjes te doppen.'

'Nee, dat ben je niet.'

'Pardon?'

'Dat kun je niet, omdat het zo niet werkt in de wereld. Het leven is niet eerlijk.'

Nu werd ze woedend – hoe durfde híj háár de les te lezen over onrechtvaardigheid. Daar wist hij helemaal niets van. Ze deed haar mond open om iets te zeggen, maar hij was haar voor.

'Kijk,' zei hij, 'het leven is nooit eerlijk geweest, en toch blijf je te werk gaan alsof dat wel zo is – alsof alles op zijn plek zal vallen zodra je een paar misstanden hebt rechtgezet. Zo werkt het niet. Wil je mijn advies?' En voor ze nee kon zeggen, zei hij erachteraan: 'Ga het systeem niet te lijf. Wees het te slim af.'

Ze bleef zwijgend zitten en liet zijn woorden op zich inwerken. Irritant genoeg zat er iets in, hoe verschrikkelijk oneerlijk ook.

'Nu wil het gelukkige toeval dat ik al het hele afgelopen jaar op zoek ben naar nieuwe inzichten over polyfosforische zuren, en daar maar niet mee opschiet. Jouw onderzoek zou daar verandering in kunnen brengen. Als ik Donatti laat weten dat ik met jouw bevindingen aan de slag wil, ben je morgen weer aan het werk. En zelfs als ik je werk niet nodig had – wat wel zo is – dan nog sta ik bij je in het krijt. Eén keer voor die secretaresseopmerking, en nog een keer voor het overgeven.'

Elizabeth bleef zwijgend zitten. Tegen beter weten in merkte ze dat het idee haar intrigeerde. Dat wilde ze niet: het idee dat je systemen te slim af moest zijn druiste tegen al haar ideeën in. Waarom konden die systemen niet gewoon van meet af aan slim zijn? En van gunsten moest ze al helemaal niets hebben. Gunsten riekten naar bedrog. Maar ze had verdomme wel ambities, en waarom zou ze lijdzaam toe blijven kijken? Met lijdzaam toekijken was nog nooit iemand vooruitgekomen.

'Hoor eens,' zei ze scherp, terwijl ze een pluk haar uit haar gezicht veegde. 'Ik hoop niet dat je denkt dat ik overhaaste conclusies trek, maar ik heb het een en ander meegemaakt en ik wil één ding duidelijk maken: ik ga niet met je uit. Dit is werk, meer niet. Ik heb geen interesse in wat voor relatie dan ook.'

'Ik ook niet,' benadrukte hij. 'Dit is werk. Daar blijft het bij.'

'Daar blijft het bij.'

En toen pakten ze hun kop-en-schotel en liepen allebei de andere kant op, beiden in de stille hoop dat de ander het niet meende.

4

Introductie in chemie

Zo'n drie weken later liepen Calvin en Elizabeth met verheven stemmen het parkeerterrein op.

'Je idee is niet bepaald goed uitgedacht,' zei ze. 'Je vergeet de fundamentele eigenschap van eiwitsynthese.'

'Integendeel.' Hij bedacht dat niemand zijn ideeën ooit niet goed uitgedacht had genoemd, en dat hij dat, nu het zover was, niet zo prettig vond. 'Het verbaast me dat je de moleculaire structuur volledig over het hoofd hebt ge–'

'Die heb ik helemáál niet over –'

'Je vergeet de twee atoombindingen –'

'Er zijn dríé atoombindingen –'

'Ja, maar alleen wanneer –'

'Hoor eens,' onderbrak ze hem scherp toen ze voor haar auto stonden. 'Dit is een probleem.'

'Wat is een probleem?'

'Jij,' zei ze ferm, met beide handen naar hem wijzend. 'Jij bent het probleem.'

'Omdat we van mening verschillen?'

'Dat is het probleem niet,' zei ze.

'Nou, wat dan wél?'

'Nou...' Ze maakte een aarzelend gebaar met haar hand en keek toen in de verte.

Met een zucht legde Calvin zijn hand op het dak van haar oude blauwe Plymouth, wachtend op de onvermijdelijke afwijzing.

De afgelopen paar weken hadden Elizabeth en hij zes keer afgesproken – twee keer voor een lunch en vier keer voor een kop koffie – en elke keer was het zowel het hoogte- als het dieptepunt van zijn dag geweest. Het hoogtepunt omdat ze de intelligentste, scherpzinnigste, intrigerendste – en ja, de woest aantrekkelijkste vrouw was die hij in zijn hele leven had ontmoet. Het dieptepunt: ze leek altijd snel weer weg te willen. En als ze eenmaal weg was, was hij de rest van de dag ten einde raad en depressief.

'De recente bevindingen over de zijderups,' zei ze. 'In het laatste nummer van *Science Journal*. Dat bedoelde ik met het gecompliceerde deel.'

Hij knikte alsof hij het begreep, maar hij begreep er niks van, en niet alleen dat van die zijderupsen. Elke keer dat ze elkaar ontmoetten had hij zijn uiterste best gedaan om te laten zien dat zijn interesse in haar louter beroepsmatig was. Hij had niet aangeboden haar koffie te betalen, had niet aangeboden haar dienblad te dragen, had zelfs geen deur voor haar opengehouden – ook niet die keer toen ze zo veel boeken in haar armen had gehad dat hij haar hoofd niet eens meer kon zien. Ook was hij niet flauwgevallen toen ze bij de spoelbak per ongeluk tegen hem aan was gebotst en hij de geur van haar haar rook. Hij wist niet eens dat haar zo kon ruiken – alsof het in een kom bloemen was gewassen. Ging ze hem nou geen erkenning geven voor zijn werk-en-verder-niets-benadering? Het was om gek van te worden allemaal.

'Dat over *bombykol*,' zei ze. 'Bij zijderupsen.'

'O ja,' antwoordde hij mat, terwijl hij terugdacht aan hoe stom hij bij hun eerste ontmoeting was geweest. Haar een secretaresse had genoemd. Haar uit zijn laboratorium had weggestuurd. En later? Toen had hij over haar heen gespuugd. Ze zei dat het niet erg was, maar had ze die gele jurk daarna ooit nog aangehad? Nee. Het was hem duidelijk dat er nog wrok bij haar zat, al ontkende ze dat. Als kampioen wrok koesteren wist hij hoe dat werkte.

'Het is een chemische boodschapper,' zei ze. 'Voor vrouwelijke zijderupsen.'

'Rupsen,' zei hij sarcastisch. 'Toe maar.'

Ze deed een stap naar achteren, verrast door zijn schampere toon. 'Je hebt geen interesse,' zei ze. De puntjes van haar oren kleurden rood.

'Geen enkele.'

Elizabeth haalde even diep adem en ging toen druk op zoek in haar tas naar haar sleutels.

Wat een enorme teleurstelling. Eindelijk had ze iemand gevonden met wie ze kon praten – iemand die ze mateloos intelligent, scherpzinnig, intrigerend (en woest aantrekkelijk als hij lachte) vond – en nu had hij geen interesse in haar. Geen enkele. Ze hadden elkaar de afgelopen weken zes keer ontmoet, en elke keer had ze het strikt zakelijk gehouden en hij ook – al grensde het bij hem aan onbeschoftheid. Die dag dat ze de deur niet eens kon zien omdat ze haar armen vol boeken had? Hij had geen vinger uitgestoken. En toch voelde ze, elke keer dat ze elkaar zagen, de bijna onweerstaanbare drang hem te kussen. Wat totáál niet bij haar paste. En toch was ze na elke ontmoeting – waar ze zo snel mogelijk een eind aan maakte omdat ze bang was dat ze hem écht zou kussen – de rest van de dag ten einde raad en depressief.

'Ik moet ervandoor,' zei ze.

'De orde van de dag,' kaatste hij terug. Maar geen van beiden kwamen ze in beweging, ze keken allebei de andere kant op alsof ze op zoek waren naar degene met wie ze daadwerkelijk op het parkeerterrein hadden afgesproken, ook al liep het tegen zevenen op vrijdagavond en stonden er nu nog maar twee auto's op het ondergrondse terrein: die van hem en die van haar.

'Ga je nog wat leuks doen dit weekend?' durfde hij uiteindelijk te vragen.

'Ja,' loog ze.

'Veel plezier,' beet hij haar toe. Toen draaide hij zich om en liep weg.

Ze keek hem even na, liep toen naar haar auto en deed haar ogen dicht. Calvin was niet achterlijk. Hij las *Science Journal*. Hij moest hebben geweten waar ze op doelde toen ze over bombykol begon, het feromoon dat vrouwelijke zijderupsen uitscheiden om mannetjes aan te trekken. *Rupsen*, had hij bijna hardvochtig gezegd. Wat een zak. En wat was ze dom geweest – door zo openlijk het onderwerp liefde aan te snijden op een parkeerterrein, alleen maar om te worden afgewezen.

Je hebt geen interesse, had ze gezegd.

Geen enkele, had hij geantwoord.

Ze deed haar ogen open en draaide het contactsleuteltje om. Hij dacht waarschijnlijk toch dat het haar alleen maar om meer labspullen te doen was. Want wat zou een man er anders achter moeten zoeken als een vrouw op een vrijdagavond op een verlaten parkeerterrein ineens over bombykol begon terwijl er een zacht briesje uit het westen waaide dat de geur van haar peperdure shampoo direct zijn neusgat in blies, dat kon toch alleen een listige streek zijn om meer bekerglazen te bemachtigen? Ze kon geen andere reden bedenken. Los van de ware. Dat ze verliefd op hem aan het worden was.

Toen klonk er links van haar een afgemeten klopje. Ze keek op en zag Calvin, die haar gebaarde het raampje omlaag te draaien.

'Ik zit niet achter je labspullen aan!' blafte ze terwijl ze de ruit die hen scheidde liet zakken.

'En ik ben niet het probleem,' snauwde hij terwijl hij zich bukte om haar recht aan te kijken.

Elizabeth keek hem ook aan, de stoom kwam uit haar oren. Hoe dúrfde hij?

Calvin keek terug. Hoe durfde zíj?

En toen bekroop haar dat gevoel weer, dat gevoel dat ze steeds kreeg als ze bij hem was, maar deze keer handelde ze ernaar, ze stak haar beide handen uit om zijn gezicht naar het hare te trekken, waarna hun eerste kus een permanente band smeedde die zelfs door chemie niet kon worden verklaard.

5

Familiewaarden

Haar collega's op het lab gingen ervan uit dat Elizabeth maar om één reden met Calvin Evans uitging: zijn roem. Met Calvin in haar achterzak was ze onaantastbaar. Maar de reden was veel eenvoudiger: 'Omdat ik van hem hou,' zou ze hebben gezegd, had iemand ernaar gevraagd. Maar niemand vroeg ernaar.

Hetzelfde gold voor hem. Had iemand hem ernaar gevraagd, dan had Calvin gezegd dat hij Elizabeth Zott het meest koesterde van alles en iedereen, en niet omdat ze mooi was, en niet omdat ze slim was, maar omdat ze van hem hield en hij van haar, met een volle overtuiging en een rotsvast geloof die hun toewijding aan elkaar onderstreepten. Ze waren meer dan vrienden, meer dan vertrouwelingen, meer dan bondgenoten, en meer dan geliefden. Als relaties een puzzel zijn, dan was die van hen van meet af aan al gelegd – alsof iemand de doos leegschudde en van bovenaf toekeek hoe alle losse stukjes op precies de goede plek terechtkwamen, in elkaar schoven, precies in elkaar grepen tot een plaatje dat van alle kanten klopte. Andere koppels werden doodziek van hen.

'sAvonds gingen ze, nadat ze de liefde hadden bedreven, altijd in dezelfde houding op hun rug liggen, met zijn been over het hare, haar arm op zijn bovenbeen, zijn hoofd omlaag gebogen naar het hare, en dan praatten ze: soms over hun uitdagingen, andere keren over hun toekomst, altijd over hun werk. Ondanks hun postcoïtale uitputting bleven ze vaak tot in de kleine uurtjes doorpraten, en als het over een bepaalde bevinding of formule ging, moest een van hen uiteindelijk, steevast, opstaan om het een en ander op te schrijven. Waar bij sommige koppels hun werk negatief wordt beïnvloed door het feit dat ze altijd samen zijn, gold voor Elizabeth en Calvin juist het tegenovergestelde. Zelfs als ze niet aan het werk waren, waren ze aan het werk, versterkten ze elkaars creativiteit en inventiviteit met nieuwe invalshoeken, en hoewel de wetenschappelijke wereld later versteld zou staan van hun productiviteit, was die verbazing waarschijnlijk nog groter geweest als men wist dat die grotendeels naakt had plaatsgevonden.

'Slaap je al?' fluisterde Calvin op een avond aarzelend toen ze in bed lagen. 'Want ik wilde iets met je bespreken. Het gaat over Thanksgiving.'

'Wat is daarmee?'

'Nou, dat komt eraan en ik vroeg me af of je naar huis ging, en als je gaat, of je me dan misschien meevraagt om' – hij zweeg, en gooide het er toen uit – 'jefamilieteontmoeten.'

'Wát?' fluisterde Elizabeth terug. 'Naar húís? Nee, ik ga niet naar huis. Het leek me leuk om Thanksgiving hier te vieren. Samen. Tenzij. Tja. Was jíj van plan naar huis te gaan?'

'Zeker niet,' zei hij.

De afgelopen paar maanden hadden Calvin en Elizabeth bijna alles besproken – boeken, carrières, overtuigingen, ambities, films, politiek, zelfs allergieën. Er was maar één duidelijke uitzondering: familie. Dat was geen opzet – althans niet in eerste instantie – maar toen het al maanden niet ter sprake was gekomen, werd duidelijk dat het misschien wel nooit zou gebeuren.

Niet dat ze niet benieuwd naar elkaars achtergrond waren. Wie wilde er nou niet iemands jeugd induiken en alle bijbehorende gezichten ontmoeten – de strenge ouder, de rivaliserende broers en zussen, de rare tante? Zij niet.

En zo werd het onderwerp familie een soort afgeschermde kamer op een historischehuizenrondleiding. Je kon er best even binnen gluren voor een vaag idee van het feit dat Calvin ergens was opgegroeid (Massachusetts?) en dat Elizabeth broers had (of waren het nou zussen?) – maar je kon niet daadwerkelijk naar binnen om stiekem in het medicijnkastje te kijken. Totdat Calvin over Thanksgiving begon.

'Ongelooflijk dat ik hiernaar vraag,' durfde hij uiteindelijk de doodse stilte te doorbreken. 'Maar ik realiseer me dat ik helemaal niet weet waar je vandaan komt.'

'O,' zei Elizabeth. 'Nou, Oregon, voornamelijk. En jij?'

'Iowa.'

'Echt waar?' vroeg ze. 'Ik dacht dat je uit Boston kwam.'

'Nee,' zei hij vlug. 'En nog broers? Of zussen?'

'Een broer,' zei ze. 'En jij?'

'Nee.' Zijn stem was mat.

Ze bleef heel stil liggen, en liet zijn toon op zich inwerken. 'Was dat eenzaam?' vroeg ze.

'Ja,' zei hij kortaf.

'Wat naar,' zei ze, en ze pakte zijn hand onder de lakens. 'Wilden je ouders geen kinderen meer?'

'Moeilijk te zeggen,' zei hij met schrille stem. 'Zoiets vraag je als kind niet echt aan je ouders, toch? Maar waarschijnlijk wel. Zeker wel.'

'Maar dan...'

'Ze zijn op mijn vijfde overleden. Mijn moeder was toen acht maanden zwanger.'

'Lieve hemel. Wat afschuwelijk, Calvin,' zei Elizabeth, die rechtovereind ging zitten. 'Wat is er gebeurd?'

'Trein,' zei hij zakelijk. 'Tegen hen aan gebotst.'

'Calvin, wat vreselijk. Ik had geen idee.'

'Het valt wel mee,' zei hij. 'Het is al lang geleden. Ik heb niet echt meer een herinnering aan ze.'

'Maar –'

'Nu jij,' zei hij abrupt.

'Nee, wacht, wacht, Calvin, door wie ben je dan opgevoed?'

'Mijn tante. Maar toen ging zij ook dood.'

'Wat? Hoe dan?'

'We zaten in de auto en toen kreeg ze een hartaanval. De auto raakte de stoeprand en knalde toen tegen een boom.'

'Jezus.'

'Noem het maar een familietraditie. Omkomen bij auto-ongelukken.'

'Dat is niet grappig.'

'Zo was het ook niet bedoeld.'

'Hoe oud was je toen?' drong Elizabeth aan.

'Zes.'

Ze kneep haar ogen dicht. 'En toen moest je naar een...' Haar stem ebde weg.

'Een katholiek jongensweeshuis.'

'En...' hielp ze hem verder, al vond ze meteen dat ze te ver ging. 'Hoe was dat?'

Hij zweeg even alsof hij een eerlijk antwoord probeerde te vinden op deze kinderlijk eenvoudige vraag. 'Zwaar,' zei hij na een tijdje, zo zacht dat ze hem nauwelijks kon horen.

Een halve kilometer verder floot een trein en Elizabeth kromp ineen. Hoeveel nachten had Calvin daar gelegen en die fluit gehoord en aan zijn dode ouders en bijna-broertje of -zusje liggen denken zonder er ook maar met een woord over te reppen? Tenzij hij, misschien, nooit meer aan ze dacht – hij had gezegd dat hij nauwelijks nog een herinnering aan ze had. Maar wie herinnerde hij zich dan wel? En hoe waren ze dan geweest? En toen hij 'Zwaar' zei, wat bedoelde hij daar precies mee? Ze wilde het weten, maar zijn toon – zo somber, zacht en vreemd – weerhield haar ervan om door te vragen. En hoe zat het met zijn latere leven? Hoe had hij ooit leren roeien midden in Iowa, laat staan naar Cambridge kunnen gaan om daar te roeien? En zijn studie? Wie had die bekostigd? En zijn eerdere opleiding? Een weeshuis in Iowa klonk niet als een vruchtbare leeromgeving. Het is één ding om briljant te zijn, maar briljant zonder kansen – dat was iets anders. Als Mozart in een arm gezin in Bombay was geboren in plaats van in een ontwikkeld gezin in Salzburg, had hij dan ook *Symfonie nr. 36 in c* gecomponeerd? Vergeet het maar. Hoe had Calvin dan vanuit het niets kunnen uitgroeien tot een van de gerespecteerdste wetenschappers ter wereld?

'Maar jij,' zei hij op apathische toon, terwijl hij haar weer naast zich omlaagtrok. 'Oregon.'

'Ja,' zei ze. Ze zag ertegen op om haar eigen verhaal te vertellen.

'Hoe vaak ga je erheen?' vroeg hij.

'Nooit.'

'Maar waaróm niet?' Calvin schreeuwde bijna, geschokt vanwege het feit dat ze een prima familie, een die nog in leven was althans, zomaar bij het grofvuil zette.

'Om religieuze redenen.'

Calvin zweeg, alsof hij misschien iets gemist had.

'Mijn vader was een... een soort expert in religie,' legde ze uit.

'Een wat?'

'Een soort handelaar in God.'

'Ik volg je niet helemaal...'

'Iemand die hel en verdoemenis predikt om geld te verdienen. Je weet wel,' zei ze, op opgelaten toon, 'zo'n type dat maar doorgaat over het einde der tijden, maar ook een oplossing heeft – zeg een specifieke doop of een duur amulet – waarmee de dag des oordeels net wat langer kan worden uitgesteld.'

'Is daar geld mee te verdienen?'

Ze draaide haar hoofd naar hem toe. 'O, zeker.'

Hij bleef zwijgend liggen en probeerde zich er iets bij voor te stellen.

'Hoe dan ook,' zei ze, 'daardoor moesten we vaak verhuizen. Je kunt niet blijven verkondigen dat het einde nabij is als dat einde zich nooit aandient.'

'En je moeder?'

'Die maakte de amuletten.'

'Nee, ik bedoel, was zij ook zo religieus?'

Elizabeth aarzelde. 'Alleen als je hebzucht meetelt als religie. Het barst van de competitie op dat gebied, Calvin – het is uiterst lucratief. Maar mijn vader was bijzonder getalenteerd en de nieuwe Cadillac die hij elk jaar kocht was daar het bewijs van. Maar uiteindelijk denk ik dat mijn vader zich vooral onderscheidde door zijn talent voor zelfontbranding.'

'Wacht even. Wát?'

'Als iemand "Geef me een teken" roept en er vervolgens iets in vlammen opgaat, kun je diegene moeilijk negeren.'

'Wacht even. Wil je soms zeggen dat...'

'Calvin,' zei ze, weer op haar gebruikelijke wetenschappelijke toon, 'wist je dat pistachenoten van nature ontvlambaar zijn? Dat komt door hun hoge vetgehalte. Normaal gesproken worden pistachenoten onder een streng vocht-, temperatuur- en luchtdrukgehalte bewaard, maar als dat gehalte verandert produceren de vet-aantrekkende enzymen van pistachenoten vrije vetzuren die worden afgebroken als het zaad zuurstof opneemt en koolstofdioxide uitstoot. Het gevolg? Vuur. Ik moet mijn vader twee dingen nageven: hij kon een spontane zelfontbranding oproepen als hij een teken van God nodig had.' Ze schudde haar hoofd. 'Man, wat gingen wij thuis snel door de pistachenootjes heen.'

'En het andere?' vroeg hij verwonderd.

'Hij was degene die me met chemie heeft laten kennismaken.' Ze zuchtte. 'Daar zou ik hem eigenlijk dankbaar voor moeten zijn,' zei ze verbitterd. 'Maar dat ben ik niet.'

Calvin keek opzij, in een poging zijn teleurstelling te verbergen. Op dat moment besefte hij hoe graag hij haar familie had willen ontmoeten, hoezeer hij gehoopt had aan te schuiven bij een Thanksgivingdiner, omringd door mensen die eindelijk van hem waren omdat hij van haar was.

'Waar is je broer?' vroeg hij.

'Dood.' Er zat een hardheid in haar stem. 'Zelfmoord.'

'Zélfmoord?' Er kwam lucht uit zijn borstkas. 'Hoe dan?'

'Hij heeft zich opgehangen.'

'Maar... maar waaróm?'

'Omdat mijn vader zei dat God hem haatte.'

'Maar... maar...'

'Zoals ik al zei, mijn vader was heel overtuigend. Als mijn vader zei dat God iets wilde, dan kreeg God het doorgaans ook. Waarbij God dus mijn vader was.'

Calvins maag trok samen. 'Had... had je een goede band met hem?'

Ze haalde diep adem. 'Ja.'

'Maar ik begrijp het niet,' drong hij aan. 'Waarom zou je vader zoiets doen?' Hij richtte zijn aandacht weer op het donkere plafond. Hij had weinig ervaring met gezinnen, maar hij was er altijd van uitgegaan dat het belangrijk was er een te hebben: een voorwaarde voor stabiliteit, iets waar je in zware tijden op terug kon vallen. Hij had nooit bedacht dat een gezin zélf zwaar zou kunnen zijn.

'John – mijn broer – was homoseksueel,' zei Elizabeth.

'Aha,' zei hij, alsof hij het nu begreep. 'Wat erg.'

Ze ging met haar hoofd omhoog op één hand liggen en keek hem aan in het donker. 'Wat bedoel je daarmee?' vuurde ze terug.

'Eh, maar – hoe wist je dat? Dat heeft hij je toch zeker niet verteld.'

'Ik ben wetenschapper, Calvin, weet je nog? Ik wíst het. En hoe dan ook, er is niks mis met homoseksualiteit, het is doodnormaal – een fundamenteel gegeven van de menselijke biologie. Ik heb geen idee waarom dat niet algemeen bekend is. Leest niemand dan nog Margaret Mead? Hoe dan ook, ik wist dat John homoseksueel was, en hij wist dat ik het wist. We praatten erover. Hij had er niet voor gekozen: het hoorde gewoon bij hem. Het mooiste was,' zei ze weemoedig, 'dat hij het ook van mij wist.'

'Wist dat je...'

'Wetenschapper was!' snauwde Elizabeth. 'Weet je, ik begrijp dat dit moeilijk te bevatten voor je is gezien je eigen verschrikkelijke achtergrond, maar het feit dat je in een gezin geboren wordt, wil nog niet zeggen dat je daar ook in thuishoort.'

'Maar dat is toch...'

'Nee. Je moet één ding begrijpen, Calvin. Mensen als mijn vader prediken liefde maar zijn vervuld van haat. Iedereen die hun bekrompen overtuigingen in de weg staat kan niet worden getolereerd. De dag dat mijn moeder mijn broer hand in hand met een andere jongen betrapte was de maat vol. Na een jaar te hebben aangehoord dat hij abnormaal was en het niet verdiende te leven, is hij met een touw naar de schuur gegaan.'

Ze zei het met een te hoge stem, alsof ze op het punt stond in huilen uit te barsten. Hij stak zijn arm naar haar uit en ze liet zijn omhelzing toe.

'Hoe oud was je toen?' vroeg hij.

'Tien,' zei ze. 'John was zeventien.'

'Vertel eens over hem,' vroeg hij. 'Wat was hij voor iemand?'

'O, gewoon,' mompelde ze. 'Lief. Beschermend. John was degene die me elke avond voorlas, een pleister op mijn geschaafde knieën plakte, me leerde lezen en schrijven. We verhuisden vaak en het lukte me nooit goed om vriendinnen te maken, maar ik had John. We zaten meestal in de bibliotheek. Dat werd ons heiligdom – het enige waar we van stad tot stad op konden rekenen. Grappig eigenlijk nu ik erover nadenk.'

'Hoe bedoel je?'

'Omdat mijn ouders hun géld verdienden met heiligdommen.'

Hij knikte.

'Ik heb één ding geleerd, Calvin: mensen zullen altijd verlangen naar een simpele oplossing voor hun complexe problemen. Het is een stuk makkelijker te geloven in iets wat niet te zien, aan te raken, uit te leggen of te veranderen is, in plaats van in iets wat dat wel is.' Ze zuchtte. 'Jezelf, bedoel ik.' Haar buik verstrakte.

Zwijgend bleven ze liggen, allebei verzonken in hun ellendige verleden.

'Waar zijn je ouders nu?'

'Mijn vader zit in de gevangenis. Een van zijn tekenen van God heeft uiteindelijk drie mensen het leven gekost. En mijn moeder – ze zijn gescheiden – is hertrouwd en naar Brazilië verhuisd. Daar hebben we geen uitleveringsverdrag mee. Had ik al verteld dat mijn ouders nooit belasting betaalden?'

Calvin floot lang en zachtjes. Als je bent grootgebracht op een dieet van verdriet is het moeilijk voor te stellen dat anderen een nog grotere portie hebben gekregen. 'Dus nadat je broer… was gestorven… bleef je alleen achter met je ouders –'

'Nee,' onderbrak ze hem. 'Alleen. Mijn ouders waren vaak weken achtereen weg, en zonder John moest ik voor mezelf leren zorgen. Dus dat deed ik. Ik leerde mezelf koken en allerhande klusjes in huis doen.'

'En school?'

'Dat zei ik al – ik ging naar de bibliotheek.'

'Meer niet?'

Ze draaide zich naar hem toe. 'Meer niet.'

Als gevelde bomen lagen ze naast elkaar. Een paar straten verder sloeg een kerkklok.

'Toen ik klein was,' zei Calvin zachtjes, 'zei ik altijd tegen mezelf dat elke dag nieuw was en dat iedere dag telde. Dat er nog van alles kon gebeuren.'

Ze pakte zijn hand weer. 'Hielp dat?'

Zijn mondhoeken gingen omlaag toen hij terugdacht aan wat de bisschop in het weeshuis hem over zijn vader had verteld. 'Ik wil geloof ik alleen maar zeggen dat we niet in het verleden vast moeten blijven zitten.'

Ze knikte, stelde zich een kersvers weesjongetje voor dat zichzelf van een betere toekomst probeerde te overtuigen. Dat getuigde wel van een heel bijzonder soort moed, een kind dat het allerergste meemaakte en dwars tegen alle wetten van het universum en alle bewijzen van het tegendeel in, besloot dat het de volgende dag misschien wel beter werd.

'Iedere dag telt,' zei Calvin nog eens alsof hij nog steeds dat kind was. Maar de herinnering aan wat hij over zijn vader te weten was gekomen bleek te heftig en hij zweeg. 'Weet je, ik ben moe. Laten we gaan slapen.'

'Goed idee,' zei ze, zonder te geeuwen.

'Misschien kunnen we hier een andere keer over verder praten,' zei hij somber.

'Morgen misschien,' loog ze.

6

De kantine van Hastings

Niets is irritanter dan de onevenredig grote portie geluk van een ander te moeten aanzien, en volgens sommige collega's op het Hastings Research Instituut was de portie van Elizabeth en Calvin onevenredig groot. Hij, omdat hij briljant was; zij, omdat ze mooi was. Toen ze een stel werden, verdubbelde hun onevenredig grote portie, waardoor die pas echt onevenredig werd.

Het ergste was, volgens deze mensen, dat ze hun portie niet verdiend hadden – ze waren domweg zo geboren, wat betekende dat ze hun onevenredig grote portie geluk niet aan hard werken, maar aan genetische mazzel te danken hadden. En het feit dat het duo besloot hun onverdiende gaven te combineren tot een liefdevolle en waarschijnlijk zeer seksuele relatie die zij met zijn allen dagelijks bij de lunch moesten aanschouwen, maakte het allemaal des te erger.

'Daar zul je ze hebben,' zei een geoloog van de zevende verdieping. 'Batman en Robin.'

'Ik hoorde dat ze gaan hokken – wist je dat?' vroeg zijn medelaborant.

'Dat weet iederéén.'

'Ik niet,' zei een derde, Eddie genaamd, bars.

De drie geologen keken toe terwijl Elizabeth en Calvin een leeg tafeltje midden in de kantine uitzochten, met het gekletter van dienbladen en bestek als ratelend geschutvuur om hen heen. Terwijl de stank van de kantinestroganoff de rest van de ruimte dreigde te verstikken, zetten Calvin en Elizabeth een paar open tupperwarebakjes op tafel. Parmezaanse kip. Gegratineerde aardappelen. Een soort salade.

'Ah, ik snap het, hoor,' zei een van de geologen. 'Het eten hier is kennelijk niet goed genoeg voor hen.'

'Mijn kat krijgt nog beter te eten,' zei de andere geoloog en hij schoof zijn dienblad opzij.

'Dag heren!' kwetterde juffrouw Frask, een al te montere secretaresse van personeelszaken met een groot achterste. Frask zette haar dienblad neer en schraapte haar keel terwijl ze bleef wachten tot Eddie, een geologielaborant, haar stoel naar achteren schoof. Frask en Eddie gingen nu drie maanden met elkaar, en hoewel zij graag aan de grote klok had gehangen dat het allemaal hartstikke goed ging, was dat niet zo. Eddie was onvolwassen op het lompe af. Hij kauwde met zijn mond open, bulderde van het lachen om grappen die niet grappig waren, zei dingen als 'lekker mokkel'. Maar Eddie had wel één belangrijk ding mee: hij was vrijgezel. 'Nou, dank je wel, Eddie,' zei ze terwijl hij zich vooroverboog om haar stoel uit te schuiven. 'Wat lief!'

'Betreden op eigen risico,' waarschuwde een van de geologen, met een knikje in de richting van Calvin en Elizabeth.

'Hoezo?' vroeg ze. 'Waar kijken we naar?' Ze draaide zich om op haar stoel om hun blikken te volgen. 'Tjemig,' zei ze bij het zien van het gelukkige paar. 'Alwéér?'

Met zijn vieren keken ze zwijgend toe terwijl Elizabeth een notitieblok tevoorschijn haalde en het aan Calvin gaf. Calvin bekeek de bladzijde en zei er iets over. Elizabeth schudde haar hoofd en wees toen iets specifieks aan. Calvin knikte, hield zijn hoofd schuin en beet langzaam op zijn lippen.

'Hij is zó onaantrekkelijk,' zei Frask vol afgrijzen. Maar omdat ze bij personeelszaken zat en personeelszaken nooit commentaar levert op het uiterlijk van een werknemer, zei ze erachteraan: 'En daarmee wil ik alleen maar zeggen dat blauw niet zijn kleur is.'

Een van de geologen nam een hap stroganoff en legde toen gelaten zijn vork neer. 'Heb je het laatste nieuws al gehoord? Evans is weer voor de Nobelprijs genomineerd.'

De hele tafel slaakte een collectieve zucht.

'Nou dat wil helemaal niks zeggen, hoor,' zei een van de geologen. 'Iedereen kan een nominatie krijgen.'

'O ja? Ben jij dan ooit genomineerd?'

Ze bleven kijken, versteend, toen Elizabeth een paar minuten later omlaagdook en een pakketje in bakpapier tevoorschijn haalde.

'Wat zou dat zijn, denk je?' vroeg een van de geologen.

'Gebak,' zei Eddie, zijn stem vol ontzag. 'Ze bákt ook nog.'

Ze keken toe terwijl ze Calvin een brownie aanbood.

'O, lieve hemel,' zei Frask geïrriteerd. 'Hoezo: "ook nog"? Iedereen kan toch bakken.'

'Ik snap haar niet,' zei een van de geologen. 'Ze heeft Evans toch. Wat doet ze hier nog?' Hij zweeg alsof hij alle mogelijkheden afwoog. 'Tenzij,' zei hij, 'Evans niet met haar wíl trouwen.'

'Waarom de koe kopen als je de melk voor niks kunt krijgen?' merkte de andere geoloog op.

'Ik ben op een boerderij opgegroeid,' bracht Eddie in. 'Koeien zijn een hoop werk.'

Frask keek hem van opzij aan. Het irriteerde haar dat hij maar naar Zott bleef kijken, als een plant die zich op het zonlicht richtte.

'Ik ben gespecialiseerd in menselijk gedrag,' zei ze. 'Ik heb ooit psychologie gestudeerd.' Ze keek naar haar tafelgenoten, in de hoop dat ze naar haar academische ambities zouden informeren, maar niemand leek ook maar in het minst geïnteresseerd. 'Hoe dan ook, daardoor kan ik met zekerheid zeggen dat zíj het is die hém gebruikt.'

Aan de andere kant van de ruimte herschikte Elizabeth haar papieren en stond toen op. 'Sorry dat ik er zo snel vandoor moet, Calvin, maar ik heb een bespreking.'

'Een bespreking?' vroeg Calvin, alsof ze zojuist had aangekondigd een executie te moeten bijwonen. 'Als je bij mij in het lab werkte, zou je nooit naar een bespreking hoeven.'

'Maar ik werk niet in jouw lab.'

'Maar dat zou wel kúnnen.'

Ze zuchtte, druk in de weer met de tupperware. Natuurlijk zou ze dolgraag op zijn lab willen werken, maar dat kon niet. Ze was een beginnend chemicus. Ze moest het op eigen kracht doen. Probeer het nou te begrijpen, had ze keer op keer tegen hem gezegd.

'Maar we wonen samen. Het is de volgende logische stap.' Hij wist dat hij met logica het verst kwam bij Elizabeth.

'Dat was een economische beslissing,' merkte ze op. Wat oppervlakkig gezien ook zo was. Calvin was met het idee gekomen, hij zei dat het, aangezien ze toch hun meeste vrije tijd samen doorbrachten, financieel gezien logisch was om woonruimte te delen. Toch was en bleef het 1952, en in 1952 ging een ongetrouwde vrouw niet samenwonen met een man. Het had hem dan ook lichtelijk verbaasd dat Elizabeth niet aarzelde. 'Dan betaal ik de helft,' had ze gezegd.

Ze haalde het potlood uit haar haar en tikte ermee op tafel terwijl ze op zijn antwoord wachtte. Dat van de helft betalen meende ze niet echt. Het was onmogelijk de helft te betalen. Haar salaris was op het ridicule af: van de helft kon geen sprake zijn. En hoe dan ook stond het huis op zijn naam – hij zou als enige van het belastingvoordeel profiteren. Daarom zou de helft niet eerlijk zijn. Ze gaf hem even om de rekensom te maken. De helft was exorbitant.

'De helft,' zei hij peinzend, alsof hij het overwoog.

Hij wist al dat ze de helft niet zou kunnen opbrengen. Een kwart zou niet eens lukken. Dat kwam doordat Hastings haar een schijntje betaalde – ongeveer de helft van wat een man in haar functie verdiende –, dat had hij in haar persoonlijk dossier gezien, waar hij stiekem in had gekeken. Hoe dan ook, hij had geen hypotheek. Hij had zijn kleine bungalow vorig jaar afbetaald met de opbrengst van een chemieprijs en daar onmiddellijk spijt van gehad. Ze zeggen toch: 'Nooit op één paard wedden'? Dat had hij dus wel gedaan.

'Of,' zei ze opfleurend, 'misschien kunnen we een handelsverdrag afsluiten. Zoals landen dat doen, zeg maar.'

'Een verdrag?'

'Huur in ruil voor natura.'

Calvin verstijfde. Hij had alle roddels over de gratis melk gehoord.

'Avondeten,' zei ze. 'Vier avonden per week.' En voor hij antwoord kon geven zei ze: 'Goed dan. Vijf. Maar dat is mijn laatste bod. Ik kan goed koken, Calvin. Koken is serieuze wetenschap. Sterker nog, het is chemie.'

Dus trokken ze bij elkaar in en dat was goed bevallen. Maar het labidee? Dat wilde ze niet eens overwegen.

'Je bent net voor een Nobelprijs genomineerd, Calvin,' bracht ze hem in herinnering terwijl ze de tupperwaredeksel op het restje aardappelen dichtsloeg. 'Je derde nominatie binnen vijf jaar. Ik wil op mijn eigen werk worden beoordeeld – niet op het werk waarvan ze denken dat jij het voor me hebt gedaan.'

'Niemand die jou kent zou dat ooit denken.'

Ze drukte het tupperwarebakje dicht en keek hem aan. 'Dat is het hele probleem. Niemand kent mij.'

Dat gevoel had ze al haar hele leven. Dat ze niet werd bepaald door wat ze zelf deed, maar door wat anderen hadden gedaan. Als ze niet het kind van een pyromaan was, de dochter van een seriële echtgenote of de zus van een opgeknoopte homoseksueel, dan was ze wel de student van een vermaarde geilaard. Nu was ze de vriendin van een beroemd chemicus. Maar ze was nooit eens gewoon Elizabeth Zott.

En die zeldzame keren dat ze niet door andermans daden werd bepaald, werd ze van de hand gewezen als lichtgewicht of profiteur, altijd gebaseerd op datgene wat ze het meest aan zichzelf verafschuwde. Hoe ze eruitzag. Toevallig precies zoals haar vader.

Haar vader was de reden dat ze nog maar zelden lachte. Voor hij evangelist werd had hij acteur willen worden. Hij had er zowel het charisma als de tanden voor – dat laatste dankzij professioneel gezette kronen. Het enige waar het aan ontbrak? Talent. Dus toen duidelijk werd dat acteren er niet in zat, nam hij zijn gaven mee naar tentbijeenkomsten, waar hij met zijn neplach het eind van de wereld aan de man bracht. Daarom was Elizabeth op haar tiende opgehouden te lachen. De gelijkenis vervaagde.

Pas toen Calvin Evans in haar leven kwam keerde haar glimlach terug. De eerste keer in dat theater toen hij over haar jurk had gespuugd. In eerste instantie had ze hem niet herkend, maar daarna had ze zich, ondanks de troep, gebukt om zijn gezicht beter te kunnen zien. Calvin Evans! Goed, ze was wel een tikje onbeleefd tegen hem geweest nadat hij haar onbeleefd behandeld had – die bekerglazen – maar ze hadden zich meteen en onweerstaanbaar tot elkaar aangetrokken gevoeld.

'Eet je dat nog op?' vroeg ze, wijzend op een bijna-leeg bakje.

'Nee,' zei hij, 'neem jij maar. Jij kunt de extra brandstof wel gebruiken.'

Eigenlijk had hij het wel nog willen opeten, maar hij was bereid de extra calorieën te laten varen om haar langer te laten blijven. Net als Elizabeth was hij nooit heel makkelijk in de omgang geweest: sterker nog, pas toen hij was gaan roeien had hij voor het eerst een soort echte verbinding met anderen gevoeld. Al lang geleden was hij erachter gekomen dat mensen door fysieke pijn een band opbouwen die in het dagelijks leven onmogelijk is. Hij had nog steeds contact met zijn acht teamgenoten uit Cambridge – had vorige maand zelfs met een van hen afgesproken toen hij voor een congres in New York was. Vier – ze noemden elkaar nog steeds bij hun roeinaam – was neuroloog geworden.

'Wát heb je?' had Vier verbaasd gezegd. 'Een vriendín? Nou, leuk voor je, Zes!' zei hij, met een klap op zijn rug. 'Dat werd verdorie eens tijd!'

Calvin had opgetogen geknikt, en uitgebreid verteld over Elizabeths werk, gewoonten, lach en alle andere dingen die hij zo leuk aan haar vond. Maar op een zwaarmoediger toon had hij ook uitgelegd dat het, ook al brachten Elizabeth en hij al hun vrije tijd samen door – ze woonden samen, aten samen, reden samen van en naar het werk –, toch niet als genoeg voelde. Het was niet dat hij zonder haar niet kon functioneren, zei hij tegen Vier, maar meer dat hij niet inzag waaróm hij zonder haar zou moeten functioneren. 'Ik weet niet hoe ik het moet noemen,' had hij hem na een kruisverhoor toevertrouwd. 'Ben ik verslaafd aan haar? Ben ik op een of andere ziekelijke manier afhankelijk? Heb ik misschien een hersentumor?'

'Jezus, Zes, dat heet geluk,' legde Vier uit. 'Wanneer is de bruiloft?'

Maar dat was het hele probleem. Elizabeth had hem duidelijk gemaakt dat ze geen zin had om te trouwen. 'Het is niet dat ik tegen het huwelijk ben, Calvin,' had ze meer dan eens gezegd, 'ik wil gewoon dat we geaccepteerd worden, ook als we niet getrouwd zijn. Jij niet?'

'Ja, dat wil ik,' zei Calvin, terwijl hij bedacht hoe graag hij die woorden voor een altaar tegen haar zou willen zeggen. Maar toen ze hem verwachtingsvol aankeek zei hij er snel achteraan: 'Ik vind wel dat we geluk hebben.' En toen had ze zo oprecht naar hem geglimlacht dat hij volkomen van de wijs was geraakt. Hij was naar een plaatselijke juwelier gereden, waar hij de collectie net zo lang had bestudeerd tot hij de grootste kleine diamant had gevonden die hij kon betalen. Misselijk van opwinding had hij het kleine doosje drie maanden in zijn zak gehouden, in afwachting van het juiste moment.

'Calvin?' vroeg Elizabeth, terwijl ze de laatste spullen van de kantinetafel afruimde. 'Luister je wel? Ik zei dat ik morgen naar een bruiloft ga. Of eigenlijk help ik méé aan de bruiloft, geloof het of niet.' Ze haalde nerveus haar schouders op. 'We zullen dat zuuronderzoek dus vanavond moeten bespreken, als jou dat uitkomt.'

'Wie gaat er trouwen?'

'Mijn vriendin Margaret – de secretaresse van fysica? Daar heb ik over een kwartier die afspraak mee. Voor een passessie.'

'Wacht even. Heb je een vriendín?' Hij dacht dat ze alleen collega's had – collega-wetenschappers die haar talent erkenden en haar resultaten ondermijnden.

Even voelde Elizabeth zich opgelaten. 'Eh, ja,' zei ze ongemakkelijk. 'We hebben elkaar een aantal keer in de koffiehoek gesproken.'

Calvin dwong zichzelf te kijken alsof dat een prima omschrijving van vriendschap was.

'Het is heel last minute. Een van haar bruidsmeisjes is ziek en volgens Margaret is het belangrijk om evenveel bruidsmeisjes als bruidsjonkers te hebben.' Al realiseerde ze zich nog terwijl ze dat zei wat Margaret echt nodig had: een maatje 36 zonder plannen voor het weekend.

Om eerlijk te zijn was ze niet goed in vriendschap sluiten. Ze had zichzelf wijsgemaakt dat dat kwam doordat ze zo vaak verhuisd was, slechte ouders had gehad, haar broer was verloren. Maar ze wist dat anderen ook tegenspoed hadden gekend en die hadden dat probleem niet. Die leken juist soms béter vriendschap te kunnen sluiten – alsof ze door het schrikbeeld van continue verandering of peilloos verdriet hadden begrepen hoe belangrijk het was om overal waar ze terechtkwamen relaties aan te knopen. Wat was er toch mis met haar?

En dan was er nog de onlogische kunst van de vriendschap tussen vrouwen, waarbij je kennelijk in staat moest zijn geheimen zowel te bewaren als te verklappen, met een zeer precieze timing. Altijd als ze in een nieuwe stad kwam wonen werd ze op de zondagsschool apart genomen door meisjes die haar buiten adem in vertrouwen vertelden dat ze verliefd waren op een bepaalde jongen. Ze hoorde die bekentenissen aan, en beloofde plechtig het nooit door te vertellen. En dat deed ze ook niet. Waarmee ze de plank volledig missloeg want kennelijk was het juist de bedoeling dat ze het doorvertelde. Haar taak als vertrouwelinge was dat vertrouwen te schenden door jongen x te vertellen dat meisje y hem leuk vond, en daarmee een kettingreactie van belangstelling tussen beide partijen in gang te zetten. 'Waarom vertel je het hem zelf niet?' vroeg ze dan aan die zogenaamde vriendinnen. 'Hij staat gewoon daar.' De meisjes deinsden dan vol afschuw achteruit.

'Elizabeth,' zei Calvin. 'Elizabeth?' Hij boog zich over tafel en tikte op haar hand. 'Sorry,' zei hij toen ze opschrok. 'Volgens mij was je even helemaal weg. Hoe dan ook, zoals ik net zei, ik ben dol op bruiloften. Ik ga wel met je mee.'

Eigenlijk had hij een hartgrondige hekel aan bruiloften. Jarenlang hadden die hem alleen maar herinnerd aan het feit dat er nog steeds niemand van hém hield. Maar nu had hij haar en morgen stond ze vlak bij een altaar en zijn hypothese was dat ze door die nabijheid misschien wel haar beeld van het huwelijk zou herzien. Deze theorie had zelfs een wetenschappelijke naam: associatieve interferentie.

'Nee,' zei ze vlug. 'Ik heb geen extra uitnodiging, en trouwens, hoe minder mensen me in die jurk zien hoe beter.'

'Kom op,' zei hij, en hij stak een lange arm uit om haar weer omlaag te trekken. 'Margaret kan toch niet van je verwachten dat je alleen gaat. En wat die jurk betreft, die valt vast wel mee.'

'O, nee, hoor,' zei ze, weer op haar nuchtere toon van wetenschappelijke zekerheid. 'Bruidsmeisjesjurken zijn ontworpen om de draagster onaantrekkelijk te maken, zodat de bruid er beter uitziet dan anders. Het is een geaccepteerd gebruik, een basale verdedigingsstrategie met een biologische oorsprong. Dat soort dingen zie je overal in de natuur.'

Calvin dacht terug aan de bruiloften die hij had bijgewoond en realiseerde zich dat ze misschien wel gelijk had: niet één keer had hij de behoefte gevoeld een bruidsmeisje ten dans te vragen. Kon een jurk dat echt voor elkaar krijgen? Hij keek over tafel naar Elizabeth, naar haar handen waarmee ze resoluut door de lucht bewoog om haar jurk te beschrijven: extra vulling bij de heupen, slordig smokwerk bij de taille en boezem, dikke strik op het achterwerk. Hij dacht aan de mensen die die jurken ontwierpen; hoe zij net als bommenmakers of pornosterren altijd vaag moesten blijven over waar ze de kost mee verdienden.

'Nou, lief dat je haar te hulp schiet. Maar ik dacht dat je niet van bruiloften hield.'

'Nee, ik hou alleen niet van het huwelijk. Daar hebben we het over gehad, Calvin, je weet hoe ik erover denk. Maar ik ben blij voor Margaret. Grotendeels.'

'Grotendeels?'

'Nou,' zei ze, 'ze blijft maar zeggen dat ze zaterdagavond eindelijk mevrouw Peter Dickman is. Alsof haar naamsverandering de finish is van een wedstrijd waar ze al sinds haar zesde aan meedoet.'

'Gaat ze met Díckman trouwen?' zei hij. 'Die van celbiologie?' Hij mocht Dickman niet.

'Precies,' zei ze. 'Ik heb nooit begrepen waarom vrouwen als ze trouwen hun oude naam als een gebruikte auto moeten inleveren, hun achter- en soms zelfs voornaam kwijtraken – mevrouw Jóhn Adams! Mevrouw Ábe Lincoln! – alsof hun vorige identiteit slechts een jaar of twintig als plaatsvervanger fungeerde voordat ze een echt persoon werden. Mevrouw Peter Dickman. Ze heeft levenslang.'

Elizabeth Evans daarentegen, dacht Calvin bij zichzelf, was perfect. Voor hij zichzelf kon tegenhouden voelde hij in zijn zak naar het blauwe doosje en zette het zonder aarzelen voor haar neus. 'Misschien dat de jurk hier een beetje van opknapt,' zei hij, met zijn hart in zijn keel.

'Ringdoosje,' verkondigde een van de geologen. 'Hou je vast, jongens: huwelijksaanzoek aan de gang.' Maar er was iets aan de gezichtsuitdrukking van Elizabeth wat niet helemaal klopte.

Elizabeth keek omlaag naar het doosje en toen weer omhoog naar Calvin, haar ogen wijd open van paniek.

'Ik weet hoe je over het huwelijk denkt,' zei Calvin snel. 'Maar ik heb er lang over nagedacht en volgens mij kunnen jij en ik een ander soort huwelijk hebben. Het zou helemaal niet doorsnee zijn. Leuk, zelfs.'

'Calvin...'

'Er zijn ook praktische redenen om te trouwen. Minder belasting, bijvoorbeeld.'

'Calvin...'

'Kijk dan tenminste even naar de ring,' smeekte hij. 'Ik loop er al maanden mee rond. Alsjeblieft.'

'Dat kan ik niet,' zei ze terwijl ze wegkeek. 'Dat maakt het alleen maar moeilijker om nee te zeggen.'

Haar moeder had altijd stellig beweerd dat een vrouw werd beoordeeld aan de hand van haar huwelijkspartner. 'Ik hád met Billy Graham kunnen trouwen,' zei ze altijd. 'Die had echt interesse, hoor. En trouwens, Elizabeth, als je je verlooft, sta er dan op dat je de grootst mogelijke steen krijgt. Dan kun je hem altijd nog verpanden als het huwelijk strandt.' Het bleek dat haar moeder uit ervaring sprak. Toen haar ouders een scheiding aanvroegen, kwam boven water dat ze al drie keer getrouwd was geweest.

'Ik ga niet trouwen,' zei Elizabeth tegen haar. 'Ik word wetenschapper. Succesvolle vrouwelijke wetenschappers trouwen niet.'

'O, nee?' Haar moeder schoot in de lach. 'Aha. Dus jij denkt dat je met je werk gaat trouwen, zoals de nonnen met Jezus? Al kun je zeggen over de nonnen wat je wilt, maar die weten tenminste wel zeker dat hun man niet zal snurken.' Ze kneep Elizabeth in haar arm. 'Geen enkele vrouw zegt nee tegen het huwelijk, Elizabeth. Ook jij niet.'

Calvin zette grote ogen op. 'Zeg je nou néé?'

'Ja.'

'Elizabeth!'

'Calvin,' zei ze behoedzaam, terwijl ze zijn handen over tafel vastpakte en zijn ontmoedigde gezicht opnam. 'Ik dacht dat we het hierover eens waren. Ik weet dat jij als wetenschapper begrijpt waarom het huwelijk voor mij geen optie is.'

Dat begrip viel echter niet van zijn gezicht af te lezen.

'Omdat ik niet kan riskeren dat mijn wetenschappelijke bijdrages onder jouw naam worden uitgebracht,' lichtte ze toe.

'O, ja,' zei hij. 'Natuurlijk. Vanzelfsprekend. Dus het is een arbeidsconflict.'

'Meer een maatschappelijk conflict.'

'Nou, dat is AFSCHUWELIJK!' riep hij, waardoor elk tafeltje dat niet al zat te kijken zijn volle aandacht op het ongelukkige koppel in het midden richtte.

'Calvin,' zei Elizabeth. 'We hebben dit besproken.'

'Ja, weet ik. Je bent tegen de naamsverandering. Maar heb ik ook maar iets gezegd waaruit bleek dat ik wil dat je je naam verandert?' sputterde hij. 'Nee. Sterker nog, ik verwáchtte dat je je eigen naam zou houden.' Wat niet helemaal waar was. Hij was ervan uitgegaan dat ze zijn naam zou aannemen. Evengoed zei hij: 'Maar hoe dan ook, we gaan ons toekomstige geluk toch niet laten afhangen van of een handjevol mensen jou misschien per ongeluk mevrouw Evans noemt? Dan corrigeren we ze gewoon.' Dit leek niet het goede moment om haar te vertellen dat hij haar naam al had toegevoegd aan de akte voor zijn bungalowtje – Elizabeth Evans, dat was de naam die hij de gemeentemedewerker had gegeven. Hij nam zich voor die medewerker meteen te bellen zodra hij weer op zijn lab was.

Elizabeth schudde haar hoofd. 'Ons toekomstige geluk hangt niet af van het feit of we wel of niet getrouwd zijn, Calvin – voor mij niet althans. Ik ben helemaal verknocht aan jou; daar verandert een huwelijk niets aan. En over wie wat vindt, het is niet maar een handjevol mensen: het is de maatschappij – vooral in het wereldje van wetenschappelijk onderzoek. Alles wat ik doe komt dan ineens op jouw naam te staan, alsof jij het hebt gedaan. Sterker nog, de meeste mensen zullen ervan úítgaan dat jij het hebt gedaan, gewoon omdat je een man bent, maar helemaal omdat je Calvin Evans bent. Ik wil niet een tweede Mileva Einstein of

Esther Lederberg worden, Calvin; dat weiger ik. En zelfs al namen we alle benodigde juridische stappen om mijn naam te behouden, dan nog zou hij veranderen. Ik zou door iedereen mevrouw Evans worden genoemd; ik zou mevrouw Evans wórden. Elke kerstkaart, elk bankafschrift, elke belastingaanslag zou aan meneer en mevrouw Calvin Evans worden gericht. Elizabeth Zott, zoals we haar kennen, zou niet meer bestaan.'

'En mevrouw Calvin Evans zijn is natuurlijk het allerergste wat je kan overkomen,' zei hij met een diepongelukkig gezicht.

'Ik wil Elizabeth Zott zijn,' zei ze. 'Dat is belangrijk voor me.'

Even bleven ze in een ongemakkelijke stilte zitten, met het verwerpelijke blauwe doosje tussen hen in als een slechte scheidsrechter bij een spannende wedstrijd. Tegen wil en dank vroeg ze zich af hoe de ring eruit zou zien.

'Het spijt me heel erg,' zei ze nog eens.

'Geen probleem,' zei hij stijfjes.

Ze keek weg.

'Ze maken het uit!' siste Eddie tegen de anderen. 'Het is gedaan met ze!'

Shit, dacht Frask. Zott is weer op de markt.

Alleen kon Calvin het niet loslaten. Een halve minuut later zei hij, zich totaal niet bewust van de tientallen paren ogen die op hen gericht waren, veel luider dan de bedoeling: 'Jezusmína, Elizabeth. Het is maar een náám. Wat maakt het uit. Jij bent jíj – daar gaat het om.'

'Was dat maar zo.'

'Het ís zo,' hield hij vol. 'Wat zegt een naam nou helemaal? Niets!'

Met een plotseling hoopvolle blik keek ze op. 'Niets? Nou, in dat geval, waarom verander jij jouw naam dan niet?'

'Naar wat?'

'Naar de mijne. Zott.'

Hij keek haar verbijsterd aan, en rolde met zijn ogen. 'Heel grappig,' zei hij.

'Nou, waarom niet?' Er zat een scherp randje aan haar stem.

'Je weet best waarom niet. Mannen doen dat niet. Om nog maar te zwijgen over mijn werk, mijn reputatie. Ik ben...' Hij aarzelde.

'Wat?'

'Ik ben... Ik ben...'

'Zég het.'

'Goed dan. Ik ben beroemd, Elizabeth. Ik kan mijn naam niet zomaar veranderen.'

'O,' zei ze. 'Maar als je niet beroemd was, dán zou het geen enkel probleem zijn om mijn naam aan te nemen. Is dat wat je bedoelt?'

'Hoor eens,' zei hij, en hij pakte het blauwe doosje. 'Ik snap het. Ik heb die traditie niet bedacht; het is nou eenmaal gewoon zo. Als een vrouw trouwt, krijgt ze de naam van haar man, en in 99,9 procent van de gevallen heeft ze daar geen probleem mee.'

'En jij hebt iets van een onderzoek om die stelling te onderbouwen,' zei ze.

'Hè?'

'Dat 99,9 procent van de vrouwen daar geen probleem mee heeft.'

'Nou, nee. Maar ik heb er nooit eerder klachten over gehoord.'

'En de reden dat jij je naam niet kunt veranderen is dat je beroemd bent. Hoewel 99,9 procent van de mannen die niet beroemd zijn toevallig ook hun naam behoudt.'

'Nogmaals.' Hij stak het doosje met zo veel geweld in zijn zak dat de stof bij de hoek losschoot. 'Ik heb die traditie niet bedacht. En zoals ik net al zei, ik sta – stónd – er helemaal achter dat jij je naam zou houden.'

'Stond.'

'Ik wil niet meer met je trouwen.'

Elizabeth schoof haar stoel naar achteren.

'Game, set, match!' zei een van de geologen pesterig. 'Doosje zit weer in de broekzak!'

Calvin was ziedend. Het was al een zware dag geweest. Die ochtend nog had hij een nieuwe stapel bizarre brieven gekregen, de meeste van mensen die zich voordeden als een verloren gewaand familielid. Dat was niet ongewoon; sinds hij enigszins beroemd was werd hij aan de lopende band door charlatans benaderd. Een 'oudoom' wilde Calvin laten investeren in zijn snode alchemistische plan; een 'verdrietige moeder' beweerde zijn biologische moeder te zijn en hém geld te willen geven; een zogenaamde neef had geld nodig. Er waren ook twee brieven van vrouwen die beweerden dat ze een kind van hem hadden en dat hij nu moest betalen. Dat was ondanks het feit dat Elizabeth Zott de enige vrouw was met wie hij ooit het bed had gedeeld. Kwam hier ooit nog een eind aan?

'Elizabeth,' smeekte hij, en hij haalde zijn vingers door zijn haar. 'Probeer het alsjeblieft te begrijpen. Ik wil een gezin met je stichten – een écht gezin. Dat is belangrijk voor me, misschien omdat ik het mijne niet meer heb – dat weet ik niet. Wat ik wel weet is dat ik sinds ik jou ken het gevoel heb dat we met zijn drietjes zouden moeten zijn. Jij, ik en een... een...'

Elizabeth zette grote ogen op van afschuw. 'Calvin,' zei ze gealarmeerd. 'Ik dacht dat we het daar ook over eens waren.'

'Nou, we hebben het er nooit echt over gehad.'

'Wel waar,' benadrukte ze. 'Zéker wel.'

'Alleen die ene keer,' zei hij. 'En dat was niet eens echt een gesprek. Niet echt.'

'Hoe kun je dat nou zeggen,' zei ze in paniek. 'We waren het er roerend over eens: geen kinderen. Ongelooflijk dat je hier nu mee komt. Wat is er in je gevaren?'

'Klopt, maar ik dacht dat we misschien –'

'Ik was duidelijk –'

'Dat weet ik,' onderbrak hij haar, 'maar ik dacht –'

'Je kunt daar niet zomaar over van gedachten veranderen.'

'In hemelsnaam, Elizabeth,' zei hij boos. 'Als je me nou even laat uitpraten –'

'Toe dan,' snauwde ze. 'Praat maar uit!'

Hij keek haar gefrustreerd aan. 'Ik zat alleen maar te denken dat we misschien een hond konden nemen.'

De opluchting droop van haar gezicht. 'Een hond?' vroeg ze. 'Een hond!'

'Verdomme,' zei Frask zachtjes toen Calvin zich vooroverboog om Elizabeth een kus te geven. Haar gevoel werd door de hele kantine onderschreven. Van alle kanten viel er bestek met een gelaten gekletter op dienbladen, werden er stoelen met nukkige verslagenheid naar achteren geschoven, werden er vieze kleine propjes van servetten gemaakt. Het was het giftige geluid van pure jaloezie, van het soort dat nooit uitmondt in een happy end.

7

Half Zeven

Veel mensen gaan naar een fokker als ze een hond zoeken, andere naar het asiel, maar soms, zeker als het zo heeft moeten zijn, zoekt de juiste hond jou uit.

Het was zaterdagavond, ongeveer een maand later, en Elizabeth was naar de supermarkt op de hoek gegaan om iets voor het avondeten te halen. Toen ze met een grote salami en een zak vol boodschappen in haar armen de winkel uit liep, zag een schurftige, stinkende hond, verstopt in de schaduw van het steegje, haar voorbijkomen. Hij had al vijf uur lang geen poot verzet, maar zodra hij haar zag hees hij zich overeind en liep achter haar aan.

Calvin stond toevallig bij het raam toen hij Elizabeth naar huis zag komen wandelen, met op een respectvolle vijf passen achter haar een hond, en terwijl hij haar zag lopen trok er een vreemde rilling door hem heen. 'Elizabeth Zott, jij gaat de wereld veranderen,' hoorde hij zichzelf zeggen. En zodra hij dat zei wist hij dat het waar was. Ze zou iets gaan doen wat zo revolutionair, zo essentieel was dat haar naam – ondanks een niet-aflatende stroom tegenstanders – onsterfelijk zou worden. En als om dat punt te bewijzen, had ze vandaag haar eerste volgeling.

'Heb je een vriend meegenomen?' riep hij haar toe, terwijl hij het vreemde gevoel van zich af schudde.

'Het is Half Zeven,' riep ze terug na een blik op haar pols.

Half Zeven was dringend toe aan een bad. Hij was groot, grijs, dun en had een vacht als prikkeldraad waardoor hij eruitzag alsof hij ternauwernood een elektrocutie had overleefd en hij bleef roerloos staan terwijl hij werd ingezeept, met zijn blik strak op Elizabeth gericht.

'We moeten zijn baasje maar zoeken, denk ik,' zei Elizabeth vol tegenzin. 'Er is vast iemand doodongerust.'

'Deze hond heeft geen baasje,' verzekerde Calvin haar, en daar had hij gelijk in. Latere telefoontjes naar het asiel en advertenties in de sectie Gevonden Voorwerpen van de krant leverden niets op. Maar zelfs al had het wel wat opgeleverd, Half Zeven had zijn bedoelingen al duidelijk gemaakt: blijven.

Overigens was 'blijf' het eerste woord dat hij leerde, al leerde hij er binnen een paar weken nog minstens vijf bij. Dat was waar Elizabeth het meest van stond te kijken: het feit dat Half Zeven zo goed kon leren.

'Vind je hem niet uitzonderlijk?' vroeg ze Calvin meerdere keren. 'Hij lijkt alles zo snel op te pikken.'

'Hij is dankbaar,' zei Calvin. 'Hij wil ons een plezier doen.'

Maar Elizabeth had gelijk: Half Zeven was getraind om dingen snel op te pikken.

Bommen, om precies te zijn.

Voor hij in die steeg was beland was hij explosievenhond in opleiding geweest op Camp Pendleton, de plaatselijke marinebasis. Helaas was hij daar jammerlijk mislukt. Niet alleen rook hij de bom nooit op tijd, maar hij moest ook de complimenten verdragen waar de Duitse herders mee overladen werden omdat die het wel konden. Uiteindelijk werd hij ontslagen – oneervol – door zijn verbolgen africhter, die met hem de snelweg op reed en hem ergens in *the middle of nowhere* achterliet. Twee weken later had hij zijn weg naar die steeg gevonden. Twee weken en vijf uur later werd hij ingezeept door Elizabeth en noemde ze hem Half Zeven.

'Weet je zeker dat hij met ons mee naar Hastings kan?' vroeg Elizabeth toen Calvin hem maandagochtend in de auto zette.

'Tuurlijk, waarom niet?'

'Omdat ik nog nooit een andere hond op het werk heb gezien. Bovendien zijn de laboratoria niet echt veilig.'

'We houden hem goed in de gaten,' zei Calvin. 'Het is niet gezond voor een hond om de hele dag alleen te worden gelaten. Hij heeft prikkels nodig.'

Deze keer was het Calvin die gelijk had. Half Zeven had het heerlijk gevonden op Camp Pendleton – deels omdat hij nooit alleen was, maar vooral omdat hij daar iets had wat hij nooit eerder had gehad: een doel. Maar hij had er ook een probleem gehad.

Een explosievenhond had twee keuzes: de bom op tijd vinden zodat hij nog kon worden ontmanteld (genoot de voorkeur) of zichzelf op de bom storten en zo het ultieme offer brengen om de eenheid te redden (genoot niet de voorkeur, al kreeg je dan wel postuum een medaille). Bij de training waren de bommen altijd nep, dus als een hond zich erop stortte kreeg hij hooguit een luide explosie gevolgd door een enorme klodder rode verf.

Het was dat lawaai: daar was Half Zeven als de dood voor. Dus elke dag als zijn africhter hem opdroeg om te 'zoeken', stoof hij onmiddellijk naar het oosten, ook al had zijn neus hem al geïnformeerd dat de bom vijftig meter westwaarts lag, en snuffelde dan aan allerlei stenen terwijl hij wachtte tot een van de andere, dapperdere honden het kreng eindelijk had gevonden en zijn beloningskoekje had gekregen. Tenzij die hond te laat was of te wild en de bom afging; dan kreeg die hond alleen een bad.

'U mag hier geen hond mee naartoe nemen, dr. Evans,' legde juffrouw Frask Calvin uit. 'Er is over geklaagd.'

'Niet tegen mij,' zei Calvin schouderophalend, ook al wist hij dat niemand dat ooit zou durven.

Frask liet hem meteen met rust.

Binnen een paar weken had Half Zeven de volledige inventaris van de Hastings-campus opgemaakt en elke verdieping, kamer en uitgang uit zijn hoofd geleerd, als een brandweerman die zich op een ramp voorbereidt. Wat betreft Elizabeth Zott stond hij op scherp. Ze had het zwaar gehad vroeger – dat voelde hij – en hij nam zich heilig voor dat ze het nooit meer zwaar zou hebben.

Hetzelfde gold voor Elizabeth. Zij begreep dat Half Zeven het ook zwaar had gehad, nog voor hij haveloos aan de kant van de weg was achtergelaten, en ook zij voelde de behoefte hem te beschermen. Ze stond er zelfs op dat hij naast hun bed sliep ook al had Calvin voorgesteld dat hij misschien beter naar de keuken kon. Maar Elizabeth had gewonnen en hij mocht blijven, innig tevreden, behalve wanneer Calvin en Elizabeth hun ledematen in een warrige kluwen verstrengelden, en hun gestuntel steeds door hijggeluidjes werd onderbroken. Dieren deden dat ook, maar veel efficiënter. Mensen, merkte Half Zeven op, hadden de neiging dingen nodeloos ingewikkeld te maken.

Als die ontmoetingen 's ochtends vroeg plaatsvonden stond Elizabeth vlak daarna op om ontbijt te maken. Ze was weliswaar akkoord gegaan met vijf keer in de week koken in ruil voor de huur, maar voegde daar ook ontbijt aan toe, en toen lunch. Voor Elizabeth was koken geen voorbestemde plicht van de vrouw. Koken was, zo liet ze Calvin weten, chemie. Dat was omdat koken ook daadwerkelijk chemie ís.

@200 °C/35 min = verlies van één H_2O *per mol. sucrose; totaal 4 in 55 min =* $C_{24}H_{36}O_{18}$ schreef ze in een notitieboekje. 'Dus daarom is het koekjesdeeg niet goed.' Ze tikte met haar potlood op het aanrecht. 'Nog steeds te veel watermoleculen.'

'Hoe gaat het?' riep Calvin vanuit de kamer ernaast.

'Bijna een atoom verloren in het isomerisatieproces,' riep ze terug. 'Ik denk dat ik maar wat anders maak. Heb je Jack op staan?'

Ze doelde op Jack LaLanne, de beroemde fitnessgoeroe op tv, een selfmade gezondheidsexpert die mensen stimuleerde beter voor hun lichaam te zorgen. Ze hoefde het eigenlijk niet te vragen – ze hoorde Jack al 'Op neer op neer' roepen, als een menselijke jojo.

'Ja,' riep Calvin buiten adem terug, terwijl Jack er nog tien bij wilde. 'Doe je mee?'

'Ik sta net eiwit te denatureren.'

'En nu, rennen op de plaats,' spoorde Jack aan.

Jack kon zeggen wat hij wilde, maar rennen op de plaats was het enige waar Calvin niet aan meedeed. Hij deed wat extra sit-ups terwijl Jack op de plaats rende op iets wat veel weg had van balletschoenen. Calvin zag niet in waarom je binnen op balletschoenen zou rennen; hij rende liever buiten op gymschoenen. Daarmee was hij een van de eerste joggers, wat wil zeggen dat hij al jogde lang voordat joggen populair werd, zelfs lang voordat het joggen werd genoemd. Helaas kreeg de politie, omdat anderen niet bekend waren met dit hele jogconcept, een gestage stroom telefoontjes over een schaars geklede man die door de buurt rende en korte, stevige luchtstootjes tussen zijn paarsige lippen door blies. Omdat Calvin altijd dezelfde vier of vijf routes rende, raakte de politie uiteindelijk gewend aan die telefoontjes. 'Dat is geen crimineel,' zeiden ze dan. 'Dat is gewoon Calvin. Die houdt er niet van om op balletschoenen op de plaats te rennen.'

'Elizabeth?' riep hij nog een keer. 'Waar is Half Zeven? Happy is op tv.'

Happy was de hond van Jack LaLanne. Die verscheen soms in het programma, soms ook niet, maar als hij er was liep Half Zeven steevast de kamer uit. Elizabeth voelde dat er iets aan de Duitse herder was waar Half Zeven ongelukkig van werd.

'Hij is bij mij,' riep ze terug.

Met een ei in haar hand draaide ze zich naar hem toe. 'Kleine tip, Half Zeven: breek nooit een ei op de rand van een kom – dan maak je meer kans op schilfertjes. Je kunt beter een scherp, dun mes op het ei neerlaten, alsof je het met een zweep slaat. Zie je?' zei ze, terwijl de inhoud van het ei de kom in liep.

Zonder met zijn ogen te knipperen keek Half Zeven toe.

'Nu verstoor ik de inwendige verbindingen van het ei om de aminozuurketen te verlengen,' zei ze al kloppend tegen hem, 'waardoor de vrijgekomen atomen zich kunnen binden aan andere, op dezelfde manier vrijgekomen atomen. Vervolgens breng ik het mengsel weer terug naar een los geheel en plaats ik het op een oppervlak van ijzer vermengd met koolstof, waar ik het aan precisiewarmte blootstel, terwijl ik het mengsel voortdurend blijf doorroeren tot het bijna gestold is.'

'LaLanne is een beest,' verkondigde Calvin toen hij in een vochtig T-shirt de keuken binnenkwam.

'Inderdaad,' zei Elizabeth terwijl ze de koekenpan van het vuur haalde en de eieren op twee bordjes legde. 'Want mensen zíjn nou eenmaal dieren. Technisch gezien. Al denk ik soms dat de dieren die wij tot het dierenrijk rekenen veel verder ontwikkeld zijn dan de dieren die wij wel zijn maar waar we onszelf niet toe rekenen.' Ze keek naar Half Zeven voor bevestiging, maar zelfs hij kon dit niet verwerken.

'Nou, Jack heeft me wel op een idee gebracht.' Calvin liet zijn forse lichaam in een stoel zakken. 'En volgens mij is het echt wat voor jou. Ik ga je leren roeien.'

'Mag ik het natriumchloride even?'

'Het is echt wat voor jou. We kunnen samen in een twee roeien, misschien een dubbel twee. Dan kunnen we vanaf het water de zonsopgang zien.'

'Niet echt zin in.'

'We kunnen morgen beginnen.'

Calvin roeide nog steeds drie dagen in de week, maar alleen in een skiff. Dat was niet ongebruikelijk voor toproeiers; omdat ze ooit in een boot hadden geroeid met teamgenoten die elkaar allemaal duidelijk door en door kenden, was het soms lastig met anderen te roeien. Elizabeth wist hoe erg hij zijn Cambridge-boot miste. Toch had ze geen zin om mee te roeien.

'Ik wil het niet. En trouwens, je roeit om half vijf 's morgens.'

'Ik roei om vijf uur,' zei hij, alsof dat wat uitmaakte. 'Ik vertrek hier alleen om half vijf.'

'Nee.'

'Waarom niet?'

'Néé.'

'Maar waarom niet?'

'Omdat ik dan slaap.'

'Dat is zo opgelost. Gaan we toch vroeg naar bed.'

'Nee.'

'Eerst laat ik je kennismaken met de roeimachine – die noemen wij de ergometer. Ze hebben er een paar in het boothuis staan, maar ik ga er zelf een maken om thuis te gebruiken. Daarna gaan we over op een boot, een casco. In april glijden we dan door de baai, waar we, onder het perfect synchroon geklots van onze lange slagen, de zon zien opkomen.'

Maar al terwijl hij het zei wist hij dat dat van dat roeien helemaal niet kon. Om te beginnen leert niemand binnen één maand roeien. Zelfs met de beste instructies kunnen de meeste mensen nog niet roeien binnen een jaar, of soms drie jaar, of nog meer, of ooit. En wat dat glijden betreft – dat kwam nooit voor. Wil je het punt bereiken waarop roeien ook maar iets van glijden weg heeft, dan zit je waarschijnlijk op olympisch niveau en dan is de blik in je ogen als je de wedstrijdbaan over vliegt er niet een van kalme tevredenheid maar van een gecontroleerde worsteling. Soms zit er ook nog iets vastberadens in – maar meestal is het een blik die aangeeft dat je na afloop van de wedstrijd op zoek gaat naar een nieuwe sport. Toch had hij het idee omarmd zodra hij het had opgevat. Roeien in een twee met Elizabeth. Wat een heerlijkheid!

'Nee.'

'Maar waaróm?'

'Daarom. Vrouwen roeien niet.' Maar nog terwijl ze dat zei had ze er spijt van.

'Elizabeth Zott,' zei hij verbaasd. 'Zeg je nou echt dat vrouwen niet kúnnen roeien?'

En daarmee was het bezegeld.

De volgende morgen gingen ze in het donker van huis, Calvin in zijn oude T-shirt en joggingbroek, Elizabeth in de sportiefst ogende kleren die ze had kunnen vinden. Toen ze bij het boothuis parkeerden keken Half Zeven en Elizabeth allebei vanachter het autoraam naar de steiger, waar ze een paar lichamen op een glibberige steiger gymnastiekoefeningen zagen doen.

'Kunnen ze dat niet beter binnen doen?' vroeg ze. 'Het is nog donker.'

'Op een ochtend als deze?' Het was mistig.

'Ik dacht dat je niet van regen hield.'

'Dit is geen regen.'

Voor de veertigste keer, als het niet meer was, merkte Elizabeth dat ze ernstige twijfels had bij dit plan.

'We beginnen rustig,' zei Calvin terwijl hij haar en Half Zeven voorging naar het boothuis, een gebouw dat aan een grot deed denken en waar het naar schimmel en zweet rook. Ze liepen langs rijen lange houten roeicasco's die als enorme tandenstokers tot aan het plafond waren opgetast, en

Calvin knikte naar een doorweekt iemand die geeuwend terug knikte, omdat hij nog niet tot een gesprek in staat was. Hij bleef staan toen hij had gevonden wat hij zocht, een roeimachine, de ergometer, die in een hoek was neergezet. Hij schoof de machine eruit en zette haar midden in het vak tussen de stapels boten.

'Laten we bij het begin beginnen,' zei hij. 'Techniek.' Hij ging zitten, begon toen te trekken, waarbij zijn ademhaling overging in een gepijnigd gehijg dat rustig noch leuk overkwam. 'De truc is dat je je polsen plat houdt,' zei hij snuivend, 'je knieën omlaag, je buikspieren aangespannen, je –' Maar wat hij verder zei ging verloren in zijn diepe ademhaling en binnen een paar minuten was hij kennelijk vergeten dat Elizabeth erbij was.

Met Half Zeven achter zich aan sloop ze weg om het boothuis te verkennen. Ze bleef staan achter een rek met een heel woud aan spanen die zo ongelooflijk lang waren dat het leek of hier soms reuzen speelden. Daarnaast stond een grote prijzenkast: inmiddels viel het vroege ochtendlicht op de verzameling zilveren bekers en oude roeiuniformen, stuk voor stuk een blijk van hulde aan hen die sneller, efficiënter, onverzettelijker, of misschien wel alle drie, waren geweest. Dappere mensen, volgens Calvin, die dankzij hun focus als eerste de finish hadden bereikt.

Naast de uniformen hingen foto's van stoere jongemannen met gigantische roeispanen, maar er stond ook nog iemand anders bij: een man die meer op een jochie leek en net zo serieus keek als dat hij klein was, en zijn mond had samengeperst tot een resolute, onvermurwbare streep. De stuurman, had Calvin haar verteld, degene die de roeiers vertelde wat ze moesten doen en wanneer: het tempo verhogen, een bocht nemen, een andere boot uitdagen, harder gaan. Ze vond het leuk dat zo'n klein iemand acht wilde paarden in toom hield, zijn stem, hun bevel; zijn handen, hun roer; zijn aanmoedigingen, hun brandstof.

Ze draaide zich om en zag de andere roeiers langzaam binnendruppelen, allemaal eerbiedig knikkend naar Calvin, die nog steeds op dat lawaaiige apparaat zat, en een paar van hen keken enigszins jaloers toen hij het slagtempo zo soepel verhoogde dat zelfs Elizabeth begreep dat dat een teken van aangeboren atletisch talent was.

'Wanneer kom je eens met ons roeien, Evans?' vroeg een van hen met een klap op zijn schouder. 'Dat soort energie kunnen we goed gebruiken!' Maar als Calvin al iets hoorde of voelde, liet hij het niet merken. Hij bleef strak vooruitkijken, zijn lichaam bleef onverstoorbaar.

Ook hier, dacht ze, was hij dus al een legende. Dat bleek wel, niet alleen uit hun respect, maar ook uit de onderdanige manier waarop ze om hem en zijn belachelijke opstelling heen probeerden te werken – Calvin had de roeimachine midden op de vloer van het boothuis gezet. De stuurman, duidelijk geïrriteerd, overzag de situatie.

'Handen erop!' riep hij naar zijn acht roeiers, waardoor ze aan één kant van hun zware boot in de houding sprongen en zich schrap zetten om hem op te tillen. 'Schuif hem eraf,' commandeerde hij. 'Op twee, op de schouders.'

Maar het was duidelijk dat ze nergens heen gingen – niet zolang Calvin daar in het midden zat.

'Calvin,' fluisterde Elizabeth met klem, terwijl ze snel achter hem ging staan. 'Je zit in de weg. Je moet aan de kant.' Maar hij bleef maar doorroeien.

'Jezus.' De stuurman floot zachtjes. 'Moet je dat zien.' Hij wierp een blik op Elizabeth en duwde haar toen stevig opzij met zijn duim, waarna hij vlak achter Calvins linkeroor op zijn hurken ging zitten.

'Goed zo, Cal,' gromde hij, 'hou die lengte vast, klootzak. We hebben er nog vijfhonderd te gaan en je bent nog niet klaar. Oxford nadert aan stuurboord en ze beginnen in te lopen.'

Elizabeth keek hem verbijsterd aan. 'Pardón, maar –' begon ze.

'Ik weet dat je meer in huis hebt, Evans,' gromde hij dwars door haar heen. 'Ga je niet inhouden nou, godvergeten machine die je bent; op twee wil ik twintig keiharde van je, op twéé, als ík het zeg, ga jij die klootzakken van Oxford laten zien wie de baas is; jij gaat ervoor zorgen dat die jongens wilden dat ze al dood waren; je gaat ze afmaken, Evans, zet hem op, kerel, we zitten op tweeëndertig en zijn verdomme op weg naar de véértig, als ik het zeg: dat is één, dat is twee, harder nou, TWINTIG KEIHARDE, JIJ GODVERGETEN KLOOTZAK!' schreeuwde hij. 'NU!'

Elizabeth wist niet wat er meer choquerend was: de taal die uit dat kleine mannetje kwam of de intensiteit waarmee Calvin op die taal reageerde.

Bij het horen van de woorden 'godvergeten machine' en 'klootzakken' verscheen er een waanzinnige blik in Calvins ogen die je normaal alleen in lowbudgetzombiefilms zag. Hij trok harder en sneller, haalde zo hard adem dat hij als een op hol geslagen trein klonk, en nog was het mannetje niet tevreden; hij bleef Calvin maar toeschreeuwen, wilde meer en kreeg ook meer terwijl hij de slagen als een boze stopwatch aftelde. Twintig! Vijftien! Tien! Vijf! En toen stopte het aftellen en bleven er alleen nog drie eenvoudige woordjes over waar Elizabeth het hartgrondig mee eens was.

'Meer dan genoeg,' zei de stuurman. Waarop Calvin vooroverzakte alsof hij in zijn rug was geschoten.

'Calvin!' riep Elizabeth, die snel naar hem toe liep. 'Lieve help!'

'Niks aan de hand,' zei de stuurman. 'Toch, Cal? Zet dat kloteapparaat nu dan maar aan de kant, verdomme.'

En Calvin knikte, terwijl hij zuurstof opzoog. 'Reken... maar... Sam,' hijgde hij tussen zijn ademteugen door, 'en... bedankt... Maar... eerst... wil... ik... je... Eliz... Eliz... Elizabeth Zott... voorstellen. Mijn... nieuwe ... twee... partner.'

Onmiddellijk voelde Elizabeth alle ogen in het boothuis op zich gericht.

'In de twee met Evans,' zei een van de roeiers met wijd open ogen. 'Wat heb jij gedaan? Een gouden medaille binnengehaald op de Olympische Spelen?'

'Wat?'

'Dus jij hebt in een damesteam geroeid?' vroeg de stuurman, geïnteresseerd inmiddels.

'Nou, nee, ik heb nooit echt –' en toen zweeg ze. 'Bestaan er vróúwenteams?'

'Ze is het nog aan het leren,' legde Calvin uit terwijl hij langzaamaan op adem kwam. 'Maar ze heeft er alles voor in huis.' Hij haalde diep adem, kwam toen van het apparaat af en sleepte het aan de kant. 'Deze zomer vegen we de baai aan met jullie allemaal.'

Elizabeth begreep niet helemaal wat hij daarmee bedoelde. De baai aanvegen? Hij had het toch niet echt over wedstrijden? Hoe zat het dan met de zon zien opkomen?

‘Nou,’ zei ze zachtjes, en ze keek naar de stuurman terwijl Calvin zich ging afdrogen. ‘Ik weet niet of dit wel echt mijn –’

‘Dat is het zeker,’ onderbrak de stuurman haar voor ze haar zin kon afmaken. ‘Evans zou nooit iemand bij hem in de boot vragen als diegene zijn mannetje niet kon staan.’ En toen deed hij één oog dicht en kneep het andere samen. ‘Ja. Ik zie het ook.’

‘Wat?’ vroeg ze verbaasd. Maar hij had zich al afgewend om te bulderen dat de boot de steiger op moest worden gedragen. ‘Eén voet erin,’ hoorde ze hem schreeuwen, ‘en omlaag.’ En binnen een paar seconden was de boot in een dichte mist verdwenen, vol gretige mannengezichten ondanks de eerste dikke koude regendruppels die waarschuwden voor de naderende ontberingen.

8

Overmoedig

De eerste dag op het water sloeg de twee om en vielen Calvin en zij in het water. Volgende dag, omgeslagen. Derde dag, omgeslagen.

'Wat doe ik verkeerd?' vroeg ze hijgend, klappertandend terwijl ze het lange, smalle casco de steiger op duwden. Eén klein dingetje over zichzelf had ze Calvin niet verteld. Dat ze niet kon zwemmen.

'Alles,' verzuchtte hij.

'Zoals ik al zei,' zei hij tien minuten later toen hij naar de roeimachine wees om aan te geven dat ze ondanks haar natte kleding moest plaatsnemen, 'roeien vergt perfecte techniek.'

Terwijl ze de voetenplankjes afstelde legde hij uit dat roeiers doorgaans op de ergometer gingen als het water te woelig was, of als ze getimed moesten worden, of als de coach in een pesthumeur was. En als je het goed deed moest je overgeven. Vervolgens liet hij nog terloops vallen dat de slechtste dag op het water nog best goed afstak bij de ergometer.

En toch was dat precies wat ze aldoor hadden: de slechtste dagen. De volgende ochtend al lagen ze weer in het water. En dat kwam allemaal doordat Calvin één simpele waarheid achterwege hield: dat de twee de moeilijkste boot is om in te roeien. Het is net als leren vliegen in een B-52. Maar wat had hij voor keus? Hij wist dat de mannen haar niet in een grotere boot, zoals een acht, zouden laten; los van het feit dat ze vrouw was, zou ze door haar gebrek aan ervaring de slag verpesten. Erger nog, ze zou waarschijnlijk een krab vangen en een paar ribben breken. Over krabben had hij het nog niet gehad. Om begrijpelijke redenen.

Ze legden de boot recht en kropen er weer in.

'Het probleem is dat je geen geduld hebt op het bankje. Je moet echt vertragen, Elizabeth.'

'Ik ga ook traag.'

'Nee, je hebt te veel haast. Dat is een van de grootste vergissingen die een roeier kan maken. Weet je wat er elke keer dat je te snel oprijdt gebeurt? Dan vermoordt God een jong poesje.'

'Ach, jezus, Calvin.'

'En je inpik is te traag. Het doel is hard te gaan, weet je nog?'

'Nou, dát maakt het echt een stuk duidelijker,' snauwde ze vanaf de achtersteven. 'Vertragen om hard te gaan.'

Hij gaf haar een schouderklopje alsof ze het eindelijk had begrepen. 'Precies.'

Rillend greep ze de roeispaan steviger vast. Wat een stomme sport. In het half uur daarop probeerde ze zijn tegenstrijdige instructies te begrijpen: *Handen omhoog; nee, omlaag! Leun opzij; jezus, niet zo ver! Jezus, je rug is te bol, je tilt je blad te hoog, je gaat te snel, je bent te laat, je bent te vroeg!* Tot de boot het kennelijk zelf ook helemaal zat was en hen weer het water in kieperde.

'Misschien is dit toch niet zo'n goed idee,' zei Calvin toen ze terugliepen naar het boothuis met het zware roeicasco op hun doorweekte schouders.

'Wat is mijn grootste probleem?' vroeg ze, en ze zette zich schrap voor het ergste terwijl ze de boot in de stelling lieten zakken. Calvin had altijd volgehouden dat er bij roeien vooral heel veel teamwork kwam kijken, wat een probleem was aangezien ze volgens haar baas ook al geen teamspeler was. 'Zeg het maar. Hou je niet in.'

'Fysica,' zei Calvin.

'Fysica,' zei ze opgelucht. 'Godzijdank.'

'Ik begrijp het,' zei ze toen ze later die dag op haar werk een boek over fysica doorbladerde. 'Roeien is een eenvoudige kwestie van kinetische energie versus de waterverplaatsing van de boot en het zwaartepunt van de massa.' Ze krabbelde wat formules op. 'En zwaartekracht,' zei ze erachteraan, 'en drijfvermogen, verhouding, snelheid, balans, transmissie, spaanlengte, bladtype...' Hoe meer ze las, hoe meer ze opschreef, terwijl de nuances van het roeien zich langzaam openbaarden in gecompliceerde algoritmen. 'Ach, in hemelsnaam,' zei ze achteroverleunend. 'Zó moeilijk is roeien nou ook weer niet.'

'Jezus!' riep Calvin twee dagen later uit toen hun boot ongehinderd door het water schoot. 'Wie bén jij?' Ze zweeg, en herhaalde de formules in haar hoofd. Toen ze een mannen-acht in rust passeerden draaide elke roeier zich om om hen voorbij te zien komen.

'Zagen jullie dat?' riep de stuurman pissig naar zijn bemanning. 'Zagen jullie hoe zij lengte snapt zónder overmoedig te worden?'

En toch was dat precies waar ze een maand later door haar baas, dr. Donatti, van werd beschuldigd. 'U bent overmoedig, juffrouw Zott,' zei hij, en toen zweeg hij even om haar een kneepje in haar schouder te geven. 'Abiogenese is meer een postdoctoraal-dit-onderwerp-is-zo-saai-dat-het-niemand-interesseert-achtig ding. En begrijp me niet verkeerd, maar het gaat uw intellectuele vermogens te boven.'

'En hoe moet ik het dan wél begrijpen?' Ze schudde zijn hand van zich af.

'Hoe komt u daaraan?' Zonder op haar toon te reageren pakte hij het verband om haar vingers vast. 'Als u moeite hebt met de laboratorium-apparatuur, kunt u altijd een van de mannen om hulp vragen, hoor.'

'Ik ben aan het leren roeien,' zei ze en ze trok haar vingers weg. Ondanks haar recente vorderingen waren de afgelopen paar outings op een compleet fiasco uitgelopen.

'Zo, zo, roeien,' zei Donatti, en hij rolde met zijn ogen. *Evans.*

Donatti had zelf ook geroeid, op Harvard zelfs, waar hij de ongelooflijke pech had gehad om één keer te roeien tegen Evans en zijn geliefde Cambridge-boot, op die godvergeten Henley. Hun catastrofale verlies (zeven bootlengtes), slechts gadegeslagen door een handjevol mensen die het gelukt was er een glimp van op te vangen boven de zee van onmogelijk grote hoeden uit, werd zorgvuldig gegooid op de fish-and-chips die ze de avond ervoor hadden genuttigd, in plaats van de hoeveelheid bier waar ze die mee hadden weggespoeld.

Met andere woorden, ze waren allemaal nog dronken bij de start.

Na de wedstrijd moesten ze van hun coach bij de zelfingenomen Cambridge-bemanning langs om hen te feliciteren. Toen had Donatti voor het eerst gehoord dat een van de Cambridge-jongens een Amerikaan was – een Amerikaan met een of andere wrok tegen Harvard. Toen hij Evans een hand gaf wist hij 'Goed geroeid' uit te brengen, maar in plaats van iets soortgelijks te antwoorden zei Evans: '*Jezus, ben je dronken?*'

Donatti had direct een hekel aan hem, een hekel die verdrievoudigde toen hij erachter kwam dat Evans niet alleen net als hij chemie studeerde, maar dat hij díé Evans was – Cálvin Evans – die jongen die nu al zijn enorme stempel op de chemie had gedrukt.

Het was dan ook geen verrassing dat Donatti jaren later, toen Evans het ongelooflijk beledigende aanbod van Hastings had geaccepteerd dat Donatti eigenhandig had bedacht, niet laaiend enthousiast was. Om te beginnen wist Evans niet meer wie hij was – onbeleefd. Ten tweede had Evans zo te zien zijn goede conditie behouden – irritant. Ten derde had Evans in *Chemistry Today* gezegd dat hij de betrekking niet vanwege de eersteklas reputatie van Hastings had aangenomen, maar omdat *het er lekker weer was*. Echt – wat een hufter was die vent. Toch was er wel één troost. Hij, Donatti, was hoofd chemie, en niet alleen omdat zijn vader golfde met de directeur, of omdat hij toevallig net het petekind van die man was, en al helemaal niet omdat hij met de dochter van die man was getrouwd. Het belangrijkst was dat de grote Evans zich aan hém zou moeten verantwoorden.

Om de pikorde te bestendigen had hij een bespreking met die blaaskaak belegd, en was daar twintig minuten te laat verschenen. Jammer genoeg wel in een lege vergaderzaal, want Evans was überhaupt niet komen opdagen. 'Sorry, Dino,' had Evans later gezegd. 'Ik ben niet zo van de besprekingen.'

'Het is *Donatti*.'

En nu? Elizabeth Zott. Hij mocht die Zott niet. Ze was drammerig, slim, eigenwijs. Erger nog, ze had een beroerde smaak in mannen. Maar in tegenstelling tot veel anderen vond hij haar niet aantrekkelijk. Hij keek van bovenaf naar een met zilver omlijste foto van zijn gezin: drie jongens met flaporen tussen de spitse Edith en hemzelf in. Hij en Edith waren een team zoals koppels dat horen te zijn – niet omdat ze dezelfde hobby's hadden, zoals róéien – maar op een manier die zowel maatschappelijk als fysiek bij hun sekse paste. Hij zorgde voor brood op de plank; zij poepte de baby's eruit. Het was een normaal, productief, door God goedgekeurd huwelijk. Of hij het met andere vrouwen deed? Wat een vraag. Dat deed toch iedereen?

'... mijn basishypothese...' zei Zott.

Flikker toch op met je basishypothese. Dat was nog iets waarom hij zo'n hekel aan Zott had: ze was onvermoeibaar. Stijf. Wist nooit van ophouden. Typische eigenschappen van een roeier, nu hij erover nadacht. Hij had al in geen jaren meer geroeid. Was er echt een damesteam? Ze kon natuurlijk van zijn levensdagen niet mét Evans roeien. Een toproeier als Evans zou nooit met een beginneling de boot in stappen, zelfs niet als ze met elkaar sliepen. Herstel: vooràl niet als ze met elkaar sliepen. Evans had haar waarschijnlijk bij een beginnersteam ingeschreven, en Zott, die wilde bewijzen dat ze haar mannetje stond – zoals gewoonlijk – was daarin meegegaan. Hij huiverde bij de gedachte aan een groep zwoegende roeiers, wier bladen als onbeheersbare bakspanen op het water sloegen.

'... ik ben vastbesloten dit uit te zoeken, dr. Donatti...' verklaarde Zott.

Ja, hoor, daar had je het. Dit soort vrouwen gebruikte altijd het woord 'vastbesloten'. Nou, hij was ook vastbesloten. Gisteravond nog had hij een nieuwe manier bedacht om Zott aan te pakken. Hij zou haar van Evans afpakken. Dat was veruit de beste manier om die grote man in de wielen te rijden. Vervolgens, zodra hij de Evans-Zott-idylle volledig om zeep had geholpen, zou hij haar dumpen en terugkeren naar zijn wederom zwangere huisvrouw en luidruchtige kinderen, niks aan de hand.

Zijn plan was eenvoudig: eerst Zotts zelfvertrouwen afbreken. Vrouwen waren bij het minste of geringste al gebroken.

'Zoals ik al zei,' benadrukte Donatti, terwijl hij opstond en haar met ingehouden buik de deur wees. 'U bent gewoon niet slim genoeg.'

Elizabeth beende de gang door, haar hakken ratelden gevaarlijk over de tegels. Ze probeerde zichzelf tot bedaren te brengen door diep in te ademen, maar de lucht kwam er op orkaansnelheid weer uit. Abrupt bleef ze staan en ze sloeg met haar vuist tegen de muur. Toen nam ze even de tijd om te bedenken wat haar opties waren.

Haar zaak opnieuw bepleiten.

Ontslag nemen.

Het gebouw in brand steken.

Ze wilde het niet toegeven, maar zijn woorden waren als nieuwe benzine op haar steeds groter wordende brandstapel van onzekerheid. Het ontbrak haar aan de opleiding en ervaring die anderen wel hadden. Ze miste niet alleen hun kwalificaties maar ook hun publicaties, collegiale bijstand, financiële steun en onderscheidingen. En toch wist ze – wíst ze – dat ze iets op het spoor was. Sommige mensen zijn geboren om iets te doen; zij was zo iemand. Ze drukte met haar hand tegen haar voorhoofd alsof ze zo wilde voorkomen dat haar hoofd zou ontploffen.

'Juffrouw Zott? Pardon, juffrouw Zott?'

De stem leek uit het niets te komen.

'Juffrouw Zott!' Een man met dunne haren met een stapeltje papier kwam net de hoek om. Het was dr. Boryweitz, een labmedewerker die haar vaak om hulp vroeg, net als de meeste anderen als er even niemand keek.

'Ik vroeg me af of u hier eens naar zou willen kijken,' zei hij zachtjes, haar met een gespannen gezicht mee naar de kant gebarend. 'Mijn laatste testresultaten.' Hij duwde haar een vel papier in handen. 'Dit lijkt me wel een doorbraak, toch?' Zijn handen trilden. 'Iets nieuws?'

Hij keek zoals altijd – bang, alsof hij zich zojuist doodgeschrokken was. Het was de meeste mensen een raadsel hoe dr. Boryweitz ooit een doctoraat in de chemie had bemachtigd, laat staan een betrekking bij Hastings. Zelf leek hij dat vaak evenmin te begrijpen.

'Denkt u dat uw jongeman dit interessant zou kunnen vinden?' vroeg Boryweitz. 'Misschien kunt u het hem laten zien. Ging u net naar hem toe? Zijn lab? Misschien kan ik even mee.' Hij greep haar bij haar onderarm alsof ze een reddingsboei was, iets om zich aan vast te klampen tot de grote reddingssloep in de vorm van Calvin Evans er was.

Elizabeth trok de papieren voorzichtig van hem los. Ondanks zijn onzekerheid mocht ze Boryweitz. Hij was beleefd, professioneel. En ze hadden iets gemeen: ze zaten allebei op het verkeerde moment op de verkeerde plek, al was het om compleet verschillende redenen.

'Het punt is, dr. Boryweitz.' Ze probeerde haar eigen zorgen opzij te zetten om zijn werk te bekijken. 'Dat dit een macromolecuul is met opeenvolgende eenheden die door amidebindingen aan elkaar gelinkt zijn.'

'Aha, aha.'

'Met andere woorden, het is een polyamide.'

'Een poly...' Zijn gezicht vertrok. Zelfs hij wist dat polyamiden al een eeuwigheid bestonden. 'Ik geloof dat u zich misschien vergist,' zei hij. 'Kijkt u nog eens.'

'Het is geen slechte vondst,' zei ze vriendelijk. 'Het is alleen al een keer bewezen.'

Verslagen schudde hij zijn hoofd. 'Dus ik kan dit beter niet aan Donatti laten zien.'

'U hebt in feite nylon opnieuw uitgevonden.'

'Echt waar?' Hij keek omlaag naar zijn resultaten. 'Verdorie.' Hij liet zijn hoofd zakken. Er volgde een ongemakkelijke stilte. Hij keek op zijn horloge alsof daar misschien een antwoord op stond. 'Wat is dat?' vroeg hij uiteindelijk, wijzend naar het verband om haar vingers.

'O. Ik ben roeier. Dat probeer ik, althans.'

'Bent u er goed in?'

'Nee.'

'Waarom doet u het dan?'

'Dat weet ik niet precies.'

Hij schudde zijn hoofd. 'Sjonge, ik weet precies hoe dat voelt.'

'Hoe gaat het met je project?' vroeg Calvin Elizabeth een paar weken later toen ze samen lunchten. Hij nam een hap van zijn broodje kalkoen, waar hij verwoed op kauwde om te verbergen dat hij het antwoord al wist. Net als iedereen.

'Goed,' zei ze.

'Geen problemen?'

'Nee.' Ze nam een slokje water.

'Je weet het, hè, als je mijn hulp nodig hebt –'

'Ik heb je hulp niet nodig.'

Calvin slaakte een gefrustreerde zucht. Het was een vorm van naïviteit, vond hij, dat ze maar bleef geloven dat lef het enige was wat je nodig had in het leven. Natuurlijk was lef essentieel, maar er kwam ook geluk bij kijken, en als geluk niet voorhanden was, dan hulp. Iederéén had hulp nodig. Maar misschien weigerde ze daarin te geloven omdat niemand haar die ooit geboden had. Hoe vaak had ze wel niet beweerd dat als ze haar best maar deed, ze het wel zou redden? Hij was de tel kwijt. En dat was ondanks duidelijke bewijzen van het tegendeel. Helemaal op Hastings.

Terwijl hij hun lunch opat – die van haar raakte ze nauwelijks aan – beloofde hij zichzelf zich er niet mee te bemoeien. Het was belangrijk om haar wensen te respecteren. Ze wilde dit zelf afhandelen. Hij zou er níét betrokken bij raken.

'Wat is jouw probleem, Donatti?' brulde hij een minuut of tien later toen hij het kantoor van zijn baas binnenstormde. 'Iets met de oorsprong van het leven? Druk vanuit religieuze hoek? Abiogenese is alleen maar meer bewijs dat er helemaal geen God bestaat en jij bent bang dat dat niet goed gaat vallen in Kansas? Heb je daarom Zotts project geschrapt? En dat noemt zichzelf wetenschapper.'

'Cal,' zei Donatti, met zijn armen nonchalant achter zijn hoofd. 'Hoezeer ik ook van onze gesprekjes geniet, ik heb het nu een beetje druk.'

'Want de enige andere logische verklaring,' zei Calvin beschuldigend, terwijl hij zijn handen in de voorzakken van zijn wijde kakibroek stak, 'is dat je haar werk niet begríjpt.'

Donatti rolde met zijn ogen en liet een stoot muffe adem aan zijn lippen ontsnappen. Waarom waren briljante mensen toch zo dom? Als Evans ook maar een greintje verstand had zou hij hem ervan beschuldigen dat hij zijn knappe vriendinnetje probeerde in te pikken.

'Eigenlijk, Cal,' zei Donatti, terwijl hij een sigaret uitdrukte, 'probeerde ik haar carrière een zetje te geven. Haar een kans te geven direct met mij samen te werken aan een heel belangrijk project. Haar op andere gebieden te helpen groeien.' Die zit, dacht Donatti. Op andere gebieden groeien – hoe dik kon hij het erbovenop leggen? Maar Calvin begon over haar laatste testresultaten alsof ze het nog steeds over werk hadden. Die man was hopeloos.

'Ik krijg iedere week aanbiedingen,' dreigde Calvin. 'Hastings is niet de enige plek waar ik mijn onderzoek kan doen!'

Daar gingen we weer. Hoe vaak had Donatti dat wel niet gehoord?

Tuurlijk, Evans was een hele pief in het onderzoekswereldje, en ja, een groot deel van hun subsidie hadden ze aan hem te danken. Maar dat kwam alleen doordat de geldschieters ten onrechte geloofden dat er met de naam Evans nog ander superintelligent talent zou worden aangetrokken. Was niet gebeurd. Hoe dan ook, hij wilde Evans niet weg hebben, hij wilde alleen dat Evans zou mislukken – zo uit zijn doen zou raken van liefdesverdriet dat hij zichzelf te gronde richtte, zijn reputatie om zeep hielp en al zijn onderzoeksmogelijkheden verloor. Als dat eenmaal was gebeurd, dán kon hij weg.

'Zoals ik al zei,' antwoordde Donatti met afgemeten stem, 'probeerde ik juffrouw Zott alleen maar een kans op persoonlijke groei te bieden – ik probeer haar carrière vooruit te helpen.'

'Zij kan prima voor haar eigen carrière zorgen.'

Donatti schoot in de lach. 'O, echt. En wat doe jij hier dan?'

Maar wat Donatti niet tegen Calvin zei was dat er onlangs een enorme kink in zijn loos-Evans-via-Zott-kabel was ontstaan. Een geldschieter met onmogelijk diepe zakken.

De man was twee dagen geleden uit het niets opgedoken met een blanco cheque en wilde per se – uitgerekend – abiogenese financieren. Donatti had wat beleefde tegenwerpingen gedaan. Misschien beter vetstofwisseling, stelde hij voor. Of celdeling? Maar de man was niet te vermurwen: abiogenese en anders niets. Donatti had dus geen keus: hij zette Zott weer op haar belachelijke missie naar Mars.

Eerlijk gezegd wilde het sowieso niet echt vlotten met haar. Ze was zich onverstoorbaar blijven verzetten tegen zijn voortdurende 'u bent niet slim'-vernederingen. Hoe vaak hij haar die ook naar haar hoofd wierp, ze had niet één keer naar behoren gereageerd. Waar bleef dat weinige zelfvertrouwen? Waar bleven de tranen? Als ze niet voor de zoveelste keer professioneel over abiogenese begon, dan zei ze: 'Als u me nog één keer aanraakt krijgt u daar spijt van.' Wat zag Evans in hemelsnaam in die vrouw? Hij mocht haar hebben. Hij zou een andere manier moeten vinden om de grote man in de wielen te rijden.

'Calvin,' zei Elizabeth toen ze later die dag zijn laboratorium binnenstormde. 'Ik heb geweldig nieuws. Ik heb iets voor je achtergehouden en dat spijt me, maar het was alleen omdat ik je er niet bij wilde betrekken. Donatti heeft mijn project een paar weken geleden stopgezet en ik heb alles op alles gezet om het terug te krijgen. Vandaag heeft dat iets opgeleverd. Hij heeft zijn beslissing teruggedraaid – hij zei dat hij mijn werk opnieuw had bekeken en had besloten dat het te belangrijk was om niet mee door te gaan.'

Calvin glimlachte breed, naar hij hoopte met een gepast verbaasde uitdrukking – hij had nog geen uur geleden het kantoor van Donatti verlaten. 'Hè? Echt?' zei hij, en hij gaf haar een schouderklopje. 'Probeerde hij abiogenese stop te zetten? Nou, dat moet van meet af aan een vergissing zijn geweest.'

'Sorry dat ik het je niet heb verteld. Ik wilde het zelf oplossen en nu ben ik daar blij om. Het voelde echt als een blijk van vertrouwen in mijn werk – in mij.'

'Absoluut.'

Ze keek hem wat beter aan, en deed toen een stap naar achteren. 'Ik heb dit écht helemaal zelf bereikt. Daar had jij niéts mee te maken.'

'Ik hoor het nu pas voor het eerst.'

'Jij hebt Donatti niét gesproken,' drong ze aan, 'jij hebt je er niét mee bemoeid.'

'Dat zweer ik,' loog hij.

Toen ze weg was sloeg Calvin zijn handen stilletjes glunderend ineen, zette toen de stereo aan en liet de naald zakken bij 'On the Sunny Side of the Street'. Voor de tweede keer had hij degene van wie hij het meest hield gered en het best van alles was dat ze er geen idee van had.

Hij pakte een kruk, sloeg een notitieboek open en begon te schrijven. Al vanaf zijn zevende hield hij logboeken bij, krabbelde hij de feiten en angsten van zijn leven tussen de regels met scheikundige vergelijkingen. Zelfs nu nog was zijn lab bezaaid met die vrijwel onleesbare notitieboekjes. Dat was een van de redenen waarom iedereen dacht dat hij een hoop gedaan kreeg. Volume.

'Je handschrift is moeilijk te lezen hier,' had Elizabeth meerdere keren opgemerkt. 'Wat staat daar?' Ze wees naar een RNA-gerelateerde theorie waar hij al maanden mee speelde.

'Een hypothese over enzymatische adaptatie,' antwoordde hij.

'En dit?' Ze wees naar iets onderaan de pagina. Iets wat hij over haar had geschreven.

'Meer van hetzelfde,' zei hij, en hij schoof het notitieboekje opzij.

Hij schreef heus geen vreselijke dingen over haar – integendeel. Het was meer zo dat hij het risico niet kon lopen dat ze zou ontdekken dat hij geobsedeerd was met de gedachte dat ze misschien wel dood zou gaan.

Al lang geleden had hij besloten dat hij vervloekt was en daar had hij overtuigend bewijs voor: iedereen van wie hij ooit had gehouden was doodgegaan, altijd door een bizar ongeluk. De enige manier om een eind aan dat dodelijke patroon te maken was door een eind te maken aan de liefde. En dat had hij ook gedaan. Maar toen had hij Elizabeth ontmoet en had hij zich, zonder dat het de bedoeling was, uit domheid en egoïsme weer op de liefde gestort. En hier stond ze dan, recht in zijn vervloekende vuurlinie.

Als chemicus wist hij heus wel dat zijn fixatie op vloeken verre van wetenschappelijk was: het was bijgeloof. Nou, dat was dan maar zo. Het leven was geen hypothese die je zonder gevolgen maar kon blijven testen – uiteindelijk sneuvelde er altijd wel iets. Hij was dan ook continu alert op eventuele gevaren die ze liep, en vanaf vanochtend was dat roeien.

De twee kapseisde opnieuw – zijn schuld – en voor het allereerst vielen ze allebei aan dezelfde kant van de boot in het water en deed hij een huiveringwekkende ontdekking: ze kon niet zwemmen. Aan haar paniekerige watertrappelen te zien had ze nog nooit in haar leven zwemles gehad.

Om die reden was hij, toen Elizabeth in het boothuis even naar de wc ging, samen met Half Zeven op de aanvoerder van het mannenteam, dr. Mason, afgestapt. Het slechtweerseizoen was aangebroken: als Elizabeth en hij zouden blijven roeien – en dat wilde ze zowaar – was het beter in een acht te zitten. Veiliger. Plus, als de acht kapseisde – kleine kans – kon ze door meer mensen gered worden. Hoe dan ook, Mason probeerde hem al meer dan drie jaar te ronselen; het was het proberen waard.

'Wat vind je ervan?' had hij Mason gevraagd. 'Dan moet je ons wel allebei nemen.'

'Een vróúw in een mannen-acht?' had dr. Mason gezegd, terwijl hij zijn petje goed zette op zijn geschoren stekelhaar. Hij had bij de marine gezeten en dat grondig verafschuwd. Maar het kapsel had hij gehouden.

'Ze is goed,' zei Calvin. 'Heel taai.'

Mason knikte. Vandaag de dag was hij verloskundige. Hij wist allang hoe taai vrouwen konden zijn. Maar toch, een vrouw? Dat ging toch niet werken?

'Hé, moet je horen,' zei Calvin vlak daarna tegen Elizabeth. 'Het mannenteam wil ons heel graag samen hebben in hun acht.'

'Echt waar?' Ze had altijd al in een acht willen roeien. Die achten leken maar zelden te kapseizen. Ze had Calvin nooit verteld dat ze niet kon zwemmen. Daar zou hij alleen maar ongerust van worden.

'De aanvoerder vroeg het me zojuist. Hij heeft je zien roeien,' zei hij. 'Hij heeft oog voor talent.'

Onder hem slaakte Half Zeven een zucht. *Leugens, leugens en nog eens leugens.*

'Wanneer beginnen we?'

'Nu.'

'Nú?' Een lichte paniek bekroop haar. Ze wilde dan wel roeien in een acht, maar ze wist ook dat je voor een acht een synchronisatieniveau moest hebben waar zij nog niet op zat. Als een boot het goed doet, komt dat doordat de mensen in die boot hun onbenullige ruzietjes en fysieke verschillen opzij hebben weten te zetten om als een eenheid te kunnen roeien. Volmaakte harmonie – dat was het doel. Ze had Calvin ooit in het boothuis tegen iemand horen zeggen dat zijn coach in Cambridge zelfs wilde dat ze op hetzelfde moment met hun ogen knipperden. Tot haar verbazing had die man geknikt. 'Wij moesten onze teennagels allemaal even lang vijlen. Maakte een wereld van verschil.'

'Jij gaat op twee,' zei hij.

'Leuk,' zei ze, in de hoop dat hij haar hevig trillende handen niet zag.

'De stuurman roept instructies; komt helemaal goed. Kijk gewoon naar het blad vóór je. En wat je ook doet, kijk nooit uit de boot.'

'Wacht even. Hoe kan ik het blad voor me in de gaten houden als ik niet uit de boot kijk?'

'Gewoon niet doen,' waarschuwde hij. 'Verstoort het hele ritme.'

'Maar –'

'En ontspan.'

'Ik –'

‘Aan de boorden!’ riep de stuurman.

‘Niet over inzitten,’ zei Calvin. ‘Komt helemaal goed.’

Elizabeth had ooit ergens gelezen dat 98 procent van de dingen waar mensen over inzitten nooit uitkomt. Maar hoe zit het dan, vroeg ze zich af, met die 2 procent die wel uitkomt? En van wie kwam dat getal eigenlijk? 2 procent kwam haar verdacht laag voor. Zelf was ze van 10, misschien zelfs 20 uitgegaan. In haar eigen leven kwam het waarschijnlijk eerder in de buurt van 50. Ze wilde echt niet inzitten over deze outing, maar dat deed ze wel. 50 procent kans dat ze hem zou verknallen.

Terwijl ze de boot in het donker naar de steiger tilden keek de man voor haar even achterom alsof hij probeerde te begrijpen waarom de man die normaal gesproken op twee roeide ineens kleiner leek.

‘Elizabeth Zott,’ zei ze.

‘Smoel dicht!’ riep de stuurman.

‘Wie?’ vroeg de man argwanend.

‘Ik roei vandaag op twee.’

‘Stil daarachter!’ schreeuwde de stuurman.

‘Op twee?’ fluisterde de man ongelovig. ‘Roei jíj op twee?’

‘Is dat een probleem?’ siste Elizabeth terug.

‘Wat was je goed!’ riep Calvin twee uur later. Hij hamerde zo opgewonden op het autostuur dat Half Zeven bang was dat ze zouden verongelukken voor ze thuis waren. ‘Dat vond iedereen!’

‘Wie is iedereen?’ vroeg Elizabeth. ‘Niemand heeft ook maar een woord met mij gewisseld.’

‘Ah joh, andere roeiers laten alleen iets horen als ze pissig zijn. Het belangrijkst is dat we woensdag mee mogen doen.’ Hij glimlachte triomfantelijk. Had hij haar weer gered – eerst op het werk en nu dit. Misschien was dit wel hoe je een vloek ophief – door geheime maar verstandige voorzorgsmaatregelen te nemen.

Elizabeth keek opzij uit het raam. Zou de roeisport echt zo egalitair zijn? Of was dit gewoon de welbekende angst van de welbekende partijen – Calvins legendarische haatdragendheid was net zo intimiderend voor roeiers als voor wetenschappers.

Terwijl ze langs de kust naar huis reden en de opkomende zon haar licht wierp over een tiental surfers, die met lange, op de kust gerichte planken en omgedraaide hoofden hoopten voor het werk nog een paar golven mee te kunnen pakken, bedacht ze dat ze deze zogenaamde haatdragendheid nog nooit in actie had gezien.

'Calvin,' zei ze, weer met haar gezicht naar hem toe, 'waarom zegt iedereen dat jij haatdragend bent?'

'Wat zeg je?' Hij kreeg de glimlach niet meer van zijn gezicht. Geheime, verstandige voorzorgsmaatregelen. De oplossing voor alle levensproblemen!

'Je weet best wat ik bedoel,' zei ze. 'Er hangt een sfeertje op het werk, ze zeggen dat jij iedereen die jou tegenspreekt kapotmaakt.'

'O, dat,' zei hij opgewekt. 'Geruchten. Roddels. Jaloezie. Er zijn mensen die ik niet mag, dat zeker, maar dat wil nog niet zeggen dat ik de moeite zou nemen ze kapot te maken. Natuurlijk niet.'

'Oké,' zei ze. 'Maar toch ben ik benieuwd. Is er iemand in je leven die je nooit zult vergeven?'

'Nee, ik kan niemand bedenken,' antwoordde hij vrolijk. 'En jij? Is er iemand die jij van plan bent de rest van je leven te haten?' Hij keek haar van opzij aan, ze had nog steeds een kleur van het roeien, vochtig haar van de zeedruppels, een serieus gezicht. Ze stak haar vingers uit, alsof ze aan het tellen was.

9

De wrok

Toen Calvin beweerde dat hij geen wrok koesterde en niemand haatte, bedoelde hij dat alleen maar zoals iemand die zegt dat hij altijd vergeet te eten. Hij loog dus. Hoe hard hij ook probeerde te doen alsof hij het verleden achter zich had gelaten, het lag altijd op de loer. Veel mensen hadden hem tekortgedaan, maar er was maar één man die hij niet kon vergeven. Maar één man die hij tot aan zijn dood zou blijven haten.

Op zijn tiende had hij voor het eerst een glimp van die man opgevangen. Er parkeerde een limousine bij de poort van het weeshuis en de man was uitgestapt. Hij was lang, elegant, zorgvuldig gekleed in een maatpak met zilveren manchetknopen, wat allemaal vreemd afstak tegen het landschap van Iowa. Calvin verdrong zich met de andere jongens bij het hek. Een filmster, gokten ze. Misschien een professioneel honkballer.

Ze waren hier wel aan gewend. Zo'n twee keer per jaar kwam er een beroemdheid naar het tehuis met wat journalisten in zijn kielzog om met een paar jongens op de foto te gaan. Zo nu en dan liep zo'n bezoekje uit op een paar honkbalhandschoenen of gesigneerde foto's. Maar deze man had alleen een aktetas. Ze draaiden zich allemaal weer om.

Maar ongeveer een maand na het bezoekje van die man kwamen er allerlei spullen binnen: natuurwetenschapsboeken, rekenspelletjes, scheikundedozen. En in tegenstelling tot de foto's of honkbalhandschoenen was er genoeg voor iedereen.

'De Heer voorziet ons,' zei de priester, terwijl hij een stapel gloednieuwe biologieboeken uitdeelde. 'Wat betekent dat jullie nederigen je kop houden en stil blijven zitten, verdomme. Jullie achterin, stilzitten, ik meen het!' Hij sloeg met een liniaal op het dichtstbijzijnde tafeltje, waardoor iedereen opschrok.

'Pardon, eerwaarde,' zei Calvin door zijn boek bladerend, 'maar er is iets mis met het mijne. Er ontbreken wat pagina's.'

'Die ontbréken niet, Calvin,' zei de priester. 'Die zijn verwijderd.'

'Waarom?'

'Omdat ze niet kloppen, daarom. Goed, sla allemaal jullie boek open op pagina 119, jongens. We beginnen bij –'

'De evolutie ontbreekt,' bleef Calvin aandringen, terwijl hij vluchtig bleef bladeren.

'Zo is het wel genoeg, Calvin.'

'Maar –'

De liniaal knalde snoeihard op zijn knokkels.

'Calvin,' zei de bisschop vermoeid. 'Wat is er toch aan de hand met jou? Dit is deze week al de vierde keer dat je naar mij wordt gestuurd. En dan heb ik het nog niet eens over de klachten van onze bibliothecaris over jouw gelieg.'

'Welke bibliothecaris?' De bisschop had het toch zeker niet over die dronken priester die zich geregeld verstopte in de kleine kast waar de bedroevende boekenverzameling van het tehuis zich bevond?

'Volgens Vader Amos beweer jij alles uit onze voorraad al gelezen te hebben. Liegen is een zonde, maar opschepperig liegen? Erger wordt het niet.'

'Maar ik héb ook –'

'Stilte!' riep hij, en hij boog zich dreigend over de jongen. 'Sommige mensen worden als rotte appel geboren,' ging hij verder. 'Het resultaat van ouders die zelf ook rot waren. Maar in jouw geval weet ik niet waar het vandaan komt.'

'Hoe bedoelt u?'

'Ik bedoel,' zei hij, zich naar voren buigend, 'dat ik vermoed dat jij goed bent geboren maar later rot bent geworden. Verrot,' zei hij, 'door een aaneenschakeling van verkeerde keuzes. Ben je bekend met het idee dat schoonheid vanbinnen zit?'

'Ja.'

'Nou, jouw binnenkant komt overeen met jouw lelijke buitenkant.'

Calvin raakte zijn gezwollen knokkels aan in een poging niet te huilen.

'Waarom ben je niet gewoon dankbaar voor wat je hebt?' vroeg de bisschop. 'De helft van de pagina's in een biologieboek is beter dan niks, toch? Godallemachtig zeg, ik wist wel dat dit een probleem zou worden.' Hij schoof weg van zijn bureau en sjokte door zijn kantoor. 'Wetenschapsboeken, scheikundedozen. Wat we allemaal wel niet hebben te accepteren om onze kas te spekken.' Kwaad draaide hij zich om naar Calvin. 'Zelfs dát is jouw schuld,' zei hij. 'We hadden nooit in deze positie gezeten als jouw vader niet –'

Calvin keek met een ruk omhoog.

'Laat maar.' De bisschop ging weer aan zijn bureau zitten en bladerde wat papieren door.

'Waagt u het niet over mijn vader te praten,' zei Calvin, die zijn gezicht warm voelde worden. 'U kent hem niet eens!'

'Ik mag praten over wie ik wil, Evans,' zei de bisschop nors. 'En, trouwens, ik heb het niet over je vader die bij dat treinongeluk om het leven is gekomen. Ik heb het over,' zei hij, 'je échte vader, die idioot die ons met al die godvergeten wetenschapsboeken heeft opgezadeld. Die kwam hier een maand geleden in een grote limousine aanzetten op zoek naar een jongen van tien wiens adoptieouders onder een trein waren gekomen, wiens tante haar auto tegen een boom had geplant, een jongen die "misschien wel", zei die man, "heel lang was?" Ik liep meteen naar de kast om jouw dossier te pakken. Dacht dat hij jou misschien als een verloren koffer kwam terugvorderen – gebeurt bij adopties om de haverklap. Maar toen ik hem je foto liet zien had hij prompt geen interesse meer.'

Calvin zette grote ogen op en liet het nieuws op zich inwerken. Was hij geadopteerd? Dat kon niet. Zijn ouders waren nog steeds zijn ouders, dood of niet. Hij vocht tegen zijn tranen bij de gedachte aan zijn gelukkige vroege kindertijd, als hij zijn hand veilig wegstopte in de grote hand van zijn vader, hij met zijn hoofd tegen de warme boezem van zijn moeder lag. De bisschop had het mís. Hij lóóg. De jongens kregen aan de lopende band verhalen te horen over hoe en waarom ze in All Saints terecht waren gekomen: hun moeders waren bij hun geboorte gestorven en hun vaders konden het niet aan; ze waren moeilijk opvoedbaar; er waren al genoeg monden te voeden. Dit was gewoon weer zo'n verhaal.

'Ter informatie,' zei de bisschop alsof hij een keuze uit een lijst maakte, 'je echte moeder is bij je geboorte gestorven en je echte vader kon het niet aan.'

'Ik geloof u niet!'

'Ik begrijp het al,' zei de bisschop droogjes terwijl hij twee vellen papier uit Calvins dossier haalde: een adoptiecertificaat en de overlijdensakte van een vrouw. 'Onze wetenschapper in de dop wil bewijs zien.'

Door een waas van tranen bekeek Calvin de documenten. Hij kon geen woord uitbrengen.

'Nou,' zei de bisschop en hij sloeg zijn handen op elkaar. 'Dit zal allemaal vast rauw op je dak vallen, Calvin, maar bekijk het eens van de zonnige kant. Je hébt een vader en hij zórgt wel voor je – of in elk geval voor je opleiding. Dat is heel wat meer dan de andere jongens kunnen zeggen. Probeer er nou niet egoïstisch over te doen. Je hebt geluk gehad. Eerst had je lieve adoptieouders; nu heb je een rijke vader. Zie zijn geschenk...' – hij aarzelde – 'maar als aandenken. Als eerbetoon aan je moeder. Een herinnering.'

'Maar als hij mijn echte vader is,' zei Calvin, die hem nog steeds niet geloofde, 'zou hij me hier weghalen. Dan zou hij me bij zich willen hebben.'

De bisschop keek Calvin met grote ogen van verbazing van bovenaf aan. 'Wat? Nee. Zoals ik al zei: je moeder is bij je geboorte gestorven en je vader kon het niet aan. Nee, we waren het er beiden over eens – helemaal toen hij je dossier had gelezen – dat je hier beter af bent. Een jongen zoals jij heeft een deugdzame omgeving nodig, veel discipline. Er zijn zo veel rijke mensen die hun kinderen naar kostschool sturen; All Saints is eigenlijk ook zoiets.' Hij snoof, om de zure lucht uit de keuken in zich op te nemen. 'Al stond hij er wel op dat we ons educatieve aanbod zouden opschroeven. Wat ik aanmatigend vond,' zei hij erachteraan, wat kattenhaar van zijn mouw plukkend. 'Ons – professionele onderwijzers – een beetje gaan vertellen hoe we moeten onderwijzen.' Hij stond op en keerde Calvin de rug toe om uit het raam te kijken naar het dak van het gebouw dat aan de westelijke zijde verzakt was. 'Het goede nieuws is dat hij een flinke smak geld voor ons heeft achtergelaten – niet alleen voor jou, maar ook voor de andere jongens. Zeer genereus. Of dat was het geweest althans, als hij het niet allemaal gereserveerd had voor wetenschap en sport. Echt, hoor, die rijkelui. Denken altijd dat ze het beter weten.'

'Is hij... is hij wetenschapper?'

'Heb ik gezegd dat hij wetenschapper is?' zei de bisschop. 'Luister. Hij kwam langs, wilde wat dingen weten, ging weer weg. Liet ook een cheque achter. Veel meer dan wat de meeste vaders die platzak zijn doen.'

'Maar wanneer komt hij terug?' smeekte Calvin, die het liefst van alles het tehuis uit wilde, ook al moest hij dan mee met een man die hij helemaal niet kende.

'Dat zullen we moeten afwachten.' De bisschop draaide zich weer om om uit het glas-in-loodraam te kijken. 'Dat heeft hij niet gezegd.'

Calvin sjokte traag terug naar zijn klaslokaal en dacht na over de man – dacht na over hoe hij hem terug zou kunnen laten komen. Hij móést terugkomen. Maar het enige wat er ooit kwam waren meer wetenschapsboeken.

En toch, hij bleef een kind, en kinderen klampen zich nou eenmaal vast aan hoop, zelfs als die al lang vervlogen is. Hij las alle boeken die zijn nieuwbakken vader had opgestuurd – verslond ze alsof ze uit liefde bestonden, bevoorraadde zijn gebroken hart met theorieën en algoritmen, vastberaden erachter te komen door welke chemie hij en zijn vader aan elkaar gekoppeld waren, wat die onverwoestbare band was die hen levenslang met elkaar verbond. Maar wat hij zich door zijn zelfstudie realiseerde was dat het complexe karakter van chemie veel verder ging dan geboorterecht, dat het veel vreemde en soms harteloze wendingen nam. En hij dus zou moeten leven in de wetenschap dat niet alleen zijn echte vader hem had weggedaan – zonder hem ook maar te ontmóéten –, maar dat de chemie zelf de wrok had voortgebracht die hij niet wist te verbergen of ontgroeien.

10

De riem

Elizabeth had nooit eerder een huisdier gehad en ze wist eigenlijk niet of ze er nu wel echt een had. Half Zeven was geen mens, maar beschikte duidelijk over meer menselijkheid dan de meeste stervelingen.

Daarom kocht ze geen riem voor hem – dat voelde niet goed. Beledigend zelfs. Hij week maar zelden van haar zijde, stak nooit over zonder uit te kijken, zat geen katten achterna. Sterker nog, de enige keer dat hij er ooit vandoor was gegaan was op Onafhankelijkheidsdag, toen er een voetzoeker recht voor zijn neus was afgegaan. Na uren ongerust te hebben gezocht hadden Calvin en zij hem trillend van schaamte in een steegje achter wat vuilnisemmers aangetroffen.

Maar toen het door de gemeente ineens verplicht werd gesteld om honden aan te lijnen nam ze het opnieuw in overweging, al was dat om een reden die complexer was. Naarmate ze zich meer verbonden voelde met de hond, kreeg ze ook meer de behoefte de hond aan zich te binden.

Daarom kocht ze een riem, hing hem aan de kapstok op de gang en wachtte tot het Calvin op zou vallen. Maar na een week had hij hem nog steeds niet opgemerkt.

'Ik heb een riem voor Half Zeven gekocht,' meldde ze uiteindelijk.

'Waarom?' vroeg Calvin.

'Dat moet van de wet,' legde ze uit.

'Welke wet?'

Ze omschreef de nieuwe wet en hij moest lachen. 'O, dat. Joh, dat geldt niet voor ons. Dat geldt voor mensen die niet zo'n hond als Half Zeven hebben.'

'Nee, het geldt voor iedereen. Het is nieuw. Ik ben er vrij zeker van dat het ze menens is.'

Hij glimlachte. 'Niets om je druk over te maken. Half Zeven en ik komen bijna elke dag langs het bureau. De politie kent ons.'

'Maar dat gaat veranderen,' hield ze vol. 'Waarschijnlijk omdat er de laatste tijd steeds meer huisdieren doodgaan. Er worden veel meer honden en katten aangereden.' Ze wist niet of dit daadwerkelijk zo was, maar het leek heel plausibel. 'Hoe dan ook, gisteren heb ik Half Zeven aan de riem uitgelaten. Hij vond het leuk.'

'Ik kan helemaal niet rennen met een riem,' zei Calvin terwijl hij opkeek. 'Ik hou er niet van om aan banden te worden gelegd. Bovendien blijft hij altijd vlak naast me.'

'Er kan van alles gebeuren.'

'Wat kan er dan gebeuren?'

'Hij kan de straat op stormen. Hij kan worden aangereden. Weet je nog, die voetzoeker? Om jou maak ik me geen zorgen,' zei ze. 'Wel om hem.'

Calvin glimlachte vanbinnen. Dit was een kant van Elizabeth die hij nog niet kende: een moederinstinct.

'Trouwens,' zei hij, 'er is onweer voorspeld. Dr. Mason heeft gebeld, het roeien gaat de rest van de week niet door.'

'Ah, wat jammer,' zei ze, in een poging haar opluchting te verbergen. Ze had inmiddels vier keer in de mannen-acht geroeid, en elke keer had dat haar meer afgemat dan ze wilde toegeven. 'Zei hij verder nog iets?' Ze wilde niet klinken alsof ze naar complimentjes viste, maar dat deed ze wel. Dr. Mason leek haar een fatsoenlijke vent; hij sprak haar altijd als gelijke aan. Calvin had ooit laten vallen dat hij verloskundige was.

'Hij zei dat we voor volgende week in de formatie zitten,' zei Calvin. 'En hij vroeg of we wilden overwegen om in het voorjaar aan een regatta mee te doen.'

'Bedoel je een wedstrijd?'

'Ga je geweldig vinden. Is hartstikke leuk.'

Eigenlijk was Calvin er vrij zeker van dat ze het waarschijnlijk niet heel geweldig zou vinden. Wedstrijdroeien was zwaar. De angst om te verliezen was al erg genoeg, maar dan was er ook nog het feit dat je wist dat het roeien zélf pijn ging doen, dat de roeier zodra het woord 'Attentie!' werd geroepen een hartaanval, gebroken ribben, longtransplantatie – wat er maar nodig was – riskeerde, alleen maar om op het eind die prullerige medaille te verdienen. Tweede worden? Alsjeblieft zeg. Dat werd niet voor niets eerste verliezer genoemd.

'Klinkt goed,' loog ze.

'Dat is het ook,' loog hij terug.

'Het roeien gaat niet door, weet je nog?' zei Calvin twee dagen later verbaasd toen hij Elizabeth zich in het donker hoorde aankleden. Hij pakte zijn wekker. 'Het is vier uur 's ochtends. Kom lekker naar bed.'

'Ik kan niet slapen,' zei ze. 'Ik denk dat ik maar vroeg naar mijn werk ga.'

'Nee,' smeekte hij. 'Blijf hier.' Hij trok de dekens opzij en gebaarde haar weer te komen liggen.

'Ik zet die aardappelschotel in de oven op de warmhoudstand,' zei ze terwijl ze een paar schoenen aantrok. 'Heb je een lekker ontbijt straks.'

'Hoor eens, als jij gaat, dan ga ik ook,' zei hij geeuwend. 'Geef me een paar minuten.'

'Nee, nee,' zei ze. 'Blijf jij maar liggen.'

Een uur later werd hij wakker, alleen.

'Elizabeth?' riep hij.

Hij sjokte naar de keuken, waar twee ovenwanten op het aanrecht lagen. *Eet smakelijk*, had ze geschreven. *Tot straks xxx E.*

'Kom, we gaan vandaag rennen naar het werk,' riep hij naar Half Zeven. Eigenlijk had hij niet echt zin om te rennen, maar zo konden ze met zijn allen in één auto terugrijden. Dat was niet omdat hij benzine wilde besparen, het was omdat hij er niet aan moest denken dat Elizabeth alleen naar huis zou rijden. Er waren overal bomen. En treinen.

Ze zou het vreselijk vinden als ze wist hoe druk hij zich maakte, dus hield hij het voor zich. Maar hoe kon hij zich nou niet druk maken om de persoon van wie hij het allermeest hield, meer dan hij ooit voor mogelijk had gehouden?

Bovendien maakte zij zich druk om hem – door te letten op wat hij at, alsmaar voor te stellen dat hij binnenshuis met Jack rende, een riem te kopen, godbetert.

Vanuit zijn ooghoek zag hij wat rekeningen liggen en hij prentte zichzelf in om de laatste lichting zwendelbrieven af te handelen. Hij had weer een brief gekregen van de vrouw die beweerde zijn moeder te zijn – *Ze zeiden dat je dood was*, schreef ze altijd. Er zat er ook een bij van een analfabeet die beweerde dat Calvin al zijn ideeën van hem had gestolen, en een van een zogenaamde verloren gewaande broer die geld wilde hebben. Vreemd genoeg had er nooit iemand geschreven die zich als zijn vader voordeed. Misschien omdat zijn vader nog ergens rondliep alsof hij nooit een zoon had gehad.

Sinds zijn vertrek uit het weeshuis was de enige andere persoon aan wie hij de wrok jegens zijn vader ooit had toegegeven – buiten de bisschop – een penvriend. Hij had die man nooit ontmoet maar het was hun gelukt een hechte vriendschap op te bouwen. Misschien omdat het voor hen, net als bij de biecht, makkelijker was met iemand te praten die ze niet konden zien. Maar toen na een jaar van regelmatige, openhartige correspondentie het onderwerp vaders ter sprake kwam, sloeg het om. Calvin had laten weten dat hij hoopte dat zijn vader dood was, en zijn penvriend had, kennelijk gechoqueerd, gereageerd op een manier die Calvin niet had zien aankomen. Hij schreef niet meer terug.

Calvin ging ervan uit dat hij een grens was overgegaan – de man was religieus en hij niet; misschien was het in kerkelijke kringen niet echt bon ton om toe te geven dat je je vader dood wenste. Maar wat de reden ook mocht zijn, hun tête-à-tête was afgelopen. Hij was er maanden depressief van geweest.

Hij had dan ook besloten om zijn niet-dode vader te verzwijgen voor Elizabeth. Hij was doodsbang dat ze óf net als zijn voormalige vriend zou reageren en hem zou laten vallen, óf ineens zou inzien wat de bisschop ooit als zijn grootste tekortkoming had omschreven: dat hij aangeboren onbeminnelijk was. Calvin Evans, lelijk vanbuiten én vanbinnen. Ze had tenslotte ook zijn huwelijksaanzoek afgeslagen.

Hoe dan ook, als hij het haar nu zou vertellen, zou ze zich misschien afvragen waarom hij het niet eerder had verteld. En dat was gevaarlijk omdat ze zichzelf dan misschien ook zou afvragen wat hij vérder nog verzwegen had.

Nee, sommige dingen kon je beter voor je houden. Trouwens, zij had toch ook niets verteld over haar problemen op het werk? Het was doodnormaal om in een hechte relatie een paar geheimen te hebben.

Hij trok zijn oude joggingbroek aan, rommelde wat in hun gedeelde sokkenlade, en voelde zich al wat beter toen hij een zweem van haar parfum opving. Hij was nooit echt van de zelfhulp geweest – had zelfs nooit het boek van Dale Carnegie gelezen over hoe je vrienden maakt en mensen beïnvloedt, omdat hij zich na tien pagina's al realiseerde dat het hem niet uitmaakte wat anderen vonden. Maar dat was vóór Elizabeth – voor hij beseft had dat hij gelukkig werd door haar gelukkig te maken. Wat, dacht hij, terwijl hij zijn tennisschoenen pakte, de definitie van liefde moest zijn. Dat je echt wílde veranderen voor iemand anders.

Toen hij zich bukte om zijn veters te strikken werd hij plotseling bevangen door iets nieuws. Was het dankbaarheid? Hij, de al jong van zijn ouders beroofde, nooit eerder geliefde, onaantrekkelijke Calvin Evans had, op wat voor manier dan ook, deze vrouw, deze hond, dit onderzoek, dit roeien, dit rennen, Jack, gevonden. Het was allemaal zoveel meer dan hij ooit had verwacht, zoveel meer dan hij ooit had verdiend.

Hij keek op zijn horloge: 5.18 uur. Elizabeth zat nu op een kruk, bij haar op volle toeren draaiende centrifuges. Hij floot naar Half Zeven dat hij naar de voordeur moest komen. Het was ruim acht kilometer naar het werk, en als ze samen renden konden ze er over tweeënveertig minuten zijn. Maar toen hij de deur opendeed bleef Half Zeven staan aarzelen. Het was donker en druilerig.

'Kom op, jongen,' zei Calvin. 'Wat is er?'

Toen wist hij het weer. Hij draaide zich om, pakte de riem en bukte zich om hem aan de halsband vast te maken. Calvin, die nu voor de allereerste keer stevig aan de hond vastzat, draaide zich opnieuw om en deed de deur achter zich op slot.

Zevenendertig minuten later was hij dood.

11

Bezuinigingen

'Kom op, jongen,' zei Calvin tegen Half Zeven, 'ietsje harder.' Half Zeven nam zijn positie in, vijf stappen voor Calvin uit, en keek om de zoveel tijd even achterom alsof hij wilde controleren of Calvin er nog wel was. Toen ze rechts afsloegen kwamen ze langs een kiosk. GEMEENTEBUDGET OP DIEPTEPUNT, schreeuwde een krantenkop. POLITIE EN BRANDWEER DE DUPE.

Calvin trok aan de riem om Half Zeven links af te laten slaan, naar een oudere buurt vol grote huizen en uitgestrekte gazons. 'Op een dag gaan we hier wonen,' verzekerde Calvin hem toen ze erlangs renden. 'Misschien als ik de Nobel heb gewonnen,' waarvan Half Zeven wist dat hij hem zou winnen omdat Elizabeth dat had gezegd.

Toen ze weer een bocht namen gleed Calvin bijna uit over het mos voor hij zijn evenwicht hervond. 'Dat scheelde een haartje,' hijgde hij, terwijl ze het politiebureau naderden. Half Zeven keek recht vooruit naar de dienstwagens die in een rij stonden opgesteld, als soldaten die op inspectie wachtten.

Maar de wagens waren niet geïnspecteerd. Dat kwam doordat er weer eens op de politie bezuinigd was – al de derde keer in vier jaar. Alle drie de bezuinigingsrondes vielen onder het Doe meer met minder!-initiatief, de slogan die door een of andere middenkadermanager van de gemeentelijke pr-afdeling was verzonnen. Wat dat deze keer feitelijk betekende was dat hun banen op de tocht stonden. Salarissen waren al gekrompen. Opslag bestond al niet meer. Ontslagen zouden volgen.

De agenten stelden dan ook alles in het werk om de ontslagen te vermijden. Het laatste Doe meer met minder!-initiatief parkeerden ze daar waar het thuishoorde: op het parkeerterrein bij de dienstauto's. Nu moesten hun wagens de last van de bezuiniging maar dragen. Geen onderhoud, verse olie, remvoering, nieuwe banden, lampjes vervangen, niets.

Half Zeven had een hekel aan de politieparkeerplaats, helemaal omdat de politie altijd zo hard en slordig achteruitreed. Hij had zelfs een hekel aan de vriendelijke agenten die soms naar hen zwaaiden als Calvin en hij voorbij kwamen joggen, waarbij de energie van Calvin in scherp contrast stond met hun trage pas. In de ogen van Half Zeven maakten ze een depressieve indruk, opgezadeld met een laag salaris, verveeld door routine, niet uitgedaagd door de talloze onbeduidende noodgevalletjes waarvoor ze nooit de reddingstechnieken konden gebruiken die ze hadden geleerd op de politieacademie.

Toen Calvin en hij er bijna waren, snoof Half Zeven de lucht op. Het was nog donker. Over tien minuten kwam de zon op en –

PANG!

Vanuit het donker klonk een keiharde knal. Net vuurwerk – scherp, hard, gemeen. Half Zeven dook angstig ineen – *Wat was dat?* Hij nam de benen, of probeerde het althans, maar werd terug gerukt door de riem waarmee hij aan Calvin vastzat. Ook Calvin reageerde – *Was dat nou een pistoolschot?* – en rende precies de andere kant op. *PANG, PANG, PANG!* De knallen hakkelden als een machinegeweer. In reactie daarop trok Calvin zijn voet omhoog en wierp zich naar voren, terwijl hij Half Zeven mee *deze kant op* trok, waarop Half Zeven met een verwilderde blik zijn voorpoten omhoogtrok en naar achteren rukte alsof hij wilde zeggen: *Nee, deze kant op!* En de riem, zo strak als een veer, bood geen ruimte voor compromissen. Calvin zette zijn voet in een plasje motorolie, waardoor hij als een stuntelige schaatser uitgleed, en de bestrating razendsnel op hem afkwam als een oude vriend die niet kon wachten hem gedag te zeggen.

BAM.

Er vormde zich een dun rood spoor tot een donker aureool om Calvins hoofd, en Half Zeven draaide zich om om hem te hulp te schieten, maar er kwam iets op hen afgedenderd – een enorm gevaarte dat met zo veel kracht bewoog dat de riem ervan in tweeën brak en hij opzij werd gesmakt.

Toen hij opkeek zag hij nog net de wielen van een dienstauto over het lichaam van Calvin hobbelen.

'Jezus, wat was dát?' vroeg de agent aan zijn partner. Ze waren wel gewend dat hun auto's continu haperden, maar dit was anders. Ze sprongen eruit en zagen tot hun grote schrik een lange man op de grond liggen, met zijn grijze ogen wijd open en een hoofdwond waardoor de bestrating in een mum van tijd doordrenkt raakte. Hij knipperde twee keer naar de agent die over hem heen gebogen stond.

'Ach jezus, hebben we hem geraakt? Ach jezus. Meneer – kunt u me horen? Meneer? Jimmy, bel een ambulance.'

Calvin lag daar met een gebroken schedel en zijn arm in tweeën door het geweld van de politieauto. Aan zijn pols hing het restant van de riem.

'Half Zeven?' fluisterde hij.

'Hè? Wat zegt hij, Jimmy? Ach jezus.'

'Half Zeven?' fluisterde Calvin weer.

'Nee, meneer,' zei de agent en hij ging gehurkt naast hem zitten. 'Het is bijna zes uur, maar nog niet helemaal. Het is eigenlijk ongeveer tien voor zes. Vijf uur vijftig. We gaan u hier weghalen – het komt helemaal goed, maakt u zich maar geen zorgen, meneer, u hoeft zich geen zorgen te maken.'

Achter hem stroomden de agenten het gebouw uit. In de verte maakte een ambulance gillend zijn intentie kenbaar om zo snel mogelijk ter plaatse te zijn.

'Ach wat erg,' zei een van hen terwijl de lucht uit Calvins longen liep. 'Is dat niet die man over wie iedereen altijd belt – die man die rent?'

Vanaf drie meter afstand zat Half Zeven toe te kijken. Zijn schouder was uit de kom en de andere helft van de riem bungelde aan zijn ontwrichte nek. Hij wilde niets liever dan bij Calvin gaan zitten, zijn gezicht dicht bij zijn neusgaten brengen, zijn wonden likken, ervoor zorgen dat het allemaal niet nog erger werd dan het al was. Maar hij wist het. Zelfs vanaf de afstand van drie meter wist hij het. Calvins ogen vielen langzaam dicht. Zijn borst bewoog niet meer.

Hij keek toe terwijl ze Calvin de ambulance in laadden, met een laken over zijn lichaam, zijn rechterhand die van de brancard af hing, de gebroken riem nog aan zijn pols. Half Zeven wendde zich af, misselijk van verdriet. Met een hangende kop draaide hij zich om en ging naar Elizabeth om haar het slechte nieuws te vertellen.

12

Calvins afscheidscadeau

Toen Elizabeth acht was had haar broer John haar uitgedaagd van een klif te springen, en dat had ze gedaan. Onder haar lag een steengroeve vol zeegroen water; dat had ze als een projectiel geraakt. Ze raakte de bodem met haar tenen, duwde zich af omhoog en zag bij het bovenkomen tot haar verbazing dat haar broer er al was. Hij was er meteen achter haar aan in gesprongen. *Wat bezielde je in hemelsnaam, Elizabeth?* schreeuwde hij angstig terwijl hij haar mee naar de kant sleepte. *Het was maar een grapje! Je had wel dood kunnen zijn!*

Nu, nu ze recht op haar stoel in het lab zat, hoorde ze een politieagent praten over iemand die dood was en iemand anders die erop stond dat ze zijn zakdoek aannam en weer een ander die iets zei over een dierenarts, maar ze kon alleen nog maar denken aan dat ene moment, lang geleden, toen ze met haar tenen de bodem had geraakt en de zachte, zijdeachtige modder haar had uitgenodigd daar te blijven. Omdat ze nu wist wat ze wist, kon ze maar één ding denken: *had ik dat maar gedaan.*

Het was haar schuld. Dat probeerde ze de agent uit te leggen. Die riem. Die had zij gekocht. Maar hoe vaak ze dat ook zei, kennelijk begreep hij het niet, en daarom dacht ze dat er een kans was dat ze het zich allemaal had ingebeeld. Calvin was niet dood. Hij was aan het roeien. Hij was op reis. Hij zat vijf verdiepingen boven haar, in zijn notitieboek te schrijven.

Iemand zei ga naar huis.

De vijf dagen daarna bleven Half Zeven en zij op haar onopgemaakte bed liggen, slaap onmogelijk, eten uitgesloten, het plafond hun enige uitzicht, te wachten tot hij weer binnenkwam. Het enige waar ze door gestoord werden was de rinkelende telefoon. Elke keer weer was het diezelfde zeurstem – een begrafenisondernemer, godbetert – die erop stond dat er 'knopen moesten worden doorgehakt!' Er moest een pak komen voor iemands doodskist. 'Wiens doodskist?' vroeg ze. 'Met wie spreek ik?' Toen dit soort telefoontjes te frequent werd duwde Half Zeven haar zachtjes naar de kast en deed met zijn poot de deur open. En toen zag ze het: zijn overhemden die daar zachtjes wiegden, als lijken na een ophanging. Toen wist ze het: Calvin was er niet meer.

Net als na de zelfmoord van haar broer en de verkrachting door Meyers, kon ze niet huilen. Er zat een heel leger tranen vlak achter haar ogen, maar die weigerden hun kamp te verlaten. Ze voelde zich verpletterd: hoe vaak ze ook diep ademhaalde, haar longen wilden zich maar niet vullen. Ze wist nog dat ze als kind een keer een man met één been tegen de bibliothecaresse had horen zeggen dat er iemand water stond te koken in het magazijn. Dat was gevaarlijk, legde hij uit; of ze er wat aan kon doen. De bibliothecaresse probeerde hem duidelijk te maken dat er niemand water stond te koken – de bibliotheek bestond uit één ruimte, ze kon iedereen zien – maar hij hield stug vol en begon tegen haar te schreeuwen, en om die reden moesten twee mannen hem weg komen halen, van wie er een uitlegde dat de arme man aan shellshock leed. Dat zou waarschijnlijk nooit meer overgaan.

Het probleem was dat zij nu ook dat kokende water hoorde.

Om een eind aan het telefoongerinkel te maken moest ze een pak zien te vinden. Calvin had er geen, dus raapte ze iets bij elkaar wat hij volgens haar aan zou hebben gewild: zijn roeikleding. Vervolgens ging ze met het pakketje naar het uitvaartcentrum en overhandigde het aan de begrafenisondernemer. 'Hier,' zei ze.

De plechtige man, die veel ervaring had in de omgang met nabestaanden, nam het stapeltje met een hoffelijk knikje aan. Maar zodra ze weg was gaf hij het aan zijn assistent en zei: 'Die dooie in kamer 4 is ongeveer maat 46, extra lang.' De assistent nam het pakketje aan en smeet het in een non-descripte kast op een hoopje andere ongeschikte kleding die door familieleden in al hun ontroostbaarheid door de jaren heen was langsgebracht. De assistent liep door naar een grote kledingkast, haalde er een 46 extra lang uit, schudde de broek even uit, blies het grijze stof van de schouders en begaf zich naar kamer 4.

Elizabeth was nog geen tien straten verder of de man had Calvins stijve lichaam al in het keurslijf van het pak gepropt, de handen die haar ooit hadden vastgehouden door donkere mouwen geduwd; de benen die zich ooit om haar heen hadden geslagen door wollen kokers gestouwd. Toen knoopte hij het overhemd dicht, gespte de riem dicht, trok de das recht en strikte de veters, terwijl hij het stof dat zo bij de dood hoorde van het ene eind van het pak naar het andere veegde. Hij deed een stap naar achteren om zijn werk te bewonderen en trok toen de revers recht. Hij pakte een kam, bedacht zich toen. Hij deed de deur dicht, liep de gang door om het bruine zakje met zijn lunch te halen en bleef alleen even staan om een vrouw achter een grote telmachine in een klein kantoortje instructies te geven.

Elizabeth was nog geen twaalf straten verder of het vieze pak was al opgeteld bij haar rekening.

Het was afgeladen op de begrafenis. Een paar roeiers, een journalist, een stuk of vijftig medewerkers van Hastings, van wie er een handjevol, ondanks hun gebogen hoofd en sombere kleding, niet op Calvins begrafenis was om te rouwen, maar om zich te verkneukelen. *Bimbam*, juichten ze in stilte. *De koning is dood.*

Terwijl de wetenschappers her en der rondliepen, zag een aantal van hen Zott in de verte met de hond naast zich zitten. Voor de zoveelste keer was die verrekte hond niet aangelijnd – en dat ondanks de nieuwe gemeentewet, en in weerwil van de borden rond de hele begraafplaats waarop stond dat honden überhaupt het terrein niet op mochten. Altijd hetzelfde liedje. Zelfs in de dood deden Zott en Evans alsof de regels voor hen niet golden.

Van een afstandje hield Elizabeth haar hand boven haar ogen om de menigte op te nemen. Een goedgekleed nieuwsgierig stelletje stond een eindje verderop bij een ander graf de gebeurtenissen te aanschouwen alsof het een kettingbotsing van vijftig auto's betrof. Ze legde een hand op het verband van Half Zeven en vroeg zich af wat ze nu moest doen. Eigenlijk was ze bang om dicht bij de kist te komen omdat ze wist dat ze hem open zou proberen te wrikken om erin te stappen en zichzelf met hem mee te begraven, en dan zou ze iets moeten met alle mensen die haar tegen probeerden te houden, en ze wilde niet worden tegengehouden.

Half Zeven voelde haar doodswens, en om die reden had hij de hele week goed opgelet of ze geen zelfmoord zou plegen. Het enige probleem was dat hij zelf ook dood wilde. Erger nog, hij vermoedde dat zij in hetzelfde schuitje zat – dat zij zich, ondanks haar eigen doodswens, verplicht voelde hém in leven te houden. Wat was liefde toch een ingewikkelde puinhoop.

Op dat moment zei er iemand achter hen: 'Nou, Evans heeft er in elk geval een mooie dag voor uitgekozen,' alsof slecht weer een domper op een verder feestelijke begrafenis zou hebben gezet. Half Zeven keek op en zag een magere man met een stevige kaaklijn en een kladblokje bij zich.

'Sorry dat ik u stoor,' zei de man tegen Elizabeth, 'maar ik zag u hier helemaal alleen zitten en bedacht dat u me wellicht zou kunnen helpen. Ik schrijf een verhaal over Evans, vroeg me af of ik u wat vragen zou mogen stellen – alleen als u geen bezwaar heeft – ik bedoel, ik weet dat hij een beroemd wetenschapper was, maar meer weet ik ook niet. Kunt u me vertellen waar u hem van kende? Misschien met een anekdote erbij? Hebt u hem lang gekend?'

'Nee,' zei ze, zijn blik ontwijkend.

'Nee… u…?'

'Nee, ik kende hem nog niet lang. Zeker niet lang genoeg.'

'Ah, oké,' zei hij knikkend. 'Ik begrijp het. Daarom zit u helemaal hier – geen goede vriendin maar u wilde wel uw deelneming betuigen; snap ik. Was hij uw buurman? Misschien kunt u zijn ouders aanwijzen. Broers, zussen? Neven, nichten? Ik zou heel graag wat achtergrond krijgen. Ik heb veel over hem gehoord; volgens sommigen was hij een rechtgeaarde klootzak. Kunt u daar iets over zeggen? Ik weet dat hij niet getrouwd was, maar had hij vriendinnen?' En toen ze in de verte bleef staren zei hij er iets zachter achteraan: 'Trouwens, ik weet niet of u de bordjes gezien hebt, maar honden mogen niet op de begraafplaats. Helemaal niet, dus. Kennelijk zit de beheerder daar nogal bovenop. Tenzij u, weet ik veel, een hond nodig heeft, een blindengeleidehond, omdat u… nou ja, u weet wel –'

'Dat ben ik.'

De journalist deed een stap naar achteren. 'Ach jee, echt waar?' zei hij verontschuldigend. 'U bent – O, neemt u mij niet kwalijk. U ziet er gewoon niet uit als –'

'Ik ben het wel,' zei ze.

'En dat is permanent?'

'Ja.'

'Wat vervelend,' zei hij, nieuwsgierig. 'Ziekte?'

'Riem.'

Hij deed weer een stap naar achteren.

'Nou, wat vervelend,' zei hij nog eens, terwijl hij een beetje met zijn hand voor haar gezicht zwaaide om te zien of ze zou reageren. En nee, hoor. Niets.

Een eindje in de verte verscheen een predikant.

'Ik geloof dat het feestje gaat beginnen,' zei hij, om haar te vertellen wat hij zag. 'Mensen gaan zitten, de predikant slaat de bijbel open en…' – hij leunde helemaal naar achteren om te zien of er nog mensen van de parkeerplaats af kwamen – 'en toch geen familie. Waar is de familie? Er zit helemaal niemand op de eerste rij. Misschien was hij dus wel echt een klootzak.' Hij wierp een blik naar achteren voor een reactie, en zag tot zijn verrassing dat Elizabeth was opgestaan. 'Dame?' vroeg hij. 'U hoeft daar niet helemaal heen; mensen hebben heus begrip voor een situatie als de uwe.' Ze reageerde niet en voelde in haar tas. 'Nou, als u er echt heen gaat, dan kan ik u beter even bijstaan.' Hij wilde haar bij haar elleboog nemen, maar zodra hij haar arm aanraakte begon Half Zeven te grommen. 'Jeminee zeg,' zei hij. 'Ik wilde alleen maar helpen.'

'Hij was géén klootzak,' zei Elizabeth knarsetandend.

'O,' zei hij opgelaten. 'Nee, natuurlijk niet. Neemt u me niet kwalijk. Ik herhaalde alleen wat ik had gehoord. U weet hoe dat gaat – roddels. Het spijt me. Maar ik meende u wel te horen zeggen dat u hem niet zo goed kende.'

'Dat is niet wat ik zei.'

'Volgens mij zei u –'

'Ik zei dat ik hem niet láng genoeg kende,' zei ze met beverige stem.

'Dat zei ik toch,' antwoordde hij zalvend, terwijl hij haar elleboog weer probeerde vast te pakken. 'U kende hem nog niet zo lang.'

'Blijf van me af.' Ze wurmde haar elleboog uit zijn greep en liep met Half Zeven naast zich het hobbelige grasveld over, waarbij ze soepel de stenen engelen en verlepte bloemen ontweek zoals alleen iemand met uitstekende ogen dat kan en koos toen, gebruikmakend van de verlatenheid op de eerste rij, een stoel recht tegenover zijn lange zwarte kist.

Wat volgde was de gebruikelijke riedel: de bedroefde blikken, de modderige spade, het saaie vers, de absurde gebeden. Maar zodra de eerste kluiten aarde de kist raakten, onderbrak Elizabeth het laatste eerbetoon van de predikant door aan te kondigen: 'Ik moet wandelen.' En toen draaide ze zich om en liep weg, samen met Half Zeven.

Het was een lange wandeling naar huis: tien kilometer, op hakken, in het zwart, alleen met zijn tweetjes. En ook wonderlijk: zowel de route, die door evenveel slechte als goede delen liep, als het contrast, een kleurloze vrouw en gewonde hond tegen de achtergrond van een vroege lente. Overal waar ze liepen, zelfs in de eentonigste buurten, staken bloempjes omhoog door de scheuren in de stoep en in bloembedden, die riepen en pronkten en om aandacht schreeuwden, hun geuren vermengden in de hoop een complex parfum te creëren. En daar liepen zij tussendoor, de enige levende dode dingen.

De eerste anderhalve kilometer reed de begrafenisauto achter haar aan, de chauffeur smeekte haar om in te stappen, liet haar weten dat ze het op die hakken nog geen kwartier zou volhouden, wees haar erop dat ze al betaald had voor de rit, en zei dat hij weliswaar tot zijn spijt de hond niet kon meenemen, maar een andere auto vast wel. Maar ze was even doof voor zijn smeekbedes als ze blind was geweest voor de nieuwsgierigheid van de journalist, en uiteindelijk gaven hij en alle anderen het op en deden Elizabeth en Half Zeven het enige wat nog zin had: ze bleven lopen.

De volgende dag, omdat ze niet in haar huis konden zijn en verder nergens heen konden, gingen ze weer aan het werk.

Daar hadden haar collega's het moeilijk mee. Ze hadden al hun goede uitspraken er al doorheen gejaagd. *Wat vreselijk. Als je iets nodig hebt. Zo tragisch. Gelukkig heeft hij niet geleden. Ik ben er voor je. Hij is in Gods handen nu.* Daarom ontweken ze haar nu maar.

'Neem alle tijd die u nodig hebt,' had Donatti op de begrafenis gezegd, terwijl hij zijn hand op haar schouder legde en tegelijkertijd tot zijn verbazing opmerkte dat zwart niet echt haar kleur was. 'Ik ben er voor u.' Maar toen hij haar verdoofd op haar kruk in het lab zag zitten ging ook hij haar uit de weg. Later, toen haar eenmaal duidelijk was dat iedereen 'er' alleen 'was' zolang zij 'er niet was', volgde ze Donatti's advies op en vertrok.

Het enige waar ze nog heen kon was het lab van Calvin.

'Dit kan mijn dood worden,' fluisterde ze tegen Half Zeven toen ze voor Calvins deur stonden. De hond duwde zijn kop tegen haar bovenbeen, smeekte haar om niet verder te gaan, maar toch deed ze de deur open en samen gingen ze naar binnen. De geur van schoonmaakmiddel raakte hen als een trein.

Mensen waren maar raar, dacht Half Zeven, dat ze in de bovengrondse wereld overal de viezigheid vanaf poetsten, om zich er na hun dood vrijwillig onder te laten bedelven. Op de begrafenis kon hij niet geloven hoeveel vieze aarde er nodig was om de kist van Calvin te bedekken, en bij het zien van het formaat van de spade had hij zich afgevraagd of hij misschien de hulp van zijn achterpoten moest aanbieden om het gat te vullen. En nu was viezigheid wederom het probleem, maar de verkeerde kant op. Alle sporen van Calvin waren weg geboend. Hij keek hoe ze midden in de ruimte ging staan, met een wezenloos gezicht van schrik.

Zijn notitieboekjes waren weg. In dozen gestopt en al opgeborgen terwijl de Hastings-directie nerveus afwachtte of er een bloedverwantachtige figuur zou opduiken om ze op te eisen. Het sprak voor zich dat zij, die zijn onderzoek beter dan wie dan ook kende en begreep, en wier verwantschap met hem de betekenis van 'verwant' veruit oversteeg, niet in aanmerking kwam.

Er stond nog maar één ding; een krat waar ze zijn persoonlijke spullen in hadden gegooid: een foto van haar, een paar Frank Sinatra-elpees, wat keeltabletten, een tennisbal, hondenkoekjes, en helemaal onderin zijn lunchtrommel – waarvan ze zich verdrietig realiseerde dat daar waarschijnlijk nog steeds het broodje in zat dat ze negen dagen geleden voor hem had gesmeerd.

Maar toen ze hem opendeed stond haar hart bijna stil. Er zat een klein blauw doosje in. Met daarin de grootste kleine diamant die ze ooit had gezien.

Precies op dat moment stak juffrouw Frask haar hoofd om de hoek. 'Daar bent u, juffrouw Zott,' zei ze, met haar kunstdiamanten vlinderbril als een slordige strik aan een ketting om haar hals. 'Ik ben juffrouw Frask? Van Personeelszaken?' Ze zweeg. 'Ik wil u niet storen,' zei ze terwijl ze de deur iets verder openduwde, 'maar –' Toen zag ze Elizabeth de doos doorzoeken. 'O, juffrouw Zott, dat mag u helemaal niet doen. Dat waren zijn persoonlijke bezittingen, en ook al ken en erken ik de, eh, ongebruikelijke relatie die u er met meneer Evans op na hield, toch moeten we – volgens de wet – nog een ietsiepietsie langer wachten om te zien of er iemand anders – een broer, een neef, blóéd – zich meldt om die spullen te vorderen. Dat begrijpt u wel, hè. Het is niets tegen u of uw persoonlijke – eh, neigingen; ik heb geen moreel oordeel. Maar zonder iets van een document waarin staat dat hij u deze spullen daadwerkelijk wilde nalaten, zullen we de letter van de wet moeten volgen, ben ik bang. We hebben stappen ondernomen om zijn echte werk veilig te stellen. Dat zit al achter slot en grendel.' Ineens stopte ze met praten en nam Elizabeth vlug op. 'Gaat het wel, juffrouw Zott? U ziet eruit alsof u elk moment kunt flauwvallen.' En toen Elizabeth lichtjes vooroverboog deed juffrouw Frask de deur helemaal open en kwam binnen.

Na die dag in de kantine – toen Eddie naar Zott had gekeken zoals hij nog nooit naar háár had gekeken – had Frask bedacht dat ze Zott haatte.

'Ik stond in de lift vandaag,' had Eddie in vervoering gezegd, 'en juffrouw Zott stapte in. We hebben er vier verdiepingen samen in gestaan.'

'Hebben jullie leuk gepraat?' vroeg Frask, met haar kiezen op elkaar. 'Weet je nu haar lievelingskleur?'

'Nee,' zei hij. 'Maar daar zal ik haar de volgende keer zeker naar vragen. Jemig, wat een vrouw.'

Frask had vervolgens minstens twee keer in de week moeten aanhoren wát voor vrouw Zott dan precies was. Het was de hele tijd Zott zus en Zott zo bij Eddie; hij praatte aan één stuk door over haar – maar ja, dat deed nou eenmaal iedereen. Zott, Zott, Zott. Ze was Zott zo verschrikkelijk zát.

'Ik hoef u vast niet te vertellen,' zei Frask, met een mollige hand op Zotts rug, 'dat het te vroeg is om weer aan het werk te gaan – en al helemaal om hier te zijn,' zei ze, met een knikje naar de ruimte waar Calvin ooit had gezeten. 'Het is niet goed voor u. U bent nog in shock en u hebt rust nodig.' Haar hand ging op en neer, in een onhandige poging tot een schouderklopje. 'Ik weet heus wel wat er allemaal gezegd wordt,' zei ze, doelend op haar rol als startpunt van de roddels op Hastings, 'en ik weet dat ú weet wat er allemaal gezegd wordt,' ging ze verder, vrij zeker dat Elizabeth dat helemaal niet wist, 'maar naar mijn mening betekent het feit dat meneer Evans de melk gratis kreeg niet dat zijn vroegtijdige dood u minder zwaar valt. Sterker nog, naar mijn mening is het úw melk en als ú besluit die te laten bederven, hebt ú daar het volste recht toe.'

Zo, dacht ze tevreden. Nú wist Zott wat er gezegd werd.

Elizabeth keek Frask verbijsterd aan. Ze bedacht dat er waarschijnlijk een zeker talent voor nodig was om precies het verkeerde te zeggen op precies het verkeerde moment. Misschien was dat wel een vereiste om bij Personeelszaken te mogen werken – een bepaalde lompe, opgewekte onnozelheid waarmee je iemand in rouw kon beledigen.

'Ik was al een tijdje naar u op zoek, om meerdere redenen,' zei Frask, 'te beginnen met de kwestie van de hond van meneer Evans. Die daar,' zei ze, wijzend naar Half Zeven, die dreigend terugkeek. 'Helaas mag die hier niet meer komen. Dat begrijpt u vast wel. Meneer Evans werd gewoonweg verafgood op Hastings en daarom werden zijn eigenzinnige liefhebberijen te vaak oogluikend toegestaan. Maar nu meneer Evans niet meer onder ons is vrees ik dat de hond ook het veld moet ruimen. Als ik het goed begrijp was de hond sowieso van hem.' Ze keek Elizabeth vragend aan.

'Nee, het is ónze hond,' wist ze uit te brengen. 'Míjn hond.'

'Oké,' zei ze. 'Maar van nu af aan zal hij thuis moeten blijven.'

In de hoek keek Half Zeven op.

'Zonder hem kan ik hier niet zijn,' zei Elizabeth. 'Dat gaat gewoonweg niet.'

Frask knipperde met haar ogen alsof het licht in de ruimte te fel was en haalde toen vanuit het niets een klembord tevoorschijn waar ze een paar aantekeningen op maakte. 'Natuurlijk,' zei ze zonder op te kijken, 'hou ik ook van honden,' ook al was dat niet zo, 'maar zoals ik al zei, bij meneer Evans knepen we een oogje dicht. Hij was heel belangrijk voor ons. Maar er komt een moment,' zei ze, met alweer een hand op de schouder van Elizabeth om er klopjes op te geven, 'dat u moet begrijpen dat meeliften op het succes van een ander een keertje ophoudt.'

Elizabeth kreeg een andere blik in haar ogen. 'Meeliften?'

Frask keek op van het klembord, met een blik die poogde professioneel over te komen. 'Dat weet u best.'

'Ik heb nooit op zijn succes meegelift.'

'Dat heb ik ook nooit gezegd,' zei Frask zogenaamd verbaasd. Toen ging ze zachter praten, alsof ze een geheim vertelde. 'Mag ik één ding zeggen?' Ze haalde kort adem. 'Er komen weer andere mannen, juffrouw Zott. Misschien niet zo beroemd of invloedrijk als meneer Evans, maar evengoed mannen. Ik heb psychologie gestudeerd – ik weet dat soort dingen. U ging voor Evans, hij was beroemd, hij was vrijgezel, misschien kon hij u verder helpen in uw carrière, ik geef u geen ongelijk. Maar het is op niks uitgelopen. En nu is hij er niet meer en bent u verdrietig – natuurlijk bent u verdrietig. Maar bekijk het eens van de zonnige kant: u bent weer vrij. En er zijn talloze leuke mannen, knáppe mannen. En een van hen zal vast wel een keer een ring om uw vinger schuiven.'

Ze zweeg, en dacht terug aan die lelijke Evans waarna ze meteen de knappe Zott voor zich zag die weer op de markt was, en mannen die als schuimende zeepbellen in een badkuip om haar heen dansten. 'En zodra u er een hebt gevonden,' zei ze, 'misschien wel een advocaat,' specificeerde ze, 'dan kunt u met al die wetenschappelijke onzin stoppen en naar huis gaan en heel veel baby's krijgen.'

'Dat wil ik helemaal niet.'

Frask rechtte haar rug. 'Zo zo, gaan we de rebel uithangen?' zei ze. Wat had ze toch een hartgrondige hekel aan Zott.

'Nog één klein dingetje dan,' zei ze tikkend met haar pen op het bord erachteraan, 'namelijk uw rouwverlof. Hastings heeft u drie extra dagen toegekend. Dat is vijf in totaal. Ongekend voor een niet-familielid – erg, erg genereus, juffrouw Zott – en opnieuw iets waaruit blijkt hoe belangrijk meneer Evans voor ons was. Ik wil u dan ook verzekeren dat u naar huis moet en daar kunt blijven. Met de hond. U hebt mijn toestemming.'

Elizabeth wist niet of het de gemene woorden van Frask waren of het vreemde gevoel van de kleine, koude ring die ze vlak voor Frask binnen was gekomen in haar vuist had geklemd, maar voor ze het wist keerde ze de vrouw de rug toe om over te geven in de wasbak.

'Heel normaal,' zei Frask, die de ruimte door schoot om een stapel papieren doekjes te pakken. 'U bent nog in shock.' Maar toen ze een tweede doekje op het voorhoofd van Elizabeth legde, zette ze haar vlinderbril recht en keek nog eens goed. 'Aha,' verzuchtte ze veroordelend met haar hoofd naar achteren. 'Aha, ik snap het al.'

'Wat?' mompelde Elizabeth.

'Kom nou toch,' zei Frask afkeurend. 'Wat had u dan verwacht?' En toen maakte ze een tss-geluid, net hard genoeg om Zott aan haar verstand te brengen dat zíj het al wist. Maar toen Zott niet liet blijken dat ze begreep dat zij het wist, vroeg Frask zich af of er misschien een kleine kans bestond dat Zott het zelf echt niet wist. Zo ging dat bij sommige wetenschappers. Die geloofden in wetenschap totdat het hun zelf overkwam.

'O, bijna vergeten,' zei Frask, een krant onder haar arm vandaan halend. 'Ik wilde u dit nog laten zien. Enige foto, toch?' En daar stond het, het artikel van de journalist die de begrafenis had bijgewoond. 'De genialiteit die hij begroef', luidde de kop, gevolgd door een verhaal dat liet doorschemeren dat Evans door zijn moeilijke persoonlijkheid zijn wetenschappelijke talent misschien wel niet ten volle had benut. En om dat te bewijzen stond er een foto naast van Elizabeth en Half Zeven voor zijn kist, met het onderschrift: 'Eigenlijk is liefde helemaal niet blind', vergezeld van een kort stukje over het feit dat zelfs zijn vriendin beweerde hem nauwelijks gekend te hebben. 'Hoe kun je zoiets schrijven,' fluisterde Elizabeth, met haar handen om haar buik geklemd.

'U gaat toch niet weer overgeven, hè?' vitte Frask terwijl ze nog wat papieren doekjes uitstak. 'Ik weet dat u chemica bent, juffrouw Zott, maar dit had u toch wel zien aankomen. U hebt toch zeker ook biologie gehad.'

Elizabeth keek op, met een grauw gezicht, lege ogen, en heel, heel even had Frask bijna medelijden met deze vrouw en haar lelijke hond en het braaksel en alle problemen die voor de deur stonden. Ondanks haar hersenen en schoonheid en haar ongelooflijk sletterige gedrag bij mannen, was Zott niet beter af dan wie dan ook.

'Wát zien aankomen?' vroeg Elizabeth. 'Waar wilt u heen?'

'Biologie!' brulde Frask met een tikje van haar pen tegen de buik van Elizabeth. 'Zott, alstublieft! We zijn vrouwen! U weet toch heus wel dat Evans u iets heeft nagelaten!'

En Elizabeth, die grote ogen opzette toen het besef begon te dagen, werd opnieuw misselijk.

13

Idioten

De directie van het Hastings Research Instituut had een groot probleem. Nu hun excellente wetenschapper dood was, en er in een krantenartikel geïnsinueerd werd dat hij vanwege zijn vreselijke persoonlijkheid nooit echt iets van waarde had bereikt, begonnen de weldoeners van Hastings – het leger, de marine, een aantal farmaceutische bedrijven, een paar particuliere investeerders en een handjevol stichtingen – al dingen te roepen als 'de bestaande projecten van Hastings opnieuw onder de loep te zullen nemen' en 'toekomstige subsidies te zullen heroverwegen'. Zo gaat dat bij onderzoek – het is overgeleverd aan degenen die ervoor betalen.

En daarom was de directie van Hastings vastberaden dit belachelijke verhaal de kop in te drukken. Evans hád toch zeker fikse voortgang geboekt? Zijn kantoor lag bezaaid met notitieboekjes en rare vergelijkinkjes in een onleesbaar handschrift en met overal uitroeptekens en dikke onderstrepingen die je maakt als je op het punt staat iets te ontdekken. Sterker nog, al over een maand zou hij naar verwachting in Genève een artikel over zijn vorderingen presenteren. Of dat had hij gedaan als hij niet door een politieauto was overreden omdat hij per se buiten in de regen wilde hardlopen in plaats van binnen op balletschoenen zoals ieder ander.

Wetenschappers. Moesten alles altijd net weer anders doen.

Dat was ook deel van het probleem. De meeste wetenschappers op Hastings waren niet anders – niet anders genoeg althans. Die waren normaal, gemiddeld, hooguit een tikje bovengemiddeld. Niet dom, maar ook niet briljant. Ze waren het soort mensen waar het merendeel van elk bedrijf uit bestaat – normale mensen die normaal werk doen, en zo nu en dan een promotie tot manager krijgen, met weinig inspirerend resultaat. Mensen die de wereld niet zullen veranderen, maar hem ook niet per ongeluk zullen opblazen.

Nee, de directie moest het hebben van de vernieuwers, en nu Evans weg was, bleef er maar een heel klein vijvertje met echt talent over. Die hadden lang niet allemaal een hoge positie zoals Calvin; sterker nog, sommigen wisten waarschijnlijk niet eens dat ze als ware vernieuwers werden gezien. Maar de directie van Hastings wist dat bijna alle grootse ideeën en doorbraken bij hen vandaan kwamen.

Het enige echte probleem met die mensen, naast af en toe een hygiënisch akkefietje, was dat ze een mislukking altijd als een positieve uitkomst leken te omarmen. 'Het is niet mislukt,' citeerden ze Edison uit den treure, 'ik heb gewoon tienduizend manieren gevonden die niet werken.' Wat in wetenschappelijke kringen misschien een acceptabele opmerking is, maar niet in een ruimte vol investeerders op zoek naar een onmiddellijk toepasbare, kostbare, langdurige behandeling van kanker. God bewaar hen voor een echte remedie. Het is een stuk lastiger geld verdienen aan iemand die geen probleem meer heeft. Om die reden zette Hastings alles op alles om die mensen buiten de publiciteit te houden, tenzij het de wetenschappelijke pers betrof, want dat maakte niet uit omdat toch niemand dat las. Maar nu? De dode Evans stond op pagina elf van de *LA Times*, en daar, naast zijn doodskist? Zott en die godvergeten hond.

Dat was het derde probleem van de directie. Zott.

Zij was een van hun vernieuwers. Niet erkend, natuurlijk, maar zo gedroeg ze zich wel. Elke week werd er wel een klacht over haar ingediend – over hoe ze haar mening uitte, erop stond dat haar naam boven haar eigen artikelen kwam te staan, weigerde koffie te zetten; de lijst was eindeloos. En toch lieten haar prestaties – of waren het toch die van Calvin? – aan duidelijkheid niets te wensen over.

Haar project, abiogenese, was alleen maar goedgekeurd omdat er een schatrijke investeerder uit de lucht was komen vallen die erop stond om uitgerekend abiogenese te financieren. Hoe toevallig was dat? Al was het ook wel typisch zoiets absurds wat multimiljonairs nou eenmaal deden:

nutteloze luchtkasteelprojecten financieren. Die rijkaard had gezegd dat hij een artikel van ene E. Zott had gelezen – iets ouds, nog van UCLA – en gefascineerd was door de mogelijkheden tot verdere uitwerking die het bood. Sindsdien had hij Zott proberen op te sporen.

'Zott? Maar meneer Zott werkt hier!' hadden ze eruit geflapt.

De rijkaard had er oprecht verrast uitgezien. 'Ik ben maar een dag in de stad, maar ik zou meneer Zott dolgraag ontmoeten,' had hij gezegd.

En ze schraapten hun keel en stamelden. Zott ontmoeten, dachten ze. En erachter komen dat hij een zij was? Dan konden ze die cheque wel op hun buik schrijven.

'Dat zal helaas niet gaan,' hadden ze gezegd. 'Meneer Zott zit in Europa. Bij een congres.'

'Wat jammer,' zei de rijkaard. 'De volgende keer dan misschien.' En vervolgens zei hij dat hij maar eens in de zoveel jaar zou komen kijken hoe het project ervoor stond. Omdat hij begreep dat wetenschap nou eenmaal traag ging. Omdat hij wist dat er tijd, afstand en geduld bij kwamen kijken.

Tijd. Afstand. Geduld. Meende deze man het écht? 'Heel verstandig,' hadden ze tegen hem gezegd, de drang onderdrukkend om flikflakkend het kantoor door te gaan. 'Bedankt voor uw vertrouwen.' En voor hij goed en wel weer in zijn limousine zat hadden ze de bulk van zijn milde gift al over veelbelovendere onderzoeksgebieden verdeeld. Zelfs Evans hadden ze wat toegestopt.

Maar toen – Evans. Nadat ze zo vriendelijk opnieuw hadden geïnvesteerd in zijn geen-idee-wat-die-man-eigenlijk-deed-onderzoek, was hij hun kantoor binnengestormd om te zeggen dat als ze geen manier vonden om zijn knappe vriendinnetje te financieren, hij zou opstappen en al zijn speelgoed, ideeën en Nobelprijsnominaties met zich mee zou nemen. Ze hadden hem gesmeekt bij zinnen te komen; hen werkelijk abiogenese laten financieren? Kom nou toch. Maar hij bleef bij zijn standpunt, durfde zelfs te stellen dat haar ideeën misschien nog wel beter dan die van hemzelf waren. Destijds hadden ze dat afgedaan als wartaal van een man die de seksuele jackpot had gewonnen. Maar nu?

In tegenstelling tot alle Edison-citeerders met hun 'Ik ben niet écht een mislukking' sloeg zij met haar theorieën – volgens Evans althans – de spijker blijkbaar op zijn kop. Darwin had lang geleden gesteld dat het leven was ontstaan uit een eencellige bacterie, die vervolgens gediversifieerd was naar een complexe planeet met mensen, planten en dieren. Zott? Die was als een bloedhond op zoek naar waar die eerste cel vandaan was gekomen. Met andere woorden, ze was bezig een van de grootste scheikundige raadsels aller tijden op te lossen, en als ze haar werk onverminderd zou voortzetten zou dat haar zonder enige twijfel nog lukken ook. Volgens Évans dan. Het enige probleem was dat dat waarschijnlijk negentig jaar zou gaan duren. Negentig volstrekt onbetaalbare jaren. Tegen die tijd was die schatrijke investeerder al lang dood. En belangrijker nog, zijzelf ook.

En er was nog één ander detail. Het was de directie net ter ore gekomen dat Zott zwanger was. Als in ongetróúwd en zwanger.

Hoeveel erger kon het worden?

Uiteraard moest ze weg; dat stond buiten kijf. Hastings Research was een fatsoenlijk instituut.

Maar waar bleven ze op innovatiegebied als zij vertrok? Bij een handjevol mensen die slome vorderingen maakten, dus. En slome duikelaars sleepten nou niet bepaald grote subsidies binnen.

Gelukkig werkte Zott nog samen met drie anderen, en de directie van Hastings had hen direct bij zich geroepen; ze wilde een garantie hebben dat Zotts zogenaamde cruciale onderzoek ook zonder Zott kon doorsukkelen – alles om de indruk te wekken dat het geld dat er in werkelijkheid nooit heen was gegaan goed werd besteed. Maar zodra de drie promovendi in de kamer stonden begreep de directie dat ze een probleem had. Twee gaven er schoorvoetend toe dat Zott de drijvende kracht was, van essentieel belang om verder te komen. De derde – een man die Boryweitz heette – benaderde het anders. Beweerde dat híj het eigenlijk allemaal had gedaan. Maar toen hij zijn beweringen niet met een zinnige wetenschappelijke uitleg kon onderbouwen, begrepen ze dat ze hier met een wetenschappelijke nitwit te maken hadden. Daar wemelde het van op Hastings. Niet zo gek. Nitwits weten elk bedrijf binnen te komen. Ze zijn meestal goed in sollicitatiegesprekken.

De chemicus die nu tegenover hen zat? Die kon abiogenese niet eens spellen.

En dan juffrouw Frask van Personeelszaken – die als eerste over Zotts toestand aan de bel had getrokken? Die had haar beperkte talenten ingezet om het Zott-is-zwanger-gerucht te verspreiden en er zo voor te zorgen dat heel Hastings tegen het middaguur van Zotts situatie op de hoogte was. Daar waren ze zich kapot van geschrokken. Doordat het gerucht als een lopend vuurtje rondging was het slechts een kwestie van tijd voordat de belangrijke investeerders van het instituut het te weten kwamen, en investeerders – dat wist iedereen – hadden het niet zo op schandalen. En daarbij was er nog het probleem van Zotts rijke fan. Die multimiljonair die hun een nagenoeg blanco cheque had gegeven ten behoeve van abiogenese – die beweerde het oude artikel van menéér Zott te hebben gelezen. Wat zou die ervan vinden als hij erachter kwam dat Zott niet alleen een vrouw was, maar ook nog eens een zwangere, ongetrouwde vrouw? Lieve help. Ze zagen die grote limousine al de oprit op rijden, met de chauffeur die de motor draaiende hield terwijl de man naar binnen beende om zijn cheque terug te vragen. 'Heb ik een werkende slet gefinancierd?' zou hij waarschijnlijk roepen. Problemen. Zott moest onmiddellijk worden aangepakt.

'Ik ben bang dat u ons in een vreselijke, vreselijke positie hebt gebracht, juffrouw Zott,' voer dr. Donatti een week later tegen haar uit, terwijl hij een ontslagbrief over tafel haar kant op schoof.

'Ontsláát u mij?' vroeg Elizabeth verward.

'Ik zou dit graag zo beschaafd mogelijk afhandelen.'

'Waarom word ik ontslagen? Op grond waarvan?'

'Dat weet u best.'

'Leg het me maar eens uit,' zei ze en ze boog zich voorover, met stevig ineengevouwen handen en haar in het licht glimmende HB2-potlood achter haar oor. Ze had geen flauw idee waar ze die zelfverzekerdheid vandaan haalde, maar ze wist wel dat ze die moest vasthouden.

Hij wierp een blik op juffrouw Frask, die noest aantekeningen zat te maken.

'U bent in verwachting,' zei Donatti. 'Ontken het maar niet.'

'Ja, ik ben zwanger. Dat is correct.'

'Dat is correct?' zei hij hijgend. 'Is dat corréct?'

'Dat ook. Correct. Ik ben zwanger. Wat heeft dat met mijn werk te maken?'

'Alstublieft zeg!'

'Het is niet besmettelijk.' Ze maakte haar handen van elkaar los. 'Ik heb geen cholera. Ik zal niemand aansteken met mijn zwangerschap.'

'U hebt wel lef, zeg,' zei Donatti. 'U weet heus wel dat vrouwen niet blijven werken als ze zwanger zijn. Maar u – u bent niet alleen in verwachting, u bent ook nog eens ongetrouwd. Het is een schande.'

'Zwangerschap is heel normaal. Er is niets schandelijks aan. Het is hoe ieder mens van start gaat.'

'Hoe dúrft u,' zei hij, zijn stem verheffend. 'Een vrouw die míj gaat vertellen wat zwangerschap is. Wie denkt u wel niet dat u bent?'

Die vraag overviel haar duidelijk. 'Een vrouw,' zei ze.

'Juffrouw Zott,' verklaarde juffrouw Frask, 'onze gedragscode staat dit soort dingen niet toe en dat weet u best. U moet dit document ondertekenen, en vervolgens uw bureau leegruimen. Wij zijn een fatsoenlijk bedrijf.'

Maar Elizabeth liet zich niet uit het veld slaan. 'Ik ben even in de war,' zei ze. 'U ontslaat mij omdat ik zwanger ben en ongetrouwd. En de man dan?'

'Welke man? Evans, bedoelt u?' vroeg Donatti.

'Alle mannen. Als een vrouw ongehuwd zwanger raakt, wordt de man die haar zwanger heeft gemaakt dan ook ontslagen?'

'Hè? Waar hebt u het over?'

'Had u Calvin bijvoorbeeld ontslagen?'

'Natuurlijk niet!'

'In dat geval hebt u technisch gezien ook geen reden om mij te ontslaan.'

Donatti keek verward. *Huh?* 'Natuurlijk wel,' stamelde hij. 'Natuurlijk wel! U bent hier de vrouw! U bent hier degene die zwanger is geraakt!'

'Dat is doorgaans wel hoe het werkt. Maar u begrijpt toch wel dat er voor een zwangerschap het zaad van een man nodig is.'

'Juffrouw Zott, ik waarschuw u. *Let op uw woorden.*'

'U zegt dus dat als een ongehuwde man een ongehuwde vrouw zwanger maakt, dat geen gevolgen voor hem heeft. Zijn leven gaat gewoon door. Alles blijft bij het oude.'

'Dit is niet ónze schuld,' onderbrak Frask haar. 'U wilde Evans het huwelijk in lokken. Dat is overduidelijk.'

'Wat ik weet,' zei ze, een pluk haar van haar voorhoofd vegend, 'is dat Calvin en ik geen kinderen wilden. Ik weet ook dat we alle voorzorgsmaatregelen hebben getroffen om dat resultaat te realiseren. Deze zwangerschap komt niet door een gebrekkige moraal, maar door gebrekkige anticonceptie. Verder zijn het ook uw zaken niet.'

'Dankzij u zijn het nu wel onze zaken!' schreeuwde Donatti plotseling. 'En mocht u het nog niet doorhebben, er is een honderd procent betrouwbare manier om níét zwanger te raken en die begint met een o! We hebben regels, juffrouw Zott! Regels!'

'Niet hierover,' zei Elizabeth kalm. 'Ik heb het personeelshandboek van a tot z gelezen.'

'Het is een ongeschreven regel!'

'En dus niet juridisch bindend.'

Donatti keek haar dreigend aan. 'Evans zou zich diep, diep voor u schamen.'

'Nee,' zei Elizabeth eenvoudigweg, met een holle maar kalme stem. 'Dat zou hij niet.'

De hele kamer viel stil. Het was de manier waarop ze hem bleef tegenspreken – zonder verlegenheid, zonder melodrama – alsof zij het laatste woord zou hebben, alsof ze wist dat zij het uiteindelijk zou winnen. Dat was nou precíés die houding waar haar collega's over klaagden. En hoe ze deed alsof haar relatie met Calvin boven alles uitsteeg – alsof die van een onvergankelijk materiaal was dat alles overleefde, zelfs zijn dood. Irritant.

Terwijl Elizabeth wachtte tot ze bij zinnen kwamen legde ze haar handen plat op tafel. Als je een dierbare verliest wil er zich nog wel eens een doodeenvoudige waarheid aandienen: dat tijd, zoals iedereen dat altijd zegt zonder ernaar te leven, echt kostbaar is. Ze moest aan het werk; dat was alles wat ze nog had. En toch zat ze hier met zelfverklaarde hoeders van moreel gedrag, zelfgenoegzame critici zonder inzicht, van wie er een duidelijk niet helemaal goed was ingevoerd in het bevruchtingsproces en de ander daarin meeging omdat ze, zoals zoveel vrouwen, dacht dat ze door iemand van haar eigen sekse te kleineren zou stijgen in de achting van haar mannelijke meerderen. Erger nog, deze onlogische gesprekken vonden allemaal plaats in een gebouw dat gewijd was aan de wetenschap.

'Zijn we klaar?' vroeg ze terwijl ze opstond.

Donatti verschoot van kleur. Dat was de druppel. Zott moest nu meteen weg met haar bastaardkind, haar baanbrekende onderzoek en haar doodsverachtende liefdesrelatie erbij. En wat haar rijke investeerder betrof, dat handelden ze later nog wel af.

'Onderteken,' zei hij dwingend, terwijl Frask Elizabeth een pen toewierp. 'U hebt tot twaalf uur vanmiddag de tijd om het gebouw te verlaten. Salaris stopt vrijdag. U mag met niemand de redenen voor uw ontslag bespreken.'

'Ziektekostenverzekering loopt ook af op vrijdag,' kwetterde Frask, en ze roffelde met haar nagels op haar onafscheidelijke klembord. 'Tik, tak.'

'Hopelijk leert u hiervan om verantwoordelijkheid te nemen voor uw ongehoorde gedrag,' zei Donatti erachteraan, met uitgestoken hand naar het ontslagformulier. 'En hou op anderen de schuld te geven. Zoals Evans,' vervolgde hij, 'terwijl hij ons heeft gedwongen u te financieren. Terwijl hij ten overstaan van onze directie gedreigd heeft op te stappen als we dat niet zouden doen.'

Elizabeth keek alsof ze een klap in haar gezicht had gehad. 'Wát heeft Calvin gedaan?'

'Dat weet u heus wel,' zei Donatti, en hij deed de deur open.

'Voor twaalf uur weg,' zei Frask nog eens en ze stak het klembord onder haar arm.

'Referenties worden een probleem,' voegde Donatti daaraan toe terwijl hij de gang in stapte.

'Meelifter,' fluisterde Frask.

14

Rouw

Het ergst aan naar het kerkhof gaan vond Half Zeven de weg ernaartoe, die liep langs de plek waar Calvin was gestorven. Hij had ooit iemand horen zeggen dat het belangrijk was te worden herinnerd aan je fouten, maar hij wist niet waarom. Fouten waren per definitie al onvergetelijk.

Naarmate hij dichter bij het kerkhof kwam keek hij uit naar zijn vijand, de beheerder. Toen hij niemand zag wurmde hij zich onder het achterhek door en schoot langs de rijen, waarbij hij een bosje verse narcissen van een grafsteen meepikte alvorens het hier neer te leggen:

Calvin Evans
1927–1955
Briljant chemicus, roeier, vriend, geliefde.
Ieders dagen zijn geteld.

Eigenlijk had er op de grafsteen moeten staan: 'Ieders dagen zijn geteld. Gebruik ze om de ramen van uw ziel open te zetten naar de zon', een citaat van Marcus Aurelius, maar de grafsteen was klein en de graveur had het eerste deel te groot gemaakt en toen geen ruimte meer overgehad.

Half Zeven keek naar de woorden. Hij wist dat het woorden waren omdat Elizabeth hem woorden probeerde te leren. Geen commando's. Woorden.

'Hoeveel woorden kan een hond wetenschappelijk gezien leren?' had ze Calvin op een avond gevraagd.

'Een stuk of vijftig,' zei Calvin, zonder van zijn boek op te kijken.

'Vijftig?' had ze gezegd, haar lippen tuitend. 'Nou, dat klopt niet.'

'Misschien honderd,' zei hij, nog steeds verdiept in zijn boek.

'Honderd?' had ze al even ongelovig geantwoord. 'Hoe kan dat? Hij kent er al honderd.'

Calvin keek op. 'Pardon?'

'Ik vraag me af,' zei ze, 'of je een hond een mensentaal zou kunnen leren? Ik bedoel de volledige taal. Engels bijvoorbeeld.'

'Nee.'

'Waarom niet?'

'Nou,' zei Calvin langzaam, omdat hij zich realiseerde dat dit misschien weer een van die dingen was die ze domweg niet zou accepteren – een van de vele. 'Omdat intersoortelijke communicatie begrensd wordt door hersenomvang.' Hij sloeg zijn boek dicht. 'Hoe weet je dat hij al 100 woorden kent?'

'Hij kent er 103,' zei ze, met een blik in haar notitieboek. 'Ik hou het bij.'

'En jij hebt hem die woorden geleerd.'

'Ik gebruik de receptief-lerentechniek – objectidentificatie. Net als kinderen is hij vanzelf receptiever voor het onthouden van objecten waar hij belangstelling voor heeft.'

'En hij heeft belangstelling voor –'

'Eten.' Ze stond op van tafel en raapte wat boeken bij elkaar. 'Maar hij heeft vast nog veel meer interesses.'

Calvin keek haar vol ongeloof aan.

Dus zo was hun woordenjacht begonnen: Elizabeth en hij op de vloer, door grote kinderboeken bladerend.

'Zon,' had ze hem wijzend naar een plaatje geïnstrueerd. 'Kind,' had ze vervolgens opgelezen, terwijl ze naar een klein meisje wees dat Grietje heette en een gesuikerd luik van een huis opat. Half Zeven keek er niet van op dat een kind een luik at. In het park aten kinderen alles. Ook alles wat ze in hun neus aantroffen.

Links van hem zag hij de beheerder aan komen schuifelen, met een geweer op zijn schouder – gek, vond Half Zeven, om dat bij je te hebben op een plek waar iedereen al dood is. Ineengedoken wachtte hij tot de man weer weg was, en strekte zich toen ontspannen uit over de lengte van de kist die onder hem begraven lag. *Hallo Calvin.*

Zo communiceerde hij met mensen in het hiernamaals. Misschien werkte het; misschien ook niet. Hij gebruikte dezelfde techniek voor het schepsel dat in Elizabeth groeide. *Hallo Schepsel,* seinde hij door, met zijn oor tegen de buik van Elizabeth. *Ik ben het, Half Zeven. Ik ben de hond.*

Bij ieder contact stelde hij zichzelf opnieuw voor. Van zijn eigen lessen wist hij dat herhaling belangrijk was. Het belangrijkst was om de herhaling niet te overdrijven – het niet zo vermoeiend te maken dat het juist een averechts effect had en de leerling alles weer vergat. Dat heette verveling. Volgens Elizabeth was verveling tegenwoordig het grote probleem in het onderwijs.

Schepsel, had hij vorige week gecommuniceerd, *Half Zeven hier.* Hij wachtte op een reactie. Soms stak het schepsel een vuistje uit, wat hij geweldig vond; andere keren hoorde hij gezang. Maar gisteren had hij het nieuws verteld – *Er is iets wat je moet weten over je vader* – en was het gaan huilen.

Hij drukte zijn neus diep in het gras. *Calvin,* communiceerde hij. *We moeten het over Elizabeth hebben.*

Een maand of drie na Calvins dood trof Half Zeven om twee uur 's nachts Elizabeth in haar nachthemd aan in de keuken, met overschoenen aan haar voeten en alle lichten aan. Ze hield een sloophamer vast.

Tot zijn grote verbijstering week ze naar achteren en sloeg toen met de sloophamer rechtstreeks op een muur vol kastjes. Ze bleef even staan alsof ze de schade wilde opnemen, en zwaaide toen nog eens, harder ditmaal, alsof ze een homerun probeerde te slaan. Half Zeven keek vanonder de tafel toe terwijl ze de keuken als een bos omver hakte, een uitbarsting van geweld die alleen werd onderbroken door precisieaanvallen op scharnieren en spijkers. De oude vloer raakte bezaaid met bergen apparatuur en planken, terwijl het pleisterstof als een onverwachte sneeuwbui boven dit tafereel rondzweefde. Toen raapte ze alles op en sjouwde het mee naar de achtertuin in het donker.

‘Hier komen de planken te hangen,’ zei ze tegen hem, wijzend naar de muur vol gaten. ‘En daar zetten we de centrifuge.’ Ze haalde een meetlint tevoorschijn en stak, na een gebaar dat hij onder de tafel vandaan moest komen, één uiteinde in zijn bek waarna ze naar de andere kant van de keuken wees. ‘Breng maar daarheen, Half Zeven. Ietsje verder. Nog iets verder. Goed zo. Hou daar maar vast.’

Ze krabbelde wat getallen in een notitieboekje.

Om acht uur ’s ochtends had ze een ruw ontwerp geschetst; tegen tienen een boodschappenlijst; om elf uur zaten ze in de auto op weg naar de houthandel.

Mensen onderschatten vaak waar een zwangere vrouw toe in staat is, maar ze onderschatten altíjd waar een zwangere vrouw in rouw toe in staat is. De man in de houthandel nam haar nieuwsgierig op.

‘Is uw man aan het verbouwen?’ vroeg hij bij het zien van haar buik. ‘Alles klaar aan het maken voor de baby?’

‘Ik bouw een laboratorium.’

‘U bedoelt een babykamer.’

‘Nee.’

Hij keek op van haar tekening.

‘Is er iets?’ vroeg ze.

Het materiaal werd later die dag nog bezorgd, en gewapend met een stapel *Popular Mechanics*-tijdschriften uit de bibliotheek ging ze aan de slag.

‘Grote spijker,’ zei ze. Half Zeven had geen flauw idee wat een grote spijker was; toch volgde hij het knikje van haar hoofd naar een verzameling doosjes vlak bij hem, koos daar iets uit en legde het in haar opengevouwen hand. ‘Schroef van zeven centimeter,’ vroeg ze een minuut later, en hij dook een ander doosje in. ‘Dat is een grote bout,’ zei ze. ‘Probeer nog maar eens.’

Het werk duurde de hele dag en vaak ook een deel van de nacht, en werd alleen onderbroken door hun woordenles en de deurbel.

Een week of twee nadat ze was ontslagen was dr. Boryweitz langsgekomen, zogenaamd om gedag te zeggen, maar eigenlijk omdat hij moeite had met de interpretatie van wat testresultaten. ‘Duurt maar een minuutje,' beloofde hij, maar het had haar twee uur gekost. De volgende dag was het hetzelfde liedje, maar deze keer met een andere chemicus uit het lab. En de derde keer wéér een andere.

Toen bedacht ze het. Ze zou er geld voor vragen. Alleen tegen betaling. Als iemand het lef zou hebben te beweren dat een vergoeding niet hoefde omdat ze haar alleen maar 'op de hoogte hielden', zou ze het dubbele vragen. Een onaardige opmerking over Calvin: drie keer zo veel. Een opmerking over haar zwangerschap – de gloed, het wonder – vier keer. Zo verdiende ze haar geld. Door zonder erkenning andermans werk te doen. Het was precies zoals werken bij Hastings, maar dan zonder de belastingplicht.

'Ik dacht dat ik gebonk hoorde toen ik aan kwam lopen,' zei een van hen.

'Ik bouw een laboratorium.'

'Dat meent u niet.'

'Ik meen alles wat ik zeg.'

'Maar u wordt moeder,' zei hij afkeurend.

'Moeder en wetenschapper.' Ze veegde het zaagsel van haar mouw. 'U bent toch vader? Vader en wetenschapper.'

'Ja, maar ik ben gepromovéérd,' beklemtoonde hij, om aan te tonen dat hij boven haar stond. Toen wees hij naar een serie testprotocollen waar hij al weken niet uit kwam.

Ze keek hem verbouwereerd aan. 'U hebt twee problemen,' zei ze met een tikje op het papier. 'Deze temperatuur is te hoog. Die moet vijftien graden omlaag.'

'Aha. En het andere?'

Met een schuin hoofd nam ze zijn lege gezichtsuitdrukking op. 'Niet op te lossen.'

De transformatie van keuken naar laboratorium kostte een maand of vier, en toen het af was namen Half Zeven en zij even de tijd om hun werk te bewonderen.

Op de planken, die over de volle lengte van de keuken liepen, stond een breed assortiment aan labmaterialen: chemicaliën, flacons, bekerglazen, pipetten, spuitflessen, lege mayonaisepotjes, een set nagelvijlen, een stapel lakmoespapier, een doos medicijndruppelaars, gesorteerde glazen staafjes, de tuinslang uit de achtertuin en een paar ongebruikte stukken buis die ze in de kliko achter het plaatselijke flebotomielab had gevonden. In voormalige besteklades lagen nu zuur- en gatenbestendige handschoenen en beschermbrillen. Ze had ook metalen pannen onder alle branders geïnstalleerd om alcohol te denatureren, een tweedehands centrifuge aangeschaft, een hor aan stukken gesneden en daar stukken gaas van vier bij vier centimeter van gemaakt, het laatste restje van haar lievelingsparfum weggedaan om een alcoholbrander te maken, waarvoor ze ook een van haar lippenstifthulzen afsneed, die ze vervolgens in de kurk van Calvins oude thermosfles stak om zo de stop te maken, reageerbuishouders gemaakt van ijzeren kleerhangers en een kruidenrek omgetoverd tot ophangconstructie voor allerhande vloeistoffen.

Het vriendelijke formica-aanrecht was ook weg, net als de oude keramieken wasbak. Daarvoor in de plaats had ze van het bij de houthandel gekochte triplex een aanrechtblad gemaakt, een plaat die ze vervolgens in delen naar een metaalproductiebedrijf had gebracht, dat er een exacte replica van had gemaakt in roestvrij staal, waarbij het metaal zo was gebogen en gesneden dat het precies zou passen.

En boven op die glimmende aanrechtbladen stonden een microscoop en twee tweedehands bunsenbranders, een daarvan met dank aan Cambridge – de universiteit had hem aan Calvin geschonken als aandenken aan zijn tijd daar – en de andere uit het scheikundelab van een middelbare school dat apparatuur wegdeed vanwege gebrek aan interesse bij de leerlingen. Recht boven de nieuwe dubbele wasbak hingen twee zorgvuldig met de hand geschreven bordjes. ALLEEN AFVAL, stond er op het ene. En op het andere: BRON VOOR H_2O.

En ten slotte was er nog de zuurkast.

'Daar ben jij verantwoordelijk voor,' zei ze tegen Half Zeven. 'Jij moet aan de ketting trekken als ik mijn handen vol heb. Je moet ook leren hoe je deze grote knop indrukt.'

Cal, legde Half Zeven op een later bezoekje aan het kerkhof uit aan het lichaam onder zich. *Als ze niet aan het lab bouwt of andermans werk opknapt of mij voorleest, zit ze op de ergometer. En als ze daar niet op zit, zit ze op een kruk voor zich uit te staren. Dat kan niet goed zijn voor het schepsel.*

Hij wist nog dat Calvin ook vaak voor zich uit had zitten staren. 'Zo concentreer ik me,' had hij aan Half Zeven uitgelegd. Maar anderen hadden hun beklag gedaan over het gestaar, mopperend dat je Calvin op een willekeurige dag of tijd in een groot luxe lab kon zien zitten, waar hij omgeven door de allerbeste apparatuur en met keiharde muziek op alleen maar zat te niksen. Erger nog, hij werd ervoor betaald om te niksen. En nog erger, hij sleepte er een hoop onderscheidingen mee in de wacht.

Maar haar gestaar is anders, probeerde Half Zeven te communiceren. *Het is eerder een vernietigende blik. Apathie. Ik weet me geen raad*, bekende hij aan de botten onder zich. *En daarbij komt ook dat ze me nog steeds woorden probeert aan te leren.*

Wat heel naar was omdat hij haar geen enkele hoop kon bieden dat hij die woorden in de toekomst zou kunnen gebruiken. Bovendien zou hij, als hij alle woorden van de Engelse taal zou kennen, nog steeds geen idee hebben wat hij moest zeggen. Want wat zeg je tegen iemand die alles is verloren?

Ze heeft hoop nodig, Calvin, dacht hij, en hij drukte zijn neus stevig in het gras voor het geval dat iets uitmaakte.

Alsof het een antwoord was, hoorde hij de klik van een geweer dat schietklaar werd gemaakt.

Hij keek op en zag de beheerder die een geweer op hem gericht hield.

'Verrekte rothond,' zei de beheerder, die Half Zeven in zijn vizier bracht. 'Dat komt hier maar, sloopt mijn gras, denkt dat-ie hier de baas is.'

Half Zeven verstijfde. Met zijn hart in zijn keel zag hij de nasleep al voor zich: Elizabeth in shock, het schepsel in de war; nog meer bloed, nog meer tranen, nog meer verdriet. Weer iets waar hij in gefaald had.

Hij maakte een sprong naar voren en wierp de man hard op de grond terwijl er een kogel langs zijn oor suisde die zich in Calvins grafsteen boorde. De man schreeuwde het uit en greep naar zijn wapen, maar Half Zeven liet zijn tanden zien en deed een stap naar voren.

Mensen. Sommige begrepen duidelijk hun positie in het dierenrijk niet. Hij keek naar de nek van de oude man. Eén beet in die keel en dan was het allemaal voorbij. Doodsbang keek de man naar hem op. Hij was behoorlijk hard terechtgekomen; inmiddels had er zich links van zijn oor een plasje bloed gevormd. Hij moest denken aan de plas bloed van Calvin, hoe groot die was geweest, hoe die binnen een paar ogenblikken van een klein stroompje tot een kleine vijver was uitgegroeid en vervolgens tot een groot meer. Vol tegenzin ging hij tegen de zijkant van het hoofd van de man aan zitten om de stroom te stelpen. Toen begon hij te blaffen tot er iemand kwam.

De eerste die ter plekke was, was diezelfde journalist die dat stuk over Calvins begrafenis had geschreven, nog stééds stukken over begrafenissen schreef omdat zijn bureauredacteur hem tot niet veel meer in staat achtte.

'Jij weer!' zei de journalist, die Half Zeven direct herkende als de niet-blindengeleidehond, die die knappe niet-blinde weduwe – herstel: vriendin – door een zee van kruizen naar dit graf had begeleid. Terwijl er andere mensen kwamen aangerend die haastig riepen dat er een ambulance moest komen, nam de journalist foto's en stelde, het verhaal al in gedachten componerend, de hond eerst hier, dan weer daar op. Toen hees hij het bebloede dier in zijn armen, droeg het naar zijn auto en reed het naar het adres op zijn identificatieplaatje.

'Rustig maar, hij is niet gewond,' verzekerde de journalist Elizabeth toen ze de deur opendeed en het uitschreeuwde bij het zien van Half Zeven die onder het bloed in de armen lag van een man die haar vaag bekend voorkwam. 'Het is niet zijn bloed. Maar uw hond is een held, mevrouw. Dat is althans de draai die ik eraan wil geven.'

De volgende dag sloeg een nog steeds ontdane Elizabeth de krant open en zag toen op pagina elf Half Zeven, die precies daar zat waar hij zeven maanden geleden ook had gezeten: op Calvins graf.

'Hond rouwt om baasje en redt mensenleven,' las ze hardop. 'Hondenverbod op begraafplaats opgeheven.'

Volgens het artikel waren er al veel klachten binnengekomen over de beheerder met zijn geweer, waaronder een paar meldingen dat hij tijdens begrafenissen op eekhoorns en vogels had geschoten. De man zou per direct worden vervangen, beloofde het artikel, en de grafsteen ook.

Ze tuurde naar de close-up van Half Zeven en Calvins kapotte grafsteen, waar dankzij de kracht van de kogel een paar stukken van af waren gebroken.

'Lieve hemel,' zei Elizabeth toen ze de afgebrokkelde resten bekeek.

Calvin E

1927–19

B jant che

Ieder dag   teld

Haar gezicht vertrok haast onmerkbaar.

'Ieder dag teld,' las ze. 'Iedere dag.' Ze kreeg een kleur, omdat ze terugdacht aan die sombere avond waarop Calvin zijn mantra uit zijn jeugd met haar had gedeeld. Iedere dag. Telt.

Verbijsterd keek ze weer naar de foto.

15

Ongevraagd advies

'Uw leven gaat veranderen.'

'Pardon?'

'Uw leven. Dat gaat veranderen.' Een vrouw die vlak voor Elizabeth in de rij voor de bank stond had zich omgedraaid en wees naar de buik van Elizabeth. Ze keek somber.

'Veranderen?' vroeg Elizabeth onschuldig met een blik omlaag naar haar ronde figuur alsof het haar nu pas opviel. 'Hoe bedoelt u?'

Het was die week al de zevende keer dat iemand zich genoodzaakt voelde haar mee te delen dat haar leven ging veranderen en ze had er genoeg van. Ze was haar baan kwijt, haar onderzoek, de controle over haar blaas, het uitzicht op haar tenen, een goede nachtrust, normale huid, een pijnloze rug, om nog maar te zwijgen over al die kleine vrijheden die iedereen die niet zwanger is voor lief lijkt te nemen – zoals achter een autostuur passen. Wat ze er wel aan over had gehouden? Extra kilo's.

'Ik wou hier al naar laten kijken,' zei ze, met een hand op haar buik. 'Wat zou het kunnen zijn, denkt u? Geen tumor, mag ik hopen.'

Een fractie van een seconde keek de vrouw haar met grote geschrokken ogen aan, maar toen kneep ze ze meteen toe. 'Niemand zit te wachten op een wijsneus, dametje,' zei ze nors.

'U denkt misschien dat u nu moe bent,' zei een vrouw met springerig haar een uur later toen Elizabeth stond te gapen in de rij voor de kassa van de supermarkt, hoofdschuddend alsof Elizabeth nu al tekenen van verzwakking vertoonde. 'Wacht maar af.' Toen begon ze een dramatisch verhaal over ik ben twee dus ik zeg nee, ik ben drie dus ik heb de regie, ik ben vier dus ik ben een klier en ik ben vijf en hou mijn poot stijf, om vervolgens in één moeite door te gaan naar de angstige adolescenten, pukkelige pubers, en vooral, god verhoede, de getroebleerde tienerjaren, steeds met de opmerking dat jongens lastiger waren dan meisjes, of meisjes lastiger dan jongens, enzovoort, enzovoort, totdat haar boodschappen ingepakt en wel in de auto waren geladen en ze haar stationcar met nephouten dashboard weer in moest stappen om terug naar huis te gaan, naar haar eigen ondankbare kroost.

'U draagt hoog,' zei de man van het tankstation. 'Dat wordt een jongen.'

'U draagt hoog,' zei de bibliothecaresse. 'Dat wordt een meisje.'

'God heeft u een geschenk gegeven,' zei een priester later diezelfde week toen hij Elizabeth in haar eentje voor een merkwaardige grafsteen op het kerkhof zag staan. 'De Here zij geprezen!'

'De Heer heeft er niets mee te maken gehad,' zei Elizabeth, wijzend naar een nieuwe grafsteen. 'Het was Calvin.'

Ze wachtte tot hij wegliep en bukte zich toen om met haar vinger over de gravure te gaan.

Calvin Evans

1927-1955

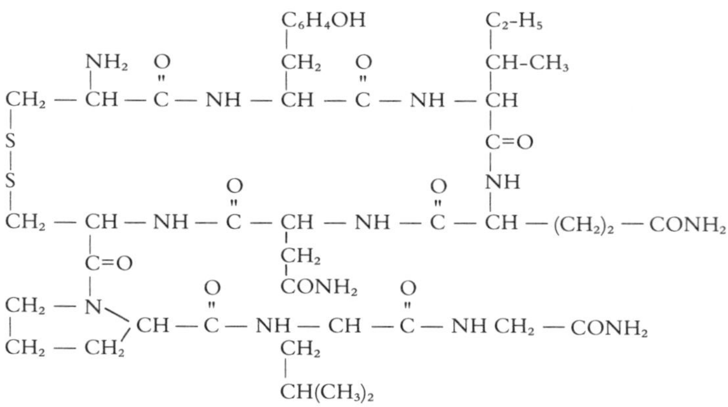

'Als compensatie voor het voorval,' had het beheer van de begraafplaats haar laten weten, 'krijgt u van ons niet alleen een nieuwe grafsteen, maar zullen we er ook voor zorgen dat het hele citaat erop staat.' Maar Elizabeth had afgezien van nog een rondje Marcus Aurelius, en deze keer gekozen voor de chemische reactie waar geluk door ontstaat. Verder werd die door niemand herkend, maar na alles wat ze had doorgemaakt ging ook niemand ertegenin.

'Ik ga hier eindelijk eens naar laten kijken, Calvin,' zei ze, wijzend naar haar dikke buik. 'Door dr. Mason, die roeier, die me in de mannen-acht liet roeien. Weet je nog?' Ze bleef naar de inscriptie kijken alsof ze op antwoord wachtte.

Toen ze een klein half uur later in een smalle lift op een knopje drukte, met alleen een man met een strohoed naast zich, zette ze zich schrap voor nog meer ongevraagd advies. En jawel, hoor, hij stak zijn hand uit en legde hem op haar buik alsof ze een tentoongesteld stuk in het Natural History Museum was dat door iedereen mocht worden aangeraakt. 'Het is vast heerlijk om voor twee te eten,' waarschuwde hij, haar aaiend, 'maar onthoud: een van de twee is nog maar een baby!'

'Haal uw hand weg,' zei ze, 'of het zal u berouwen.'

'Bada bada bada!' zong hij, roffelend op haar buik alsof het een bongo was.

'Bada bada bám,' antwoordde ze, en ze zwiepte haar handtas rechtstreeks zijn kruis in, wat extra hard aankwam door een zware stenen vijzel die ze eerder die dag bij Chemical Supply had gekocht. De man snakte naar adem en kromp ineen van de pijn. De deuren schoven open.

'Rottige dag verder,' zei ze. Ze liep stampend de gang door, waar ze op een twee meter hoge ooievaar met leesbril en honkbalpet stuitte. Hij had twee buidels aan zijn bek hangen: een roze en een blauwe.

'Elizabeth Zott,' zei ze, terwijl ze langs de ooievaar naar de receptioniste liep. 'Voor dr. Mason.'

'U bent te laat,' zei de receptioniste ijzig.

'Ik ben vijf minuten te vroeg,' corrigeerde Elizabeth haar, met een blik op haar horloge.

'Er zijn nog formulieren.' De vrouw gaf haar een klembord aan. Werkgever echtgenoot. Telefoonnummer echtgenoot. Verzekering echtgenoot. Leeftijd echtgenoot. Rekeningnummer echtgenoot.

'Wie krijgt er hier eigenlijk een baby?' vroeg ze.

'Kamer vijf,' zei de receptioniste. 'De gang door, tweede deur links. Uitkleden. Schort aan. Formulieren invullen.'

'Kamer vijf,' zei Elizabeth haar na met het klembord vast. 'Ik heb wel nog één vraagje. Vanwaar die ooievaar?'

'Pardon?'

'Uw ooievaar. Waarom, in een verloskundigenpraktijk? Het is bijna alsof u reclame maakt voor de concurrent.'

'Dat is om het gezellig te maken,' zei de receptioniste. 'Kamer vijf.'

'En waarom zou u, aangezien al uw patiënten zich er honderd procent van bewust zijn dat een ooievaar de pijn van hun bevalling niet gaat wegnemen,' ging ze verder, 'de mythe dan voortzetten?'

'Dr. Mason,' zei de receptioniste toen er een man in witte jas kwam aanlopen. 'Dit is uw afspraak van vier uur. Ze is te laat. Ik heb al geprobeerd haar naar kamer vijf te sturen.'

'Niet te laat,' corrigeerde Elizabeth haar. 'Op tijd.' Ze wendde zich tot de dokter. 'Dr. Mason, u weet waarschijnlijk niet meer wie ik ben –'

'De echtgenote van Calvin Evans.' Hij deed verrast een stap naar achteren. 'Of nee, verontschuldigt u mij,' zei hij, met zachtere stem, 'zijn weduwe.' Toen zweeg hij, alsof hij probeerde te bedenken wat hij nu moest zeggen. 'Het spijt me zo erg, mevrouw Evans,' zei hij, en hij legde zijn handen op de hare om die een paar keer te schudden alsof hij een kleine cocktail mixte. 'Uw echtgenoot was een goede man. Een goede man en een goede roeier.'

'Ik heet Elizabeth Zott,' zei ze. 'Calvin en ik waren niet getrouwd.' Ze zweeg, in afwachting van de tss van de receptioniste en Masons afkeuring, maar de dokter klikte met een pen, stak hem in zijn borstzakje en nam haar vervolgens aan haar elleboog mee de gang op. 'U en Evans hebben een paar keer in mijn acht geroeid – weet u nog? Een maandje of zeven geleden. Waren lekkere outings. Maar u kwam nooit meer terug. Waarom eigenlijk niet?'

Verbaasd keek ze hem aan.

'Ach, vergeef me,' zei dr. Mason vlug. 'Sorry, sorry. Natuurlijk. Evans. Evans ging dood. Mijn excuses.' Opgelaten schudde hij zijn hoofd en zette de deur open naar kamer vijf. 'Alstublieft. Komt u binnen.' Hij wees naar een stoel. 'En roeit u nog wel? Nee, moet u mij nou horen, natuurlijk niet, in uw toestand.' Hij pakte haar handen vast en draaide ze om. 'Maar dit zie ik niet vaak. U hebt nog steeds eelt.'

'Ik gebruik de ergometer.'

'Sodeju.'

'Is dat niet goed? Calvin had er zelf een gebouwd.'

'Maar waarom?'

'Gewoon, omdat hij daar zin in had. Dat is toch niet erg, of wel?'

'Nou, nee,' zei hij. 'Alleen heb ik nog nooit gehoord dat iemand moedwillig op de ergometer ging. En al helemaal geen zwangere vrouw. Al is roeien, nu ik erover nadenk, wel een goede voorbereiding op de bevalling. Qua incasseren, bedoel ik. Eigenlijk zowel qua pijn als qua incasseren.' Maar toen realiseerde hij zich dat pijn en incasseren sinds de dood van Evans waarschijnlijk sowieso al een constante in haar leven waren en wendde hij zich van haar af om zijn zoveelste blunder te verbergen. 'Zullen we even snel een blik onder de kap werpen?' zei hij vriendelijk, met een gebaar naar de tafel. Toen deed hij de deur dicht en bleef achter een scherm staan wachten terwijl zij een badjas aantrok.

Het onderzoek was kort maar grondig, met af en toe een vraag over maagzuur en een opgeblazen gevoel. Sliep ze slecht? Bewoog de baby op gezette tijden? Zo ja, hoelang? En uiteindelijk de grote vraag: waarom had ze zo lang gewacht om langs te komen? Ze was al ver in haar derde trimester.

'Werk,' zei ze. Maar dat was gelogen. De ware reden was dat ze gehoopt had dat de zwangerschap vanzelf wel zou worden opgelost. Zou eindigen, zoals dat soms gebeurt. In de jaren vijftig was abortus uit den boze. En, heel toevallig, ongehuwd een baby krijgen ook.

'U was ook wetenschapper, toch?' vroeg hij vanaf de andere kant van haar lichaam.

'Ja.'

'En Hastings heeft u aangehouden. Zijn ze toch progressiever dan ik dacht.'

'Nee, hoor,' zei ze. 'Ik freelance.'

'Een freelance wetenschapper. Daar heb ik nooit eerder van gehoord. Hoe werkt dat dan?'

Ze slaakte een zucht. 'Niet zo goed.'

Hij merkte de toon in haar stem op en rondde snel af, gaf haar hier en daar een tikje op haar buik alsof ze een meloen was.

'Alles ziet er tiptop uit.' Hij pelde zijn handschoenen af. En toen ze niet glimlachte of iets terugzei, zei hij zachtjes: 'Voor de baby althans. U hebt het vast ontzettend zwaar gehad.'

Het was voor het eerst dat iemand haar situatie erkende, en ze kreeg een brok in haar keel van emotie. Ze voelde een opeenhoping van tranen achter haar ogen prikken.

'Het spijt me,' zei hij vriendelijk, terwijl hij haar gezicht bekeek zoals een meteoroloog het ontstaan van een storm zou bestuderen. 'Weet alstublieft dat u met mij kunt praten. Van roeier tot roeier. Alles is vertrouwelijk.'

Ze wendde haar blik af. Ze kende hem nauwelijks. Erger nog, ze wist niet eens of haar gevoelens, ondanks zijn geruststellende woorden, er wel mochten zijn. Ze was gaan geloven dat zij de enige vrouw ter wereld was die bewust geen kinderen wilde. 'Om heel eerlijk te zijn,' zei ze uiteindelijk, met een stem vol schuldgevoel, 'denk ik niet dat ik dit aankan. Ik had niet gepland om moeder te worden.'

'Niet iedere vrouw wil graag moeder worden,' gaf hij tot haar verbazing toe. 'Sterker nog, sommige vrouwen kunnen het ook beter niet worden.' Hij trok een gezicht alsof hij aan iemand in het bijzonder moest denken. 'Toch blijft het me verbazen hoeveel vrouwen het moederschap ambiëren, als je bedenkt hoe zwaar een zwangerschap kan zijn – ochtendmisselijkheid, striae, overlijden. Nogmaals, allemaal niet op u van toepassing,' zei hij er vlug achteraan toen hij haar geschrokken gezicht zag. 'Maar we behandelen zwangerschap vaak als de normaalste zaak van de wereld – net zo normaal als je teen stoten – terwijl het in werkelijkheid meer iets is als door een vrachtwagen overreden worden. Al veroorzaakt een vrachtwagen uiteraard minder schade.' Hij schraapte zijn keel en maakte toen een aantekening in haar dossier. 'Wat ik bedoel te zeggen is dat het goed is om te trainen. Al weet ik niet precies hoe u in dit stadium nog enigszins goed op de ergometer kunt. Een haal naar het borstbeen lijkt me problematisch. Wat dacht u anders van *The Jack LaLanne Show*? Kijkt u daar wel eens naar?'

Bij het horen van de naam Jack LaLanne trok Elizabeth een lang gezicht.

'Geen fan dus,' zei hij. 'Geen probleem. Dan alleen de ergometer.'

'Ik ben dat alleen blijven doen,' zei ze zachtjes, 'omdat ik er zo uitgeput van raak dat ik soms kan slapen. Maar ook omdat ik dacht dat het misschien, eh –'

'Ik begrijp het,' onderbrak hij haar en hij keek beide kanten op alsof hij zeker wilde weten dat niemand anders het zou horen. 'Hoor eens, ik ben niet zo iemand die gelooft dat een vrouw moet –' Hij zweeg abrupt. 'En ik geloof ook niet dat –' Weer zweeg hij. 'Een alleenstaande vrouw... een weduwe... dat is... Laat eigenlijk maar,' zei hij en hij pakte haar dossier. 'Maar de waarheid is dat die ergometer u waarschijnlijk sterker heeft gemaakt; en de baby overigens ook. Meer bloed naar de hersenen, betere circulatie. Hebt u gemerkt dat het een kalmerende uitwerking op de baby heeft? Waarschijnlijk door al dat heen en weer gaan.'

Ze haalde haar schouders op.

'Hoe ver roeit u?'

'Tienduizend meter.'

'Élke dag?'

'Soms ook meer.'

'Godallemachtig,' floot hij. 'Ik heb altijd gedacht dat zwangere vrouwen extra incasseringsvermogen opbouwden, maar tienduizend meter? Soms ook méér? Dat is... dat is... eigenlijk weet ik niet wat dat is.' Hij keek haar bezorgd aan. 'Hebt u iemand die u om hulp kunt vragen? Een vriendin of familielid – uw moeder – zo iemand? Baby's zijn een hoop werk.'

Ze aarzelde. Het was pijnlijk om toe te geven dat ze niemand had. Ze was alleen maar naar dr. Mason gegaan omdat Calvin altijd beweerde dat roeiers een soort bijzondere band hadden.

'Iemand?' vroeg hij nog eens.

'Ik heb een hond.'

'Heel goed,' zei Mason. 'Een hond kan onvoorstelbaar behulpzaam zijn. Beschermend, empathisch, intelligent. Wat voor hond – een hij, een zij?'

'Een hij –'

'Wacht eens, volgens mij herinner ik me uw hond. Drie uur, of zoiets? Lelijk als de nacht?'

'Hij is –'

'Een hond en een ergometer,' zei hij, en hij maakte een aantekening in haar dossier. 'Oké. Heel mooi.'

Hij klikte weer met zijn pen en legde haar dossier toen weg. 'Goed, zodra u ertoe in staat bent – laten we zeggen over een jaar – wil ik u weer in het boothuis zien. Mijn boot is op zoek naar het juiste roeimaatje en iets in mij zegt dat u dat bent. Moet u wel een oppas regelen. Geen baby's in de boot. Daar hebben we er al meer dan genoeg van.'

Elizabeth pakte haar jas. 'Dat is heel vriendelijk, dr. Mason,' zei ze, ervan uitgaande dat hij gewoon iets aardigs wilde zeggen, 'maar volgens u word ik binnenkort overreden door een vrachtwagen.'

'Een ongeluk waarvan u zult herstellen,' corrigeerde hij haar. 'Hoor eens, wat roeien betreft heb ik een ijzersterk geheugen, en die outings van ons staan me nog zeer helder bij. Die gingen goed. Heel goed.'

'Door Calvin.'

Dr. Mason keek verbaasd. 'Nee, juffrouw Zott. Niet alleen door Evans. Om goed te roeien heb je alle acht nodig. Alle acht. Hoe dan ook, weer even ter zake. Ik heb al een wat beter gevoel over uw situatie. Ik weet dat u heel wat hebt doorgemaakt na de dood van Evans, en nu dit er nog bij.' Hij wees naar haar buik. 'Maar alles komt goed. Misschien zelfs meer dan goed. Een hond, een ergometer, roeien op twee. Heel mooi.'

Toen pakte hij allebei haar handen en gaf er een monter kneepje in, en ook al klonken zijn woorden haar niet volkomen zinnig in de oren, vergeleken met alles wat ze tot dan toe had gehoord, waren het de eerste die eindelijk een béétje zinnig klonken.

16

Bevalling

'Bibliotheek?' vroeg Elizabeth een week of vijf later aan Half Zeven. 'Ik heb straks een afspraak met dr. Mason en ik wil graag eerst even deze boeken terugbrengen. Volgens mij is *Moby Dick* wel iets voor jou. Het is een verhaal over hoe mensen voortdurend andere levensvormen onderschatten. Op hun eigen risico.'

Als aanvulling op de receptieve-leertechniek had Elizabeth hem hardop voorgelezen, en al een tijdlang de simpele kinderboeken vervangen door veel zwaardere kost. 'Hardop lezen is goed voor de hersenontwikkeling,' had ze hem laten weten, een onderzoek citerend dat ze had gelezen. 'Het vergroot de woordenschat ook sneller.' Kennelijk werkte het, want volgens haar notitieboek kende hij nu 391 woorden.

'Je bent een heel slimme hond,' had ze hem gisteren nog laten weten, en hij wilde het dolgraag met haar eens zijn, maar eerlijk gezegd begreep hij nog steeds niet wat 'slim' betekende. Het woord had kennelijk evenveel definities als er soorten waren, en toch herkenden mensen – met uitzondering van Elizabeth – 'slim' kennelijk alleen als het aan hun eigen regels voldeed. 'Dolfijnen zijn slim,' zeiden ze. 'Maar koeien niet.' Dat leek deels te berusten op het feit dat koeien geen kunstjes deden. In de ogen van Half Zeven wilde dat juist zeggen dat koeien slimmer waren, niet dommer. Maar nogmaals, wat wist hij er nou van?

391 woorden, volgens Elizabeth. Maar eigenlijk dus maar 390.

Erger nog, hij was er net achter gekomen dat Engels niet de enige mensentaal was. Elizabeth had verteld dat er honderden, misschien wel duizenden andere waren, en dat geen mens die allemaal sprak. Sterker nog, de meeste mensen spraken er maar één – misschien twee – tenzij ze iets waren wat Zwitsers heette en er acht spraken. Geen wonder dat mensen geen dieren konden verstaan. Ze verstonden elkaar al nauwelijks.

Ze begreep tenminste wel dat hij nooit zou kunnen tekenen. Tekenen was kennelijk het communicatiemiddel van kleine kinderen, en hij bewonderde hun ijver, al miste het resultaat meestal zijn doel. Er ging geen dag voorbij waarop hij geen kleine vingertjes stukken krijt op de stoep zag drukken, om zo met hun onmogelijke huisjes en primitieve poppetjes het cement te vullen met een verhaal waar buiten zijzelf niemand ook maar iets van begreep.

'Wat een mooie tekening!' had hij een moeder eerder die week horen zeggen terwijl hij het lelijke, woeste gekras van haar kind van bovenaf bekeek. Mensenouders, had hij gemerkt, waren geneigd hun kinderen voor te liegen.

'Het is een puppy,' had haar kind gezegd, met zijn handen onder het stoepkrijt.

'En wat een mooie puppy!' reageerde de moeder.

'Nee,' zei het kind, 'hij is niet mooi. De puppy is dood. Hij is doodgemaakt!' Wat Half Zeven, na een tweede, nadere blik, angstaanjagend goed vond kloppen.

'Het is géén dode puppy,' zei de moeder streng. 'Het is een héél blije puppy, en hij eet een bakje ijs.' En op dat punt gooide het gefrustreerde kind het stoepkrijt in het gras om stampvoetend weg te lopen naar de schommel.

Hij nam het mee. Een cadeautje voor het schepsel.

Samen legden ze de vijf straten af, Elizabeth in een getailleerde jurk die knelde bij haar dikke buik, met grote passen alsof ze naar het front ging. Ze had een felrode tas vol boeken om haar rug, en hij koeriersfietstassen die nu werden ingezet voor alle extra boeken die niet in haar tas pasten.

'Ik rammel,' zei ze hardop tijdens het lopen. November hing al in de lucht. 'Ik heb honger als een paard. Ik heb de laatste tijd mijn urine gecontroleerd, mijn haareiwitten geanalyseerd en…'

Dat was waar. Ze hield in hun lab al minstens twee maanden de bloedsuikerspiegel van haar urine, de aminozuurketen van de keratine in haar haar en haar lichaamstemperatuur bij. Het was Half Zeven niet duidelijk wat dat allemaal betekende, maar hij was opgelucht te zien dat ze meer belangstelling voor hun schepsel had – meer wetenschappelijke belangstelling althans. Haar enige praktische voorbereiding was tot dusver de aankoop van wat dikke witte vierkante doeken en een aantal gevaarlijk ogende spelden geweest. Ze had ook drie kleine pakjes gekocht die op zakjes leken.

'Het klinkt allemaal betrekkelijk rechttoe rechtaan,' zei ze tegen hem terwijl ze de straat door liepen. 'Eerst krijg ik voorweeën, dan weeën. We hebben nog twee weken, Half Zeven, maar het lijkt me goed er nu alvast over na te denken. Wat we vooral moeten onthouden,' zei ze, 'is dat we rustig moeten blijven als het zover is.'

Maar Half Zeven was niet rustig. Haar vliezen waren een paar uur eerder gebroken.

Ze had het niet gemerkt omdat ze maar een klein beetje vocht was verloren, maar hij wel omdat hij een hond was. De geur was niet mis te verstaan. En wat die buikpijn van de honger betrof, dat was geen honger, dat waren voorweeën. Eenmaal aangekomen bij de voordeur van de bibliotheek besloot het schepsel een en ander wat duidelijker te maken.

'O,' kreunde Elizabeth, terwijl ze ineenkromp. 'O, goddddd.'

Dertien uur later hield dr. Mason de zuigeling omhoog voor een uitgeputte Elizabeth.

'Wat een joekel,' zei hij, met een blik op de baby alsof hij zojuist een vis had binnengehengeld. 'Dat wordt een roeister. Pin me er niet op vast, maar volgens mij gaat ze bakboord roeien.' Hij keek Elizabeth van bovenaf aan. 'Goed gedaan, juffrouw Zott. En dat alles zonder verdoving. Ik zei toch dat al dat oefenen op de ergometer van pas zou komen. Ze heeft geweldige longen.' Hij keek naar de kleine babyhandjes alsof hij het eelt er al op zag zitten. 'Jullie blijven allebei nog een paar dagen hier. Morgen kom ik weer even langs. Rust in de tussentijd maar goed uit.'

Maar omdat Elizabeth inzat over Half Zeven nam ze de volgende ochtend al ontslag.

'Absoluut niet,' zei de hoofdzuster. 'Is geheel in strijd met het protocol. Dr. Mason krijgt een rolberoerte.'

'Zeg maar dat ik op de ergometer moest,' zei ze. 'Dan vindt hij het wel goed.'

'Ergometer?' schreeuwde de zuster min of meer terwijl Elizabeth het nummer van de taxicentrale belde. 'Wat is een ergometer?'

Een half uur later liep Elizabeth de oprit op, met de baby stevig tegen haar boezem gedrukt en een bonzend hart van opluchting bij het zien van Half Zeven, die met de fietstassen nog om als een schildwacht bij de voordeur zat.

O god, hijgde Half Zeven. *O god o god je leeft nog je leeft nog o god ik was zo ongerust.*

Ze bukte om hem het bundeltje te laten zien.

Het schepsel was – snif – *een meisje!*

'Het is een meisje,' zei Elizabeth met een glimlach.

Hallo, Schepsel! Ik ben het! Half Zeven! Ik was gek van ongerustheid!

'Het spijt me zo,' zei ze, het slot opendraaiend. 'Je komt vast om van de honger. Het is' – ze keek op haar horloge – 'acht voor half tien. Je hebt al meer dan vierentwintig uur niks gegeten.'

Half Zeven kwispelde opgewonden. Net zoals sommige gezinnen hun kinderen namen gaven die met dezelfde letter begonnen (Agatha, Alfred) en andere liever voor rijm kozen (Molly, Polly), hield zijn gezin de tijd aan. Hij heette Half Zeven als herinnering aan het precieze tijdstip waarop ze een gezin waren geworden. En nu wist hij hoe het schepsel ging heten.

Hallo, Acht voor Half Tien! communiceerde hij. *Welkom bij het leven in de buitenwereld! Goeie reis gehad? Kom binnen, kom binnen, alsjeblieft! Ik heb stoepkrijt!*

Toen ze met zijn drietjes de deur door stoven heerste er ineens een vreemde, blije stemming. Voor het eerst sinds Calvins overlijden voelde het alsof ze op de goede weg zaten.

Totdat het schepsel tien minuten later begon te huilen en alles in duigen viel.

17

Harriet Sloane

'Wat ís er nou?' smeekte Elizabeth voor de honderdste keer. 'Zég het dan gewoon!'

Maar de baby, die al wekenlang non-stop lag te huilen, weigerde het beestje bij zijn naam te noemen.

Zelfs Half Zeven was van slag. *Maar ik heb je toch verteld van je vader*, communiceerde hij. *We hebben het hierover gehad.* Desondanks bleef het schepsel jammeren.

Om twee uur 's nachts ijsbeerde Elizabeth de kleine bungalow door, terwijl ze als een roestige robot met stijve armen het bundeltje op en neer liet gaan, net zo lang tot ze tegen een stapel boeken botste en bijna struikelde. 'Verdomme,' riep ze, terwijl ze de baby in een beschermende beweging stevig tegen zich aan drukte. In de verdoving van het jonge moederschap was de vloer een handige stortplaats voor van alles geworden: piepkleine sokjes, openstaande luierspelden, oude bananenschillen, ongelezen kranten. 'Hoe krijgt zo'n klein iemand dit allemaal voor elkaar?' riep ze. De baby gaf antwoord door haar kleine mondje tegen het oor van Elizabeth te drukken, diep adem te halen en terug te brullen.

'Alsjeblieft,' fluisterde Elizabeth, en ze liet zich in een stoel zakken. 'Alsjeblieft, alsjeblieft, alsjeblieft, hou óp.' Ze nestelde haar dochter in haar elleboogholte, duwde zachtjes met de flessenspeen tegen haar poppenlipjes, en hoewel ze hem al vijf keer geweigerd had, beet het kleine ding zich er gulzig in vast alsof ze wist dat haar onbekwame moeder het uiteindelijk wel onder de knie zou krijgen. Elizabeth hield haar adem in alsof het ding al door het minste of geringste zuchtje weer af kon gaan.

De baby was een tikkende tijdbom. Eén verkeerde beweging en het was gedaan.

Dr. Mason had haar gewaarschuwd dat zuigelingen veel werk zijn, maar dit was geen werk: het was een leercontract. Die piepkleine tiran was net zo veeleisend als Nero; net zo gestoord als koning Ludwig. En dan dat huilen. Dat gaf haar het gevoel dat ze er niks van kon. Erger nog, het betekende misschien wel dat haar dochter haar helemaal niet mocht. Nu al.

Ze deed haar ogen dicht en zag haar eigen moeder voor zich, die met een sigaret aan haar onderlip haar as liet landen in de ovenschotel die Elizabeth net uit de oven had gehaald. Ja. Het was heel goed mogelijk je moeder van meet af aan niet te mogen.

Daarbij kwam nog het repetitieve – het voeden, het badderen, het verschonen, het sussen, het afvegen, het boeren, het troosten, het ijsberen; kortom, de hoeveelheid. Veel dingen waren repetitief: roeien, metronomen, vuurwerk – maar al die dingen stopten meestal na een uur. Dit kon nog jaren doorgaan.

En als de baby sliep, *nooit dus*, moest er nog steeds van alles gebeuren: de was doen, fles klaarmaken, ontsmetten, maaltijden maken – plus het steeds herlezen van dr. Spocks *Baby- en kinderverzorging & opvoeding*. Er was zo veel te doen dat ze niet eens een to-dolijstje kon maken omdat een lijstje maken betekende dat er nóg iets bij kwam. Daarbij had ze nog al haar andere werk.

Hastings. Ze wierp een bezorgde blik op een onaangeroerde, dertig centimeter hoge stapel notitieboeken en onderzoeksverslagen, die vooral bestond uit werk van haar ex-collega's. Tijdens haar bevalling had ze dr. Mason laten weten geen verdoving te willen. 'Omdat ik wetenschapper ben,' had ze gelogen. 'Ik wil het hele proces bewust meemaken.' Maar de ware reden: ze kon het niet betalen.

Onder haar klonk een tevreden zuchtje en toen Elizabeth omlaagkeek stelde ze tot haar verbazing vast dat haar dochter sliep. Ze verstijfde omdat ze haar baby niet in haar dutje wilde storen. Ze bekeek het blozende gezichtje, de getuite lipjes, de dunne blonde wenkbrauwtjes.

Er verstreek een uur, waarin alle bloedcirculatie in haar arm verdween. Ze bleef verwonderd kijken hoe het kind haar lippen bewoog, alsof ze het probeerde uit te leggen.

Er verstreken nog twee uur.

Sta op, zei ze tegen zichzelf. *Beweeg*. Ze boog voorover om hen allebei voorzichtig uit de stoel te manoeuvreren en liep toen zonder ook maar één verkeerde stap naar de slaapkamer. Ze ging liggen en legde de nog slapende baby voorzichtig naast zich neer. Ze deed haar ogen dicht. Ze zuchtte. Toen verzonk ze in een diepe, droomloze slaap, tot de baby wakker werd.

Wat, volgens haar wekker, zo'n vijf minuten later was.

'Kom ik gelegen?' vroeg dr. Boryweitz toen ze om zeven uur 's ochtends de deur opendeed. Hij tikte tegen zijn hoofd en liep langs haar heen om zich door het oorlogsgebied voorzichtig een weg naar de bank te banen.

'Nee.'

'Tja, maar dit is niet echt werk,' legde hij uit. 'Alleen een korte vraag. Ik wilde sowieso even langskomen om te kijken hoe het gaat. Ik hoorde dat u bent bevallen.' Hij keek naar haar ongewassen haar, haar scheef geknoopte blouse, haar nog gezwollen onderbuik. Hij klikte zijn aktetas open en haalde er een ingepakt cadeautje uit. 'Gefeliciteerd,' zei hij.

'Hebt u... hebt u een... cadeautje voor me gekocht?'

'Gewoon een kleinigheidje.'

'Hebt u kinderen, dr. Boryweitz?'

Zijn ogen bewogen naar links. Hij gaf geen antwoord.

Ze deed het doosje open, er zat een plastic speen en een klein knuffelkonijn in. 'Bedankt,' zei ze, ineens blij dat hij was langsgekomen. Het was voor het eerst in weken dat ze een volwassene sprak. 'Heel attent.'

'Heel graag gedaan,' zei hij onhandig. 'Ik hoop dat uw jongen – of meisje – het leuk vindt.'

'Het is een meisje.'

Zeg maar een soort gillende keukenmeid, legde Half Zeven uit.

Boryweitz voelde in zijn aktetas en haalde er een stapel papieren uit.

'Ik heb geen oog dichtgedaan, dr. Boryweitz,' verontschuldigde Elizabeth zich. 'Het komt eigenlijk niet zo gelegen.'

'Juffrouw Zott,' smeekte Boryweitz met neergeslagen ogen. 'Ik heb over twee uur een bespreking met Donatti.' Hij haalde wat bankbiljetten uit zijn portemonnee. 'Alstublíéft.'

De aanblik van het geld zette haar aan het twijfelen. Ze zat al een maand zonder inkomen.

'Tien minuten,' zei ze en ze nam het geld aan. 'De baby ligt net te soezen.' Maar hij had een heel uur nodig. Toen hij weg was en de baby tot haar verrassing nog steeds sliep, liep ze naar haar lab, vast van plan om aan het werk te gaan, maar zonder het te willen gleed ze de vloer op alsof die een matras was, met haar hoofd op een leerboek alsof dat een kussen was. Binnen een paar tellen was ze in een diepe slaap.

Calvin kwam voor in haar droom. Hij las een boek over kernspinresonantie. Zij las Half Zeven *Madame Bovary* voor. Ze had Half Zeven net verteld dat fictie problematisch was. Mensen bleven maar beweren dat ze wisten wat het betekende, ook al had de schrijver het zo helemaal niet bedoeld, en ook al had datgene waarvan ze dachten dat het iets betekende helemaal geen betekenis. 'Bovary is een heel goed voorbeeld,' zei ze. 'Hier, waar Emma aan haar vingers likt? Sommigen geloven dat dat staat voor vleselijke lust; anderen gewoon dat ze de kip heel lekker vond. En wat Flaubert er daadwerkelijk mee bedoelde? Dat kan niemand wat schelen.'

Op dat moment keek Calvin op uit zijn boek en zei: 'Ik herinner me helemaal niet dat er kip in *Madame Bovary* voorkwam.' Maar voor Elizabeth iets kon terugzeggen klonk er een aanhoudend *klop-klop-klop-klop-klop-klop*, als een ijverige specht, gevolgd door een 'Juffrouw Zott?' gevolgd door nog meer ge*klop-klop-klop-klop-klop*, en toen nog een 'Juffrouw Zott?' gevolgd door een vreemd hikkend jammergeluidje, waardoor Calvin opsprong en de kamer uit rende.

'Juffrouw Zótt,' zei de stem weer. Harder deze keer.

Elizabeth schrok wakker en zag een forse, grijsharige vrouw in een kunstzijden jurk en dikke bruine sokken in haar laboratorium staan.

'Ik ben het, juffrouw Zott. Mevrouw Sloane. Ik keek naar binnen en zag u ineengezakt op de vloer liggen. Ik bleef maar kloppen maar u reageerde niet, dus heb ik de deur opengedaan. Ik wilde even kijken of alles wel goed ging. Gáát alles goed? Misschien moet ik de dokter bellen.'

'S-Sloane.'

De vrouw bukte zich en bestudeerde het gezicht van Elizabeth. 'Nee, volgens mij gaat het goed. Uw baby huilt. Zal ik hem even halen? Ik haal hem wel even.' Ze ging weg en kwam vlak daarna terug. 'Ach, kijk nou toch.' Ze wiegde het bundeltje heen en weer. 'Hoe heet het duiveltje?'

'Mad. Madeline,' zei Elizabeth terwijl ze zich van de vloer omhoog hees.

'Madeline,' zei mevrouw Sloane. 'Een meisje. Gut, wat enig. Ik wou al een tijdje langskomen. Al vanaf het moment dat u thuiskwam met uw kleine satan zei ik tegen mezelf: *Ga eens langs om te zien hoe het gaat.* Maar u hebt zo te zien een aanhoudende stroom bezoekers. Sterker nog, ik zag er daarstraks nog een weggaan. Ik wou niet storen.'

De vrouw hield Madelines billen bij haar neus, ademde diep in, legde haar toen op tafel en na een schone luier van een droogrek naast haar te hebben gepakt verschoonde ze de wurmende baby als een cowboy die een koe vastbond. 'Het valt vast niet mee, juffrouw Zott, zonder meneer Evans bedoel ik. Gecondoleerd nog, overigens. Een beetje laat, ik weet het, maar beter laat dan nooit. Meneer Evans was een aardige man.'

'Kende u... Calvin?' vroeg Elizabeth, nog steeds wazig. 'W-waarvan dan?'

'Juffrouw Zott,' zei ze scherp. 'Ik ben uw buurvrouw. Van de overkant? In dat blauwe huisje?'

'O, o, ja, natuurlijk,' zei Elizabeth met een kleur, omdat ze zich realiseerde nooit eerder een woord met mevrouw Sloane te hebben gewisseld. Een paar keer zwaaien vanaf de oprit, daar was het bij gebleven. 'O pardon, mevrouw Sloane, natuurlijk ken ik u. Excuses – ik ben moe. Kennelijk ben ik op de vloer in slaap gevallen. Wat erg; het is voor het eerst dat me dat overkomt.'

'Nou, en het zal zeker niet voor het laatst zijn,' zei mevrouw Sloane, die het ineens opviel dat de keuken helemaal geen keuken was. Ze stond op en gaf zichzelf met Madeline als een voetbal in haar elleboogholte een rondleiding. 'U bent een jonge moeder en helemaal alleen en u bent uitgeput en u kunt amper nadenken en – wat is dát?' Ze wees naar een groot zilveren object.

'Een centrifuge,' zei Elizabeth. 'En nee, het gaat goed, hoor, echt.' Ze probeerde rechtop te gaan zitten.

'Als je net een baby hebt gaat het nooit goed, juffrouw Zott. Die kleine kwelgeest zuigt het leven zo uit je weg. U moest uzelf eens zien – u lijkt wel een ter dood veroordeelde. Ik zet wel even koffie.' Ze liep in de richting van het fornuis maar stuitte toen op de zuurkast. 'Lieve help,' zei ze, 'wat is er in vrédesnaam met deze keuken gebeurd?'

'Ik zet het wel even,' zei Elizabeth. Onder het toeziend oog van mevrouw Sloane slofte Elizabeth naar het roestvrijstalen aanrecht, waar ze een kan gedistilleerd water pakte dat ze in een fles schonk, waarna ze de fles afsloot met een stop waar een buisje uit stak. Vervolgens klikte ze de fles in een van de twee metalen standaarden tussen de bunsenbranders en sloeg op een vreemd metalen apparaatje dat vonkte als vuursteen tegen staal. Er verscheen een vlammetje; het water werd opgewarmd. Ze pakte een zak met het etiket '$C_8H_{10}N_4O_2$' van een plank, deed daar wat van in een vijzel, vermaalde het met een stamper, hevelde de resulterende modderachtige substantie over op een vreemd schaaltje, smeet de inhoud van het schaaltje in een stuk kaasdoek van vijftien bij vijftien centimeter en bond het bundeltje dicht. Ze propte het kaasdoek in een groter bekerglas, bevestigde dat aan de tweede metalen standaard en klemde het buisje van de eerste fles aan de bodem van het grotere bekerglas. Terwijl het water in de fles begon te borrelen zag mevrouw Sloane, met stomheid geslagen, het water omhoog door het buisje stromen en de beker in lopen. Algauw was de kleine fles bijna leeg en zette Elizabeth de bunsenbrander uit. Met een glazen staafje roerde ze door de inhoud van het bekerglas. Toen deed de bruine vloeistof iets vreemds: die kwam omhoog als een klopgeest en liep de eerste fles weer in.

'Melk en suiker?' Elizabeth haalde de stop uit de fles en schonk in.

'Godallemachtig,' zei mevrouw Sloane toen Elizabeth een kop koffie voor haar neerzette. 'Hebt u nooit van snelfiltermaling gehoord?' Maar toen ze eenmaal een slok had genomen zei ze niets meer. Zulke koffie had ze nog nooit geproefd. Hij was hemels. Dit zou ze de hele dag wel kunnen drinken.

'En, wat vindt u er tot nu toe van?' vroeg mevrouw Sloane. 'Van het moederschap.'

Elizabeth slikte.

'Ik zie dat u de bijbel al hebt,' zei mevrouw Sloane, die het boek van dr. Spock op tafel zag liggen.

'Dat heb ik gekocht om de nuchtere titel,' gaf Elizabeth toe. '*Baby- en kinderverzorging & opvoeding*. Er is zo veel onzin over hoe je een baby grootbrengt – zo veel nodeloos ingewikkeld gedoe.'

Mevrouw Sloane nam het gezicht van Elizabeth aandachtig op. Vreemde opmerking van een vrouw die zojuist twintig extra stappen had gedaan om een kop koffie te zetten. 'Grappig, hè?' zei mevrouw Sloane. 'Een man schrijft een boek over dingen waar hij niets uit eerste hand van weet – de bevalling en alles daarna bedoel ik – en toch: *bam*. Bestseller. Weet u wat ik denk? Dat zijn vrouw het hele boek heeft geschreven en er toen zijn naam op heeft gezet. Met de naam van een man krijgt het meer gewicht, vindt u niet?'

'Nee,' zei Elizabeth.

'Eens.'

Ze namen allebei nog een slok koffie.

'Hallo, Half Zeven,' zei ze en ze stak haar vrije hand uit. Hij kwam naar haar toe.

'Kent u Half Zeven?'

'Juffrouw Zótt. Ik woon daar – aan de overkant! Ik zie hem zo vaak rondscharrelen. Overigens, volgens de wet moeten ze worden aangelijnd –'

Bij het woord 'aangelijnd' deed Madeline haar kleine mondje open, waar een bloedstollende schreeuw uit kwam.

'O godallejezus!' vloekte mevrouw Sloane terwijl ze opsprong, met Madeline nog in haar armen. 'Dat is daadwérkelijk gruwelijk, kind!' Ze keek naar het rode gezichtje en liep hupsend met de baby door het laboratorium, haar stem verheffend om boven het lawaai uit te komen. 'Lang geleden, toen ik net moeder was, was meneer Sloane op zakenreis en brak er een afschuwelijke man bij ons in die zei dat als ik hem niet al ons geld gaf, hij de baby zou meenemen. Ik had al vier dagen niet geslapen of gedoucht, mijn haar al zeker een week niet gekamd, al ik weet niet hoelang meer even rustig gezeten. Dus zei ik: "Wil je de baby? Hier."' Ze legde Madeline op haar andere arm. 'Nog nooit een volwassen man zo hard weg zien rennen.' Ze keek aarzelend de kamer door. 'Hebt u ook zo'n kunstige manier om een fles te maken, of kan ik gewoon een normale maken?'

'Ik heb er al een klaarstaan.' Elizabeth haalde een fles uit een pannetje water.

'Pasgeborenen zijn verschrikkelijk.' Mevrouw Sloane greep naar de nepparels om haar nek terwijl Elizabeth de baby van haar overnam. 'Ik dacht dat u hulp kreeg; anders was ik wel eerder gekomen. Er kwamen hier zo veel, nou ja, zo veel mánnen langs op de vreemdste tijdstippen.' Ze schraapte haar keel.

'Dat is voor werk,' zei Elizabeth terwijl ze Madeline zover probeerde te krijgen de fles aan te nemen.

'Hoe u het ook wilt noemen,' zei mevrouw Sloane.

'Ik ben wetenschapper,' zei Elizabeth.

'Ik dacht dat meneer Evans wetenschapper was.'

'Ik ook.'

'Maar natuurlijk.' Ze sloeg haar handen tegen elkaar. 'Goed dan. Ik ga er weer eens vandoor. Maar nu weet u – als u een extra paar handen nodig hebt, ben ik aan de overkant.' Ze schreef haar telefoonnummer in dik potlood direct op de keukenmuur vlak boven de telefoon. 'Meneer Sloane is vorig jaar met pensioen gegaan en zit nu de hele dag thuis, dus denk niet dat u me stoort want dat doet u niet; sterker nog, u bewijst me een dienst. Begrepen?' Ze bukte zich om iets uit haar boodschappentas te pakken. 'Ik zal deze hier laten.' Ze haalde een in folie gewikkelde ovenschotel tevoorschijn. 'Ik zeg niet dat hij lekker is, maar u moet wel eten.'

'Mevrouw Sloane,' zei Elizabeth, omdat ze zich realiseerde dat ze niet alleen wilde zijn. 'Zo te horen weet u veel van baby's.'

'Alles, zo ongeveer,' beaamde ze. 'Egocentrische sadistjes zijn het. De vraag is waarom mensen er meer dan één krijgen.'

'Hoeveel hebt u er gehad?'

'Vier. Waar stuurt u op aan, juffrouw Zott? Is er iets specifieks waar u mee zit?'

'Nou,' Elizabeth probeerde de aarzeling uit haar stem te houden. 'Ik… nou, eh…'

'Zeg het maar gewoon,' instrueerde Sloane. '*Bam*. Voor de draad ermee.'

'Ik ben een vreselijke moeder,' zei ze snel. 'En dan niet alleen omdat u me slapend aantrof, maar slecht in heel veel dingen – of eigenlijk, in alles.'

'Wees eens wat concreter.'

'Nou, dr. Spock zegt bijvoorbeeld dat ik een schema voor haar moet maken, dus dat heb ik gedaan, maar ze houdt zich er niet aan.'

Harriet Sloane snoof.

'En ik heb niet van die momenten die ik zou moeten hebben – u weet wel, van die momenten…'

'Ik weet niet…'

'Die momenten van intens geluk –'

'Damesbladen kletsen onzin,' onderbrak Sloane haar. 'Houdt u verre van dat gedoe. Het zijn grove leugens.'

'Maar wat ik voel – volgens mij… volgens mij is dat niet normaal. Ik heb nooit kinderen gewild,' zei ze, 'en nu heb ik er een en moet ik tot mijn schaamte toegeven dat ik al twee keer op het punt heb gestaan om haar weg te geven.'

Mevrouw Sloane bleef bij de achterdeur staan.

'Alstublieft,' smeekte Elizabeth. 'Denk geen verkeerde dingen over mij –'

'Wacht even,' zei Sloane, alsof ze het verkeerd verstaan had. 'U wilde haar… twee keer weggeven?' Toen schudde ze haar hoofd en lachte zo hard dat Elizabeth ineenkromp.

'Het is niet grappig.'

'Twee keer? Echt waar? Met twintig keer was u nog steeds een amateur geweest.'

Elizabeth wendde haar blik af.

'Potverdorie,' foeterde mevrouw Sloane meelevend. 'U bent de moeilijkste taak op aarde aan het volbrengen. Heeft uw moeder u dat nooit verteld?'

En bij het noemen van haar moeder zag Sloane de jonge vrouw haar schouders aanspannen.

'Oké,' zei ze wat zachter. 'Laat maar. Maar probeer u niet zo druk te maken. Het gaat prima, juffrouw Zott. Het wordt beter.'

'Wat als dat niet zo is?' vroeg Elizabeth wanhopig. 'Wat als… wat als het erger wordt?'

Ook al was ze geen aanrakerig type, toch verliet mevrouw Sloane haar toevluchtsoord bij de deur om haar handen lichtjes op de schouders van de jonge vrouw te leggen. 'Het wordt beter,' zei ze. 'Wat is uw voornaam, juffrouw Zott?'

'Elizabeth.'

Mevrouw Sloane stak haar handen omhoog. 'Nou, Elizabeth, ik ben Harriet.'

En toen viel er een ongemakkelijke stilte, alsof ze door hun namen uit te wisselen allebei meer hadden prijsgegeven dan ze van plan waren geweest.

'Voor ik wegga, Elizabeth, mag ik je misschien één advies geven?' begon Harriet. 'Of eigenlijk, nee, dat ga ik niet doen. Ik vind het vreselijk om advies te krijgen, helemáál ongevraagd advies.' Ze kreeg een kleur. 'Heb jij geen hekel aan adviesgevers? Ik wel. Je voelt je er altijd zo onbekwaam door. En het advies is meestal waardeloos.'

'Geef maar,' drong Elizabeth aan.

Harriet aarzelde en drukte toen haar lippen op elkaar. 'Nou, goed dan. Het is eigenlijk misschien niet eens advies. Meer een tip.'

Elizabeth keek haar verwachtingsvol aan.

'Neem een moment voor jezelf,' zei Harriet. 'Elke dag.'

'Een moment.'

'Een moment waarop jíj even voorgaat. Alleen jij. Niet je baby, niet je werk, niet je dode meneer Evans, niet je vieze huis, helemaal niets. Alleen jij. Elizabeth Zott. Wat je ook maar nodig hebt, wat je ook maar wilt, wat je ook maar zoekt, kom er op dat moment opnieuw mee in contact.' Ze gaf een kort rukje aan haar nepparels. 'En herpak jezelf dan weer.'

En ook al zei Harriet er niet bij dat ze dit advies zelf nooit had opgevolgd – dat ze het eigenlijk gewoon in zo'n stom damesblaadje had gelezen –, wilde ze geloven dat zij zich ook op een dag zou herpakken en zich voor haar eigen doel zou inzetten. Om van iemand te houden. Echt van iemand te houden. Toen deed ze de achterdeur open en trok na een klein knikje de deur achter zich dicht. En alsof ze erop gewacht had, zette Madeline het op een huilen.

18

Mad voor de wet

Harriet Sloane was nooit knap geweest, maar ze kende wel een paar knappe mensen en die brachten naar haar idee altijd problemen met zich mee. Ze waren óf geliefd om hun knappe uiterlijk, óf gehaat om precies dezelfde reden. Toen Calvin Evans een relatie met Elizabeth Zott begon, was Harriet ervan uitgegaan dat dat was omdat ze knap was. Maar toen ze hen voor het eerst vanuit haar woonkamer had begluurd – hun gordijnen waren beleefd opengeschoven om haar een ongehinderd uitzicht op hun woonkamer te bieden – had ze haar aanname moeten bijstellen.

Naar haar idee hielden Calvin en Elizabeth er een merkwaardige relatie op na – bovennatuurlijk, bijna – als een bij de geboorte gescheiden eeneiige tweeling die elkaar bij toeval in een schuilbunker had ontmoet, en er ondanks alle dood en verderf om hen heen tot hun verbazing achter kwam dat ze niet alleen hetzelfde uiterlijk en een zware allergie voor schaaldieren hadden, maar ook allebei een afkeer van Dean Martin. 'Echt?' zeiden Calvin en Elizabeth in haar verbeelding aan de lopende band tegen elkaar. 'Dat heb ik ook!'

Tussen haar en de inmiddels gepensioneerde meneer Sloane was het nooit zo geweest. In het begin was er even iets van opwinding geweest, maar die was er algauw als goedkope nagellak vanaf gesleten. Ze vond hem stoer omdat hij een tatoeage had en kennelijk haar dikke enkels en dunne haar niet opmerkte. Achteraf gezien had ze daardoor al nattigheid moeten voelen – doordat ze hem niet opviel – want dan had ze misschien begrepen dat ze hem nooit zou opvallen.

Het stond haar niet meer bij op welk punt in haar huwelijk het besef was ingedaald dat ze niet van hem hield, en hij ook niet van haar, maar waarschijnlijk was dat ergens tussen het feit dat hij 'me' zei in plaats van 'mijn' en zijn vele lichaamshaar dat continu, als de pluisjes van een paardenbloem, losliet en in een dikke laag door hun hele huis lag.

Ja, samenwonen met meneer Sloane was weerzinwekkend, maar Harriet gruwelde niet eens zozeer van zijn fysieke gebreken – die schudde ze van zich af. Het was meer zijn laag-bij-de-grondse domheid die ze verafschuwde – zijn saaie, zelfingenomen, anti-intellectuele, onaantrekkelijke aard; zijn onwetendheid, onverdraagzaamheid, platheid, ongevoeligheid; en boven alles zijn volkomen misplaatste zelfvertrouwen. Net als de meeste domme mensen was meneer Sloane niet slim genoeg om te weten hoe ontzettend dom hij was.

Toen Elizabeth Zott bij Calvin Evans introk had meneer Sloane dat onmiddellijk in de smiezen. Hij had het aan één stuk door over haar, en zijn opmerkingen waren dan net zo schunnig en plat als een schurftige hyena. 'Moet je dat nou toch eens zien,' zei hij uit het raam kijkend naar de jonge vrouw die in haar auto stapte. Dan wreef hij met ronddraaiende bewegingen over zijn buik, waardoor de hele kamer onder de kleine zwarte krulletjes kwam te liggen. 'Jaah.'

Als dat gebeurde ging Harriet altijd de kamer uit. Ze wist dat ze er inmiddels aan gewend zou moeten zijn, aan zijn hang naar andere vrouwen. Op hun huwelijksreis had hij voor het eerst met seksblaadjes naast haar in bed gemasturbeerd. Ze had het getolereerd, want wat moest ze anders? Daarbij had ze gehoord dat dat normaal was. Gezond zelfs. Maar naarmate de blaadjes ranziger werden, nam de gewoonte hand over hand toe, en nu liep ze hier, op haar vijfenvijftigste, met een steen in haar maag zijn kleverige stapeltje tijdschriften op te ruimen.

Dat was nog zoiets weerzinwekkends aan hem. Zoals zo veel onappetijtelijke mannen was meneer Sloane ervan overtuigd dat hij goed viel bij de vrouwen. Harriet had geen idee waar hij al dat zelfvertrouwen vandaan haalde. Want domme mensen mogen dan niet weten dat ze dom zijn omdat ze dom zijn, maar onaantrekkelijke mensen moeten toch wel weten dat ze onaantrekkelijk zijn, vanwege spiegels.

Niet dat er iets mis was met onaantrekkelijk zijn. Ze was zelf ook onaantrekkelijk, en dat wist ze. Ze wist ook dat Calvin Evans onaantrekkelijk was, en dat die sjofele hond die Elizabeth op een dag mee naar huis had genomen onaantrekkelijk was, en dat er een gerede kans was dat de toekomstige baby van Elizabeth ook onaantrekkelijk zou worden. Maar geen van hen was lelijk en dat zouden ze ook nooit worden. Alleen meneer Sloane was lelijk, en dat was omdat hij vanbinnen onaantrekkelijk was. In werkelijkheid was de enige fysiek mooie persoon in de hele straat Elizabeth, en om precies die reden was Harriet haar uit de weg gegaan. Zoals gezegd, mooie mensen brachten problemen met zich mee.

Maar toen was meneer Evans overleden en kwamen die bespottelijke mannen met hun gewichtige aktetassen alsmaar bij Elizabeth langs, en besefte ze dat ze misschien wel net zo onverdraagzaam als meneer Sloane aan het worden was. Daarom was ze die dag bij Elizabeth langsgegaan. Omdat ze weliswaar voor altijd mevrouw Sloane zou moeten blijven – ze was katholiek – maar niet wilde veranderen in een meneer Sloane. En bovendien wist ze hoe pasgeborenen waren.

Bel me nou, dacht ze smekend, spiedend door haar gordijnen naar het huis aan de overkant. *Bel me nou. Bel me nou.*

Aan de andere kant van de straat had Elizabeth de afgelopen vier dagen wel tien keer de telefoon gepakt om Harriet Sloane te bellen, maar het lukte haar steeds niet het telefoontje te plegen. Ze had zichzelf altijd als een competent iemand beschouwd, maar ineens, alleen maar door heel even tijd met Harriet te hebben doorgebracht, besefte ze dat ze dat helemaal niet was.

Ze ging bij het raam staan en keek naar de overkant. Er bekroop haar een soort wanhoop. Ze had een baby gekregen en die zou ze grootbrengen tot in de volwassenheid. Lieve help – de volwássenheid. Vanaf de andere kant van de kamer liet Madeline weten dat het etenstijd was.

'Maar je hebt net gegeten,' bracht Elizabeth haar in herinnering.

'NOU DAAR WEET IK ANDERS NIKS MEER VAN,' schreeuwde Madeline terug, als formele opening van het minst leuke spelletje ter wereld: Raad Eens Wat Ik Nu Weer Wil.

Elizabeth had nog een ander probleem: steeds als ze haar dochter aankeek, keek Calvin terug. Dat was zenuwslopend. Ze was eerlijk gezegd nog steeds kwaad op Calvin – over dat hij haar had voorgelogen over de financiering van haar onderzoek, dat zijn sperma de voorbehoedende kansen had getart, dat hij altijd buiten hardliep terwijl iedereen dat binnen op balletschoenen deed. Ze wist heus wel dat haar boosheid niet terecht was, maar zo werkt verdriet nou eenmaal: willekeurig. Hoe dan ook, er was verder niemand die wist hoe kwaad ze was: dat hield ze voor zich. Goed dan, behalve tijdens de bevalling, toen ze misschíén een paar onhandige dingetjes had geroepen, mógelijk haar vingernagels in de onderarm van een onbekende had gedrukt toen de zware weeën begonnen. Ze wist nog dat er iemand anders dan zijzelf ook had staan gillen en vloeken. Dat had ze vreemd en onprofessioneel gevonden.

Dus toen er na afloop een verpleegster met een stapeltje papieren binnenkwam die iets wilde weten – hoe ze zich voelde? – besloot ze het haar te vertellen.

'Kwaad. Om niet te zeggen *mad as hell*.'

'*Mad*?' had de zuster gevraagd.

'Ja, mad, kwaad,' had Elizabeth geantwoord. Want dat was ze ook.

'Weet u dat zeker?' had de zuster gevraagd.

'Natuurlijk weet ik dat zeker!'

En de zuster, die het zat was om vrouwen te verzorgen die nooit op hun best waren – deze had tijdens de bevalling min of meer haar naam in haar arm gegraveerd – schreef 'Mad' op het geboortecertificaat en beende weg.

En daarmee was het beklonken: de baby heette officieel Mad. Mad Zott.

Elizabeth kwam er pas een paar dagen later achter toen ze thuis tussen de warboel aan ziekenhuispapieren die nog op de keukentafel lag toevallig het geboortecertificaat zag liggen. 'Wat gaan we nou krijgen?' had ze met een verbijsterde blik op het chique, gekalligrafeerde certificaat gezegd. 'Mad Zott? Godallemachtig! Heb ik er zo veel huid afgekrabd?'

Ze begon meteen een nieuwe naam te bedenken, maar er was een probleem. Ze had aanvankelijk gedacht dat de juiste naam zich bij het zien van haar dochters gezicht wel zou aandienen, maar dat was niet gebeurd.

Nu ze in haar laboratorium stond en van bovenaf naar het kleine, slapende hoopje in de grote, met dekens gevoerde mand keek, bestudeerde ze de gelaatstrekken van haar kind. 'Suzanne?' zei ze aarzelend. 'Suzanne Zott?' Maar dat voelde niet goed. 'Lisa? Lisa Zott? Zelda Zott?' Niets. 'Helen Zott?' probeerde ze. 'Fiona Zott. Marie Zott?' Nog steeds niets. Ze ging met haar handen in haar zij staan, alsof ze zich schrap zette. '*Mad* Zott,' waagde ze uiteindelijk.

De ogen van de baby schoten open.

Half Zeven slaakte een zucht vanaf zijn vaste plek onder tafel. Hij had genoeg tijd in de speeltuin doorgebracht om te begrijpen dat je een kind niet zómaar een naam kon geven, al helemaal niet wanneer de babynaam voortkwam uit een misverstand of, zoals bij Elizabeth, wraak. Naar zijn mening was een naam belangrijker dan het geslacht, belangrijker dan traditie, belangrijker dan dat het gewoon leuk klonk. Een naam definiéérde een persoon – of in zijn geval, een hond. Het was een persoonlijke vlag waarmee je je hele leven zwaaide; die moest kloppen. Net als zíjn naam, waar hij bijna twee jaar op had moeten wachten. Half Zeven. Dat kon toch niet beter?

'Mad Zott,' hoorde hij Elizabeth fluisteren. 'Goeie genade.'

Half Zeven stond op en sjokte naar de slaapkamer. Buiten medeweten van Elizabeth had hij al maanden koekjes onder het bed gehamsterd, iets waar hij vlak na Calvins dood mee was begonnen. Niet omdat hij bang was dat Elizabeth hem zou vergeten te voeren, maar meer omdat hij zelf een belangrijke scheikundige ontdekking had gedaan. Als er zich een serieus probleem voordeed, merkte hij dat het hielp om te eten.

Mad, peinsde hij, kauwend op een koekje. *Madge. Mary. Monica.* Hij nam nog een koekje, dat hij luidruchtig vermaalde. Hij was helemaal verzot op zijn koekjes – een van de vele succesnummers uit de keuken van Elizabeth Zott. Het zette hem aan het denken. *Waarom vernoemen we de baby niet naar iets uit de keuken? Pot. Pot Zott. Bekerglas. Bekerglas Zott. Of iets wat echt chemie betekent, zoals, eh, Chem? Maar dan Kim. Zoals Kim Novak, mijn lievelingsactrice uit* The Man with the Golden Arm. *Kim Zott.*

Nee. Kim was te kort.

En toen dacht hij: *Of Madeline?* Elizabeth had hem voorgelezen uit *Op zoek naar de verloren tijd* – niet echt een aanrader wat hem betrof – maar dat ene stukje had hij wel begrepen. Het stuk over de madeleine. Het cakeje. *Madeline Zott? Waarom niet?*

'Wat vind je van de naam "Madeline",' vroeg Elizabeth hem nadat ze Proust op onverklaarbare wijze opengeklapt op haar nachtkastje had aangetroffen.

Met een neutraal gezicht keek hij haar aan.

Het enige probleem was dat er een tripje naar het stadhuis nodig bleek om Mads naam te veranderen in Madeline, en eenmaal daar ook nog een formulier waarop werd gevraagd om een huwelijksakte en nog wat andere informatie die Elizabeth nou niet per se kwijt wilde. 'Weet je wat?' vroeg ze toen ze Half Zeven op de trap voor het gebouw trof. 'Dit blijft gewoon iets tussen ons. Ze is Mad voor de wet, maar we noemen haar Madeline en verder gaat het niemand iets aan.'

Mad voor de wet, dacht Half Zeven. *Kan niet misgaan, toch?*

En nog iets over Mad: ze werd echt woedend als de mensen van Hastings langskwamen. 'Krampjes', zou dr. Spock als diagnose hebben gesteld. Maar Elizabeth meende dat de baby misschien wel grote mensenkennis had. Wat haar zorgen baarde. Want wat zou ze dan vinden van het karakter van haar eigen moeder? Een vrouw die haar familie niet sprak, weigerde te trouwen met een man van wie ze zielsveel hield, ontslagen was en haar dagen sleet met haar hond woordjes leren? Zou ze haar egoïstisch of krankzinnig vinden, of beide?

Ze wist het niet, maar ze had het gevoel dat die vrouw aan de overkant het wel zou weten. Elizabeth was niet echt van de kerk, maar Harriet Sloane had iets heiligs. Ze was net een praktische priester, iemand aan wie ze van alles kon opbiechten – angsten, hoopvolle verwachtingen, fouten – zonder daarvoor een eenvoudig receptje voor gebedjes en rozenkransen terug te krijgen, of het standaard 'En wat doet dat met je?' van een psycholoog, maar echte wijsheid. Over hoe ze de alledaagse dingen moest aanpakken. Hoe ze moest overleven.

Ze pakte de telefoon, niet wetende dat de verrekijker van Harriet de gedraaide cijfers vanuit haar woonkamerraam allang bevestigde.

‘Hallo?’ antwoordde Harriet nonchalant, haar verrekijker tussen de kussens van de bank duwend. ‘U spreekt met Huize Sloane.’

‘Harriet. Met Elizabeth Zott.’

‘Ik kom eraan.’

19

December 1956

Het grootste voordeel van het kind van een wetenschapper zijn? Lage veiligheidslat.

Zodra Mad kon lopen, spoorde Elizabeth haar aan om bijna alles wat ze tegenkwam te betasten, te proeven, neer te gooien, te verbranden, te verscheuren, te vermorsen, te schudden, te mengen, te bespetteren, te besnuffelen en te belikken.

'Mad!' riep Harriet 's ochtends altijd als ze zichzelf binnenliet. 'Leg neer!'

'Neer!' beaamde Mad, om vervolgens een halfvolle koffiekop de kamer door te smijten.

'Nee!' riep Harriet.

'Nee!' beaamde Mad.

Terwijl Harriet de dweil ging halen waggelde Mad de woonkamer in, waar ze iets opraapte, iets weggooide, en met haar smoezelige handjes werktuiglijk naar het te scherpe, te warme, te giftige greep, de dingen die door de meeste ouders expres buiten bereik worden gehouden – kortom, de leukste dingen. Desondanks leefde ze nog steeds.

Dat kwam door Half Zeven. Die was er altijd, om gevaren op te sporen, stopcontacten te blokkeren, onder het boekenrek te gaan zitten zodat hij wanneer ze dat beklom – zo goed als dagelijks – als een kussen haar val zou kunnen breken. Het was hem één keer eerder niet gelukt een dierbaar iemand te beschermen. Dat zou hem niet nog eens overkomen.

'Elizabeth,' berispte Harriet haar. 'Je kunt Mad niet zomaar haar gang laten gaan.'

'Je hebt helemaal gelijk, Harriet,' zei Elizabeth zonder haar blik van drie reageerbuisjes te halen. 'Zoals je ziet heb ik de messen weggehaald.'

'*Elizabeth*,' smeekte Harriet. 'Je moet op haar letten. Gisteren was ze bezig de wasmachine in te kruipen.'

'Geen zorgen.' Elizabeth bleef naar de reageerbuisjes kijken. 'Ik zet nooit een was aan zonder er eerst in te kijken.'

Toch kon Harriet, ondanks haar voortdurende ongerustheid, niet ontkennen dat Mad zich duidelijk ontwikkelde zoals haar kinderen dat nooit hadden gedaan. En nog ongewoner: er zat een symmetrie in de moeder-dochterrelatie die Harriet niet kon negeren. Het kind leerde van de moeder, maar de moeder leerde ook van het kind. De club van de wederzijdse aanbidding, leek het wel – dat zag je aan de manier waarop het kind naar Elizabeth keek als het werd voorgelezen, aan hoe het kraaide als haar moeder in haar oor fluisterde, aan hoe Elizabeth straalde als het kind zuiveringszout met azijn samenvoegde, aan hoe ze voortdurend met elkaar deelden wat ze dachten en deden – chemie, gebabbel, kwijl – en soms een soort geheimtaal gebruikten waardoor Harriet zich wel eens een tikkeltje buitengesloten voelde. Je kon niet – moest niet – bevriend met je kind zijn, waarschuwde ze Elizabeth. Dat had ze in een van haar tijdschriften gelezen.

Ze keek toe terwijl Elizabeth Mad op schoot nam, en haar toen vlak bij de borrelende reageerbuisjes hield. De blik van het kind was een en al verwondering. Hoe noemde Elizabeth haar leermethode ook alweer? Experimenteel leren?

'Kinderen zijn sponzen,' had Elizabeth de week ervoor uitgelegd toen Harriet zich afkeurend had uitgelaten over het feit dat ze Madeline hardop voorlas uit *De oorsprong der soorten*. 'Ik ben niet van plan Mad vroegtijdig te laten uitdrogen.'

'Drogen,' riep Mad. 'Drogen, drogen, drogen!'

'Maar ze begrijpt toch zeker geen woord van Darwin,' wierp Harriet tegen. 'Zou je haar dan niet tenminste de beknopte versie kunnen voorlezen?' Harriet las alleen maar beknopte versies. Om precies die reden was *Reader's Digest* haar favoriete leesvoer – daar werden dikke, saaie boeken teruggebracht tot het hapklare formaat van een aspirientje. Ze had ooit een vrouw in het park horen zeggen dat ze zou willen dat *Reader's Digest* de Bijbel eens zou inkorten, waarop Harriet dacht: Ja – en huwelijken.

'Ik geloof niet in uittreksels,' zei Elizabeth. 'En trouwens, volgens mij vinden Mad en Half Zeven het leuk.'

Dat was nog zoiets – Elizabeth las Half Zeven ook voor. Harriet was dol op Half Zeven; sterker nog, soms had ze het idee dat zij en de hond dezelfde zorgen deelden over de *que sera, sera*-opvoedstijl van Elizabeth.

'Kon jij maar met haar praten,' had Harriet meer dan eens tegen hem gezegd. 'Naar jou zou ze wel luisteren.'

Met een zucht keek Half Zeven haar dan aan. Elizabeth luisterde wel degelijk naar hem – communicatie was duidelijk niet beperkt tot conversatie. Toch had hij gemerkt dat de meeste mensen niet naar hun hond luisterden. Dat heette ontkennen. Of nee, wacht. Onkunde. Dat had hij net geleerd. En overigens, niet om op te scheppen of zo, maar hij zat al aan de 497 woorden.

De enige die, los van Elizabeth, kennelijk niet onderschatte wat een hond allemaal begreep, of wat het inhield om werkende moeder te zijn, was dr. Mason. Geheel volgens dreigement kwam hij ongeveer een jaar na de bevalling bij haar thuis langs, zogenaamd om te zien hoe het ging, maar eigenlijk om haar te wijzen op zijn boot.

'Hallo, juffrouw Zott,' zei hij toen ze om kwart over zeven 's ochtends opendeed en hem tot haar verbazing daar zag staan, in roeitenue, met nog vochtig stekeltjeshaar van het roeien door de ochtendmist. 'Hoe gaat het ermee? Niet om meteen over mezelf te beginnen, maar ik heb vanmorgen de godsgruwelijkste outing gehad.' Hij kwam binnen en liep, zich nonchalant een weg door de kindertroep banend, langs haar heen naar het lab, waar hij Mad aantrof, die net een ontsnapping uit haar hoge kinderstoel zat te beramen.

'Ha, daar zul je haar hebben!' zei hij stralend. 'Helemaal groot en nog steeds springlevend. Geweldig.' Hij zag een stapel net gewassen luiers liggen, pakte er een en begon hem op te vouwen. 'Ik kan niet lang blijven, maar ik was in de buurt en dacht, ik kom even langs.' Hij bukte zich om

Mad beter te kunnen bekijken. 'Hemeltjelief, wat een flinkerd. Dat zullen we wel aan Evans te danken hebben. Hoe bevalt het ouderschap?' Maar voor Elizabeth kon antwoorden pakte hij het babyboek van dr. Spock. 'Spock is wel een goeie bron van informatie. Hij is ook roeier, hè. Heeft in 1924 nog goud op de Olympische Spelen gewonnen.'

'Dr. Mason,' zei Elizabeth, die tot haar eigen verbazing blij was met zijn komst en de zeelucht van zijn kleren. 'Heel aardig dat u langskomt, maar –'

'Geen nood, ik blijf niet lang; ik heb dienst. Ik heb mijn vrouw beloofd vanochtend op de kinderen te passen. Wou alleen even zien hoe het ging. U ziet er moe uit, juffrouw Zott. Hoe zit het met hulp? Hebt u iemand?'

'Mijn buurvrouw komt vaak langs.'

'Geweldig. Cruciaal om iemand in de buurt te hebben. En hoe zit het met u – hoe zorgt u voor zichzelf?'

'Hoe bedoelt u?'

'Nog aan het trainen?'

'Nou, ik –'

'Op de ergometer?'

'Zo af en t–'

'Mooi. Waar staat-ie? De ergometer.' Hij liep de aangrenzende kamer in. 'Godnogaantoe,' hoorde ze hem zeggen. 'Evans was een sadist.'

'Dr. Mason?' riep ze om hem terug naar het lab te krijgen. 'Heel leuk om u te zien, maar ik heb hier over een half uur een bespreking en ik moet nog een hoop –'

'Sorry.' Hij kwam weer binnen. 'Ik doe dit normaal gesproken nooit – na de bevalling bij mijn patiënten langsgaan. Om eerlijk te zijn zie ik geen van mijn patiënten ooit nog terug, tenzij ze besluiten de gelederen uit te breiden.'

'Ik voel me vereerd,' zei ze. 'Maar zoals ik al zei, ik heb het –'

'Druk,' maakte hij haar zin af. Hij liep naar de gootsteen en begon aan de afwas. 'Dus,' zei hij, 'u hebt de baby, de ergometer, uw freelancewerk, uw onderzoek.' Hij vinkte haar verplichtingen af, terwijl hij met omhooggestoken zeephanden zijn blik door de kamer liet gaan. 'Aardig lab trouwens.'

'Dank u wel.'

'Heeft Evans –'

'Nee.'

'Dus –'

'Ik heb het gebouwd. Tijdens mijn zwangerschap.'

Verwonderd schudde hij zijn hoofd.

'Wel met hulp,' zei ze met een gebaar naar Half Zeven, die als een schildwacht bij de stoel van Mad stond te wachten tot er eten omlaagviel.

'Ach ja, daar zullen we hem hebben. Aan honden heb je ontzettend veel. Voor mijn vrouw en mij was onze hond een soort proefdraaien voor een kind.' Hij bestudeerde een pan. 'Brillo-sponsje?'

'Links van u.'

'Over proefdraaien gesproken.' Hij voegde meer zeep toe. 'Het is zover.'

'Zover?'

'Om te gaan roeien. Het is al een jaar geleden.'

Ze moest lachen. 'Heel grappig.'

Hij draaide zich om en keek haar aan, het water droop van zijn handen op de vloer. 'Wat is er grappig?'

Nu was het aan haar om verward te kijken.

'We hebben een plek vrij. Op twee. Het zou ons goed uitkomen als u zo snel mogelijk terugkomt. Uiterlijk volgende week.'

'Wat? Nee. Ik ben –'

'Moe? Druk? Waarschijnlijk gaat u zeggen dat u geen tijd hebt.'

'Omdat ik die ook niet heb.'

'Wie wel? Volwassen zijn wordt zwaar overschat, vindt u ook niet?' vroeg hij. 'Heb je net het ene probleem opgelost, dienen zich er alweer tien nieuwe aan.'

'Aan!' riep Madeline.

'Het enige wat ik bij de marine daadwerkelijk heb meegekregen was het belang van elke ochtend mijn bed opmaken. Maar een frisse plens water op stuurboord, vlak voor zonsopgang? Daar knapt alles en iedereen van op.'

Elizabeth nam een slok koffie terwijl Mason doorkeuvelde. Ze wist maar al te goed dat er iets moest veranderen. Ze was inmiddels in een nieuwe rouwfase aanbeland: van rouwen om de man op wie ze verliefd was geworden naar rouwen om de vader die hij zou zijn geweest. Ze probeerde zich uit alle macht niet voor te stellen hoe hoog Calvin Mad de lucht in had gegooid, hoe makkelijk hij haar op zijn schouders had genomen. Geen van beiden hadden ze kinderen gewild, en Elizabeth was nog steeds hartstochtelijk van mening dat geen enkele vrouw ertoe gedwongen zou moeten worden een kind te krijgen. En toch was ze nu alleenstaande moeder, de hoofdonderzoeker in wat volgens haar het onwetenschappelijkste experiment ooit was: het grootbrengen van een ander mens. Elke dag kwam het ouderschap haar voor als een examen waarvoor ze niet had doorgeleerd. De opgaven waren niet te doen en er waren bij lange na niet genoeg multiplechoicevragen. Zo nu en dan werd ze badend in het zweet wakker, omdat ze meende een klop op de deur te hebben gehoord van een of andere gezagsdrager met een lege mand op babyformaat die zei: 'We hebben zojuist uw laatste ouderschapsrapport besproken en leuker kunnen we dit niet brengen. U bent ontslagen.'

'Ik probeer mijn vrouw al jaren aan het roeien te krijgen,' zei dr. Mason. 'Volgens mij zou ze het fantastisch vinden. Maar ze blijft maar weigeren en dat moet haast wel te maken hebben met het feit dat er geen andere vrouwen in het boothuis zijn. Ik ben niet gek, juffrouw Zott. Vrouwen roeien. U roeit. Er zijn wel degelijk roeiteams voor vrouwen.'

'Waar dan?'

'Oslo.'

'Noorwegen?'

'Deze hier,' zei hij, wijzend naar Mad. 'Die gaat absoluut bakboord roeien. Ziet u hoe ze heel natuurlijk haar gewicht naar rechts laat hangen?'

Ze keken allebei naar Madeline, die naar haar vingers zat te kijken alsof het haar verbaasde dat ze niet allemaal even lang waren. Gisteravond, toen Elizabeth hardop uit *Schateiland* had voorgelezen, had ze Mad met haar mond een beetje open van ontzag naar haar voelen opkijken. Ze had haar dochter aangekeken, op haar eigen manier van ontzag vervuld. Het was lang geleden dat iemand zo veel vertrouwen in haar had gehad. Ze had een diepe liefde voor haar slecht geïnformeerde dochter gevoeld.

'Het zou u verrassen hoeveel je in deze fase al over een kind kunt zeggen,' zei Mason. 'Ze geven voortdurend piepkleine aanwijzingen over hun toekomstige versie. Deze hier voelt meteen de stemming van de ander aan.'

Elizabeth knikte. Vorige week was ze tijdens het dutje van Mad even bij haar gaan kijken en had ze het kind rechtop in haar ledikant in volle ernst iets aan Half Zeven zien uitleggen. Elizabeth was vol verwondering blijven kijken terwijl de baby, heen en weer wiebelend als een kegel op het punt van omvallen en zwaaiend met haar handjes, een gestage stroom van klinkers en medeklinkers kwebbelde die lukraak, als was aan de lijn, naast elkaar werden gehangen maar met zo veel hartstocht werden uitgesproken dat duidelijk werd dat ze een expert op het betreffende gebied was. Half Zeven stond verrukt naast het ledikant, met zijn neus tussen de tralies en zijn oren gespitst op elke lettergreep. Mad hield haar handjes midden in de lucht even stil alsof ze de draad kwijt was, boog zich toen voorover naar de hond en begon opnieuw. 'Gagagagazozonanowoewoe,' zei ze alsof ze haar punt wilde verduidelijken. 'Babbadodobabdo.'

Een kind krijgen, besefte Elizabeth, was een beetje als samenwonen met een bezoeker van een verre planeet. Het was een kwestie van geven en nemen terwijl de bezoeker jouw gewoonten leerde en jij de zijne, maar langzaam maar zeker verdwenen zijn gewoonten en bleven de jouwe. Wat ze heel jammer vond. Want in tegenstelling tot volwassenen kreeg haar bezoeker nooit genoeg van de kleinste ontdekkingen; zag altijd het magische in de gewone gang van zaken. Vorige maand had Mad een gil vanuit de woonkamer geslaakt, en had Elizabeth in haar haast naar haar toe te komen een vol uur werk verpest. 'Wat is er, Mad?' vroeg ze, binnenstormend als een helikopter in oorlogsgebied. 'Wat is er aan de hand?'

Mad keek haar met grote ogen aan en hield een lepel omhoog. *Moet je zien!* leek ze te zeggen. *Die lag hier zomaar! Op de vloer!*

'En het is niet alleen conditietraining,' zei dr. Mason. 'Roeien is een manier van leven. Ja, toch?' Hij had het tegen de baby.

'Atoch!' riep Mad, slaand op haar bord.

'O, trouwens, we hebben een nieuwe coach.' Hij keek naar Elizabeth. 'Heel getalenteerd. Ik heb hem over u verteld.'

'Echt waar? En hebt u ook verteld dat ik een vrouw ben?'

'Nee!' riep Mad.

'Het punt is, juffrouw Zott,' zei dr. Mason, die haar vraag ontweek en een handdoek pakte, hem vochtig maakte en toen naar de kinderstoel liep om Mads plakhandjes ermee af te vegen, 'dat we al lang een probleem hebben met Twee. Even onder ons, hij is een erbarmelijk slechte roeier, zit alleen maar in die boot door oude connecties uit zijn studententijd. Maar sinds dit weekend niet meer, aangezien hij zijn been heeft gebroken bij een skiongeluk.' Hij probeerde zijn blijdschap te verbergen. 'Een driedubbele fractuur!'

Madeline stak haar armen uit en de dokter tilde haar uit de stoel.

'Wat vervelend,' zei Elizabeth. 'En ik waardeer uw vertrouwen. Maar ik heb niet genoeg ervaring. Ik heb maar een paar keer in uw boot gezeten en dat was dankzij Calvin.'

'Alv-in,' zei Mad.

'Natuurlijk hebt u wel ervaring,' zei dr. Mason verbaasd. 'Serieus? Getraind door Calvin Evans zelf? In een twee? Dat soort expertise heb ik tien keer liever dan die van een of andere voormalig student die heeft lopen hielenlikken.'

'En daarbij heb ik het druk,' legde ze uit.

'Om half vijf 's ochtends? U bent weer thuis voordat deze hier ook maar in de gaten heeft dat u weg was. Twéé.' Hij benadrukte het woord alsof het een speciaal aanbod was dat bijna verliep. 'Weet u nog? We hebben het hierover gehad.'

Elizabeth schudde haar hoofd. Calvin was ook zo geweest – ook hij had roeien beschouwd als iets wat vanzelfsprekend al het andere oversteeg. Ze herinnerde zich nog één ochtend in het bijzonder waarop een paar roeiers in een andere boot verbaasd constateerden dat hun vijf niet was komen opdagen. De stuurman had hem thuis gebeld, en hoorde dat Vijf hoge koorts had. 'Oké, maar je komt toch nog wel?' had hij gezegd.

'Juffrouw Zott,' zei dr. Mason, 'ik wil u niet voor het blok zetten, maar eerlijk gezegd hebben we u nodig. Ik weet dat ik maar een paar keer met u geroeid heb, maar ik weet wat ik toen voelde. Daarbij zult ú zich een stuk beter gaan voelen als u de boot weer in stapt. Wij allemáál,' zei hij, terugdenkend aan zijn outing van die ochtend, 'zullen ons een stuk beter voelen. Vraag uw buurvrouw. Kijk of zij op de baby wil passen.'

'Om half vijf 's ochtends?'

'Dat is nou wat er zo ondergewaardeerd wordt aan roeien.' Dr. Mason draaide zich om om te vertrekken. 'Het wordt gedaan op een tijdstip waarop niemand bijster veel te doen heeft.'

'Ik doe het,' zei Harriet.

'Dat kun je niet menen,' zei Elizabeth.

'Lijkt me enig,' zei Harriet, alsof iedereen het enig vond om midden in de nacht op te staan. Maar eigenlijk was het om meneer Sloane. Die was meer gaan drinken en meer gaan vloeken en de enige manier waarop ze daarmee om kon gaan was door weg te blijven. 'Hoe dan ook, het zijn maar drie ochtenden per week.'

'Het is maar op proef. Misschien slaag ik niet eens voor de inspectie.'

'Natuurlijk wel,' zei Harriet. 'Jij slaagt met vlag en wimpel.'

Maar toen Elizabeth zich twee dagen later onder het toeziend oog van kluitjes slaperige, verbaasde roeiers een weg door het boothuis baande kreeg ze toch het gevoel dat het vertrouwen van Harriet en de nood van dr. Mason allebei zwaar overtrokken waren.

'Goeiemorgen,' zei ze op goed geluk tegen de roeiers. 'Hallo.'

'Wat doet die hier?' hoorde ze iemand fluisteren.

'Jezus,' zei een ander.

'Juffrouw Zott,' riep dr. Mason vanaf de andere kant van het boothuis. 'Hier.'

Door het doolhof van lichamen baande ze zich een weg naar een slonzig groepje mannen die keken alsof ze zojuist verschrikkelijk nieuws te horen hadden gekregen.

'Elizabeth Zott,' zei ze ferm, met uitgestoken hand. Niemand schudde hem.

'Zott roeit vandaag op twee,' zei Mason. 'Bill heeft zijn been gebroken.'

Stilte.

'Coach,' zei dr. Mason tegen een moorddadig ogende man. 'Dit is de roeier over wie ik het had.'

Stilte.

'Zoals sommigen van jullie vast nog wel weten, heeft ze al eens eerder met ons geroeid.'

Stilte.

'Nog vragen?'

Stilte.

'Dan kunnen we beginnen.' Hij gebaarde met zijn hoofd naar de stuurman.

'Dat ging wel goed, hè, volgens mij?' zei dr. Mason toen ze later naar hun auto liepen. Ze keek hem van opzij aan. Tijdens haar bevalling, toen ze helse pijnen had uitgestaan, ervan overtuigd dat de baby haar inwendige organen als koffers meegriste om zich ervan te verzekeren dat ze in de buitenwereld genoeg zou hebben om aan te trekken, had ze zo hard geschreeuwd dat het bed ervan schudde. Toen de wee voorbij was en ze haar ogen opendeed had ze dr. Mason over zich heen gebogen zien staan. *Ziet u nou?* had hij gezegd. *Viel best mee, toch?*

Ze speelde met haar autosleutels. 'Volgens mij denken de stuurman en coach daar toch anders over.'

'Ach, dat,' zei hij met een wegwuivend gebaar. 'Is normaal. Ik dacht dat u dat wel wist. Nieuwe roeier krijgt overal de schuld van. U hebt voornamelijk met Evans geroeid – u kent de fijne kneepjes van de roeicultuur nog niet helemaal. Geef het een paar outings; komt goed.'

Ze hoopte maar dat hij dat echt meende, want om eerlijk te zijn had ze het heerlijk gevonden om weer op het water te zijn. Ze was uitgeput, maar op een prettige manier.

'Wat ik interessant aan roeien vind,' zei dr. Mason, 'is dat het altijd achterstevoren gaat. Bijna alsof de sport zelf ons probeert te leren niet op de zaken vooruit te lopen.' Hij deed zijn portier open. 'Eigenlijk is roeien, als je erover nadenkt, bijna precies hetzelfde als kinderen opvoeden. Beide vergen geduld, uithoudingsvermogen en toewijding. En geen van beide laat ons zien waar we heen gaan – alleen waar we zijn geweest. Dat vind ik heel geruststellend, u niet? Behalve het doorslaan – uiteraard. Dat doorslaan kan me gestolen worden.'

'U bedoelt omslaan.'

'Doorslaan,' hield hij vol, terwijl hij in zijn auto stapte. 'Gisteren mepte mijn ene kind het andere nog met een schep.'

20

Levensverhaal

Ook al was Mad pas bijna vier, toch was ze al groter dan de meeste vijfjarigen en kon ze al beter lezen dan veel kinderen uit groep acht. Maar ondanks haar fysieke en intellectuele vorderingen had ze, net als haar antisociale moeder en haatdragende vader, maar weinig vrienden.

'Ik ben zo bang dat het een genetische mutatie is,' vertrouwde Elizabeth Harriet toe. 'Calvin en ik zouden allebei dragers kunnen zijn.'

'Van het ik-haat-mensen-gen?' vroeg Harriet? 'Bestaat dat dan?'

'Verlégenheid,' corrigeerde Elizabeth haar. 'Introversie. Dus ik zal je wat vertellen: ik heb haar ingeschreven voor de kleuterschool. Het nieuwe schooljaar begint maandag en het voelde ineens heel logisch. Mad moet kinderen om zich heen hebben – dat zei je zelf ook al.'

Dat klopte. Harriet had die mening de afgelopen paar jaar al minstens honderd keer geventileerd. Madeline was een voorlijk kind met buitengewone verbale en bevattingsvermogens, maar Harriet was er niet van overtuigd dat ze zich op andere gebieden ontwikkelde – hoe je je veters strikt, hoe je met poppen speelt. Laatst nog had ze voorgesteld om in de moestuin wortels te trekken en toen had Mad bedenkelijk gekeken, om vervolgens met een stok $\sqrt{144}=12$ in de aarde te schrijven. 'Ziezo,' had ze gezegd.

Bovendien, wat zou Harriet moeten met haar dag als Mad op school zat? Ze was het inmiddels gewend om nodig te zijn.

'Daar is ze nog te jong voor,' drong Harriet aan. 'Ze moet op zijn minst vijf zijn. Het liefst zes.'

'Zoiets zeiden zij ook al,' zei Elizabeth. 'Toch is ze toegelaten.'

Wat Elizabeth er gemakshalve bij vergat te zeggen was dat dat niet kwam door Madelines intelligentie, maar eerder doordat Elizabeth de chemische samenstelling van balpeninkt had berekend en had uitgevogeld hoe ze de geboorteakte van Madeline kon veranderen. Technisch gezien was Madeline veel te jong voor de kleuterschool, maar Elizabeth zag niet in wat zo'n technisch detail met de scholing van haar dochter te maken had.

'Woody Elementary.' Ze gaf Harriet een vel papier. 'Juffrouw Mudford. Lokaal zes. Ik weet dat ze wellicht wat verder is dan andere kinderen, maar ze zal toch niet de enige zijn die Zane Grey leest, of wel?'

Half Zeven keek bezorgd op. Ook hij had zo zijn bedenkingen bij dit nieuws. Mad op school? En zíjn taak dan? Hoe kon hij het schepsel nou beschermen als ze in een klaslokaal zat?

Elizabeth pakte de koffiekopjes en bracht ze naar de gootsteen. Dit plotselinge idee om Mad naar school te doen was helemaal niet zo plotseling geweest. Een paar weken geleden was ze naar de bank gegaan om een omgekeerde hypotheek op de bungalow af te sluiten. Ze waren blut. Als Calvin haar naam niet op de eigendomsakte had gezet, waar ze pas na zijn dood achter was gekomen, hadden ze nu in de bijstand gezeten.

De bankmanager zag haar situatie somber in. 'Het wordt alleen maar erger,' waarschuwde hij haar. 'Stuur uw kind zodra het oud genoeg is naar school. Zoek dan een baan die ook daadwerkelijk geld oplevert. Of trouw met een rijke man.'

Ze ging weer in haar auto zitten en nam haar mogelijkheden door.

Een bank beroven.

Een juwelier beroven.

Of wacht, nog een afgrijselijk idee – teruggaan naar het instituut dat háár had beroofd.

Vijfentwintig minuten later liep ze de hal van Hastings in, met trillende handen, een klamme huid, het alarmsysteem van haar lichaam op volle toeren draaiend. Ze haalde diep adem, in een poging moed te verzamelen. 'Dr. Donatti, alstublieft,' zei ze tegen de receptioniste.

'Ga ik school leuk vinden?' vroeg Mad, die uit het niets tevoorschijn kwam.

'Absoluut,' zei Elizabeth weinig overtuigend. 'Wat is dat daar?' Ze wees naar een groot stuk zwart karton dat Madeline stevig in haar hand hield.

'Mijn tekening.' Ze leunde tegen haar moeder aan en legde de tekening voor haar op tafel. Het was er weer een van krijt – Madeline gebruikte liever krijt dan waskrijt – maar omdat krijt zo makkelijk vlekte waren haar tekeningen vaak wazig, alsof alles van het papier af probeerde te komen. Elizabeth zag wat poppetjes, een hond, een grasmaaier, een zon, een maan, misschien een auto, bloemen, een lange kist. De onderkant leek door vlammen verzwolgen te worden; aan de bovenkant was er vooral regen. En er was nog iets: een grote kolkende massa in het midden.

'Zo,' zei Elizabeth, 'dat is heel bijzonder. Ik kan wel zien dat je er hard aan hebt gewerkt.'

Mad blies haar wangen bol alsof haar moeder geen idee had hoe hard.

Elizabeth bekeek de tekening nog eens goed. Ze had Madeline een boek voorgelezen over hoe de Egyptenaren de oppervlakken van sarcofagen gebruikten om het verhaal van het geleide leven te vertellen – de pieken, de dalen, het reilen, het zeilen – allemaal met een zeer precieze symboliek. Maar tijdens het voorlezen had ze zich afgevraagd: zou de kunstenaar wel eens afgeleid zijn geraakt? Zodat hij een adder tekende in plaats van een geit? En zo ja, moest hij die dan laten staan? Waarschijnlijk wel. Aan de andere kant, was dat niet de hele definitie van het leven? Voortdurende aanpassingen, voortkomend uit een niet-aflatende reeks vergissingen? Ja, en zij zou dat moeten weten.

Dr. Donatti was tien minuten later in de hal verschenen. Vreemd genoeg leek hij bijna opgelucht om haar te zien. 'Juffrouw Zott!' had hij gezegd, en hij omhelsde haar terwijl zij afkerig haar adem inhield. 'Ik zat net aan u te denken!'

Eerlijk gezegd had hij alleen máár aan Zott gedacht.

'Vertel eens over die mensen,' zei ze tegen Mad, wijzend naar de poppetjes.

'Dat zijn jij en ik en Harriet,' zei Mad. 'En Half Zeven. En dat ben jij die roeit,' zei ze, wijzend naar de kist. 'En dat is onze grasmaaier. En dit hier is vuur. En dat zijn nog wat mensen. Dat is onze auto. En de zon komt op, dan de maan, en dan bloemen. Snap je?'

'Volgens mij wel,' zei Elizabeth. 'Het is een verhaal over de seizoenen.'

'Néé,' zei Mad. 'Het is het verhaal van mijn leven.'

Elizabeth knikte dat ze het zogenaamd begreep. Een grasmaaier?

'En wat is dit hier?' Elizabeth wees naar de kolk, die het grootste deel van de tekening in beslag nam.

'Dat is de poel des doods,' zei Mad.

Geschokt zette Elizabeth grote ogen op. 'En dit?' Ze wees naar een reeks schuine strepen. 'Regen?'

'Tranen,' zei Mad.

Elizabeth ging op haar knieën zitten, op ooghoogte met Mad. 'Ben je verdrietig, lieverd?'

Mad legde haar met krijt besmeurde handjes aan weerszijden van haar moeders gezicht. 'Nee. Maar jij wel.'

Toen Mad buiten ging spelen zei Harriet iets over 'uit de mond van kinderen'. Maar Elizabeth deed of ze het niet hoorde. Ze wist allang dat ze een open boek was voor haar dochter. Dat was haar al eerder opgevallen – dat Mad precies die dingen aanvoelde die iedereen wilde verbergen. 'Harriet is nog nooit verliefd geweest,' had ze vorige week tijdens het eten uit het niets gezegd. 'Half Zeven voelt zich nog steeds verantwoordelijk,' had ze tijdens het ontbijt verzucht. 'Dr. Mason kan geen vagina meer zien,' had ze rond bedtijd laten vallen.

'Ik ben niet verdrietig, Harriet,' loog ze. 'Sterker nog, ik heb heel goed nieuws. Hastings heeft me een baan aangeboden.'

'Een baan?' vroeg Harriet. 'Maar je hebt al een baan – een waarbij je kunt werken, Mad opvoeden, Half Zeven uitlaten, je onderzoek verrichten en roeien. Hoeveel vrouwen kunnen dat zeggen?'

Geen een, dacht Elizabeth, en zijzelf ook niet. Ze ging onderdoor aan haar non-stopprogramma, haar gezin werd bedreigd door haar gebrek aan inkomsten, haar zelfvertrouwen had een nieuw dieptepunt bereikt.

'Het zit me niet lekker,' zei Harriet, die in haar maag zat met de hele schoolsituatie, waardoor ze haar doel zou kwijtraken. 'Na hoe ze jou en meneer Evans hebben behandeld? Het is al erg genoeg dat je naar de pijpen danst van al die idioten die hier aanbellen.'

'Voor wetenschap geldt hetzelfde als voor alles,' zei Elizabeth. 'Sommigen zijn er beter in dan anderen.'

'Dat bedoel ik nou precies,' zei Harriet. 'Van alle disciplines zou toch juist de wetenschap haar eigen intellectuele onbenullen eruit moeten kunnen vissen? Dat was toch het hele idee van Darwin? Dat de zwakken het uiteindelijk afleggen?' Maar ze zag al dat Elizabeth niet luisterde.

'Hoe gaat het met de baby?' had Donatti gevraagd, terwijl hij haar aan haar arm naar zijn kantoor bracht. Hij had even vlug omlaaggekeken en tot zijn verbazing gezien dat ze nog steeds verband om haar vingers had, net als bij haar vertrek.

Zott zei iets terug, maar hij had het te druk met het bepalen van zijn volgende zet om te luisteren. De afgelopen geweldige paar jaar was hij Zott-Evans-vrij geweest en daar was alles beter van geworden. Niet op het gebied van daadwerkelijke doorbraken, maar alles kabbelde zo lekker voort. Zelfs dat stuk onbenul van een Boryweitz had kennelijk meer verstand gekregen. Het was bijna alsof zijn andere chemici pas tot bloei hadden kunnen komen toen Evans dood was en Zott vertrokken.

Toch was er nog steeds iemand een doorn in zijn oog. Die schatrijke investeerder. Die was terug. Wilde wel eens weten wat meneer Zott verdomme al die tijd met zijn geld had lopen uitspoken. Waar bleven de artikelen? De bevindingen? De resultaten?

Hij keek uit het raam terwijl Zott doorkakelde over een onverwachte positieve ionenreactie. God, wat was wetenschap toch saai. Hij kuchte in een poging zijn desinteresse te verbergen. Het was bijna borreltijd; hij kon zo weg. Hij herinnerde zich nog dat iemand hem lang geleden, tijdens zijn studie, een compliment had gemaakt over zijn extra droge martini's. En ineens wist hij het – waarom werd hij geen bartender? Hij was dol op drinken; hij was er goed in. Met zijn drankjes maakte hij anderen blij – dronken dus. Daarbij klonk mixologie wel soort van wetenschappelijk. Wat was er eigenlijk negatief aan? Het salaris?

Over salaris gesproken, zijn budget bood geen ruimte voor Zott. Maar hij moest haar wel aannemen: hij had haar nodig omdat de investeerder haar nodig had – of eigenlijk hém, meneer Zott, met zijn godvergeten abiogenese. Leek eerlijk gezegd wat onbezonnen over het hele onderwerp te worden. Hij had maandenlang de telefoontjes van die man ontweken. Was uiteindelijk zo wanhopig geworden dat hij zijn team had gevraagd of er iemand iets gedaan had wat ook maar een beetje bij het onderwerp in de buurt kwam. En raad eens wie er zijn hand had opgestoken? Boryweitz.

Het enige probleem was dat Boryweitz zijn onderzoek niet kon onderbouwen. Daardoor had Donatti argwaan gekregen, waarop Boryweitz had toegegeven dat hij Zott tegen het lijf was gelopen en ze het over abiogenese hadden gehad en, zo gek, vergelijkbare resultaten bleken te hebben.

'Ik wil graag officieel gezegd hebben dat het een grote vergissing is om een baan bij Hastings aan te nemen,' zei Harriet, die koffiekopjes stond af te drogen.

'Tweemaal is scheepsrecht,' hield Elizabeth vol.

Op één na goed, dacht Half Zeven.

21

E.Z.

De afdeling Chemie vierde de terugkeer van Elizabeth met een nieuwe labjas.

'Die is van ons allemaal,' zei Donatti. 'Om te laten zien hoezeer we u gemist hebben.' Verrast door het gebaar nam ze hem gretig aan, trok de witte jas onder een flauw applaus aan, gevolgd door hier en daar wat luid, bulderend gelach. Van bovenaf bekeek ze het stiksel boven de borstzak. Waar ooit 'E. Zott' had gestaan, stond nu alleen nog maar 'E.Z.'

'Mooi?' vroeg dr. Donatti met een knipoog. 'O, trouwens' – hij kromde zijn vinger om aan te geven dat ze met hem mee naar zijn kantoor moest komen – 'ik hoorde dat u zich nog steeds met abiogenese bezighoudt.'

Elizabeth deinsde achteruit. Ze had niemand over haar onderzoek verteld. De enige die er misschien van afwist was Boryweitz, en dat was alleen omdat Mad bij zijn laatste bezoekje uit haar middagslaapje wakker geworden was, en Elizabeth toen ze terugkwam Boryweitz aan haar bureau door haar mappen had zien zitten bladeren. 'Wat doet u nou?' had ze hem verbijsterd gevraagd.

'Niets, juffrouw Zott,' had hij gezegd, duidelijk gekwetst door haar toon.

'Van mij wordt ook iets gepubliceerd.' Donatti ging achter zijn bureau zitten. 'Binnenkort in *Science Journal.*'

'Wat is het onderwerp?'

'Niks wereldschokkends.' Hij haalde zijn schouders op. 'Iets over RNA. U weet wel hoe het werkt: zo nu en dan moet je iets publiceren, anders betaal je daar de professionele prijs voor. Maar ik ben benieuwd naar dat van u. Waar kan ik uw artikel lezen?'

'Er zijn nog een paar dingen waar ik even goed naar moet kijken,' zei ze. 'Als ik de mogelijkheid krijg me daar de komende zes weken zonder afleiding op te richten, heb ik daarna beslist wat voor u.'

'U uitsluitend op uw éígen werk concentreren? Dat lijkt me wel een beetje Calvin Evans-achtig, vindt u niet?'

Bij het horen van Calvins naam verstijfde ze.

'U herinnert u zich vast nog wel dat het zo niet werkt op deze afdeling,' zei Donatti. 'Hier helpen wij elkaar. We zijn een team. Net als een roeiploeg,' zei hij spottend. Hij had haar aan een van de andere chemici horen vertellen dat ze nog steeds roeide. Tja, misschien zou ze als ze niet al die tijd bezig was geweest met roeien wat meer zijn opgeschoten met haar eigen werk. Al had hij de mappen die ze had meegenomen al doorgenomen en zich tot zijn verbijstering gerealiseerd dat ze veel verder op weg was dan Boryweitz kennelijk in de gaten had gehad. Wat was die man toch een uilskuiken.

'Hier,' zei Donatti, haar een dikke stapel papier overhandigend. 'Begin maar met deze uit te typen. O ja, en de koffie is bijna op. En loop even langs bij alle jongens – om te zien wat voor ondersteuning ze kunnen gebruiken.'

'Ondersteuning?' vroeg Elizabeth. 'Maar ik ben chemicus, geen laborant.'

'Nee, u bent laborante,' zei Donatti resoluut. 'U bent er een behoorlijk tijdje uit geweest. U dacht toch niet hier binnen te kunnen komen walsen en uw oude baan terug te krijgen – zeker niet na jaren duimendraaien. Maar ik zal u wat zeggen – als u hard werkt dan zullen we wel zien.'

'Maar dat was niet de afspraak.'

'Rústig maar, Lekkertje,' zei hij lijzig. 'Het is niet –'

'Hóé noemde u me daar nou?'

Maar voor hij kon antwoorden werd hij door zijn secretaresse aan een bespreking herinnerd.

'Hoor eens,' zei hij, zich terugdraaiend naar Elizabeth, 'je had een streepje voor toen Evans hier zat en dat is je door heel wat mensen nog niet vergeven. Maar deze keer gaan we ervoor zorgen dat iedereen weet dat je je betrekking ook echt verdiend hebt. Je bent een slimme meid, Lizzie. Het is mogelijk.'

'Maar ik had gerekend op het salaris van een chemicus, dr. Donatti. Financieel gezien red ik het niet als laborant. Ik moet een kind onderhouden.'

'Daarover gesproken,' zei hij met een wuifgebaar. 'Ik heb goed nieuws. Ik heb Hastings gevraagd je verdere opleiding te betalen.'

'Echt?' vroeg ze stomverbaasd. 'Wil Hastings mijn promotie betalen?'

Donatti stond op en rekte zijn armen uit boven zijn hoofd alsof hij zojuist een work-out had gedaan. 'Nee,' zei hij. 'Wat ik bedoel is dat ik denk dat je baat zou hebben bij stenoles – dicteren. Ik heb een correspondentiecursus voor je gevonden.' Hij gaf haar een brochure. 'Het mooie is dat je het lekker thuis in je vrije tijd kunt doen.'

Met haar hart in haar keel liep Elizabeth terug naar haar bureau, smeet de mappen neer en ging toen meteen door naar het damestoilet, waar ze het hokje het verst van de deur koos en zichzelf erin opsloot. Harriet had gelijk. *Wat had ze gedaan?* Maar voor ze daar ook maar over na kon denken klonk er een beukend geluid uit het hokje naast haar.

'Hallo?' riep Elizabeth.

Het gebeuk hield op.

'Hallo?' probeerde Elizabeth opnieuw. 'Gaat alles goed?'

'Bemoei je met je eigen zaken,' riep een stem.

Elizabeth aarzelde, en probeerde het toen opnieuw. 'Kan ik misschien hel–'

'Ben je soms doof? Laat me verdomme met rust!'

Ze zweeg. Ze kende die stem. 'Juffrouw Frask?' Ze zag de secretaresse van Personeelszaken voor zich die haar jaren geleden met de dood van Calvin had gepest. 'Bent u dat, juffrouw Frask?'

'Wie wil dat verdomme weten?' klonk de agressieve stem.

'Elizabeth Zott. Chemie.'

'Jezus christus. Zott. Zul je net zien.' Er viel een lange stilte.

Juffrouw Frask, drieëndertig inmiddels, had de afgelopen vier jaar plichtsgetrouw alle paden gevolgd die naar promotie leidden – van het ophemelen van de secundaire arbeidsvoorwaarden bij Hastings tot bepaalde afdelingen bespioneren, tot een interne roddelrubriek schrijven die 'Je hebt het van ons' heette – en was nog steeds niet gepromoveerd. Sterker nog, ze moest nu verantwoording afleggen aan een nieuwe medewerker – een jongen van eenentwintig die net klaar was met zijn studie en los van paperclipkettingen maken geen duidelijke vaardigheden bezat. En Eddie – die geoloog met wie ze naar bed was geweest om te laten zien dat ze goed huwelijksmateriaal was – had haar twee jaar geleden laten zitten voor een maagd. De nieuwste klap in haar gezicht van vandaag: haar nieuwe jongensbaas had haar een zevenstappenplan gegeven om zichzelf te verbeteren. Punt één: tien kilo kwijtraken.

'Dus u bent echt terug,' zei Frask vanuit haar hokje. 'Zoals het spreekwoordelijke onkruid.'

'Pardon?'

'Hond ook mee?'

'Nee.'

'Houden we ons ineens aan de regeltjes, Zott?'

'Mijn hond heeft 's middags andere dingen te doen.'

'Uw hond heeft ándere dingen te doen.' Frask rolde met haar ogen.

'Hij haalt mijn kind uit school.'

Frask ging verzitten op de bril. O ja – Zott had een kind inmiddels.

'Jongen? Meisje?'

'Meisje.'

Frask trok aan de wc-rol. 'Goh, jammer zeg.'

In haar hokje keek Elizabeth naar de vloertegels. Ze wist precies wat Frask bedoelde. Op Mads eerste schooldag had ze vol afschuw toegezien hoe de juf, een vrouw met wallen onder haar ogen en een onwelriekend permanent, een roze bloem op Mads blouse had proberen te spelden. DOE MEE MET ABC! stond erop.

'Mag ik geen blauwe bloem?' had Madeline gevraagd.

'Nee,' had de juf gezegd. 'Blauw is voor jongens en roze voor meisjes.'

'Nee, hoor,' zei Madeline.

De juf, mevrouw Mudford, liet haar blik van Madeline naar Elizabeth gaan, en keek naar de te knappe moeder alsof ze probeerde te achterhalen waar die beroerde houding vandaan kwam. Haar blik ging naar de lege ringvinger van Elizabeth. Bingo.

'En, wat brengt u weer naar Hastings?' vroeg Frask. 'Komt u een nieuw genie aan de haak slaan?'

'Abiogenese.'

'Ah, o ja,' zei Frask schamper. 'Altijd weer hetzelfde liedje. Ik hoorde dat die investeerder zich weer had aangediend, en *bam*! Daar bent u weer. Ik moet u één ding nageven: u bent wel voorspelbaar. Deze keer hebt u uw pijlen tenminste op een rijkere man gericht. Hoewel, even onder ons, is hij niet aan de oude kant voor u?'

'Ik volg het niet.'

'Ga nou niet verlegen lopen doen.'

Elizabeth klemde haar kaken op elkaar. 'Ik zou niet weten hoe dat moest.'

Daar dacht Frask even over na. Dat was wel waar. Zott was niet het verlegen type. Ze was bot, had niks door, net als die dag waarop haar verteld moest worden dat Calvin een afscheidscadeautje voor haar had achtergelaten – een cadeautje dat (hoe was het mogelijk?) alweer op school zat en door de hond werd opgehaald. Serieus?

'Die man,' zei Frask, 'die Hastings een enorme toelage heeft geschonken om abiogenese te financieren, vanwege uw werk? Of eigenlijk het werk van meneer E. Zott.'

'Waar hebt u het over?'

'Dat weet u heus wel, Zott. Hoe dan ook, die rijkaard is terug en, lieve hemel, u óók. Volgens mij bent u de enige vrouw op Hastings – van de drieduizend werknemers, hè – die geen secretaresse is. Ik kan me niet voorstellen hoe dát heeft kunnen gebeuren. En toch probeerde u voor een man door te gaan. Is er dan niets waartoe u zich niet verlaagt? O, trouwens, weet u waarom vrouwen volgens het instituut geen goede investering zijn? Omdat we er altijd tussenuit knijpen om baby's te krijgen. Net als ú.'

'Ik ben ontslágen,' zei Elizabeth met haar stem vol woede. 'Deels dankzij vrouwen zoals u,' snauwde ze, 'vrouwen die hielenlikken –'

'Ik lik helemaal geen hielen –'

'Die meedoen aan –'

'Ik doe helemaal niet mee –'

'Die kennelijk denken dat hun eigenwaarde afhangt van wat een man –'

'Hoe durft u –'

'Nee!' schreeuwde Elizabeth, en ze sloeg op het dunne stalen paneel dat hen van elkaar scheidde. 'Hoe durft ú, juffrouw Frask! Hoe durft ú!'

Ze stond op, deed haar deurtje open, beende naar de wastafel en draaide de kraan zo hard open dat hij losschoot. Het water spoot eruit en doordrenkte haar labjas. 'Verdomme!' riep ze. 'Verdomme!'

'Ach jezus,' zei Frask, die naast haar verscheen. 'Laat mij maar even.' Ze duwde Elizabeth aan de kant en bukte zich om de hoofdkraan onder de wasbak uit te draaien. Toen ze overeind kwam keken de twee vrouwen elkaar aan.

'Ik heb me nooit als man voorgedaan, Frask!' riep Elizabeth terwijl ze haar labjas met een papieren handdoekje bette.

'En ik ben geen hielenlikker!'

'Ik ben chemicus. Geen vróúwelijke chemicus. Chemicus. En een verdomd goeie ook!'

'Nou, en ik ben een expert in personeelszaken! En bijna-psycholoog,' schreeuwde Frask.

'Bíjna-psycholoog?'

'Hou je mond.'

'Nee, serieus,' zei Zott. 'Bíjna?'

'Ik kreeg de kans niet om het af te maken, nou goed? En u dan? Waarom bent u niet afgestudeerd, Zott?' zei Frask terug.

Elizabeth verstijfde, en onthulde zonder dat het haar bedoeling was iets over zichzelf wat ze nog nooit aan iemand anders dan een politieagent had verteld. 'Omdat ik door mijn scriptiebegeleider ben verkracht, en toen uit het doctoraalprogramma ben gegooid,' riep ze. 'En ú?'

Frask keek haar verbijsterd aan. 'Hetzelfde,' zei ze slapjes.

22

Het cadeau

'Hoe was je eerste dag?' vroeg Harriet meteen toen Elizabeth thuiskwam.

'Prima, hoor,' loog Elizabeth. 'Mad,' zei ze, bukkend om haar dochter in haar armen te nemen. 'Hoe was het op school? Was het leuk? Heb je iets nieuws geleerd?'

'Nee.'

'Vast wel, toch,' zei ze. 'Vertel eens.'

Madeline legde haar boek neer. 'Nou. Sommige kinderen zijn incontinent.'

'Godallemachtig,' zei Harriet.

'Ze waren vast gewoon zenuwachtig.' Elizabeth streek Madelines haar glad. 'Het valt soms niet mee om aan iets nieuws te beginnen.'

'O, en, juffrouw Mudford wil je spreken,' zei Madeline. Ze stak een briefje omhoog.

'Mooi,' zei Elizabeth. 'Een proactieve leerkracht dus.'

'Wat betekent proactief?' vroeg Madeline.

'Narigheid,' mompelde Harriet.

Een paar weken later begaf Elizabeth zich naar Personeelszaken. 'Kunt u me informatie geven over die investeerder?' vroeg Elizabeth aan juffrouw Frask. 'Maakt niet uit wat.'

'Waarom ook niet,' zei Frask en ze haalde een dunne dossiermap uit de financiële administratie met het stempel VERTROUWELIJK erop. 'Ik ben vorige week toch een kilo aangekomen.'

'Is er verder nog iets?' vroeg Elizabeth, het dossier doorkijkend. 'Hier staat niks in.'

'U weet hoe de rijken zijn, Zott. Ze houden van privacy. Maar laten we anders volgende week samen lunchen. Dan heb ik wat meer tijd om de dossiers door te spitten.'

Maar toen het eenmaal volgende week was had Frask alleen een broodje bij zich.

'Heb niets kunnen vinden,' gaf Frask toe. 'Wat gek is, gezien alle heisa bij zijn vorige bezoek. Waarschijnlijk wil dat zeggen dat hij zijn geld ergens anders mee naartoe heeft genomen; gebeurt zo vaak. Trouwens, hoe gaat het met uw laborantenbaantje? Al zelfmoordneigingen?'

'Hoe weet u daarvan?' vroeg Elizabeth. Er begon een adertje op haar slaap te trillen.

'Ik zit bij Personeelszaken, weet u nog? Wij weten alles en zien alles. Of in mijn geval: zagen alles.'

'Hoe bedoelt u?'

'Nu ben ik degene die ontslagen is,' zei Frask nuchter. 'Aanstaande vrijdag vlieg ik eruit.'

'Hè? Waaróm?'

'Weet u mijn zevenverbeterpuntenplan nog? Tien kilo afvallen? Ik ben er drie aangekomen.'

'Gewichtstoename is geen reden voor ontslag,' zei Elizabeth. 'Dat is onrechtmatig.'

Frask boog zich naar voren en kneep Elizabeth in haar arm. 'Sjonge, zeg. Uw naïviteit gaat echt nooit vervelen.'

'Ik meen het,' zei Elizabeth. 'U moet het aanvechten, juffrouw Frask. U mag dit niet laten gebeuren.'

'Nou,' zei Frask, serieus nu, 'als deskundige in personeelszaken ben ik wel altijd voorstander van een goed gesprek met de baas. Om je prestaties te benoemen; te focussen op je toekomstige verdiensten.'

'Precies.'

'Grapje,' zei Frask. 'Dat haalt nooit iets uit. Hoe dan ook, het komt goed – ik heb al een aantal uitzendbaantjes geregeld. Maar voor ik wegga heb ik nog een cadeautje voor u. Iets om al het verdriet goed te maken dat ik na de dood van meneer Evans heb berokkend. Kom op vrijdag naar de lift in de zuidvleugel. Vier uur. Ik beloof dat u er geen spijt van zult krijgen.'

'Hier de gang door,' instrueerde Frask toen het eenmaal vrijdagmiddag was. 'Pas op waar u loopt. Er zijn wat muizen uit het biologielab ontsnapt.' Samen namen ze de lift naar de kelder en liepen vervolgens een lange gang door tot ze uitkwamen bij een deur met GEEN TOEGANG erop. 'Daar zijn we dan,' zei Frask opgewekt.

'Waar zijn we hier?' Elizabeth keek naar een rij smalle stalen deurtjes die genummerd waren van één tot negenennegentig.

'Opslag.' Frask haalde een sleutelbos tevoorschijn. 'U hebt een auto, toch? En een grote lege achterbak?' Ze zocht tussen de sleuteltjes tot ze nummer eenenveertig had gevonden, stak het in het slot en nodigde Elizabeth uit naar binnen te kijken.

Calvins werk. Verpakt en verzegeld.

'We kunnen dit steekwagentje wel gebruiken,' zei Frask terwijl ze ermee aan kwam rollen. 'Maar we moeten wel opschieten – ik moet deze sleutels om vijf uur inleveren.'

'Is dit wel wettelijk toegestaan?'

Juffrouw Frask pakte de eerste doos. 'Maakt ons dat wat uit?'

23

KCTV-studio

Een maand later

Walter Pine werkte al bijna vanaf het eerste begin bij de tv. Het idee achter televisie stond hem aan – dat het een ontsnapping uit de dagelijkse sleur bood. Om die reden had hij ervoor gekozen, want wie wilde er nou niet ontsnappen? Hij wel.

Maar met het verstrijken der jaren kreeg hij steeds meer het gevoel dat hij de gevangene was met de permanente opdracht de ontsnappingstunnel te graven. Om uiteindelijk, als de andere gevangenen vechtend over hem heen hun vrijheid tegemoet waren geklauterd, met de lepel achter te blijven.

Toch bleef hij er werken, om dezelfde reden als die van zovelen: omdat hij een ouder was – de alleenstaande ouder van dochter Amanda, zes jaar, kleuter op Woody Elementary en zijn oogappel. Hij had alles over voor dat kind. Waaronder dagelijks afgeblaft worden door zijn baas, die laatst nog gedreigd had hem te ontslaan als hij niet heel snel iets deed aan die lege middagprogrammering.

Walter pakte een zakdoek, snoot zijn neus en keek meteen daarna in het lapje, alsof hij wilde zien waar zijn binnenste uit bestond.

Fluim. Geen verrassing.

Een paar dagen terug was een vrouw hem komen opzoeken – Elizabeth Zott, moeder van… de naam van het kind was hem ontschoten. Volgens Zott viel Amanda haar kind lastig. Dat verbaasde hem niet; volgens mevrouw Mudford, haar juf, was Amanda altijd lastig. Wat hij weigerde te geloven. Zeker, Amanda was net als hij een tikje gespannen, net als hij een tikje te zwaar, net als hij een tikje behaagziek, maar weet je wat

Amanda nog meer was? Een áárdig kind. En aardige kinderen waren, net als aardige volwassenen, dungezaaid.

Weet je wat er nog meer dungezaaid was? Een vrouw als Elizabeth Zott. Hij bleef maar aan haar denken.

'Eindelijk.' Harriet veegde haar handen af aan haar jurk toen Elizabeth door de achterdeur binnenkwam. 'Ik begon me al zorgen te maken.'

'Sorry.' Ze probeerde de woede niet in haar stem te laten doorklinken. 'Gedoe op het werk.' Ze gooide haar tas neer en plofte in een stoel.

Ze was nu twee maanden terug op Hastings en werd knettergek van het gebrek aan uitdaging. Ze wist dat mensen in topfuncties vaak naar eenvoudiger werk verlangden – iets waar geen gevoel of verstand bij kwam kijken; iets waar ze niet om drie uur 's nachts nog van wakker lagen. Maar ze wist nu dat gebrek aan uitdaging erger was. Niet alleen gaf haar salaris haar lage status weer, maar haar hersenen deden pijn van het gebrek aan inspanning. En ook al wisten haar collega's dat ze intellectueel gezien veruit hun meerdere was, toch werd ze geacht hen om de minste of geringste prestatie waar ze mee aankwamen vol bewondering toe te juichen.

Maar de prestatie van vandaag was niet gering. Die was enorm. Het nieuwste nummer van *Science Journal* was uit en het artikel van Donatti stond erin.

'Niets wereldschokkends.' Zo had Donatti zijn artikel een paar maanden geleden omschreven. Maar het werk was wel degelijk wereldschokkend, en zij kon het weten. Omdat het van haar was.

Voor de zekerheid had ze het artikel twee keer gelezen. De eerste keer langzaam. Maar de tweede keer was ze erdoorheen gejakkerd tot haar bloeddruk als een losgeschoten brandslang door haar aderen vloog. Dit artikel was rechtstreeks uit haar papieren gestolen. En raad eens wie er als medeauteur vermeld stond.

Toen ze opkeek zag ze Boryweitz naar haar staan kijken. Hij trok wit weg en liet zijn hoofd toen hangen.

'Begrijp het dan!' riep Boryweitz toen ze het tijdschrift op zijn bureau smeet. 'Ik kan niet zonder dit werk!'

'We kunnen allemaal niet zonder ons werk,' zei Elizabeth ziedend. 'Het probleem is dat u het uwe nooit gedaan hebt.'

Boryweitz keek tersluiks naar haar op, zijn ronde ogen smeekten om genade, maar hij zag alleen een vloedgolf die nog maar net aan het opkomen was, waarvan de energie nog niet duidelijk was, de ware kracht nog onbeproefd. 'Het spijt me,' zei hij smekend. 'Echt waar. Ik had geen idee dat Donatti zo ver zou gaan. Hij heeft de eerste dag dat u terug was al uw dossiers gekopieerd, maar ik ging ervan uit dat dat was om te zien waar we aan hadden gewerkt.'

'Wé?' Ze moest zich inhouden om niet met blote handen zijn nek te breken. 'U bent nog niet van me af,' beloofde ze. Toen keerde ze hem de rug toe en liep de gang door naar Donatti's kantoor, nauwelijks haar pas vertragend om een ronddolende microbioloog aan de kant te duwen.

'U bent een leugenaar, Donatti.' Ze stormde het kantoor van haar baas binnen. 'En ik kan u één ding beloven: hier komt u niet mee weg.'

Donatti keek op van zijn bureau. 'Zott!' riep hij. 'Wat een gezelligheid!'

Hij leunde achterover en nam haar woede enigszins geamuseerd op. Evans zou om iets als dit sowieso zijn opgestapt. Leefde hij nog maar, dan had hij dit kunnen meemaken – maar nee, hij moest het moment weer verpesten door al dood te zijn.

Hij luisterde met een half oor terwijl Zott maar over zijn diefstal tekeer bleef gaan. De investeerder had al gebeld om Donatti met zijn werk te feliciteren – wat veelbelovende opmerkingen gemaakt over meer geld dat hun kant op kwam. Hij had ook naar Zott gevraagd – of die nog een rol in het onderzoek had gespeeld. Donatti had nee gezegd, niet echt – helaas was meneer Zott een beetje een mislukkeling gebleken; sterker nog, hij had een lagere functie gekregen. De investeerder had gezucht alsof hij teleurgesteld was, en vervolgens geïnformeerd naar Donatti's volgende stap op het gebied van abiogenese. Donatti had met wat dure termen gestrooid die hij in andere delen van Zotts onderzoek had zien staan, en waar hij Zott later nog maar eens naar moest vragen, als ze verdomme ooit nog eens tot bedaren kwam en zich herinnerde dat ze voor hém werkte. God, het viel nog niet mee om manager te zijn. Hoe dan ook, kennelijk was de rijkaard gerustgesteld door zijn woorden.

Maar toen moest Zott weer zo nodig roet in het eten gooien door net dat ene te doen wat ze zich allebei niet konden veroorloven. 'Hier,' zei ze, en ze liet haar labsleutel met een plons in zijn koffie vallen. 'Hou je rotbaantje maar.' Toen gooide ze haar werkpas in de prullenmand, smeet haar labjas midden op zijn bureau en stormde, samen met al haar dure woorden, naar buiten.

'Er is vier keer voor je gebeld,' zei Harriet. 'De eerste keer om te vragen of je een kijkcijferkastje wilde. De andere drie keren was het Walter Pine. Pine wil dat je hem terugbelt. Zegt dat het dringend is. Beweert dat jullie een leuk onderonsje hebben gehad over eten – of nee, nee, sorry, over lúnch,' corrigeerde ze zichzelf terwijl ze weer op haar briefje keek. 'Klonk gespannen.' Ze keek op. 'Professioneel gespannen. Als een goedgemanierde man, maar gejaagd.'

'Walter Pine,' zei Elizabeth knarsetandend, 'is de vader van Amanda Pine. Ik ben een paar dagen geleden naar zijn kantoor gereden om die lunchkwestie te bespreken.'

'Hoe verliep dat gesprek?'

'Het was eerder een confrontatie.'

'Een gewelddadige, mag ik hopen.'

'Mam?' vroeg een stem vanuit de deuropening.

'Dag konijntje.' Elizabeth probeerde rustig te klinken terwijl ze haar slungelige kind met één arm omhelsde. 'Hoe was het op school?'

'Ik heb een mastknoop gemaakt,' zei Madeline, die een touw omhooghield. 'Om aan de klas te laten zien.'

'Vonden ze het leuk?'

'Nee.'

'Dat geeft niks.' Elizabeth trok haar naar zich toe. 'Mensen vinden niet altijd hetzelfde leuk als wij.'

'De klas vindt de dingen die ik laat zien nooit leuk.'

'Kleine rotkrengen,' mompelde Harriet.

'Ze vonden die speerpunt die je had meegenomen toch mooi.'

'Nee.'

'Nou, anders probeer je volgende week eens het periodieke systeem? Dat is altijd een publiekstrekker.'

'Of je probeert mijn jachtmes,' stelde Harriet voor. 'Om ze te laten zien wie er de baas is.'

'Hoe laat eten we?' vroeg Madeline. 'Ik heb honger.'

'Ik heb een van je ovenschalen in de oven gezet,' zei Harriet tegen Elizabeth, zich naar de deur manoeuvrerend. 'Ik moet het beest gaan voederen. Bel Pine terug.'

'Heb je Amanda Pine gebéld?' stamelde Madeline.

'Haar vader,' zei Elizabeth. 'Dat had ik je toch verteld. Ik ben drie dagen geleden bij hem langs geweest en heb die hele lunchkwestie rechtgezet. Volgens mij begreep hij ons punt en ik weet zeker dat Amanda je lunch nooit meer inpikt. Stelen mág niet,' snauwde ze, omdat ze aan Donatti met zijn artikel moest denken. 'Mág niet!' Zowel Madeline als Harriet sprong geschrokken op.

'Ze... ze neemt wel een lunch mee, mam,' zei Madeline voorzichtig. 'Maar die is niet normaal.'

'Dat is niet ons probleem.'

Madeline keek haar moeder aan alsof die er niets van begreep.

'Je moet je eigen lunch opeten, konijntje,' zei Elizabeth iets zachter. 'Als je groot en sterk wilt worden.'

'Maar ik bén al groot,' klaagde Madeline. 'Te groot.'

'Je kunt nooit te groot zijn,' zei Harriet.

'Robert Wadlow is gestórven aan zijn lengte,' zei Madeline, met een tikje op het omslag van *The Guinness Book of Records*.

'Maar dat was een stoornis aan de hypofyse, Mad,' zei Elizabeth.

'2,72 meter!' benadrukte Madeline.

'Arme vent,' zei Harriet. 'Waar moet zo iemand winkelen?'

'Lengte is dódelijk,' zei Madeline.

'Ja, maar alles is uiteindelijk dodelijk,' zei Harriet. 'Daarom legt iedereen uiteindelijk het loodje, lieverd.' Maar toen ze zag dat Elizabeth haar mond liet openvallen en Madeline ineenkromp had ze meteen spijt van haar woorden. Ze deed de achterdeur open. 'Ik zie je morgen, voor het roeien,' zei ze tegen Elizabeth. 'En jou, Mad,' zei ze tegen het kleine meisje, 'zie ik als je wakker wordt.'

Dat was het schema dat Elizabeth en zij hadden ontwikkeld sinds Elizabeth weer aan het werk was. Harriet bracht Mad naar school, Half Zeven haalde Mad op uit school, Harriet paste op haar tot Elizabeth thuiskwam. 'O, bijna vergeten.' Ze haalde een stukje papier uit haar zak. 'Je hebt weer een briefje gekregen.' Ze wierp Elizabeth een veelbetekenende blik toe. 'Van je-weet-wel-wie.'

Mevrouw Mudford.

Elizabeth wist al dat Mudford het niet zo op Madeline had. Ze vond het maar niets dat Mad al kon lezen, kon voetballen, en een hele reeks ingewikkelde knopen kende – een kunstje dat ze geregeld vertoonde, ook in het donker, in de regen, zonder hulp, voor het geval dat.

'Voor welk geval dat, Mad?' had Elizabeth haar wel eens gevraagd, toen ze het kind 's nachts ineengedoken, buiten in de stromende regen, met een stuk touw in haar handen onder een stuk zeildoek had zien zitten.

Mad had verbaasd naar haar moeder opgekeken. Die wist toch ook wel dat 'voor het geval dat' niet een keuze was, maar de énige keuze? Het leven vereiste voorbereiding; vraag maar aan haar dode vader.

Al zou ze, had ze haar vader iets kunnen vragen, hem liever hebben gevraagd wat hij voelde toen hij haar moeder voor het eerst zag. Was het liefde op het eerste gezicht?

Zijn ex-collega's hadden ook vragen voor Calvin – zoals hoe hij het voor elkaar kreeg om zo veel prijzen te winnen terwijl hij voor het oog van de buitenwereld nooit iets uitvoerde. En seks met Elizabeth Zott, hoe zat het daarmee? Ze kwam nogal frigide over – was ze dat ook? Zelfs de juf van Madeline, mevrouw Mudford, had vragen voor wijlen Calvin Evans. Maar er was uiteraard geen sprake van dat Madelines vader iets werd gevraagd, niet alleen omdat hij dood was, maar omdat vaders in 1959 zich nou eenmaal niet bemoeiden met het onderwijs van hun dochters.

De vader van Amanda Pine was de uitzondering, maar dat kwam alleen omdat er geen mevrouw Pine meer was. Die had hem verlaten (en terecht, vond mevrouw Mudford), gevolgd door een luidruchtige en publieke scheiding waarin ze beweerde dat de veel oudere Walter Pine niet deugde als vader, laat staan als echtgenoot. Er had een gênant seksueel zweempje omheen gehangen; juffrouw Mudford dacht er liever niet te veel over na. Maar om die reden had mevrouw Walter Pine alles gekregen wat meneer Pine bezat, ook Amanda, die ze, zo bleek, eigenlijk nooit gewild had. En gaf haar eens ongelijk? Amanda was geen makkelijk kind. Dus ging Amanda terug naar Walter, en kwam Walter naar school, waar mevrouw Mudford zich gedwongen zag te luisteren naar zijn flauwe smoesjes over de inhoud van Amanda's bijzonder ongewone lunchtrommeltjes.

En toch, hoe irritant de besprekingen met Walter Pine ook waren, ze verbleekten bij haar sessies met Zott. Had zij weer, dat ze de twee ouders die ze het minst mocht het meest zag. Al moest ze wel zeggen dat het altijd zo ging. Gedragsproblemen bij kinderen begonnen thuis. Maar als ze moest kiezen tussen Amanda Pine, lunchdief, en Madeline Zott, ongepaste-vragensteller, werd het zonder twijfel Amanda.

'Stelt Madeline ongepaste vragen?' had Elizabeth bij hun laatste gesprek geschrokken gevraagd.

'Ja, inderdaad,' zei juffrouw Mudford scherp, terwijl ze een stofje van haar mouw plukte als een spin die zijn prooi aanvalt. 'Gisteren bijvoorbeeld, hadden we het tijdens het kringgesprek over de schildpad van Ralph, en toen viel Madeline hem in de rede om te vragen hoe ze vrijheidsstrijder in Nashville kon worden.'

Elizabeth zweeg alsof ze het onderliggende probleem probeerde te begrijpen. 'Ze had hem nooit in de rede mogen vallen,' zei ze na een tijdje. 'Ik zal met haar praten.'

Juffrouw Mudford klemde haar tanden hoorbaar op elkaar. 'U begrijpt me verkeerd, mevrouw Zott. Kinderen vallen elkaar in de rede; daar kan ik heus wel mee omgaan. Waar ik niet mee kan omgaan is een kind dat het gesprek naar mensenrechten wil sturen. Dit is de kleuterschool, geen actualiteitenrubriek. En verder,' ging ze door, 'heeft uw dochter onlangs bij onze bibliothecaresse geklaagd dat ze Norman Mailer niet in onze boekenkast kon vinden. Kennelijk heeft ze een aanvraag proberen in te dienen voor *Helden zonder glorie*.' De juf trok een wenkbrauw op en richtte haar blik op de E.Z. die in sletterig ogende cursiefletters boven het borstzakje waren gestikt.

'Ze is een vroege lezer,' zei Elizabeth. 'Dat ben ik kennelijk vergeten te zeggen.'

De juf vouwde haar handen in elkaar en boog zich toen dreigend naar voren. '*Norman. Mailer.*'

Eenmaal terug in haar keuken vouwde Elizabeth het briefje open dat ze van Harriet had gekregen. Daarop stonden twee schreeuwende woorden in Mudfords handschrift. *VLADIMIR. NABOKOV.*

Ze schepte een portie spaghetti bolognese uit de oven op Madelines bord. 'Heb je, los van die mastknoop, verder wel een leuke dag gehad?' Ze vroeg Mad allang niet meer of ze iets geleerd had op school. Dat had toch geen zin.

'Ik vind school stom.'

'Waarom?'

Madeline keek argwanend op van haar bord. 'Iedereen vindt school stom.'

Half Zeven slaakte een zucht vanonder de keukentafel. Goed, zo zat het dus: het schepsel vond school stom, en aangezien hij en het schepsel het altijd overal over eens waren vond hij school nu ook stom.

'Vond jij school vroeger leuk, mama?'

'Nou,' zei Elizabeth, 'wij verhuisden heel vaak, dus soms was er geen school waar ik heen kon. Maar ik ging wel naar de bibliotheek. Toch leek het me altijd heel leuk om op een echte school te zitten.'

'Zoals toen je op UCLA zat?'

Plotseling doemde er een duidelijk beeld van dr. Meyers voor haar op. 'Nee.'

Madeline trok haar hoofd opzij. 'Gaat het, mama?'

Zonder het door te hebben had ze haar handen voor haar gezicht geslagen. 'Ik ben gewoon moe, konijntje.' De woorden glipten tussen haar vingers door naar buiten.

Madeline legde haar vork neer en bekeek haar moeders verslagen houding aandachtig. 'Is er iets gebeurd, mama? Op je werk?'

Vanachter haar vingers dacht Elizabeth na over de vraag van haar jonge dochter.

'Zijn wij arm?' vroeg Madeline, alsof die vraag automatisch volgde op de vorige.

Elizabeth haalde haar handen weg. 'Waarom vraag je dat, lieverd?'
'Tommy Dixon zegt dat wij arm zijn.'
'Wie is Tommy Dixon?' vroeg ze scherp.
'Een jongen van school.'
'Wat heeft Tommy Dixon nog méér –'
'Was papa arm?'
Elizabeth verstrakte.

Het antwoord op Mads vraag zat in een van die dozen die ze met Frask van Hastings had gestolen. Helemaal onder in doos nummer drie lag een vouwmap waar ROEIEN op stond. Toen Elizabeth hem voor het eerst had gezien ging ze er automatisch van uit dat die vol krantenknipsels zou zitten over de glorieuze overwinningen van zijn boot in Cambridge. Maar nee; hij zat vol met de baanaanbiedingen die Calvin na Cambridge had ontvangen.

Jaloers had ze de aanbiedingen doorgebladerd – functies op prestigieuze universiteiten, directeursposten bij farmaceutische bedrijven, enorme aandelen in beursgenoteerde bedrijven. Ze had de stapel net zo lang doorzocht tot ze het aanbod van Hastings had gevonden. Daar was het: de belofte van een privélab – al hadden de andere plekken dat ook gegarandeerd. Het enige waarmee het aanbod van Hastings zich van dat van de andere onderscheidde? Een salaris dat zo laag was dat het beledigend was. Ze keek naar de handtekening. Donatti.

Terwijl ze de brieven weer terugstopte vroeg ze zich af waarom hij deze map überhaupt ROEIEN had genoemd – er zat niets in wat met roeien te maken had. Tot ze bovenaan elk aanbod twee vluchtig opgekrabbelde aantekeningen zag staan: afstand tot een roeiclub en de neerslag in het gebied. Ze bekeek de brief van Hastings opnieuw – inderdaad, ook daar stonden de ramingen op. Maar er stond nog iets: een grote dikke cirkel om het adres van de afzender.

Commons, Californië.

'Als papa beroemd was, dan was hij vast wel rijk, toch?' Mad draaide haar spaghetti om haar vork.

'Nee, lieverd. Niet alle beroemde mensen zijn rijk.'

‘Waarom niet? Hebben ze er een potje van gemaakt?’

Ze dacht terug aan de aanbiedingen. Calvin had de laagste geaccepteerd. Wie doet zoiets?

‘Tommy Dixon zegt dat het makkelijk is om rijk te worden. Gewoon stenen geel verven en dan zeggen dat het goud is.’

‘Tommy Dixon is wat we een charlatan noemen,’ zei Elizabeth. ‘Iemand die plannetjes smeedt om op een illegale manier te krijgen wat hij wil.’ Net als Donatti, dacht ze verbeten.

Ze dacht terug aan een andere map die ze in de dozen van Calvin had gevonden, vol brieven van mensen zoals Tommy Dixon – mafketels, investeerders die gouden bergen beloofden – maar ook een uitgebreid assortiment aan nepfamilieleden, die allemaal stonden te springen om Calvins hulp: een halfzus, een verloren gewaande oom, een verdrietige moeder, een verre achterneef.

Ze had de nepbrieven vluchtig doorgenomen, waarbij ze verbaasd geconstateerd had dat ze allemaal op elkaar leken. Allemaal maakten ze aanspraak op een biologische band, allemaal noemden ze een herinnering aan een leeftijd die hij zich niet meer zou kunnen herinneren, allemaal wilden ze geld. De enige uitzondering was Verdrietige Moeder. Hoewel ook zij aanspraak maakte op een biologische band vroeg ze niet om geld, maar stond ze er juist op het te geven. *Voor je onderzoek*, beweerde ze. Verdrietige Moeder had Calvin minstens vijf keer geschreven en smeekte hem steeds te antwoorden. Het was echt wel harteloos, dacht Elizabeth, dat Verdrietige Moeder zo aanhield. Zelfs Verloren Gewaande Oom had na twee brieven de handdoek in de ring gegooid. *Ze zeiden dat je dood was*, had Verdrietige Moeder keer op keer geschreven. O, echt? Waarom had ze Calvin dan, net als alle anderen, pas geschreven nádat hij beroemd was geworden? Elizabeth ging ervan uit dat ze hem eerst wilde strikken om vervolgens zijn onderzoek te stelen. En waarom dacht ze dat? Omdat datzelfde haar zojuist was overkomen.

‘Ik snap het niet.’ Mad schoof een champignon naar de zijkant van haar bord. ‘Als je slim bent en hard werkt, dan betekent dat toch dat je meer geld verdient?’

‘Niet altijd. Toch had je vader vast meer geld kunnen verdienen,’ zei

Elizabeth. 'Hij heeft alleen een andere keuze gemaakt. Geld is niet alles.'
Mad keek haar met een bedenkelijk gezicht aan.

Wat Elizabeth Mad niet vertelde was dat ze heel goed wist waarom Calvin zo happig had gereageerd op Donatti's belachelijke aanbod. Maar zijn reden was zo kortzichtig – zo dóm – dat ze niet wist of ze het wel moest vertellen. Ze wilde dat Mad haar vader zag als een rationele man die slimme beslissingen nam. Hieruit bleek juist het tegendeel.

Ze had het gevonden in een map met de naam WAKELY, die een correspondentie bevatte tussen Calvin en een theoloog in spe. De twee mannen waren penvrienden; het was duidelijk dat ze elkaar nooit in het echt hadden ontmoet. Maar hun getypte uitwisseling was fascinerend en omvangrijk, en gelukkig voor haar zaten de carbonkopieën van Calvins antwoorden ook in de map. Dat was iets wat ze wist over Calvin: hij maakte overal kopieën van.

Wakely, die theologie aan Harvard studeerde in de periode dat Calvin nog op Cambridge zat, worstelde kennelijk met zijn geloof, door de wetenschap in het algemeen en Calvins onderzoek in het bijzonder. Volgens zijn brieven had hij een symposium bijgewoond waar Calvin een praatje had gehouden en op basis daarvan besloten hem te schrijven.

'Beste meneer Evans, ik wilde graag in contact met u komen na uw korte optreden op het symposium in Boston vorige week. Ik had gehoopt u even te kunnen spreken over uw laatste artikel, "De spontane opwekking van complexe organische moleculen",' had Wakely in zijn eerste brief geschreven. 'Met name wilde ik u vragen: denkt u niet dat het mogelijk is om zowel in God als in wetenschap te geloven?'

'Natuurlijk,' had Calvin teruggeschreven. 'Dat wordt intellectuele oneerlijkheid genoemd.'

Veel mensen namen aanstoot aan Calvins flauwe grapjes, maar de jonge Wakely was duidelijk niet van zijn stuk gebracht. Hij schreef direct terug.

'Maar u zult toch moeten beamen dat de chemie niet zou kunnen bestaan tenzij ze gecreëerd was door een chemicus – een mééster-chemicus,' pleitte Wakely in zijn volgende brief. 'Net zoals een schilderij pas kan bestaan nadat het gecreëerd is door een kunstenaar.'

'Ik houd me bezig met empirisch onderbouwde waarheden, niet met giswerk,' antwoordde Calvin al even snel. 'Dus uw theorie over een meester-chemicus is gezwam. Ik zie overigens dat u op Harvard zit. Roeit u? Ik roei voor Cambridge. Met een roeibeurs.'

'Ik roei niet,' schreef Wakely terug. 'Al ben ik dol op het water. Ik surf. Ik ben opgegroeid in Commons, Californië. Ooit in Californië geweest? Zo niet, dan moet u erheen. Commons is prachtig. Lekkerste weer ter wereld. Er wordt daar ook geroeid.'

Elizabeth leunde achterover op haar hurken. Ze wist nog hoe grondig Calvin het retouradres van Hastings op de brief had omcirkeld. *Commons, Californië.* Hij had Donatti's vernederende aanbod dus niet aangenomen om zijn carrière te bevorderen, maar om te roeien? Met dank aan het uit één zin bestaande weerbericht van een religieuze surfer? *Lekkerste weer ter wereld.* Serieus? Ze ging door naar de volgende brief.

'Hebt u altijd al geestelijke willen worden?' vroeg Calvin.

'Ik stam af van een lange lijn van geestelijken,' antwoordde Wakely. 'Het zit in mijn bloed.'

'Zo werkt bloed niet,' corrigeerde Calvin hem. 'Overigens, wat ik nog wilde vragen: waarom geloven zo veel mensen volgens u in teksten die duizenden jaren geleden zijn geschreven? En waarom lijkt het wel alsof hoe bovennatuurlijker, onbewijsbaarder, onwaarschijnlijker en ouder de bron van die teksten is, hoe meer mensen ze geloven?'

'Mensen hebben geruststelling nodig,' schreef Wakely terug. 'Ze hebben het nodig te weten dat anderen barre tijden hebben overleefd. En, in tegenstelling tot andere soorten die wél van hun fouten leren, moeten mensen aldoor een dreiging voelen en eraan herinnerd worden om aardig te blijven. "Mensen leren het ook nooit," zeggen we toch altijd? Omdat ze dat ook nooit doen. Maar religieuze teksten proberen hen bij de les te houden.'

'Maar biedt de wetenschap niet meer troost?' antwoordde Calvin. 'Omdat we daarmee dingen kunnen bewijzen en vervolgens kunnen verbeteren? Ik kan er gewoon niet bij dat iets wat eeuwen geleden door dronkenlappen is opgeschreven ook maar enigszins geloofwaardig wordt geacht.

En dat is geen moreel oordeel: die mensen moesten alcohol drinken, het water was vies. Toch vraag ik me af hoe hun wilde verhalen – brandende struiken, uit de hemel vallend brood – aannemelijk lijken, helemaal in vergelijking met empirische wetenschap. Geen mens zal ooit de aderlatingen van Raspoetin verkiezen boven de geavanceerde kankerbestrijdingstherapieën op Sloan Kettering. En toch blijven zo veel mensen er maar op hameren dat we die verhalen moeten geloven en dan zijn ze ook nog zo brutaal ze aan anderen op te dringen.'

'U hebt een punt, Evans,' schreef Wakely, 'Maar mensen hebben het nodig in iets groters dan henzelf te geloven.'

'Waarom?' hield Calvin aan. 'Wat is er mis met in onszelf geloven? En als we dan echt een verhaal nodig hebben, waarom vallen we dan niet terug op een fabel of een sprookje? Dat zijn toch ook nuttige middelen om normen en waarden mee over te brengen? Misschien wel beter zelfs? Omdat niemand hoeft te doen alsof hij gelooft dat die fabels en sprookjes echt zijn gebeurd?'

Zonder het toe te geven was Wakely het daarmee eens. Niemand hoefde voor Sneeuwwitje te bidden of de toorn van Repelsteeltje te vrezen om de boodschap te begrijpen. De verhalen waren kort, makkelijk te onthouden en omvatten alle basiselementen: liefde, trots, domheid en vergeving. De regels waren hapklaar: wees geen klootzak. Doe andere mensen of dieren geen pijn. Deel je bezit met de minderbedeelden. Kortom: wees een beetje aardig. Hij besloot van onderwerp te veranderen.

'Oké, Evans,' schreef hij, verwijzend naar een eerdere brief. 'Ik begrijp uw zeer létterlijke punt over het feit dat geestelijkheid technisch gezien niet in mijn bloed kan zitten, maar wij Wakely's worden geestelijke zoals schoenlapperszonen schoenmaker worden. Ik geef toe: ik heb biologie altijd interessant gevonden, maar dat zou in mijn familie nooit aanslaan. Misschien probeer ik alleen maar mijn vader gelukkig te maken. Doen we dat uiteindelijk niet allemaal? Hoe zit het eigenlijk met u? Was uw vader wetenschapper? Probeert u hem gelukkig te maken? Zo ja, dan lijkt het me dat dat u gelukt is.'

'IK HAAT MIJN VADER,' typte Calvin in hoofdletters in wat hun laatste uitwisseling zou blijken. 'IK HOOP DAT HIJ DOOD IS.'

Ik haat mijn vader; ik hoop dat hij dood is. Elizabeth las het nog eens, verbijsterd. Maar Calvins vader wás toch dood – minstens twintig jaar geleden onder een trein gekomen. Waarom zou hij dit geschreven hebben? En waarom hadden Calvin en Wakely hun correspondentie afgebroken? De laatste brief dateerde van bijna tien jaar geleden.

‘Mama,’ zei Mad. ‘Mama! Luister je wel? Zijn wij arm?’

‘Lieverd,’ zei Elizabeth, terwijl ze een zenuwinzinking probeerde af te wenden – *had ze echt ontslag genomen?* ‘Ik heb een lange dag gehad,’ zei ze. ‘Alsjeblieft. Eet gewoon je eten op.’

‘Maar, mama –’

Ze werden onderbroken door het gerinkel van de telefoon. Mad sprong op uit haar stoel.

‘Niet opnemen, Mad.’

‘Misschien is het wel belangrijk.’

‘*We zitten te eten.*’

‘Hallo?’ zei Mad. ‘Met Mad Zott.’

‘Lieverd.’ Elizabeth nam de telefoon van haar over. ‘We geven geen privé-informatie aan de telefoon, weet je nog? Hallo?’ zei ze in de hoorn. ‘Met wie spreek ik?’

‘Mevrouw Zott?’ zei een stem. ‘Mevrouw Elizabeth Zott? Met Walter Pine, mevrouw Zott. Wij hebben begin deze week kennisgemaakt.’

Elizabeth zuchtte. ‘O. Ja, meneer Pine.’

‘Ik probeer u de hele dag al te bereiken. Misschien heeft uw werkster mijn berichten niet doorgegeven.’

‘Dat is mijn werkster niet en ze heeft me uw berichten wel degelijk doorgegeven.’

‘O,’ zei hij opgelaten. ‘Aha. Pardon. Ik hoop dat ik u niet stoor. Hebt u even? Bel ik gelegen?’

‘Nee.’

‘Dan hou ik het kort,’ zei hij omdat hij niet wilde dat ze ophing. ‘En nogmaals, mevrouw Zott, ik heb de hele lunchkwestie rechtgezet. Het is helemaal opgelost; Amanda eet van nu af aan alleen nog maar haar eigen lunch, nogmaals mijn verontschuldigingen. Maar nu bel ik om een andere reden – een zakelijke reden.’

Hij herinnerde haar eraan dat hij de producent was van lokale middagprogramma's op tv. 'KCTV,' zei hij trots, ook al was hij dat niet. 'En ik zat erover te denken mijn programmering ietwat te veranderen – er een kookprogramma aan toe te voegen. Om het wat pittiger te maken, zou je kunnen zeggen,' ging hij verder in een poging tot humor, iets wat hij normaal gesproken nooit deed maar nu wel omdat hij nerveus werd van Elizabeth Zott. Terwijl hij wachtte op het beleefde grinnikje dat aan de andere kant zou moeten klinken maar uitbleef, werd hij nog nerveuzer. 'Verandering van spíjs doet éten, en ik denk dat de tijd ríjp is voor zo'n programma.'

Weer niets.

'Ik heb onderzoek gedaan,' zwetste hij verder, 'en op basis van een aantal machtig interessante trends, gecombineerd met mijn persoonlijke kennis over succesvol programmeren in de middag, geloof ik dat koken van groot belang gaat worden voor de middag-tv.'

Elizabeth reageerde nog steeds niet, en al had ze dat wel gedaan, dan nog had dat niet uitgemaakt, want niets van wat Walter Pine zei was waar.

In werkelijkheid had Walter Pine helemaal geen onderzoek gedaan, noch was hij bekend met wat voor trend dan ook. Persoonlijk had hij bitter weinig weet van hoe je middag-tv tot een succes maakt. Als bewijs daarvan bungelde zijn kanaal meestal ergens onderaan, wat kijkcijfers betrof. Eigenlijk was de situatie als volgt: Walter had een lege programmaplek die moest worden opgevuld en de adverteerders hijgden in zijn nek om die onmiddellijk op te vullen. Die plek was aanvankelijk opgevuld door een clownsprogramma voor kinderen, maar dat was ten eerste niet al te best geweest, en ten tweede was de hoofdclown omgekomen in een kroeggevecht, waardoor het in de letterlijkste zin een doodgeslagen programma was geworden.

De afgelopen drie weken was hij paniekerig naar vervanging op zoek geweest. Hij had acht uur per dag promofilmpjes van talloze pseudosterren zitten kijken – goochelaars, raadgevers, cabaretiers, muziekleraren, wetenschappelijk experts, zelfbenoemde etiquettespecialisten, poppenspelers. Tijdens het doorploegen van dat alles had het Walter verbaasd wat voor drek andere mensen produceerden, laat staan dat ze het lef hadden het op film vast te leggen, op de post te doen en hem toe te sturen.

Hadden ze dan geen enkele schaamte? Toch moest hij snel iets zien te vinden: zijn carrière hing ervan af. Dat had zijn baas hem overduidelijk te kennen gegeven.

Naast de ellende op het werk was hij deze maand al vier keer op het matje geroepen door mevrouw Mudford, Amanda's kleuterjuf, die laatst nog gedreigd had hem aan te geven, alleen maar omdat hij in een waas van uitputting en depressie in plaats van Amanda's thermosfles met melk per ongeluk zijn veldfles met gin had ingepakt. Hij had ook een nietmachine meegegeven in plaats van een boterham, een script in plaats van een servet en een paar champagnetruffels, die ene keer dat het brood op was.

'Meneer Pine?' Elizabeth onderbrak zijn gedachten. 'Ik heb een lange dag gehad. Kan ik u ergens mee helpen?'

'Ik wil een kookprogramma voor in de middag maken,' zei hij snel. 'En ik wil dat u dat presenteert. U kunt koken, dat is me wel duidelijk, mevrouw Zott, maar ik denk dat u ook een zekere uitstraling zou hebben.' Hij zei niet dat dat kwam doordat ze aantrekkelijk was. Genoeg knappe mensen gooiden hun uiterlijk in de strijd, maar iets in hem zei dat Elizabeth zo niet in elkaar zat. 'Het moet een leuk programma worden – van vrouw tot vrouw. Het zou een thuiswedstijd zijn.' En toen ze niet meteen antwoord gaf, zei hij erachteraan: 'Voor huisvrouwen, net als u?'

Aan de andere kant van de lijn kneep Elizabeth haar ogen samen. 'Pardón?'

Die toon. Walter had hem moeten aanvoelen en direct moeten ophangen. Maar dat deed hij niet omdat hij de wanhoop nabij was, en wanhopige mensen willen nog wel eens de duidelijkste signalen over het hoofd zien. Elizabeth Zott hoorde thuis voor de camera – dat wist hij zeker – en daarbij was zij precies het soort vrouw waar zijn baas helemaal voor zou gaan.

'U bent huiverig voor het kijkerspubliek,' zei hij, 'maar dat hoeft niet. We gebruiken tekstkaartjes. U hoeft ze alleen maar op te lezen en uzelf te zijn.' Hij wachtte op antwoord, maar toen dat uitbleef praatte hij door. 'U hebt persoonlijkheid, mevrouw Zott,' drong hij aan. 'U bent precies het soort persoon dat mensen op tv willen zien. U bent net…' Hij probeerde heel hard iemand te bedenken die op haar leek, maar er kwam niemand bij hem op.

'Ik ben wetenschapper,' snauwde ze.

'Precies!'

'U zegt dus dat het publiek meer wetenschappers wil horen.'

'Ja,' zei hij. 'Wie wil dat nou niet?' Al wilde hij het zelf niet en verder ook niemand, dat wist hij vrij zeker. 'Al zou dit wel een kookprogramma worden, dat begrijpt u wel.'

'Koken ís wetenschap, meneer Pine. Het een sluit het ander niet uit.'

'Ongelooflijk. Dat wou ik net zeggen.'

Vanaf haar keukentafel zag Elizabeth haar onbetaalde energierekeningen voor zich. 'Wat betaalt zoiets?' vroeg ze.

Hij noemde een getal waar haar adem even van stokte. Was ze beledigd of verbouwereerd?

'Het punt is,' zei hij verdedigend, 'dat we een risico nemen. U bent tenslotte niet eerder op tv geweest, dat klopt, toch?' Toen vatte hij het normale contract voor een pilotserie samen, waarbij hij erop wees dat ze zouden beginnen met een periode van een half jaar. Als het dan niet was aangeslagen, hield het op. Finito.

'Wanneer zou het beginnen?'

'Per direct. We willen het kookprogramma zo snel mogelijk de lucht in hebben – binnen een maand.'

'U bedoelt het wetenscháppelijke kookprogramma.'

'U zei het zelf al – het een sluit het ander niet uit.' Maar zijn geloof in haar als presentatrice begon een piepklein barstje te vertonen. Ze begreep toch zeker wel dat een kookprogramma geen wetenschap was. Toch? 'Het gaat *Supper at Six* heten,' zei hij erachteraan, met de nadruk op het woordje *supper*.

Aan de andere kant van de lijn staarde Elizabeth in de verte. Ze vond het een afschuwelijk idee – eten op tv bereiden voor huisvrouwen – maar had ze een keuze? Ze keek opzij naar Half Zeven en Mad. Ze lagen samen op de vloer. Madeline vertelde hem over Tommy Dixon. Half Zeven ontblootte zijn tanden.

'Mevrouw Zott?' zei Walter, op zijn hoede voor de stilte aan de andere kant. 'Hallo? *Mevrouw Zott? Bent u daar nog?*'

24

De Middagdepressiezone

'Volslagen ondraagbaar,' zei Elizabeth tegen Walter Pine toen ze de kleedkamer van KCTV uit kwam. 'Alle jurken zaten te strak. Toen je kleermaker vorige week mijn maten opnam dacht ik dat hij dat goed had gedaan, maar misschien dus toch niet. Hij is al een dagje ouder. Misschien moet hij een leesbril.'

'Eerlijk gezegd,' zei Walter, die in een poging tot nonchalance zijn handen in zijn zakken stak, 'horen die jurken ook strak te zitten. Op tv lijk je vijf kilo zwaarder, daarom gebruiken we strakke kleding om die er weer af te halen. Kwestie van je adem inhouden. Het zal je verbazen hoe snel het went.'

'Ik kreeg helemáál geen adem.'

'Het is maar voor een half uurtje. Daarna kun je weer naar hartenlust ademen.'

'Bij elke inademing begint ons lichaam aan het bloedzuiveringsproces; bij elke uitademing stoten onze longen overtollige kool- en waterstof uit. Door een gedeelte van de longen samen te persen brengen we dat proces in gevaar. Dan ontstaan er propjes. Neemt de bloedsomloop af.'

'Maar ja,' zei Walter, om het over een andere boeg te gooien. 'Ik weet ook dat je er niet dik uit wilt zien.'

'Pardon?'

'Op tv – en vat dit alsjeblieft niet verkeerd op – ben je een karrenpaard.'

Haar mond viel open. 'Walter,' zei ze, 'laat me over één ding duidelijk zijn. Ik trek die kleding niet aan.'

Hij klemde zijn kiezen op elkaar. Was dit wel zo'n goed idee? Terwijl hij naarstig op zoek ging naar een nieuwe manier om haar bij zinnen te brengen begon het tv-orkest aan het eind van de gang zijn nieuwste deuntje te repeteren. Het was de herkenningsmelodie van *Supper at Six* – een opgewekt riedeltje waar hij zelf de opdracht toe had gegeven. Het was een kruising tussen een moderne chachacha en een brandalarm, een swingend staaltje muziek dat gisteren nog enthousiast door zijn baas was omschreven als Lawrence Welk aan de amfetamine.

'Wat is dát in vredesnaam?' vroeg ze knarsetandend.

Phil Lebensmal, zijn baas en de uitvoerend producent en zenderbaas van KCTV, was heel duidelijk geweest toen hij het concept voor het kookprogramma had goedgekeurd.

'Je weet wat je te doen staat,' had hij gezegd toen hij Elizabeth Zott had ontmoet. 'Veel haar, strakke jurkjes, huiselijk decor. De sexy-echtgenote-liefdevolle-moeder die elke man aan het eind van de dag wil zien. Regel het maar.'

Walter keek Phil over zijn belachelijk grote bureau aan. Hij mocht Phil niet. Hij was jong en succesvol en duidelijk overal beter in dan Walter, maar ook onbeschoft. Walter hield niet van onbeschofte mensen. Daar voelde hij zich preuts en ongemakkelijk bij, alsof hij het laatst overgebleven lid was van de Beleefde Mensen, een inmiddels uitstervende stam die vooral bekendstond om zijn betamelijkheid en goede tafelmanieren. Hij streek over zijn grijzende, drieënvijftigjarige hoofd.

'Ik zal je iets interessants vertellen, Phil. Had ik al gezegd dat mevrouw Zott kan koken? Echt koken, bedoel ik. Ze is chemica. Werkt in een lab met reageerbuisjes en zo. Heeft zelfs een doctoraal in chemie, kun je je voorstellen. Ik dacht dat we misschien haar kwalificaties in de strijd zouden kunnen gooien, dan hebben de huisvrouwen iemand om zich mee te identificeren.'

'Hè?' vroeg Phil verbaasd. 'Nee, Walter, Zott is niet iemand om je mee te identificeren. Mensen willen zichzelf niet op tv zien, ze willen er de mensen zien die ze nooit zullen worden. Mooie mensen, sexy mensen. Je weet toch ook wel hoe het werkt.' Hij keek Walter verstoord aan.

'Natuurlijk, natuurlijk,' zei Walter, 'ik dacht alleen dat we de boel misschien een beetje konden opschudden. Om het programma een wat professionelere uitstraling te geven.'

'Professioneel? Dit is middag-tv. Eerst zond je in dat blok een clownsprogramma uit.'

'Ja, dat is nou het verrassende ervan. In plaats van clowns doen we iets nuttigs: mevrouw Zott vertelt huismoeders hoe je een voedzame maaltijd bereidt.'

'Nuttig?' snauwde Phil. 'Ben je soms van de amish? En over dat voedzame: nee. Je helpt dat programma al om zeep nog voordat het begonnen is. Kijk, Walter, het is doodeenvoudig. Strakke jurkjes, suggestieve bewegingen – ze kan bijvoorbeeld de ovenwanten zo aantrekken,' demonstreerde hij, alsof hij een paar satijnen handschoenen om zijn handen schoof. 'En dan is er nog de cocktail die ze aan het eind van elke aflevering maakt.'

'Cocktail?'

'Is dat geen goed idee? Heb ik zojuist bedacht.'

'Ik denk echt niet dat mevrouw Zott zin heeft om –'

'Trouwens. Wat zei ze nou vorige week – iets over dat je helium niet op het absolute nulpunt kunt laten stollen. Was dat soms een grap?'

'Ja,' zei hij. 'Ik weet vrij zeker dat –'

'Nou, het was niet grappig.'

Phil had gelijk, het was niet grappig geweest en erger nog, zo had Elizabeth het ook niet bedoeld. Ze had het bedoeld als iets wat in haar programma aan bod kon komen. En dat was een probleem, want hoe vaak hij haar ook het concept van het programma uitlegde, het drong blijkbaar niet tot haar door. 'Je hebt het tegen normale huismoeders,' zei Walter. 'Gewoon doorsnee vrouwen.'

Elizabeth had hem met een angstaanjagende blik aangekeken. 'Er is niets doorsnee aan de gemiddelde huisvrouw,' corrigeerde ze hem.

'Walter,' zei Elizabeth toen het liedje eindelijk was afgelopen. 'Luister je wel? Volgens mij kunnen we ons kledingprobleem met één woord oplossen. Labjas.'

'Nee.'

‘Om het programma een professionelere uitstraling te geven.’

‘Néé,’ zei hij nog een keer, met de glasheldere eisen van Lebensmal in gedachten. ‘Geloof me nou maar. Nee.’

‘We kunnen het toch wetenschappelijk benaderen? Ik draag hem de eerste week, en dan evalueren we of het werkt.’

‘Het is hier geen lab,’ legde hij voor de honderdste keer uit. ‘Dit is een kéúken.’

‘Over de keuken gesproken, hoe staat het decor ervoor?’

‘Dat is nog niet helemaal af. Er wordt nog aan het licht gewerkt.’

Maar dat was niet waar; het decor was al dagen af. Van de ringgordijnen voor het nepraam tot aan de prullaria waar het aanrecht vol mee stond, het was de ultieme keuken van de ideale huisvrouw. Zij zou hem verschrikkelijk vinden.

‘Heb je alle specialistische instrumenten kunnen vinden die ik nodig heb?’ vroeg ze. ‘De bunsenbrander? De oscilloscoop?’

‘Goed dat je het zegt,’ zei hij. ‘Het probleem is dat de meeste thuiskoks dat soort dingen niet in huis hebben. Maar de rest van de spullen op je lijst heb ik bijna allemaal weten te bemachtigen: keukengerei, mixer –’

‘Gasfornuis?’

‘Ja.’

‘Oogspoelpunt, uiteraard.’

‘Eh, ja,’ zei hij, met de gootsteen in gedachten.

‘Nou ja, die bunsenbrander kunnen we er later nog wel bij zetten. Die is reuzehandig.’

‘Dat zal zeker.’

‘En de werkbladen?’

‘Het roestvrijstaal waar je om vroeg was niet te betalen.’

‘O, wat vreemd,’ zei ze. ‘Niet-reactieve bladen zijn meestal goedkoop.’

Walter knikte alsof het hem ook verbaasde, maar dat was niet zo. Hij had het formica keukenblad eigenhandig uitgezocht: een speels laminaatje met goudkleurige glitterconfetti.

‘Kijk,’ zei hij. ‘Ik weet dat het onze ambitie is om eten te maken dat ertoe doet – lekker, voedzaam eten. Maar we willen mensen ook niet van ons vervreemden. We moeten koken aantrekkelijk maken. Je weet wel. Gezellig.’

'Gezéllig?'

'Omdat er anders niemand kijkt.'

'Maar koken is helemaal niet gezellig,' legde ze uit. 'Het is een serieuze zaak.'

'Juist,' zei hij. 'Maar het kan toch ook wel een beetje gezellig zijn?'

Elizabeth keek bedenkelijk. 'Niet echt.'

'Juist,' zei hij, 'maar misschien een klein beetje gezellig. Een ietsiepietsie beetje gezellig.' Hij stak zijn wijsvinger omhoog en hield hem vlak bij zijn duim om te laten zien hoe weinig. 'Het zit zo, Elizabeth, maar dat weet je waarschijnlijk allang: tv wordt bepaald door drie strenge en korte regels.'

'Je bedoelt fatsoensregels,' zei ze. 'Normen en waarden.'

'Fatsoen? Normen en waarden?' Hij dacht aan Lebensmal. 'Nee. Ik bedoel echte regels.' Hij telde met zijn vingers. 'Regel één: entertain. Regel twee: entertain. Regel drie: entertain.'

'Maar ik ben geen entertainer. Ik ben chemicus.'

'Juist,' zei hij, 'maar op tv moet je een entertáínende chemica zijn. En weet je waarom? Dat kan ik in één woord samenvatten. Middag.'

'Middag.'

'Míddag. Ik word al slaperig als ik dat woord hardop uitspreek. Word jij er niet slaperig van?'

'Nee.'

'Nou, misschien komt dat doordat je wetenschapper bent. Jij bent al bekend met bioritmen.'

'Iedereen is bekend met bioritmen, Walter. Mijn kind van vier is al bekend met bio–'

'Je bedoelt je kind van vijf,' onderbrak hij haar. 'Madeline moet minstens vijf zijn voor de kleuterschool.'

Elizabeth maakte een wuifgebaar alsof ze het over andere dingen wilde hebben. 'Je had het over bioritmen.'

'Juist,' zei hij. 'Zoals je weet zijn mensen biologisch geprogrammeerd om tweemaal per dag te slapen – een siësta in de middag, gevolgd door acht uur slaap 's nachts.'

Ze knikte.

'Alleen slaan de meeste mensen die siësta over vanwege hun werk. En als ik zeg de meeste, doel ik eigenlijk alleen op de Amerikanen. In Mexico leeft dit probleem niet, noch in Frankrijk, Italië of al die andere landen die nog meer drinken bij de lunch dan wij. Toch blijft het een feit: de menselijke productiviteit neemt natuurlijkerwijs af in de middag. Bij de tv wordt dat de Middagdepressiezone genoemd. Te laat om nog iets nuttigs te doen; te vroeg om al naar huis te gaan. Het maakt niet uit of je huisvrouw, zesdegroeper, metselaar, zakenman bent – niemand is er immuun voor. Tussen 13.31 en 16.44 uur houdt het productieve leven zoals we dat kennen op te bestaan. Het is eigenlijk een zone des doods.'

Elizabeth trok een wenkbrauw op.

'En ook al heeft iedereen er last van,' ging hij verder, 'het is met name gevaarlijk voor de huismoeder. Omdat de huismoeder, in tegenstelling tot een zesdegroeper die zijn huiswerk kan uitstellen, of een zakenman die kan doen alsof hij luistert, zichzelf moet dwingen door te gaan. Ze moet de kinderen in slaap krijgen voor hun dutje omdat de avond anders een drama wordt. Ze moet de vloer dweilen omdat er, als ze dat niet doet, misschien iemand over de geknoeide melk uitglijdt. Ze moet even snel naar de winkel omdat er, als ze dat niet doet, niets te eten is. Trouwens,' zei hij en hij zweeg toen even. 'Is het je ooit opgevallen dat vrouwen altijd zeggen dat ze *even snel* naar de winkel moeten? Niet gewoon gaan, of er rustig heen wandelen. *Even snel.* Dat bedoel ik. De huismoeder opereert op een krankzinnig niveau van hyperproductiviteit. En ook al zit ze er tot over haar oren in, dan nóg moet ze het eten op tafel krijgen. Dat is niet vol te houden, Elizabeth. Zo krijgt ze een hartaanval of een beroerte, of op zijn minst een slecht humeur. En dat komt allemaal doordat ze niet als een zesdegroeper dingen voor zich uit kan schuiven, of kan doen alsof ze iets uitvoert, zoals haar echtgenoot. Ze moet productief zijn, ondanks het feit dat ze zich in een mogelijk dodelijke tijdzone bevindt – de Middagdepressiezone.'

'Klassieke neurogene deprivatie,' zei Elizabeth knikkend. 'De hersenen krijgen niet de rust die ze nodig hebben, wat leidt tot een afname van de executieve functies en tegelijkertijd een toename in de hoeveelheid corticosteron. Fascinerend. Maar wat heeft dat met tv te maken?'

'Alles,' zei hij. 'Omdat het medicijn tegen deze neuro, eh, deprivatie zoals jij het noemt, de middagprogrammering is; in tegenstelling tot de ochtend- of avondprogrammering is de middagprogrammering erop gericht het brein tot rust te laten komen. Kijk maar wat er dan wordt uitgezonden, dan zie je het vanzelf: van half twee tot vijf uur 's middags wemelt het op tv van de kinderprogramma's, soapseries en spelletjesprogramma's. Niets waar ook maar enige hersenactiviteit bij komt kijken. En dat is allemaal met opzet: omdat de tv-bazen erkennen dat mensen in die uurtjes halfdood zijn.'

Elizabeth zag haar ex-collega's op Hastings voor zich. Die waren inderdaad halfdood.

'In zekere zin,' zei Walter erachteraan, 'is het publieke dienstverlening die we aanbieden. Wij geven mensen – met name de overwerkte huisvrouw – de rust die ze nodig hebben. De kinderprogramma's zijn daarbij cruciaal; die fungeren als elektronische babysit zodat de moeder de kans krijgt op krachten te komen voor haar volgende bezigheid.'

'En met bezigheid bedoel je –'

'Het avondeten,' zei hij, 'en daar kom jij om de hoek kijken. Jouw programma begint om half vijf – precies het moment waarop je publiek weer uit haar Middagdepressiezone komt. Dat is een lastig tijdstip. Onderzoek toont aan dat de meeste huisvrouwen rond die tijd de meeste druk ervaren. Ze moeten binnen uiterst korte tijd veel voor elkaar krijgen: eten koken, de tafel dekken, hun kinderen zoeken – het is een lange lijst. Maar ze zijn nog steeds suf en depressief. Daarom brengt dit tijdstip zo veel verantwoordelijkheid met zich mee. Omdat ze energie moeten krijgen van degene die hen toespreekt. Daarom meen ik het oprecht als ik tegen je zeg dat het jouw taak is om te entertainen. Jij moet die mensen weer tot leven wekken, Elizabeth. Jij moet ze weer wakker maken.'

'Maar –'

'Weet je nog die dag dat je mijn kantoor kwam binnenstormen? Toen was het middag. En ondanks het feit dat ik in de Middagdepressiezone zat kreeg je me wakker en ik kan je verzekeren dat dat statistisch gezien zo goed als onmogelijk is omdat ik me alleen máár met de middagprogrammering bezighoud. Maar daardoor wist ik het: als jij het voor elkaar kreeg mij overeind te krijgen en te laten luisteren, dan kun je dat ongetwijfeld ook bij anderen. Ik geloof in jou, Elizabeth Zott, en ik geloof in je missie van eten dat ertoe doet – maar die heeft méér om het lijf dan alleen het avondeten koken. Eén ding: je moet het op zijn minst een béétje gezellig laten lijken. Als ik wilde dat je de kijkers in slaap zou sussen had ik jou en je ovenwanten wel om half drie geprogrammeerd.'

Elizabeth dacht even na. 'Zo had ik het nog niet bekeken, geloof ik.'

'Het is televisiewetenschap,' zei Walter. 'Bijna niemand weet ervan.'

Zwijgend stond ze op, terwijl ze zijn woorden liet bezinken. 'Maar ik ben helemaal niet onderhoudend,' zei ze na een tijdje. 'Ik ben een wetenschapper.'

'Wetenschappers kunnen heel onderhoudend zijn.'

'Noem er eens een.'

'Einstein,' vuurde hij terug. 'Wie houdt er nou niet van Einstein?'

Elizabeth dacht na over zijn voorbeeld. 'Tja. Zijn relativiteitstheorie is wel meeslepend, ja.'

'Zie je nou wel? Dat bedoel ik!'

'Al is het óók weer zo dat zijn echtgenote, die óók fysicus was, nooit de erkenning kreeg die –'

'Voilà, daar heb je ons publiek weer te pakken. Echtgenotes! En hoe zou je die Einsteinse echtgenotes wakker schudden? Met de beproefde pepmiddelen van de tv: grapjes, kleding, autoriteit en, natuurlijk, eten. Ik durf bijvoorbeeld te wedden dat als jij een etentje geeft, iedereen wil komen.'

'Ik heb nog nooit een etentje gegeven.'

'Vast wel, toch,' zei hij. 'Ik durf te wedden dat jij en meneer Zott aan de lopende band –'

'Er is geen meneer Zott, Walter,' onderbrak Elizabeth hem. 'Ik ben ongehuwd. Eerlijk gezegd ben ik nooit getrouwd geweest.'

'O,' stamelde Walter, zichtbaar verbaasd. 'Nou. Dat is zeker interessant. Maar weet je? Ik hoop niet dat je dit verkeerd opvat, maar zou je het erg vinden dat nooit aan iemand te vertellen? Vooral niet aan Lebensmal, mijn baas? Of eigenlijk – aan wie dan ook?'

'Ik hield van Madelines vader,' legde ze uit, met een lichte frons in haar wenkbrauw. 'Ik kon alleen niet met hem trouwen.'

'Een verhouding dus,' zei Walter meelevend. Hij ging zachter praten. 'Hij bedroog zijn vrouw. Was dat het?'

'Nee,' zei ze hoofdschuddend. 'We hielden zielsveel van elkaar. Sterker nog, we woonden al –'

'Nog zoiets wat je beter niet ter sprake kunt brengen,' onderbrak Walter haar. 'Nooit.'

'... twee jaar samen. We waren zielsverwanten.'

'Wat fijn,' zei hij en hij schraapte zijn keel. 'Het was vast allemaal conform de regels. Maar toch, niet iets wat je met iemand hoeft te delen. Ooit. Ook al was je vast van plan een keer met hem te trouwen.'

'Nee,' zei ze zachtjes. 'Maar belangrijker, hij is overleden.' En bij die woorden trok er een diepe wanhoop over haar gezicht.

Walter schrok van haar plotselinge gedaantewisseling. Ze had iets – een autoriteit die het goed zou doen voor de camera – maar ze was ook fragiel. Arm kind. Zonder erbij na te denken sloeg hij een arm om haar heen. 'Wat verschrikkelijk,' zei hij en hij trok haar naar zich toe.

'Vind ik ook.' Haar stem klonk gedempt in zijn schouder. 'Vind ik ook.'

Hij rilde. Wat een eenzaamheid. Hij aaide haar over haar rug zoals hij altijd bij Amanda deed, om zo goed mogelijk over te brengen dat hij het niet alleen verschrikkelijk vond maar het ook begreep. Had hij zelf ooit zo veel van iemand gehouden? Nee. Maar nu had hij een duidelijk beeld hoe dat eruitzag.

'Het spijt me.' Ze maakte zich los en constateerde verbaasd hoezeer ze die omhelzing nodig had gehad.

'Geen probleem,' zei hij vriendelijk. 'Je hebt een hoop meegemaakt.'

'Toch,' zei ze, terwijl ze haar rug weer rechtte, 'is het niet handig van me het te vertellen. Ik ben er al eens om ontslagen.'

Voor de derde keer die ochtend kromp Walter ineen. Hij wist niet wat ze bedoelde met dat 'er'. Was ze ontslagen omdat ze haar geliefde had vermoord? Of omdat ze ongehuwd moeder was? Beide verklaringen waren plausibel, maar zijn voorkeur ging toch duidelijk uit naar de tweede.

'Ik heb hem vermoord,' gaf ze zachtjes toe, waarmee zijn voorkeur meteen werd uitgesloten. 'Ik stond erop dat hij een riem gebruikte en toen ging hij dood. Half Zeven is nooit meer de oude geworden.'

'Afschuwelijk,' zei Walter nog zachter, want ook al begreep hij niet wat ze zei over die riem en dat tijdstip half zeven, hij begreep wel wat ze bedoelde. Ze had een keuze gemaakt en die had verkeerd uitgepakt. Hij had precies hetzelfde gedaan. En hun verkeerde keuzes hadden allebei geresulteerd in kleine mensen die nu de dupe waren van de slechte keuzes van hun ouders. 'Wat ontzettend erg.'

'Voor jou vind ik het ook erg.' Ze probeerde haar kalmte te herwinnen. 'Van je scheiding.'

'Ach, dat viel wel mee,' zei hij luchtig, opgelaten omdat hij zijn mislukking in de liefde op geen enkele manier wilde vergelijken met die van haar. 'Het was heel anders dan jouw situatie. Die van mij had niets met liefde te maken. Amanda is technisch gezien niet eens van mij, wat DNA betreft,' flapte hij er onbedoeld uit. Sterker nog, hij was er pas drie weken geleden achter gekomen.

Zijn ex had al vaker toespelingen gemaakt op het feit dat hij niet de biologische vader van Amanda was. Maar hij was ervan uitgegaan dat ze dat alleen maar deed om hem te kwetsen. Goed, Amanda en hij leken niet op elkaar, maar er zijn zoveel kinderen die niet op hun ouders lijken. Steeds als hij Amanda in zijn armen hield wist hij dat ze van hem was; hij voelde de diepe, biologische verwantschap. Maar de wrede volharding van zijn ex bleef aan hem knagen, en toen er uiteindelijk vaderschapstesten beschikbaar kwamen had hij bloed laten afnemen. Vijf dagen later wist hij de waarheid. Hij en Amanda waren volslagen vreemden van elkaar.

Hij had naar de testuitslag gekeken in de verwachting zich belazerd of verpletterd te zullen voelen, of iets anders wat hij meende te moeten voelen, maar hij was volkomen onaangedaan. Die uitslag deed er helemaal niet toe. Amanda was zijn dochter en hij haar vader. Hij hield met heel zijn hart van haar. Biologie was ook niet alles.

'Ik was nooit van plan om vader te worden,' zei hij. 'Maar nu ben ik een liefhebbende vader. Het leven kan raar lopen, vind je niet? Mensen die het proberen uit te stippelen raken vroeg of laat teleurgesteld.'

Ze knikte. Zij stippelde alles uit. Zij was teleurgesteld.

'Hoe dan ook,' zei hij erachteraan. 'Volgens mij kunnen we echt iets van *Supper at Six* maken. Maar er zijn bij de tv wel wat dingen waar je het gewoon, eh, mee zult moeten doen. Wat de kleding betreft, zal ik de kleermaker vragen de naden wat losser te maken. Maar in ruil daarvoor zou ik het fijn vinden als je oefent met glimlachen.'

Ze trok een bedenkelijk gezicht.

'Jack LaLanne drukt zich glimlachend op,' zei Walter. 'Zo laat hij zware dingen er gezellig uitzien. Bestudeer de stijl van Jack maar eens. Hij is er een meester in.'

Bij het horen van de naam Jack verstijfde Elizabeth. Sinds Calvins dood had ze Jack LaLanne nooit meer opgezet, en dat was deels omdat ze hem de schuld gaf – ja, ze wist dat het niet eerlijk was – van Calvins dood. Ineens kreeg ze een warm gevoel bij de herinnering aan Calvin die na Jacks programma de keuken in kwam.

'Kijk, dat bedoel ik,' zei Walter.

Elizabeth keek naar hem op.

'Je glimlachte bijna.'

'O,' zei ze. 'Nou, dat was niet met opzet.'

'Dat maakt niet uit. Met opzet, zonder opzet. Is allemaal goed. Bij mij is het meestal geforceerd. Vooral op Woody Elementary School, waar ik zo heen moet. Ik ben op het matje geroepen bij mevrouw Mudford.'

'Ik ook,' zei Elizabeth verbaasd. 'Ik heb morgen een gesprek. Gaat het bij jou over de leeslijst van Amanda?'

'Lezen?' zei hij verbaasd. 'Het zijn kleuters, Elizabeth; ze kunnen nog helemaal niet lezen. Hoe dan ook. Amanda is het probleem niet. Dat ben ik. Ze vindt me verdacht omdat ik Amanda in mijn eentje opvoed.'

'Waarom?'

Hij keek verbaasd. 'Waarom denk je?'

'Aah,' zei ze, omdat ze het plotseling begreep. 'Ze denkt dat je seksueel ontaard bent.'

'Zo… onverbloemd zou ik het zelf niet hebben geformuleerd,' zei Walter, 'maar inderdaad. Het is net of je een button draagt met: "Hallo! Ik ben pedofiel – en ik ben aan het babysitten!" erop.'

'Dan zijn we denk ik allebei verdacht,' zei Elizabeth. 'Calvin en ik hadden bijna elke dag seks – volkomen normaal voor onze leeftijd en mate van activiteit – maar omdat we niet getrouwd waren…'

'Ah,' zei Walter, met een bleek gezicht. 'Tja…'

'Alsof het huwelijk ook maar iets met seksualiteit te maken heeft –'

‘Ah –’

‘Het gebeurde wel eens,’ legde ze onbewogen uit, ‘dat ik midden in de nacht vol verlangen wakker werd – dat is jou vast ook wel eens overkomen – maar dat Calvin midden in zijn remfase zat, dus dan stoorde ik hem niet. Maar dan zei ik er later iets van en bood hij bijna zijn excuses aan. “Nee, Elizabeth,” zei hij, “je moet me altijd wakker maken. Remfase of geen remfase. Nooit over aarzelen.” Pas toen ik me beter ging inlezen in testosteron kreeg ik meer inzicht in het mannelijke libido en viel alles op zijn plek –’

‘Over plek gesproken,’ onderbrak Walter haar met een vuurrood hoofd. ‘Ik wilde je er nog aan herinneren dat jouw parkeerplek aan de noordkant is.’

‘De noordkant,’ zei ze met haar handen in haar zij. ‘Dus als ik binnenrijd links?’

‘Precies.’

‘Hoe dan ook,’ ging ze verder. ‘Wat vervelend dat Mudford de suggestie wekt dat jij geen liefhebbende vader zou zijn. Ik vraag me terdege af of ze de Kinsey-rapporten wel heeft gelezen.’

‘De Kinsey–’

‘Want had ze dat gedaan, dan zou ze wel begrijpen dat jij en ik het tegendeel zijn van seksueel ontaarde mensen. Jij en ik zijn –’

‘Normále ouders?’ zei hij vlug.

‘Liefhebbende rolmodellen.’

‘Beschermers.’

‘Verwanten,’ zei ze tot besluit.

Met dat laatste woord werd hun vreemde, openhartige vriendschap bezegeld, het soort vriendschap dat alleen ontstaat wanneer iemand die onrecht is aangedaan iemand anders ontmoet die ook onrecht is aangedaan en erachter komt dat dat, ook al is het misschien het enige wat ze delen, meer dan genoeg is.

‘Hoor eens,’ zei Walter, die verwonderd constateerde dat hij nooit eerder met iemand, inclusief zichzelf, zo’n open gesprek over seks of biologie had gehad. ‘Over de kleding. Als de kleermaakster die jurken niet wat meer kan laten ademen, mag je voorlopig iets uit je eigen kast kiezen.’

‘De labjas is dus geen optie.’

'Het is meer dat ik wil dat je jezélf bent,' zei hij. 'Geen wetenschapper.'

Ze deed een paar plukken haar achter haar oren. 'Maar ik bén wetenschapper,' wierp ze tegen. 'Dat is wie ik ben.'

'Dat kan wel zijn, Elizabeth Zott,' zei hij omdat hij nog niet in de gaten had hoe waar dit zou blijken te zijn. 'Maar het is pas een begin.'

25

De doorsnee vrouw

Achteraf gezien had hij haar het decor waarschijnlijk van tevoren moeten laten zien.

Terwijl de muziek inzette – dat charmante deuntje waar Walter veel te veel voor had betaald en dat ze nu al haatte – kwam Elizabeth op. Gespannen hield hij zijn adem in. Ze droeg een saaie jurk met knoopjes helemaal tot aan de zoom, een spierwitte, strak om haar middel getrokken schort met zakken en een polshorloge van Timex dat zo hard tikte dat hij zwoer dat hij het boven het drumritme van de band uit hoorde. Boven op haar hoofd zat een veiligheidsbril. Vlak boven haar linkeroor een HB2-potlood. In haar ene hand had ze een notitieboekje, in de andere drie reageerbuisjes. Ze zag eruit als een kruising tussen een kamermeisje en een specialist van de explosievendienst.

Hij zag haar wachten tot het liedje was afgelopen, terwijl ze met samengeperste lippen en gespannen schouders misnoegd haar ogen over het decor liet gaan. Bij het klinken van de laatste noot draaide ze zich naar het tekstkaartje, bekeek het vluchtig en draaide zich er toen weer van weg. Ze legde haar notitieboekje en reageerbuisjes op het aanrechtblad, liep met haar rug naar de camera naar de gootsteen en boog zich door het nepraam voorover om het nepuitzicht op te nemen.

'Dit is verschrikkelijk,' zei ze rechtstreeks in de microfoon.

De cameraman keek met grote ogen opzij naar Walter.

'Zeg haar dat we live zijn,' siste Walter hem toe.

LIVE!!! krabbelde de assistent van de cameraman haastig op een groot bord, dat hij voor haar omhooghield.

Elizabeth las de waarschuwing en stak toen één vinger omhoog alsof ze wilde aangeven dat ze zo klaar was, vervolgde haar zelfstandige rondleiding, bleef even staan om de zorgvuldig samengestelde muurkunst van de keuken op te nemen – een OOST WEST, THUIS BEST-borduurwerkje, een depressieve Jezus die op zijn knieën zat te bidden, een amateurschilderij van schepen op zee – waarna ze doorliep naar de overvolle aanrechtbladen en met opgetrokken wenkbrauwen van ontzetting haar blik liet gaan over een naaimandje vol veiligheidsspelden, een weckfles vol losse knopen, een bolletje bruine wol, een geschilferde snoeppot vol pepermuntjes en een broodkist waar in religieuze letters ONS DAGELIJKS BROOD op stond.

Gisteren nog had Walter de decorontwerper een 10+ voor zijn smaak gegeven. 'Vooral die snuisterijen vind ik leuk,' had hij gezegd. 'Die zijn precies goed.' Maar vandaag, naast haar, zagen ze eruit als troep. Hij keek hoe ze naar de andere kant van het werkblad liep, zichtbaar verbleekte bij de aanblik van het kip-en-haan-peper-en-zoutstel, een vijandige blik wierp op de roze gebreide broodroostermuts, terugdeinsde voor een raar balletje dat volledig uit elastiekjes bestond. Links naast dat balletje stond een koektrommel in de vorm van een dikke Duitse vrouw die pretzels maakte. Ze bleef abrupt staan, keek omhoog naar de aan kabels bevestigde grote klok waarvan de wijzers permanent op zes uur stonden. SUPPER AT SIX stond er in glitterletters op de wijzerplaat.

'Walter,' zei Elizabeth met haar hand boven haar ogen tegen het felle licht. 'Walter, kan ik je even spreken.'

'Reclame, reclame!' siste Walter naar de cameraman toen ze voorzichtig een weg begon te zoeken naar waar hij zat. 'Doe het nu! Nú!'

'Elizabeth.' Vanuit zijn stoel schoot hij naar haar toe. 'Dit kun je niet maken! Ga terug! We zijn live!'

'O ja? Nou, dat gaat niet. Het decor werkt niet.'

'Alles werkt, het fornuis, de wasbak, het is allemaal getest, dus ga terug, nu.' Hij joeg haar met zijn handen weg.

'Ik bedoel dat het voor míj niet werkt'

'Hoor eens,' zei hij. 'Je bent zenuwachtig. Daarom nemen we het vandaag zonder livepubliek op – om je een beetje te laten wennen. Maar je bent nog steeds live – wordt nu dus uitgezonden – en je hebt een opdracht. Dit is onze pilot; we kunnen later nog wel het een en ander aanpassen.'

'Dus je zegt dat er wél veranderingen mogelijk zijn.' Met haar handen weer in haar zij overzag ze het decor. 'We zullen een hoop moeten aanpassen.'

'Oké, wacht, nee,' zei hij verontrust. 'Even voor de duidelijkheid: het decor kan niet meer anders. Er staat daar twee weken aan diepgravend onderzoek door onze decorontwerper. Deze keuken is precies wat de moderne vrouw wil.'

'Nou, ik ben vrouw en ik wil dit niet.'

'Ik had het niet over jou,' zei Walter. 'Ik had het over de doorsnee vrouw.'

'Doorsnee.'

'Je weet best wat ik bedoel. De normale huisvrouw.'

Ze maakte een geluid dat klonk als een spuitende walvis.

'Oké,' zei Walter zachter, vruchteloos zwaaiend met zijn hand. 'Oké, oké. Goed, ik begrijp het, maar onthoud: dit is niet alleen óns programma, Elizabeth, het is ook van de omroep, en aangezien we door hen worden betaald, wordt het doorgaans gepast geacht te doen wat zij vragen. Je weet toch hoe het werkt; je had hiervoor toch ook een baan.'

'Maar uiteindelijk,' wierp ze tegen, 'werken we allemaal voor het publiek.'

'Inderdaad,' bepleitte hij. 'Min of meer. Nee, wacht – niet echt. Het is ons werk om mensen te geven wat ze willen, ook al weten ze niet dat ze het willen. Dat heb ik al eerder uitgelegd: dat is het middagprogrammeermodel. Halfdood, nu weer wakker, *dat weet je toch*!'

'Nog meer reclame?' fluisterde de cameraman.

'Niet nodig,' zei ze vlug. 'Sorry allemaal. Nu ben ik zover.'

'We begrijpen elkaar nu toch, hè?' riep Walter toen ze het podium weer op liep.

'Ja,' zei Elizabeth. 'Je wilt dat ik me richt tot de dóórsnee vrouw. De normále huisvrouw.'

Haar toon zat hem niet lekker.

'Nog vijf,' zei de cameraman.
'*Elizabeth,*' waarschuwde hij.
'Vier.'
'*Het is allemaal voor je uitgeschreven.*'
'Drie.'
'*Lees gewoon de tekstkaartjes.*'
'Twee.'
'*Alsjeblieft,*' smeekte hij. '*Het is een geweldig script!*'
'Eén... en actie!'

'Hallo,' zei Elizabeth recht in de camera. 'Ik heet Elizabeth Zott en dit is *Supper at Six*.'

'Tot zover geen probleem,' fluisterde Walter in zichzelf. *GLIMLACHEN* mimede hij naar haar door aan zijn mondhoeken te trekken.

'En welkom in mijn keuken,' zei ze streng, met een teleurgestelde Jezus die over haar schouder meekeek. 'Vandaag wordt het hartstikke –'

Ze stopte voor het woordje 'gezellig'.

Er volgde een ongemakkelijke stilte. De cameraman keek naar Walter. 'Reclame maar weer?' gebaarde hij.

'NEE,' vormde Walter met zijn mond. 'NEE! VERDOMME. ZE MOET DIT DOEN! VERDOMME, ELIZABETH,' zei hij er geruisloos, zwaaiend met zijn handen, achteraan.

Maar Elizabeth verkeerde zo te zien in trance en niets – geen Walter die stond te zwaaien, geen cameraman die zich klaarmaakte voor de reclame, geen visagiste die haar eigen gezicht bette met het voor Elizabeth bestemde sponsje – kon haar betovering verbreken. Wat was er met haar aan de hánd?

'MUZIEK,' vormde Walter toen maar naar de geluidsman. '*MUZIEK*.'

Maar voor de muziek kon inzetten werd haar aandacht getrokken door haar tikkende horloge en kwam ze weer bij zinnen. 'Sorry,' zei ze. 'Goed, waar waren we?' Ze wierp een vlugge blik op de tekstkaartjes, viel weer even stil en wees toen ineens naar de grote klok boven haar hoofd. 'Voordat ik begin zou ik u willen adviseren niet op die klok te letten. Hij doet het niet.'

Er klonk een korte, gespannen zucht vanuit de producentenstoel waar Walter in zat.

'Ik neem koken serieus,' zei ze erachteraan, zonder zich ook maar iets van de tekstkaartjes aan te trekken, 'en ik weet dat u dat ook doet.' Toen schoof ze het naaimandje van het aanrecht een open lade in. 'Ik weet ook,' met een rechtstreekse blik naar de paar huishoudens die die dag per ongeluk op haar hadden afgestemd, 'dat uw tijd kostbaar is. Nou, de mijne ook. Laten we daarom een pact sluiten, u en ik –'

'Mama,' riep een klein jongetje verveeld vanuit de tv-kamer in Van Nuys, Californië, 'er is níks op tv.'

'Zet hem dan uit,' riep zijn moeder vanuit de keuken. 'Ik ben bezig! Ga lekker buitenspelen –'

'*Mamaaa... mamaaa...*' riep het jongetje weer.

'O, Petey, in hémelsnaam,' zei een getergde vrouw die met een half geschilde aardappel in haar hand de kamer in kwam, terwijl de baby in de keuken zat te huilen in zijn kinderstoel, 'moet ik dan echt alles voor je doen?' Maar net toen ze Elizabeth wilde uitzetten, richtte Elizabeth zich tot haar.

'In mijn ervaring worden het werk en de opoffering die het vergt om echtgenote, moeder, vrouw te zijn, schromelijk ondergewaardeerd. Nou, niet door mij. Aan het eind van ons half uur samen hebben we wel degelijk iets gedaan wat de moeite waard is. Dan hebben we wel degelijk iets gemaakt wat niet onopgemerkt blijft. Dan hebben we wel degelijk een maaltijd bereid. En die doet er wel degelijk toe.'

'Wat is dit?' vroeg Peteys moeder.

'Kweenie,' zei Petey.

'Goed, we gaan beginnen,' zei Elizabeth.

Later kwam Rosa, de kapster en visagiste, langs in haar kleedkamer om afscheid te nemen. 'Voor alle duidelijkheid, ik vond dat potlood in je haar leuk.'

'Voor alle duidelijkheid?'

'Lebensmal staat al twintig minuten tegen Walter te schreeuwen.'

'Om een potlood?'

'Omdat je het script niet hebt gevolgd.'

'Ach, ja. Maar alleen omdat die tekstkaartjes niet te lezen waren.'

'Ah,' zei Rosa opgelucht. 'Lag het daaraan? Was het lettertype niet groot genoeg?'

'Nee, nee,' zei Elizabeth. 'Ik bedoelde dat die kaartjes misleidend waren.'

'*Elizabeth.*' Walter verscheen rood aangelopen bij haar kleedkamerdeur.

'Hoe dan ook,' fluisterde ze, 'voorgoed vaarwel.' Ze gaf Elizabeth een kneepje in haar arm.

'Hallo Walter,' zei Elizabeth. 'Ik was net een lijstje aan het maken van een paar dingen die we per direct moeten aanpassen.'

'Donder op met je hallo,' vuurde hij terug. 'Wat mankeert jou, verdomme?'

'Mij mankeert helemaal niks. Ik vond het eigenlijk best aardig gaan. Ik geef toe dat ik wat haperde in het begin, maar dat was alleen maar van de schrik. Dat zal niet meer gebeuren, als we het decor eenmaal in orde hebben gebracht.'

Hij stampte de kamer door en liet zich in een stoel vallen. 'Elizabeth,' zei hij. 'Dit is een báán. Je moet twee dingen doen: glimlachen en de tekstkaartjes lezen. Da's alles. Je hoeft helemaal geen mening te hebben over het decor of de kaartjes.'

'Ik vind van wel.'

'Nee!'

'Hoe dan ook, ik kon die kaartjes niet lezen.'

'Onzin,' zei hij. 'We hebben nog verschillende letterformaten uitgeprobeerd, weet je nog? Daardoor wéét ik dat je die godvergeten kaartjes kunt lezen. Jezus, Elizabeth, Lebensmal staat op het punt de stekker eruit te trekken. Besef je wel dat je zowel jouw als mijn baan op het spel hebt gezet?'

'Sorry. Ik ga nu meteen met hem praten.'

'O nee,' zei Walter snel. 'Jij niet.'

'Waarom niet?' vroeg ze. 'Ik wil een paar dingen ophelderen, met name over het decor. En wat die tekstkaartjes betreft – nogmaals sorry, Walter. Ik bedoelde niet dat ik ze niet kón lezen; ik bedoelde dat mijn geweten me niet tóéstond ze te lezen. Omdat ze zo erg waren. Wie heeft dat script geschreven?'

Hij perste zijn lippen samen. 'Ik.'

'O,' zei ze geschrokken. 'Maar die woorden. Die zou ik zelf nooit zeggen.'

'Inderdaad,' zei hij knarsetandend. 'Dat was met ópzet.'

Ze keek verbaasd. 'Maar je zei toch dat ik mezélf moest zijn.'

'Niet díé zelf,' zei hij. 'Niet die "dit gaat heel, heel ingewikkeld worden"-zelf. Niet die "het werk en de opoffering die het vergt om een echtgenote, moeder, vrouw te zijn, wordt schromelijk ondergewaardeerd"-zelf. Niemand wil dat horen, Elizabeth. Je moet positief zijn, blij, vrolijk!'

'Maar dat ben ik niet.'

'Maar dat zou je wel kunnen zijn.'

Elizabeth blikte terug op haar leven tot dan toe. 'Geen schijn van kans.'

'Ik wil hier geen discussie over.' Walters hart bonsde ongemakkelijk in zijn keel. 'Ik ben hier de expert van de middagprogrammering en ik heb al uitgelegd hoe het allemaal werkt.'

'En ik ben hier de vrouw,' snauwde ze, 'die een geheel vrouwelijk publiek toespreekt.'

Er verscheen een secretaresse in de deuropening. 'Meneer Pine,' zei ze. 'We zijn al een aantal keer gebeld over het programma. Ik weet niet zo goed wat ik ermee moet.'

'Godallemachtig,' zei hij. 'Nu al klachten.'

'Het gaat over de boodschappenlijst. Wat verwarring over de ingrediënten van morgen. Met name CH_3COOH.'

'Azijnzuur,' sprong Elizabeth in. 'Azijn – dat bestaat voor 4 procent uit azijnzuur. Sorry – ik had de lijst waarschijnlijk in lekentermen moeten opschrijven.'

'Zou je dénken?' zei Walter.

'Bedankt,' zei de secretaresse en ze verdween weer.

'Waar komt dat idee van een boodschappenlijst überhaupt vandaan?' wilde hij weten. 'We hebben het nooit over een boodschappenlijst gehad – laat staan een met chemische termen.'

'Weet ik,' zei ze, 'ik bedacht het pas toen ik de set op liep. Ik vind het wel een goed idee, jij niet?'

Walter liet zijn hoofd op zijn handen rusten. Het wás ook een goed idee; hij wilde het alleen niet toegeven. 'Dat kun je niet maken,' zei hij met gedempte stem. 'Je kunt verdomme niet zomaar alles doen waar je zin in hebt.'

'Ik doe ook niet alles waar ik zin in heb,' beet Elizabeth hem toe. 'Als ik alles deed waar ik zin in had, zat ik nu in een onderzoekslab. Luister,' zei ze. 'Als ik me niet vergis ondervind je nu een toename in je corticosteronpeil – wat jij de Middagdepressiezone noemt. Je moet waarschijnlijk wat eten.'

'Ga míj niet,' zei hij star, 'de les lezen over de Middagdepressiezone.'

Een paar minuten bleven ze allebei in de kleedkamer zitten, de een starend naar de vloer, de ander naar de muur. Er werd geen woord gewisseld.

'Meneer Pine?' Een andere secretaresse stak haar hoofd om de hoek. 'Meneer Lebensmal moet zijn vlucht halen, maar hij vroeg me u eraan te herinneren dat u de rest van de week hebt om "het" op te lossen. Ik weet helaas niet wat "het" is, sorry. Hij zegt dat u "het" snel – ze keek weer in haar aantekeningen – "sexy" moet maken.' Toen kreeg ze een kleur. 'En dit is er ook nog.' Ze gaf hem een handgeschreven briefje dat Lebensmal had afgeraffeld. *En hoe zit het godverdomme met die cocktail?*

'Bedankt,' zei Walter.

'Sorry,' zei ze.

'Meneer Pine,' zei de eerste secretaresse, die aankwam toen de andere wegging. 'Het is al laat – ik moet naar huis. Maar de telefoons...'

'Ga maar, Paula,' zei hij. 'Ik regel het wel.'

'Kan ik helpen?' vroeg Elizabeth.

'Jij hebt vandaag al meer dan genoeg geholpen,' zei Walter. 'Dus, als ik "nee, bedankt" zeg, dan bedoel ik ook "nee, bedankt."'

Toen liep hij naar het bureau van de secretaresse, met Elizabeth achter zich aan, en nam een telefoon aan. 'KCTV,' zei hij vermoeid. 'Ja. Sorry.
Dat is azijn.'

'Azijn,' zei Elizabeth aan een andere lijn.

'Azijn.'

'Azijn.'

‘Azijn.’
‘Azijn.’

Voor zijn clownsprogramma was er nooit ook maar één keer gebeld.

26

De begrafenis

'Hallo, ik heet Elizabeth Zott, en dit is *Supper at Six.*'

Vanuit de producentenstoel kneep Walter zijn ogen dicht. 'Alsjeblieft,' fluisterde hij. 'Alsjeblieft, alsjeblieft, alsjeblieft.' Het was de vijftiende uitzenddag en hij was kapot. Steeds opnieuw had hij uitgelegd dat ze niet zelf mocht kiezen in welke keuken ze kookte, net zomin als hij zelf mocht kiezen aan wat voor bureau hij zat. Het was niets persoonlijks; decors werden, net als bureaus, uitgezocht op basis van budgetten en onderzoek. Maar steeds wanneer hij dat argument gebruikte knikte ze alsof ze het begreep om vervolgens te zeggen: 'Ja – máár.' En dan begonnen ze weer van voren af aan. Zo ging het ook met het script. Hij zei dat het haar taak was om het publiek te bóéien, niet te vervelen. Maar ze was zó saai met al die vermoeiende chemische terzijdes. Daarom had hij besloten dat het eindelijk tijd was om er livepubliek bij te halen. Omdat hij wist dat ze door echte mensen op maar zeven meter afstand zou leren hoe gevaarlijk het was om saai te zijn.

'Welkom bij onze eerste live-uitzending,' zei Elizabeth.

Tot zover geen probleem.

'We gaan elke middag, van maandag tot vrijdag, samen het avondeten koken.'

Precies wat hij had geschreven.

'Te beginnen bij het eten van vanavond: spinazieschotel uit de oven.'

Zo, die was getemd. Ze hield zich aan de instructies.

'Maar eerst moet de werkplek worden opgeruimd.' Zijn ogen schoten open terwijl ze het bolletje bruine wol pakte en dat het publiek in gooide.

Nee, nee, smeekte hij in stilte. De cameraman keek naar hem om terwijl het publiek in een nerveus gelach uitbarstte.

'Heeft er iemand nog elastiekjes nodig?' Ze hield de elastiekjesbal omhoog. Er gingen een paar handen omhoog, dus gooide ze ook die het publiek in.

Met stomheid geslagen greep hij de armen van zijn canvas vouwstoel vast.

'Ik heb graag voldoende werkruimte,' zei ze. 'Dat onderschrijft het belang van het werk dat u en ik zo gaan verrichten. En vandaag heb ik een hoop te doen en ik kan best wat hulp gebruiken bij het ruimte maken. Kan iemand een koektrommel gebruiken?'

Tot Walters ontzetting gingen bijna alle handen omhoog, en voor hij het wist liepen er allemaal mensen door het decor tegen wie Elizabeth zei dat ze alles mochten pakken wat ze wilden. Binnen een minuut was alles weg – zelfs de kunst aan de muur. Alleen het nepraam en de grote klok waren nog over.

'Goed,' zei ze ernstig terwijl het publiek weer op zijn stoel ging zitten. 'We gaan beginnen.'

Walter schraapte zijn keel. Een van de eerste regels van tv is, buiten het entertainen, dat je wat er ook gebeurt altijd doet alsof het zo bedoeld was. Daar worden presentatoren op getraind en Walter, die nooit presentator was geweest, besloot het op dat moment ook te proberen. Hij ging rechtop in zijn canvas stoel zitten en boog zich voorover alsof hij zelf deze hele ordeverstoring had geregisseerd. Maar dat was natuurlijk niet zo en iedereen wist dat en allemaal merkten ze zijn machteloosheid op hun eigen manier op: de cameraman schudde zijn hoofd, de geluidsjongen zuchtte, de decorontwerper stak rechts van het podium zijn middelvinger naar hem op. Ondertussen stond Elizabeth op het podium op een enorme bos spinazie in te hakken met het grootste mes dat hij ooit gezien had.

Lebensmal zou hem vermoorden.

Hij deed zijn ogen even dicht en luisterde naar het rumoer van het publiek: het verschuiven op de stoel, het zachte kuchen. Ergens in de verte hoorde hij Elizabeth praten over de rol van kalium en magnesium in het lichaam. Het tekstkaartje dat hij voor dit onderdeel geschreven had was een van zijn betere: *Mooie kleur heeft spinazie, hè? Groen. Doet me denken aan het voorjaar.* Dat had ze gewoon overgeslagen.

'... veel mensen geloven dat we sterk worden van spinazie omdat het bijna net zo veel ijzer bevat als vlees. Maar eigenlijk zit spinazie boordevol oxaalzuur, waardoor ijzer niet wordt opgenomen. Dus als Popeye doet alsof hij sterk wordt van spinazie, geloof hem dan niet.'

Fantastisch. Nu maakte ze Popeye uit voor leugenaar.

'Toch heeft spinazie nog steeds veel voedingswaarde. Over dat en meer gaan we het later hebben.' Ze zwaaide met haar mes voor de camera. 'Vlak na de reclame.'

Godallejezus. Hij nam de moeite niet om op te staan.

'Walter,' zei ze vlak daarna tegen zijn elleboog. 'Wat vond je ervan? Ik heb je advies opgevolgd. Ik heb het publiek erbij betrokken.'

Met een onbewogen gezicht draaide hij zich naar haar toe.

'Het was precies zoals jij zei: entertáín. Ik wist dat ik meer werkruimte nodig had en toen dacht ik aan honkbal – hoe de verkopers daar altijd pinda's de menigte in gooien? En het werkte.'

'Ja,' zei hij afgemeten. 'En toen vroeg je iedereen het thuishonk, de knuppels, de handschoenen en wat ze verder maar konden vinden mee naar huis te nemen.'

Verbouwereerd keek ze hem aan. 'Je klinkt boos.'

'Dertig seconden, mevrouw Zott,' zei de cameraman.

'Nee, nee,' zei hij kalm. 'Ik ben niet boos. Ik ben lááiend.'

'Maar je zei dat ik moest entertainen.'

'Nee. Je hebt gewoon spullen die niet van jou zijn weggegeven.'

'Maar ik had ruimte nodig.'

'Op maandag gaan we eraan,' zei hij. 'Eerst ik, dan jij.'

Ze wendde zich van hem af.

'Daar ben ik weer,' hoorde hij haar met geïrriteerde stem zeggen terwijl het publiek goedkeurend klapte. Gelukkig hoorde hij daarna bijna niets meer, maar dat was alleen omdat hij buikpijn had en zijn hart in zijn borstkas tekeerging, dusdanig hard dat hij hoopte dat het op iets heel ernstigs wees. Hij deed zijn ogen dicht om zijn dood te bespoedigen, beroerte of hartaanval, het was hem om het even.

Hij keek op en zag Elizabeth met haar arm door de keuken zwaaien.

'Koken is chemie,' zei ze. 'En chemie is leven. Uw vermogen alles te veranderen – inclusief uzelf – begint hier.'

Goeie genade.

Zijn secretaresse bukte zich en fluisterde iets over Lebensmal die hem morgenochtend meteen wilde zien. Hij deed zijn ogen weer dicht. *Ontspan*, zei hij tegen zichzelf. *Blijven ademen.*

Vanachter zijn oogleden zag hij iets wat hij liever niet zag. Zichzelf op een begrafenis – zijn éígen begrafenis – waar allemaal mensen in bonte kleding rondliepen. Hij hoorde iemand – zijn secretaresse? – vertellen hoe hij was gestorven. Het was een saai verhaal en hij was er niet blij mee, maar het paste bij zijn middagprogrammeerprofiel. Hij luisterde goed, in de hoop wat nieuwtjes over zijn leven te horen en hier en daar een complimentje, maar er werden voornamelijk dingen gezegd als: 'Zo, wat ga jij dit weekend doen?'

Vanuit de verte hoorde hij Elizabeth Zott praten over het belang van werk. Ze stond weer te preken, de hoofden van de begrafenisgangers te vullen met ideeën over eigenwaarde. 'Neem risico's,' zei ze. 'Wees niet bang te experimenteren.'

Wees niet als Walter, bedoelde ze.

Moest je geen zwart aan op een begrafenis?

'Onverschrokkenheid in de keuken vertaalt zich naar onverschrokkenheid in het leven,' beweerde Zott.

Wie had haar überhaupt gevraagd zijn grafrede te houden? Phil? Onbeschoft zeg. En helemaal lekker als je bedacht dat het enige risico dat hij, Walter Pine, ooit genomen had – haar aannemen – de reden was gebleken voor zijn vroegtijdige dood. Neem-risico's-wees-niet-bang-te-experimenteren *mijn reet*, Zott. Wie was er hier dood?

Hij bleef haar stem op de achtergrond horen, begeleid door het aanhoudende gehak van een mes. Vervolgens, na een minuut of tien, rondde ze af.

'Kinderen, dek de tafel. Jullie moeder heeft even tijd voor zichzelf nodig.'

Met andere woorden, genoeg over die dode Walter – nu weer over míj.

Er werd enthousiast door de rouwenden geklapt. Tijd om de kroeg in te duiken.

Daarna gebeurde er niet veel meer. Helaas had zijn ingebeelde dood veel weg van zijn leven. Hij bedacht dat 'je dood vervelen' misschien meer was dan alleen maar een uitdrukking.

'Meneer Pine?'

'Walter?'

Hij voelde een hand op zijn schouder. 'Moet ik een dokter bellen?' vroeg de eerste stem.

'Misschien wel,' zei de andere stem.

Toen hij zijn ogen opendeed zag hij Zott en Rosa naast zich staan.

'Je bent waarschijnlijk flauwgevallen,' zei Elizabeth met haar vingers op zijn pols.

'Moet ik een dokter bellen?' vroeg Rosa weer.

'Walter, heb je wel gegeten? Wanneer heb je voor het laatst iets gegeten?'

'Niks aan de hánd,' zei Walter schor. 'Ga weg.' Maar hij voelde zich niet al te best.

'Hij heeft niet geluncht,' zei Rosa. 'Nam niets van het karretje. En we weten ook dat hij geen avondeten heeft gehad.'

'Walter.' Elizabeth nam de leiding. 'Neem dit mee naar huis.' Ze gaf hem een grote ovenschaal. 'De spinazieovenschotel die ik daarnet heb gemaakt. Zet hem veertig minuten op 190 graden in de oven. Gaat dat lukken?'

'Nee.' Hij ging rechtop zitten. 'Dat gaat niet lukken. En trouwens, Amanda lust geen spinazie, dus nogmaals: NEE.' En omdat hij zich toen realiseerde dat hij als een nukkig kind klonk, keek hij naar de visagiste (hoe heette zij ook alweer?) en zei: 'Sorry dat ik u ongerust heb gemaakt' – een mengeling van mogelijke voornamen brabbelend – 'maar er is helemaal niks aan de hand. Fijne avond nog.'

Om aan te tonen hoe weinig er aan de hand was stond hij op uit zijn stoel en liep wankel naar zijn kantoor, waar hij bleef wachten tot hij zeker wist dat ze allebei het gebouw hadden verlaten, alvorens zelf te vertrekken. Maar eenmaal aangekomen op het parkeerterrein zag hij de ovenschotel op de motorkap van zijn auto staan. *Veertig minuten op 190 graden bakken*, stond er op het briefje.

Toen hij thuiskwam schoof hij, en echt alleen omdat hij moe was, dat kloteding in de oven en ging niet veel later aan tafel met zijn jonge dochter.

Drie happen later verklaarde Amanda dat het het lekkerste was wat ze ooit had gegeten.

27

Alles over mij

Mei 1960

'Jongens en meisjes,' zei juffrouw Mudford de daaropvolgende lente, 'we gaan aan een nieuw project beginnen. Het heet Alles over mij.'

Mad haalde diep adem.

'Vraag alsjeblieft je moeder om dit in te vullen. Het heet een stamboom. Met wat zij op deze stamboom schrijft kun je iets leren over een heel belangrijk iemand. Wie weet er wie dat zou kunnen zijn? Hint: het antwoord zit in de títel van ons nieuwe project, Alles over mij.'

De kinderen zaten met hun kin op hun handen in een slordige halve kring aan de voeten van mevrouw Mudford.

'Wie wil er als eerste raden,' spoorde mevrouw Mudford hen aan. 'Ja, Tommy,' zei ze.

'Kan ik naar de wc?'

'Mág ik, Tommy, en nee. De school is bijna uit. Je mag zo.'

'De president,' zei Lena.

'Zóú het de president kúnnen zijn?' corrigeerde mevrouw Mudford haar. 'En nee, dat is fout, Lena.'

'Zou het Lassie kunnen zijn?' vroeg Amanda.

'Nee, Amanda. Dit is een stamboom, geen hondenkennel. We hebben het over ménsen.'

'Mensen zijn dieren,' zei Madeline.

'Nee, dat zijn het niet, Madeline,' zei mevrouw Mudford geïrriteerd. 'Mensen zijn ménsen.'

'Yogi Bear dan?' vroeg iemand anders.

'Zóú het Yogi Bear kúnnen zijn?' zei mevrouw Mudford nijdig. 'En natuurlijk niet. In een stamboom komen geen beren voor, en al helemaal geen televisieseries. Wij zijn mensen!'

'Maar mensen zijn dieren,' hield Madeline vol.

'Madeline,' zei juffrouw Mudford scherp. 'Zo is het genoeg!'

'Zijn wij dieren?' vroeg Tommy met grote ogen aan Madeline.

'NEE! DAT ZIJN WE NIET!' schreeuwde mevrouw Mudford.

Maar Tommy sprong al met zijn vingers in zijn oksels gestoken door de klas, krijsend als een chimpansee. 'IE-IE!' riep hij naar de andere kleuters, van wie de helft meteen mee begon te doen. 'IE-OE! IE-OE!'

'HOU DAARMEE OP, TOMMY,' riep mevrouw Mudford. 'HOU ALLEMAAL OP! ALS JE NIET NAAR DE DIRECTEUR WILT, HOU DAN NU ONMIDDELLIJK OP!' En door de combinatie van haar schrille stem en de dreiging van hoger gezag gingen de kinderen weer op hun plek op de vloer zitten. 'GOED,' zei ze kortaf, 'zoals ik al zei, gaan jullie wat nieuwe dingen leren over een heel belangrijk persoon. Een PERSOON,' benadrukte ze met een dreigende blik naar Madeline. 'En wie zou deze persoon kunnen zijn?'

Niemand verroerde zich.

'*WIE*?' beval ze.

Een paar hoofden schudden nee.

'Nou, JULLIE, kinderen,' schreeuwde ze kwaad.

'Hè? Waarom?' vroeg Judy, enigszins geschrokken. 'Wat heb ik verkeerd gedaan?'

'Niet zo dom, Judy,' zei mevrouw Mudford. 'Godallemachtig!'

'Mijn moeder zegt dat de school geen cent meer van haar krijgt,' zei een smoezelig jongetje dat Roger heette.

'Niemand had het over geld, Roger!' riep juffrouw Mudford uit.

'Kan ik de boom zien?' vroeg Madeline.

'Mág ik,' bulderde mevrouw Mudford.

'Mag ik?' vroeg Madeline.

'NEE, DAT MAG JE NIET,' krijste mevrouw Mudford, terwijl ze het papier in vieren vouwde, alsof ze het daarmee Madeline-bestendig maakte. 'Deze boom is niet voor jóú, Madeline; hij is voor je móéder. Zo, kinderen,' zei ze, in een poging haar zelfbeheersing terug te vinden, 'ga allemaal in de rij staan. Ik speld het papier op jullie trui. En dan is het tijd om naar huis te gaan.'

'Mijn moeder wil niet dat u nog dingen aan mij vastspeldt,' zei Judy. 'Ze zegt dat u gaten in mijn kleren maakt.'

Jouw moeder is een leugenachtige hoer, wilde mevrouw Mudford zeggen, maar ze zei: 'Prima, Judy. Dan nieten we die van jou wel vast.'

Een voor een lieten de kinderen mevrouw Mudford het briefje op hun trui spelden om vervolgens in een rij de deur uit te lopen, waar ze vlak na de drempel meteen hun tempo opvoerden, als kleine pony's die urenlang vastgebonden hadden gestaan.

'Jíj niet, Madeline,' zei ze. 'Jij blijft hier.'

'Dus als ik het goed begrijp,' zei Harriet toen Mad vertelde waarom ze te laat was, 'moest je nablijven omdat je tegen je juf had gezegd dat mensen dieren zijn? Waarom zei je dat, lieverd? Dat is niet echt aardig.'

'Niet?' vroeg Madeline in verwarring. 'Maar waarom niet? We zíjn toch dieren.'

Harriet vroeg zich af of Mad gelijk had – wáren mensen dieren? Ze wist het eigenlijk niet. 'Mijn punt is,' zei ze, 'dat je soms beter niet tegen iemand in kunt gaan. Jouw juf verdient jouw respect en soms betekent dat dat je het met haar eens moet zijn, ook al ben je dat niet. Zo werkt diplomatie.'

'Ik dacht dat diplomatie betekende dat je aardig moest zijn.'

'Dat bedoel ik ook.'

'Zelfs als ze ons verkeerde dingen vertelt.'

'Ja.'

Madeline beet op haar onderlip.

'Jij maakt toch ook wel eens fouten? En jij zou toch ook niet ten overstaan van een heleboel mensen gecorrigeerd willen worden? Mevrouw Mudford voelde zich waarschijnlijk gewoon opgelaten.'

'Ze zag er anders niet opgelaten uit. En dit is niet voor het eerst dat ze ons verkeerde informatie geeft. Vorige week zei ze dat God de aarde heeft geschapen.'

'Dat geloven veel mensen,' zei Harriet. 'Daar is niks mis mee.'

'Geloof jij het?'

'Eens zien,' zei ze vlug, 'wat er op dit briefje staat.' Ze speldde het papier los van Madelines trui.

'Het is een stamboomproject.' Met een klap zette Madeline haar lunchtrommel op het aanrecht. 'Moet mama invullen.'

'Ik heb het niet zo op dat soort dingen,' mompelde Harriet. Ze keek aandachtig naar de gebrekkig getekende eik, die namen van familieleden op zijn takken wilde hebben – levend, verloren, dood – met elkaar verbonden door huwelijk, geboorte of pech. 'Nieuwsgierige bemoeial. Zat er soms ook een dagvaarding bij?'

'Had dat gemoeten dan?' vroeg Madeline vol ontzag.

'Weet je wat ik denk?' Harriet vouwde het briefje weer open. 'Ik denk dat deze bomen een erbarmelijke poging zijn je het gevoel te geven dat je iemand bent op basis van iemand anders. Komt meestal een inbreuk op de privacy bij kijken. Je moeder gaat door het lint straks. Ik zou haar dit maar niet laten zien als ik jou was.'

'Maar ik weet geen enkel antwoord. Ik weet niks over mijn vader.' Ze dacht terug aan het briefje dat haar moeder die ochtend in haar lunchtrommel had gestopt. *De bibliothecaresse is de belangrijkste leraar op school. Wat zij niet weet, kan ze opzoeken. Dat is geen mening, maar een feit. Deel dit feit niet met mevrouw Mudford.*

Maar toen Madeline de bibliothecaresse van haar school gevraagd had of zij haar aan wat jaarboeken van Cambridge kon helpen, had deze bedenkelijk gekeken, en haar vervolgens het laatste nummer van het kleutertijdschrift *Highlights* gegeven.

'Je weet van alles over je vader,' zei Harriet. 'Zo weet je bijvoorbeeld dat zijn ouders – jouw opa en oma – toen hij klein was door een trein om het leven zijn gekomen. En dat hij bij zijn tante ging wonen totdat zij tegen een boom botste. En dat hij toen naar een weeshuis ging – de naam is me ontschoten, maar het klonk meisjesachtig. En dat je vader een soort peetouder had, al hebben peetouders in een stamboom niks te zoeken.'

Zodra Harriet de peetouder had genoemd had ze er al spijt van. Ze wist alleen maar van die peetouder doordat ze had lopen rondsnuffelen, en zelfs toen al was haar duidelijk dat het geen echte peetouder was, maar meer een weldoener. En dit wist ze allemaal omdat Calvin ooit, lang voordat hij Elizabeth ook maar ontmoet had, halsoverkop naar zijn werk was gegaan en zijn voordeur had laten openstaan, en Harriet, als goede buur, erheen was gegaan om hem dicht te doen.

Vanzelfsprekend was ze, omdat ze nou eenmaal enorm betrokken was, naar binnen gegaan om te kijken of er niet was ingebroken. Uit een uitgebreide zelfstandige rondleiding had ze opgemaakt dat er zich in de zesenveertig seconden na Calvins aftocht hoegenaamd niets had voorgedaan.

Maar eenmaal binnen had ze wel het een en ander ontdekt. Eén, Calvin Evans was iets van een belangrijke wetenschapper – hij had op de cover van een tijdschrift gestaan. Twee, hij was een sloddervos. Drie, hij was in Sioux City opgegroeid, in een morsig klinkend weeshuis met een religieus tintje. Ze wist alleen maar van dat weeshuis omdat ze een prop papier in zijn prullenmand had zien liggen – die ze eruit had gehaald, want wie gooit er niet wel eens per ongeluk iets weg wat hij nou juist wilde bewaren? Volgens die brief had het weeshuis geld nodig. Ze waren hun grootste donateur kwijt – iemand die er ooit voor had gezorgd dat de jongens 'kans op een wetenschappelijke opleiding en gezonde buitenactiviteiten' kregen. Het weeshuis deed nu een beroep op zijn voormalige bewoners. Kon Calvin Evans helpen? *Zeg ja! Doneer vandaag nog aan het All Saints jongensweeshuis!* Zijn antwoord lag ook in de prullenmand. Het kwam neer op: hoe durf je, flikker op, jullie horen allemaal in de bak.

'Wat is een peetouder?' vroeg Madeline.

'Een goede vriend van de familie of familielid,' zei Harriet, die de herinnering wegdrukte. 'Iemand die zich om je geestelijke leven bekommert.'

'Heb ik dat ook?'

'Een peetouder?'

'Een geestelijk leven.'

'Ah,' zei Harriet. 'Dat weet ik niet. Geloof je in dingen die je niet kunt zien?'

'Ik hou van goocheltrucs.'

'Ik niet,' zei Harriet. 'Ik word niet graag voor de gek gehouden.'

'Maar je gelooft wel in God.'

'Tja. Inderdaad.'

'Waarom dan?'

'Gewoon. Dat doen de meeste mensen.'

'Mijn moeder niet.'

'Dat weet ik.' Harriet probeerde haar afkeur te verbergen.

Harriet vond het verkeerd om niet in God te geloven. Het getuigde van een gebrek aan nederigheid. Volgens haar was het nodig om in God te geloven, net als je tanden poetsen of ondergoed dragen. Alle fatsoenlijke mensen geloofden toch zeker in God – zelfs onfatsoenlijke mensen, zoals haar man, geloofden in God. God was de reden dat ze nog steeds met hem getrouwd was en de last van hun huwelijk moest dragen – omdat God haar die had gegeven. God was dol op lasten, en Hij zorgde ervoor dat iedereen er wel een kreeg. Bovendien mocht je, als je niet in God geloofde, ook niet geloven in de hemel en de hel, en ze wilde zielsgraag in de hel geloven omdat ze zielsgraag wilde dat die het voorland van meneer Sloane was. Ze stond op. 'Waar is je touw? Volgens mij is het tijd om aan je knopen te werken.'

'Die ken ik allemaal al,' zei Madeline.

'Kun je ze ook met je ogen dicht?

'Ja.'

'En achter je rug dan? Kun je dat?'

'Ja.'

Harriet deed alsof ze de vreemde hobby's van Mad toejuichte, maar eigenlijk vond ze die maar niks. Het kind moest niets van Barbies of knikkeren hebben – ze ging voor knopen, boeken over oorlog, natuurrampen. Gisteren had ze Madeline de bibliothecaresse in de stad horen uithoren over de Krakatau – wanneer dacht ze dat hij weer zou uitbarsten? Hoe moesten ze de bevolking waarschuwen? Hoeveel mensen zouden er ongeveer omkomen?

Harriet keek opzij naar Madeline, die naar de stamboom zat te staren. Met haar grijze ogen nam ze de lege takken op, waarbij ze gestaag op haar onderlip bleef bijten. Calvin had ook altijd op zijn onderlip gebeten. Kon zoiets genetisch worden overgedragen? Ze wist het niet. Harriet had vier kinderen op de wereld gezet, allemaal compleet verschillend van elkaar en al helemaal verschillend van haar. En nu? Nu waren het allemaal vreemden, die stuk voor stuk in een verre stad woonden met hun eigen leven en hun eigen kinderen. Ze zou het liefst willen dat er een soort onverbreekbare band bestond waarmee ze voor het leven verbonden waren, maar zo werkte het niet. Familie moest je blijven onderhouden.

'Heb je honger?' vroeg Harriet. 'Wil je wat kaas?' Ze voelde achter in de ijskast terwijl Madeline een boek uit haar schooltas haalde. *Vijf jaar met de Congokannibalen.*

Harriet keek achterom. 'Liefje, weet je juf dat je dat leest?'

'Nee.'

'Hou dat maar zo.'

Dat was nog iets waarover zij en Elizabeth van mening verschilden: lezen. Vijftien maanden geleden ging Harriet er nog van uit dat Madeline gewoon deed alsof ze kon lezen. Kinderen doen graag hun ouders na. Maar algauw werd duidelijk dat Elizabeth Madeline niet gewoon had leren lezen maar ook nog eens heel complexe dingen: kranten, romans, *Popular Mechanics.*

Harriet had de mogelijkheid overwogen dat dit kind een genie was. Dat was haar vader ook geweest. Maar nee. Mad had gewoon een hoop geleerd en dat kwam door Elizabeth. Elizabeth weigerde eenvoudigweg grenzen te aanvaarden, niet alleen voor zichzelf, maar ook voor anderen. Ongeveer een jaar na de dood van meneer Evans had Harriet wat aantekeningen op het bureau van Elizabeth zien liggen waaruit ze kon opmaken dat ze Half Zeven een belachelijk aantal woorden probeerde te leren. Destijds had Harriet dat aan tijdelijke ontoerekeningsvatbaarheid toegeschreven – dat hoort nou eenmaal bij rouw. Maar toen, toen Mad drie was, had ze gevraagd of iemand haar jojo had gezien, en had Half Zeven hem een minuut later op haar schoot gelegd.

Diezelfde zweem van onmogelijkheid hing ook over *Supper at Six*. Elizabeth begon elke aflevering steevast met de mededeling dat koken niet makkelijk was en dat het komende half uur best eens een kwelling kon worden.

'Koken is geen exacte wetenschap,' had Elizabeth gisteren nog gezegd. 'De tomaat in mijn hand verschilt van die in de uwe. Daarom moet u betrokken blijven bij uw ingrediënten. Experimenteer: proef, voel, ruik, kijk, luister, test, beoordeel.' Vervolgens nam ze haar kijkers mee in een uitgebreide omschrijving van chemische afbraak die, indien veroorzaakt door de combinatie van ongelijksoortige ingrediënten bij een bepaalde temperatuur, zou resulteren in iets lekkers. Er werd veel over zuren en bestanddelen en waterstofionen gepraat, waarvan Harriet, na het wekenlang te hebben aangehoord, vreemd genoeg iets begon te begrijpen.

Tijdens het hele proces vertelde Elizabeth haar kijkers met een ernstig gezicht dat ze voor een moeilijke uitdaging stonden, dat ze wist dat ze bekwaam en inventief waren en dat ze in hen geloofde. Het was een heel vreemd programma. Niet per se onderhoudend. Meer alsof je een berg beklom. Iets waar je je goed over voelde, maar dan wel pas achteraf.

Toch keek ze elke dag samen met Madeline naar *Supper at Six*, met ingehouden adem omdat ze bij elke nieuwe aflevering zeker wist dat het de laatste zou zijn.

Madeline had haar boek opengeslagen en zat nu een gravure te bekijken van een man die op het dijbeen van een andere kauwde. 'Smaken mensen lekker?'

'Dat weet ik niet.' Harriet zette wat blokjes kaas voor haar neer. 'Dat valt of staat denk ik met de bereiding. Jouw moeder zou waarschijnlijk iedereen lekker kunnen laten smaken.' Behalve meneer Sloane, dacht ze. Want die is rot.

Madeline knikte. 'Wat mama maakt vindt iedereen lekker.'

'Wie is iedereen?'

'Kinderen,' zei Madeline. 'Sommige hebben nu dezelfde lunch als ik.'

'Echt waar?' vroeg Harriet verbaasd. 'Kliekjes? Van het avondeten?'

'Ja.'

'Hun moeders kijken naar haar programma?'

'Geloof het wel.'

'Echt?'

'Já,' zei Madeline met nadruk, alsof Harriet traag van begrip was.

Harriet was ervan uitgegaan dat *Supper at Six* maar heel weinig kijkers trok, en Elizabeth had dit bevestigd door te bekennen dat haar proeftijd van een half jaar er bijna op zat. Het was een aanhoudend gevecht geweest; ze wist vrijwel zeker dat verlenging er niet in zat.

'Maar je kunt ze toch wel enigszins tegemoetkomen?' had Harriet haar gevraagd, proberend niet al te wanhopig te klinken. Ze vond het heerlijk naar Elizabeth op tv te kijken. 'Misschien gewoon proberen te glimlachen.'

'Glimlachen?' had Elizabeth gezegd. 'Glimlachen chirurgen soms tijdens een blindedarmoperatie? Nee. Zou je dat willen? Nee. Koken vergt, net als chirurgie, concentratie. Hoe dan ook, Phil Lebensmal wil dat ik doe alsof mijn publiek uit ezels bestaat. Dat weiger ik, Harriet, ik weiger de mythe in stand te houden dat vrouwen niks kunnen. Als ze me ontslaan, dan is dat maar zo. Dan ga ik wat anders doen.'

Maar niets met een salaris dat hier ook maar een beetje bij in de buurt kwam, dacht Harriet. Dankzij het geld van tv had Elizabeth woord kunnen houden: ze betaalde Harriet nu. Het was Harriets eerste loon en het verbaasde haar hoeveel kracht ze eruit putte.

'Je weet dat ik dat ook vind,' had Harriet voorzichtig gezegd, 'maar misschien kun je gewoon doen alsóf je ze geeft wat ze willen. Je weet wel, het spelletje meespelen.'

Elizabeth hield haar hoofd scheef. 'Het spelletje meespelen?'

'Je weet wel wat ik bedoel,' zei Harriet. 'Je bent slim. Dat kan een afknapper zijn voor meneer Pine, of die Lebensmal-figuur. Je weet hoe mannen zijn.'

Daar dacht Elizabeth even over na. Nee, ze wist niet hoe mannen waren. Los van Calvin, haar dode broer John, dr. Mason en misschien Walter Pine haalde ze naar haar idee altijd het slechtste in mannen naar boven. Ze wilden haar altijd onder de duim houden, aanraken, overheersen, tot zwijgen brengen, corrigeren of de les lezen. Ze kon er niet bij waarom ze haar niet konden behandelen als medemens, als collega, als vriendin, een gelijke, of zelfs een vreemde op straat, iemand die je vanzelf respectvol behandelt tot je erachter komt dat ze een stapel lijken in hun achtertuin begraven hebben liggen.

Harriet was haar enige echte vriendin, en over de meeste dingen waren ze het eens, maar hierover niet. Volgens Harriet waren mannen de tegenpool van vrouwen. Die moesten vertroeteld worden, hadden een kwetsbaar ego, konden een vrouw geen intelligentie of talent toestaan als het dat van hen overtrof. 'Harriet, dat slaat nergens op,' had Elizabeth tegengeworpen. 'Mannen en vrouwen zijn allemaal mensen. En als mensen zijn we een bijproduct van onze opvoeding, slachtoffer van ons kleurloze onderwijssysteem en kiezer van ons gedrag. Kortom, het verlagen van vrouwen tot de míndere van een man, en het verheffen van mannen tot de meerdere van een vrouw is niet biologisch: het is cultureel. En het begint met twee woorden: roze en blauw. Van daaraf vliegt het allemaal gierend uit de bocht.'

Over kleurloze onderwijssystemen gesproken, vorige week nog had ze naar het lokaal van mevrouw Mudford moeten komen om een daarmee samenhangend probleem te bespreken: kennelijk had Madeline geweigerd deel te nemen aan de meisjesactiviteiten, zoals vadertje en moedertje spelen.

'Madeline wil dingen doen die beter geschikt zijn voor jongetjes,' had Mudford gezegd. 'Dat is ongewenst. U gelooft toch duidelijk dat een vrouw in haar huis thuishoort, met uw' – ze kuchte zachtjes – 'televísieprogramma. Bespreek dit dus met haar. Van de week wilde ze nog bij de reddingsbrigade.'

'Waarom was dat een probleem?'

'Omdat er alleen jongens bij de reddingsbrigade zitten. Jongens beschermen meisjes. Omdat ze groter zijn.'

'Maar Madeline is de langste van de klas.'

'En ook dat is een probleem,' zei Mudford. 'De jongens voelen zich niet op hun gemak bij haar lengte.'

'Dus nee, Harriet,' zei Elizabeth scherp, terugkerend naar het onderwerp. '*Ik speel het spelletje niet mee.*'

Harriet peuterde wat viezigheid onder haar nagel vandaan terwijl Elizabeth oreerde over vrouwen die zich neerlegden bij hun ondergeschikte positie alsof ze daartoe waren voorbeschikt, alsof ze geloofden dat hun kleinere lichaam een biologische indicatie was van kleinere hersenen, alsof ze van nature minderwaardig waren, maar op een charmante manier. Erger nog, legde Elizabeth uit, veel van die vrouwen brachten dat soort ideeën op hun kinderen over, door dingen te zeggen als: 'Zo zijn jongens nou eenmaal' of 'Je weet toch hoe meisjes zijn'.

'Wat is er mis met vrouwen?' vroeg Elizabeth fel. 'Waarom geloven ze die culturele stereotypen? Erger nog, waarom houden ze ze in stand? Weten ze dan niets van de dominante rol van vrouwen bij de verborgen stammen in de Amazone? Wordt Margaret Mead soms niet meer uitgegeven?' Ze hield pas op toen Harriet opstond, om aan te geven dat ze geen zin had in nog meer ongecensureerde taal.

'Harriet. Hárriet,' zei Madeline nog eens. 'Luister je wel? Harriet, hoe is het met hem afgelopen? Is hij ook doodgegaan?'

'Is wie doodgegaan?' vroeg Harriet afwezig, omdat ze nadacht over het feit dat ze Margaret Mead nooit gelezen had. Was zij niet van *Gone with the Wind*?

'De peetouder.'

'O, die,' zei ze. 'Ik heb geen idee. En hoe dan ook, technisch gezien was hij – kan trouwens ook een zij geweest zijn – helemaal geen peetouder.'

'Maar je zei toch –'

'Het was een wéldoener – iemand die je vaders weeshuis geld gaf. Dat bedoelde ik. Wéldoener. En hij – of misschien was het dus wel een zij – hij óf zij gaf dat aan iedereen in dat tehuis. Niet alleen aan je vader.'

'Wie was het dan?'

'Ik heb geen idee. Maakt dat wat uit? Een weldoener is gewoon een ander woord voor filantroop. Een rijk iemand die geld aan goede doelen geeft – zoals Andrew Carnegie met zijn bibliotheken. Al moet je wel weten dat er ook een belastingvoordeel aan filantropie verbonden is, dus het is niet alleen maar onbaatzuchtig. Heb je niet nog ander huiswerk, Mad? Los van die verrekte boom?'

'Misschien kan ik een brief aan papa's weeshuis schrijven om te vragen wie de weldoenster was. Dan zou ik die naam op de boom kunnen zetten – misschien als appel. Niet als hele tak of zo.'

'Nee. Er hangen géén appels aan een stamboom. Daarbij zijn weldoeners – filantropen – erg op hun privacy gesteld; dat weeshuis zal jou nooit vertellen wie die bak geld heeft opgehoest. Ten derde zeggen we nooit weldoenster. De weldoenende persoon is altijd mannelijk.'

'En nietdoeners, die zijn toch ook meestal mannelijk?' vroeg Madeline.

Harriet slaakte een diepe zucht van verwondering vermengd met irritatie. 'Waar het om gáát is dat weldoeners nooit op stambomen staan. Ten eerste vanwege het bloed, ten tweede omdat ze het liever geheimhouden. Dat moet wel want anders zou iedereen de hele tijd geld bij ze los proberen te krijgen.'

'Maar dingen geheimhouden is verkeerd.'

'Niet altijd.'

'Hou jij dingen geheim?'

'Nee,' loog Harriet.

'En mijn moeder, denk je?'

'Nee,' zei Harriet, maar nu meende ze het. Ze had veel liever gehad dat Elizabeth wél een paar geheimen – of in elk geval meningen – voor zich zou houden. 'Goed, laten we die boom gewoon met wat nonsens invullen. Dat merkt je juf toch niet en dan kunnen we lekker het programma van je moeder gaan kijken.'

'Wil je dat ik líég?'

'Mad,' zei Harriet geïrriteerd. 'Heb ik het woord "liegen" in de mond genomen?'

'Hebben weldoeners geen bloed?'

'Natuurlijk hebben weldoeners wel bloed!' riep Harriet. Ze legde een hand op haar voorhoofd. 'We laten dit maar even voor wat het is. Ga maar buitenspelen.'

'Maar –'

'Ga de bal maar gooien voor Half Zeven.'

'Er moet ook een foto bij, Harriet,' zei Madeline erachteraan. 'Een van het hele gezin.'

Vanonder tafel legde Half Zeven zijn hoofd op haar knokige knie. 'Het héle gezin,' benadrukte Madeline. 'Dat betekent dat mijn vader er ook op moet staan.'

'Helemaal niet.'

Half Zeven stond op en liep naar de slaapkamer van Elizabeth.

'Als je de bal niet wilt gooien voor Half Zeven, neem hem dan mee naar de bibliotheek. Je boeken zijn te laat. Dat ga je nog net redden voor je moeders programma.'

'Heb ik geen zin in.'

'Tja, soms moeten we nou eenmaal ergens zin voor máken, ook al willen we dat niet.'

'Waar moet jij dan zin voor maken?'

Harriet deed haar ogen dicht. Ze zag meneer Sloane voor zich.

28

Heiligen

'Madeline,' zei de bibliothecaresse van de stadsbibliotheek. 'Waar kan ik je vandaag mee van dienst zijn?'

'Ik moet een adres opzoeken, ergens in Iowa.'

'Kom maar mee.'

De bibliothecaresse ging Madeline voor door het doolhof van de bibliotheek, waarbij ze even stilhield om een lezer bestraffend toe te spreken over de ezelsoren die hij in een boek zat te vouwen en een andere omdat hij met zijn voeten op de stoel tegenover zich zat. 'Dit is de Carnegie Bibliotheek,' fluisterde ze kwaad. 'Ik kan jou voor de rest van je leven de toegang ontzeggen.'

'Hier, Madeline,' zei ze, haar voorgaand naar een plank met telefoonboeken. 'Iowa, zei je toch?' Ze stak haar arm omhoog en trok er drie dikke exemplaren vanaf. 'Nog een specifieke stad?'

'Ik ben op zoek naar een jongensweeshuis,' zei Madeline, 'maar wel met een meisjesnaam. Meer weet ik niet.'

'We hebben wel wat meer informatie nodig,' zei de bibliothecaresse. 'Iowa is niet klein.'

'Ik zou mijn geld op Sioux City inzetten,' klonk een stem achter hen.

'Sioux is geen meisjesnaam,' zei de bibliothecaresse. 'O, eerwaarde, hallo. Mijn excuses – ik ben vergeten dat boek op te zoeken waar u naar gevraagd had. Ik zal het nu meteen doen.'

'Maar het zou voor meisjesnaam kunnen worden aangezien, toch?' zei de man in het donkere gewaad. 'Sue versus Sioux? Een kind zou die vergissing kunnen maken.'

'Niet dit kind,' zei de bibliothecaresse.

‘Hier staat het niet bij,’ zei Madeline een kwartier later, terwijl ze met haar vinger langs de kolom met de J ging. ‘Geen jongensweeshuis.’

‘O,’ zei de predikant vanaf de andere kant van de tafel. ‘Dat had ik even moeten zeggen – soms zijn die tehuizen naar heiligen vernoemd.’

‘Waarom?’

‘Omdat mensen die voor andermans kinderen zorgen heiligen zijn.’

‘Waarom?’

‘Omdat het niet meevalt om voor kinderen te zorgen.’

Madeline rolde met haar ogen.

‘Probeer Saint Vincent eens.’ Hij stak zijn vinger vlak onder zijn priesterboord om er wat lucht bij te laten.

‘Wat bent u aan het lezen?’ vroeg Madeline terwijl ze in het telefoonboek naar de S bladerde.

‘Religieuze dingen,’ zei hij. ‘Ik ben geestelijke.’

‘Nee, ik bedoelde dat andere – dat daar.’ Ze wees naar een tijdschrift dat hij tussen de bijbelpagina’s had zitten.

‘O,’ zei hij opgelaten. ‘Dat is gewoon… voor de lol.’

‘*MAD Magazine*,’ las ze hardop terwijl ze het tevoorschijn trok.

‘Dat is humor,’ legde de predikant uit, die het snel terugpakte.

‘Mag ik het zien?’

‘Ik denk niet dat je moeder dat goedvindt.’

‘Omdat er blootfoto’s in staan?’

‘Nee!’ zei hij. ‘Nee, nee – daar heeft het niets mee te maken. Ik heb het soms gewoon even nodig om te lachen. Er zit maar weinig humor in mijn werk.’

‘Waarom?’

De predikant aarzelde. ‘Omdat God niet erg grappig is. Waarom zoek je naar een jongensweeshuis?’

‘Daar is mijn vader opgegroeid. Ik ben een stamboom aan het maken.’

‘Aha,’ zei hij met een glimlach. ‘Nou, dat klinkt hartstikke leuk, een stamboom.’

‘Dat is discutabel.’

‘Discutábel?’

‘Dat betekent betwistbaar.’

‘Inderdaad,’ zei hij verbaasd. ‘Mag ik je iets vragen? Hoe oud ben jij?’

'Ik mag geen persoonlijke informatie geven.'

'Ah,' zei hij met een kleur. 'Nee, natuurlijk niet. Goed zo.'

Madeline beet op de rand van haar gum.

'Hoe dan ook,' zei hij, 'het is leuk iets over je voorouders te leren, toch? Vind ik wel. Wat heb je tot nu toe?'

'Nou,' Madeline zwiepte met haar benen heen en weer onder tafel. 'Aan mijn moeders kant zit haar vader in de gevangenis omdat hij wat mensen heeft laten verbranden, haar moeder zit in Brazilië vanwege de belasting, en haar broer is dood.'

'O –'

'Aan mijn vaders kant heb ik nog niks. Maar ik denk dat de mensen van het jongensweeshuis een soort familie zijn.'

'Op wat voor manier?'

'Omdat zij voor hem gezorgd hebben.'

De predikant wreef in zijn nek. In zijn ervaring waren die tehuizen bemand met pedofielen.

'Heiligen, noemde u ze,' hielp ze hem herinneren.

Hij slaakte een inwendige zucht. Het probleem van geestelijke zijn was dat hij zo vaak op een dag moest liegen. Dat kwam doordat mensen continu geruststelling nodig hadden dat alles in orde was of in orde kwam in plaats van de meer feitelijke waarheid dat alles er beroerd voor stond en alleen nog maar beroerder werd.

Hij had vorige week nog een begrafenismis opgedragen – een van zijn parochianen was aan longkanker overleden – en zijn boodschap aan de familie, die allemaal rookten als ketters, was dat de man niet was overleden aan zijn vier-pakjes-op-een-dag-verslaving, maar omdat God hem nodig had. Diep inhalerend had de familie hem bedankt voor zijn wijsheid.

'Maar waarom zou je naar het jongenstehuis schrijven?' vroeg hij. 'Waarom vraag je het niet gewoon aan je vader?'

'Omdat hij ook dood is.' Ze zuchtte.

'Lieve hemel!' zei de predikant. 'Dat vind ik heel erg voor je.'

'Dank u wel,' zei Madeline ernstig. 'Volgens sommige mensen kun je iets wat je nooit hebt gehad niet missen, maar volgens mij kan dat wel. Wat denkt u?'

'Absoluut.' Hij voelde net zo lang achter in zijn nek tot hij het kleine plukje haar had gevonden dat net iets te lang was. Toen hij een vriend in Liverpool had opgezocht waren ze naar een nieuwe muziekgroep geweest die The Beatles heette. Die waren Brits en hadden een pony. Het was voor mannen zo goed als ongehoord om een pony te hebben, maar hij merkte dat hij hun uiterlijk bijna net zo leuk vond als hun muziek.

'Wat zoekt u daarin?' Ze wees naar zijn boek.

'Inspiratie,' zei hij. 'Iets om bij de preek van zondag de ziel mee te beroeren.'

'Misschien iets over weldoeners?' vroeg ze.

'Weldoe–'

'Het tehuis van mijn vader had een weldoener. Die gaf het tehuis geld.'

'Ah,' zei hij. 'Volgens mij bedoel je een donateur. Daar had het tehuis er misschien wel meerdere van. Er is veel geld nodig om dat soort plekken te leiden.'

'Nee,' zei ze. 'Ik bedoel een weldoener. Volgens mij moet je namelijk wel veel doen om geld te kunnen geven aan mensen die je niet eens kent.'

De predikant keek wederom verrast op. 'Klopt,' gaf hij toe.

'Harriet zegt dat het beter is om salaris te verdienen. Maar daar moet je ook wel veel voor doen.'

'Wie is Harriet?'

'Mijn buurvrouw. Die is katholiek. Ze kan niet scheiden. Van Harriet moet ik de stamboom met nonsens vullen, maar dat wil ik niet. Dan voelt het net of er iets mis is met mijn familie.'

'Tja,' zei de predikant voorzichtig, terwijl hij bedacht dat het wel degelijk klonk alsof er iets mis was met de familie van dit kind. 'Harriet bedoelt waarschijnlijk alleen maar dat sommige dingen privé zijn.'

'U bedoelt geheim.'

'Nee, ik bedoel privé. Zoals ik je net vroeg hoe oud je was en jij heel correct antwoordde dat dat privé-informatie was. Dat is niet geheim; dan ken je me gewoon nog niet goed genoeg om het te vertellen. Maar een geheim bewaren we omdat er een kans is dat als iemand ons geheim te weten komt, diegene het tegen ons gebruikt of ons een vervelend gevoel geeft. Geheimen hebben meestal te maken met iets waar we ons voor schamen.'

'Hebt u geheimen?'

'Ja,' gaf hij toe. 'En jij?'

'Ik ook,' zei ze.

'Ik weet vrij zeker dat iedereen geheimen heeft,' zei hij. 'Met name de mensen die zeggen van niet. Het bestaat niet dat je je nooit in je leven ergens voor schaamt.'

Madeline knikte.

'Hoe dan ook, mensen denken meer over zichzelf te weten te komen door middel van die stomme takken vol namen van mensen die ze nooit hebben gekend. Zo ken ik iemand die apetrots is dat hij direct van Galileo afstamt, en ook iemand die haar afkomst tot aan de Mayflower kan herleiden. Allebei praten ze daardoor alsof ze van hoge komaf zijn, maar dat is niet zo. Je familieleden maken je niet belangrijk of slim. Ze maken jou niet tot wie je bent.'

'Wat maakt mij dan wel tot wie ik ben?'

'Waar jij voor kiest. Hoe jij je leven leidt.'

'Maar veel mensen kunnen helemaal niet kiezen hoe ze hun leven leiden. Zoals slaven.'

'Tja,' zei de predikant, geïrriteerd door haar simpele wijsheid. 'Dat is ook waar.'

Ze bleven even zwijgend zitten, terwijl Madeline met haar vinger over de telefoonboekpagina's ging en de predikant de aanschaf van een gitaar overwoog. 'Hoe dan ook,' zei hij toen, 'volgens mij zijn stambomen een niet erg intelligente manier om grip op je afkomst te krijgen.'

Madeline keek hem van onderaf aan. 'Daarnet zei u nog dat het hartstikke leuk was om iets over mijn voorvaderen te leren.'

'Ja,' gaf hij toe, 'maar toen loog ik,' waar ze allebei van in de lach schoten. Aan de andere kant van het gangpad keek de bibliothecaresse waarschuwend op.

'Ik ben eerwaarde Wakely,' fluisterde hij met een verontschuldigend knikje naar de boos kijkende bibliothecaresse. 'Van de presbyteriaanse kerk.'

'Mad Zott,' zei Madeline. 'Mad – net als uw tijdschrift.'

'Nou, Mad,' zei hij voorzichtig, in de veronderstelling dat 'Mad' waarschijnlijk iets Frans was of zo. 'Als het niet onder Saint Vincent staat, probeer dan eens Saint Elmo. Of nee wacht – probeer All Saints. Die naam gebruiken ze altijd als ze niet tussen de heiligen kunnen kiezen.'

'All Saints,' zei ze, bladerend naar de A. 'All, All, All. Wacht. Hier staat het. All Saints jongensweeshuis!' Haar opwinding was echter van korte duur. 'Maar er staat geen adres bij. Alleen een telefoonnummer.'

'Is dat een probleem?'

'Mijn moeder zegt dat je alleen interlokaal belt als er iemand dood is.'

'Nou, misschien kan ik wel voor je bellen vanuit mijn kantoor. Ik moet aan de lopende band interlokaal bellen. Ik zou kunnen zeggen dat ik een lid van mijn congregatie uit de brand hielp.'

'Dan zou u weer liegen. Doet u dat vaak?'

'Het zou een leugentje om béstwil zijn, Mad,' zei hij, enigszins geërgerd. Begreep niemand dan ooit de tegenstrijdigheden van zijn vak? 'Of,' zei hij wat nadrukkelijker, 'je volgt Harriets advies op en zet die boom vol met nonsens – wat lang zo'n slecht idee niet is. Want soms kun je het verleden maar beter in het verleden laten rusten.'

'Hoezo?'

'Omdat er alleen in het verleden nog chocola van te maken is.'

'Maar mijn vader is geen verleden. Hij is nog steeds mijn vader.'

'Natuurlijk,' zei de predikant, vertederd nu. 'Ik bedoelde alleen maar – over dat bellen naar All Saints – dat ze het misschien prettiger vinden om met mij te praten omdat we allebei in de religie zitten. Zoals jij het waarschijnlijk prettiger vindt om dingen te bespreken met kinderen uit je klas.'

Madeline keek verbaasd. Ze had het nog nooit prettig gevonden om met kinderen uit haar klas te praten.

'Of, ik weet iets,' zei hij, omdat hij zich inmiddels aan de hele situatie wilde onttrekken. 'Vraag je moeder te bellen. Het was haar echtgenoot; dan willen ze vast helpen. Misschien hebben ze een bewijs van hun huwelijk nodig voordat ze haar iets substantieels geven – een akte, zoiets – maar dat lijkt me geen probleem.'

Madeline verstijfde.

'Bij nader inzien,' zei ze, terwijl ze vlug twee woorden op een papiertje schreef, 'dit is de naam van mijn vader.' Toen zette ze haar telefoonnummer erbij en gaf het hem. 'Hoe snel kunt u bellen?'

De predikant las de naam.

'*Calvin Evans?*' Verbijsterd week hij achteruit.

Toen Wakely nog theologie aan Harvard studeerde had hij als toehoorder het vak chemie gevolgd. Zijn doel: leren hoe het kamp van de vijand de schepping uitlegde opdat hij dat kon weerleggen. Maar na een jaar chemie zat hij aardig in de knel. Dankzij zijn nieuwverworven begrip van atomen, materie, elementen en moleculen kon hij nog maar moeilijk geloven dat God ook maar iets had gemaakt. Geen hemel, geen wereld. Niet eens pizza.

Als vijfdegeneratiepredikant aan een van de prestigieuste theologieopleidingen ter wereld was dat een groot probleem. Niet alleen door de verwachtingen van zijn familie, ook door de wetenschap zelf. De wetenschap hield vast aan iets wat hij in zijn toekomstige vakgebied maar zelden tegenkwam: bewijs. En te midden van dat bewijs bevond zich een jonge man. Die heette Calvin Evans.

Evans was naar Harvard gekomen om in een panel van RNA-onderzoekers plaats te nemen, en Wakely, die op zaterdagavond niets beters te doen had, was erbij. Evans, verreweg de jongste van het hele panel, deed nauwelijks zijn mond open. De anderen strooiden voornamelijk met jargon over hoe chemische verbindingen werden gevormd, verbroken, en dan weer opnieuw gevormd door iets wat een 'effectieve botsing' heette. Eerlijk gezegd was het allemaal een tikkeltje saai. Toch bleef een van de panelleden maar doorzagen over hoe echte verandering alleen tot stand kwam door de toepassing van kinetische energie. Toen vroeg iemand uit het publiek om een voorbeeld van een effectieve botsing – iets wat geen energie had en nooit veranderde, maar toch een groot gevolg had. Evans boog zich naar zijn microfoon. 'Religie,' zei hij. Toen stond hij op en vertrok.

Die opmerking over religie bleef aan hem knagen dus besloot hij Evans te schrijven om hem dat te vertellen. Tot zijn grote verrassing schreef Evans terug – en toen schreef hij Evans weer terug, en toen schreef Evans hem weer, enzovoort. Ze waren het weliswaar oneens, toch was het duidelijk dat ze elkaar mochten. En daarom werden hun brieven, toen de hordes van religie en wetenschap eenmaal genomen waren, persoonlijk. Toen kwamen ze er ook achter dat ze niet alleen even oud waren, maar twee dingen gemeenschappelijk hadden – een aan het fanatieke grenzende liefde voor watersport (Calvin was roeier; hij was surfer) en een obsessie voor mooi weer. Daarbij hadden ze allebei geen vriendin. Geen van beiden had het naar zijn zin op de universiteit. Geen van beiden wist hoe zijn leven er na zijn studie uit zou zien.

Maar toen had Wakely alles verpest door iets te zeggen over dat hij in zijn vaders voetsporen trad. Hij vroeg zich af of Evans dat ook deed. Als reactie had Calvin in hoofdletters teruggeschreven dat hij zijn vader haatte en hoopte dat hij dood was.

Daar was Wakely van geschrokken. Het was duidelijk dat de vader van Evans hem iets vreselijks had aangedaan en Evans kennende, moest die haat wel gebaseerd zijn op het hardvochtigste wat er bestond. Bewijs.

Hij was Evans een paar keer beginnen terug te schrijven maar kon niet bedenken wat hij moest zeggen. Hij, de predikant. De man die een theologiescriptie schreef met de titel: *De behoefte aan troost in de moderne samenleving*. Geen woorden.

Het was het einde van hun penvriendschap.

Vlak na zijn afstuderen overleed zijn vader plotseling. Hij keerde terug naar Commons voor de begrafenis en besloot er te blijven. Hij vond een huisje vlak bij het strand, nam de congregatie van zijn vader over en haalde zijn surfplank tevoorschijn.

Hij woonde daar al een paar jaar toen hij uiteindelijk hoorde dat Evans ook in Commons zat. Hij kon zijn oren niet geloven. Hoe groot was die kans? Voor hij de moed bijeen had kunnen rapen om weer contact met zijn beroemde vriend op te nemen, was Evans door een bizar ongeluk om het leven gekomen.

Het nieuws ging als een lopend vuurtje: er was iemand nodig om de uitvaartdienst van de wetenschapper te leiden. Wakely bood zich aan. Hij voelde zich verplicht om Evans, een van de weinige mensen die hij bewonderde, op wat voor manier dan ook te helpen om zijn ziel naar een vredig oord te begeleiden. Daarbij was hij nieuwsgierig. Wie zouden er allemaal zijn? Wie zou er rouwen om het verlies van deze briljante man?

Het antwoord: een vrouw en een hond.

'Mocht het helpen,' zei Madeline erachteraan, 'zeg hun dan maar dat mijn vader roeide.'

Wakely zweeg, en dacht terug aan de extra lange kist.

Hij probeerde terug te halen wat hij precies gezegd had tegen de jonge vrouw die bij zijn graf stond: *Gecondoleerd?* Waarschijnlijk. Hij was van plan geweest haar na de dienst aan te spreken, maar voor hij het eindgebed ook maar had afgerond was ze al weggelopen, met de hond in haar kielzog. Hij nam zich voor bij haar langs te gaan, maar wist niet hoe ze heette of waar ze woonde, en ook al was het niet heel moeilijk om daarachter te komen, hij ging er niet achteraan. Iets aan haar gaf hem het gevoel dat hij het door over de ziel van Evans te praten alleen maar erger zou maken.

Na de dienst kreeg hij – nog maandenlang – maar niet uit zijn hoofd hoe kort Evans' leven was geweest. Er waren maar zo weinig mensen die daadwerkelijk iets bijdroegen aan de wereld – die ontdekkingen deden waardoor er een verandering in gang werd gezet. Evans was tussen de mazen van het onbekende heen geglipt en had het universum verkend op een manier die de theologie volkomen uit de weg ging. En hij had heel even het gevoel gehad daar deel van uit te maken.

Maar toch, dat was toen en dit was nu. Hij was geestelijke, wetenschap had hij niet nodig. Wat hij wel nodig had waren inventievere manieren om zijn parochianen te vertellen dat ze zich fatsoenlijk moesten gedragen, elkaar niet zo gemeen moesten behandelen, normaal moesten doen. Dus uiteindelijk was hij, ondanks al zijn twijfels, predikant geworden, maar die opmerkelijke Evans was hij nooit vergeten. En nu stond hier dat kleine meisje dat beweerde zijn dochter te zijn. Gods wegen waren toch echt ondoorgrondelijk.

'Voor alle duidelijkheid,' zei hij, 'we hebben het hier over Calvin Evans. Die vijf jaar geleden door een auto-ongeluk om het leven is gekomen.'

'Het was een riem, maar inderdaad.'

'Aha,' zei hij. 'Maar het gekke is, Calvin Evans had helemaal geen kinderen. Sterker nog, hij was niet eens –' Hij aarzelde.

'Wat?'

'Niks,' zei hij snel. Blijkbaar was het kleine meisje ook nog eens onwettig. 'En wat is dat daar?' Hij wees op een vergeeld krantenknipsel dat uit haar notitieboek stak. 'Nog iets voor die opdracht?'

'Ik moet een gezinsfoto meenemen,' zei ze, en ze haalde het krantenknipsel tevoorschijn dat nog vochtig was van de hondenkwijl. Ze hield het voorzichtig omhoog, zoals je dat bij een onvervangbare schat zou doen. 'Dit is de enige waar we allemaal op staan.'

Hij vouwde het knipsel bedachtzaam open. Het was een artikel over de begrafenis van Calvin Evans, met een foto erbij van diezelfde vrouw en hond, met hun rug naar de camera maar duidelijk kapot van verdriet, die toekeken hoe dezelfde kist die hij gezegend had door de aarde werd opgeslokt. Ineens voelde hij zich intens neerslachtig.

'Maar, Mad, dit is toch geen gezinsfoto?'

'Nou, dat is mijn moeder,' zei Madeline wijzend naar de rug van Elizabeth. 'En Half Zeven,' zei ze wijzend naar de hond. 'En ik zit in mijn moeder, daar.' Ze wees weer naar Elizabeth. 'En mijn vader ligt in de kist.'

Wakely had de afgelopen zeven jaar van zijn leven besteed aan mensen troosten, maar iets aan hoe dit kind zo nuchter over haar verlies praatte putte hem helemaal uit.

'Mad, er is iets wat je moet begrijpen,' zei hij, terwijl hij tot zijn schrik zag dat zijn eigen handen op de foto stonden. 'Families zijn niet bedoeld om op bomen te passen. Misschien omdat mensen niet tot het plantenrijk behoren – wij behoren tot het dierenrijk.'

'Precies,' stamelde Madeline. 'Dat is precíés wat ik mevrouw Mudford probeerde te vertellen.'

'Als we bomen waren,' zei hij, bezorgd over het verdriet dat dit kind zou verduren bij het uitleggen van haar achtergrond, 'waren we misschien een beetje wijzer. Lang leven en zo.'

En toen besefte hij dat Calvin Evans geen heel lang leven had gehad en hij zojuist had geïnsinueerd dat dat waarschijnlijk kwam doordat Evans niet zo slim was. Echt, hij was een predikant van likmevestje.

Madeline overdacht zo te zien zijn antwoord en boog zich toen weg van de tafel. 'Wakely,' zei ze zachtjes, 'ik moet nu naar mijn moeder gaan kijken, maar ik vroeg me iets af. Kunt u een geheim bewaren?'

'Ja,' zei hij, zich afvragend wat ze bedoelde met naar haar moeder kijken. Was haar moeder soms ziek?

Ze bekeek hem aandachtig alsof ze probeerde vast te stellen of hij weer loog, stond toen op uit haar stoel, liep naar zijn kant en fluisterde zoiets krachtigs in zijn oor dat hij grote ogen opzette van verbazing. Voor hij zichzelf kon tegenhouden legde hij zijn hand om haar oor en deed hetzelfde bij haar. Toen weken ze allebei verbaasd van elkaar terug.

'Dat is niet zo erg, Wakely,' zei Madeline. 'Echt niet.'

Maar voor dat van haar had hij geen woorden.

29

Verbinding

'Ik heet Elizabeth Zott, en dit is *Supper at Six.*'

Met haar handen in haar zij, haar lippen met de kleur steenrood omlijnd, haar dikke haar in een eenvoudige wrong, vastgezet met een HB2-potlood, richtte Elizabeth haar blik rechtstreeks op de camera.

'Spannend nieuws,' zei ze. 'Vandaag gaan we drie verschillende soorten chemische verbindingen bestuderen: ionische, covalente en hydrogene. Waarom zouden we iets over verbindingen leren? Omdat je daarmee de hele basis van het leven begrijpt. En je cake erdoor rijst.'

In huizen door heel Zuid-Californië haalden vrouwen pen en papier tevoorschijn.

'Ionisch is de chemische verbinding van tegenpolen die elkaar aantrekken,' legde Elizabeth uit terwijl ze achter het aanrecht vandaan kwam om iets op een ezel te schetsen. 'Stel, u hebt bijvoorbeeld uw proefschrift over de vrijemarkteconomie geschreven, maar uw man verwisselt banden voor de kost. Jullie houden van elkaar, maar hij is waarschijnlijk niet geïnteresseerd in verhalen over de onzichtbare hand. En neem hem dat eens kwalijk, want zoals u weet is de onzichtbare hand indeterministische onzin.'

Ze keek uit over het publiek terwijl verschillende mensen aantekeningen neerkrabbelden, waarvan er veel bestonden uit: 'Onzichtbare hand: indeterministische onzin.'

'Het zit zo, u en uw man zijn volkomen anders en toch hebt u een sterke band. Dat is prima. En ionisch.' Ze zweeg en trok het vel papier over de bovenkant van de ezel zodat er een nieuw vel tevoorschijn kwam.

‘Of misschien is uw huwelijk meer een covalente verbinding.’ Ze schetste een nieuwe structuurformule. ‘Zo ja, dan hebt u geluk, want dat betekent dat u allebei sterke kanten hebt waar bij samenvoeging iets nog beters uit voortkomt. Bijvoorbeeld, als waterstof en zuurstof worden samengevoegd, wat krijgen we dan? Water – beter bekend als H_2O. In veel opzichten heeft een covalente verbinding veel weg van een feestje – dat leuker wordt dankzij de taart die jij hebt gebakken en de wijn die hij heeft meegebracht. Tenzij je – zoals ik – niet van feestjes houdt, in dat geval kun je de covalente verbinding ook zien als een klein Europees land, zeg Zwitserland.’ *Alpen*, schreef ze snel op de ezel, + *Sterke Economie* = *Waar Iedereen Wil Wonen.*

In een woonkamer in La Jolla, Californië, maakten drie kinderen ruzie om een speelgoedkiepauto, waarvan de kapotte as recht tegenover een berg strijkgoed lag, waar een kleine vrouw met krullers in haar haar en een blocnote in haar handen onder bedolven dreigde te raken. *Zwitserland*, schreef ze op. *Verhuizen.*

‘Daarmee komen we aan bij de derde verbinding.’ Elizabeth wees naar een andere reeks moleculen. ‘De waterstofverbinding – de breekbaarste, brooste verbinding van allemaal. Die noem ik de “liefde op het eerste gezicht”-verbinding omdat beide partijen zich puur op basis van visuele informatie tot elkaar aangetrokken voelen: u valt voor zijn glimlach, hij voor uw haar. Maar dan raken jullie aan de praat en komt u erachter dat hij een verkapte nazi is en vindt dat vrouwen te veel klagen. *Poef.* Opeens is de broze band verbroken. Voilà, dat is de waterstofverbinding, dames – een chemische waarschuwing dat als iets te mooi lijkt om waar te zijn, het dat waarschijnlijk ook is.’

Ze ging weer achter het aanrecht staan, verruilde de markeerstift voor een mes, haalde als een houthakker uit naar een grote gele ui en kliefde die doormidden. ‘Vanavond wordt het kippastei,’ kondigde ze aan. ‘We gaan beginnen.’

‘Zie je nou?’ Een vrouw in Santa Monica draaide zich naar haar norse dochter van zeventien, die zo’n dikke laag oogpotlood op had dat het eruitzag alsof er een vliegtuig op kon landen. ‘Dat zei ik toch? Jouw band met die jongen is puur hydrogeen. Wrijf de ionen toch eens uit je ogen!’

‘Daar gaan we weer.’

'Je kunt gaan studeren. Je kunt iets bereiken!'

'Hij houdt van me!'

'Hij staat je in de weg!'

'We zijn zo bij u terug,' zei Elizabeth terwijl de cameraman aangaf dat ze naar de reclame gingen.

Walter Pine zakte in elkaar op zijn producentenstoel. Na een ongekende hoeveelheid kruipen had hij Phil Lebensmal zover gekregen om Zotts contract met een half jaar te verlengen, maar alleen door ermee in te stemmen dat het sexy werd, en niet wetenschappelijk. De klok, had Phil gewaarschuwd, was nu echt aan het tikken. Volgens hem waren er een hoop klachten binnengekomen. Walter kaartte het vlak voor de aflevering aan bij Elizabeth. 'We moeten een paar dingen veranderen,' legde hij uit.

Ze had geluisterd, bedachtzaam geknikt, alsof ze iedere verandering zorgvuldig overwoog. 'Nee,' zei ze.

Naast dat probleem had Amanda ook nog eens een stomme stamboomopdracht waar ze een recente gezinsfoto voor nodig had mét mama, ook al was mama allang uit beeld. Erger nog, hij moest de biologische relatie tussen hemzelf en zijn dochter verheerlijken. Een band die niet bestond en ook nooit zou bestaan. Natuurlijk was hij van plan Amanda de waarheid te vertellen, en snel ook: dat haar waardeloze moeder nooit meer terugkwam en dat hij en zij technisch gezien op geen enkele manier met elkaar verbonden waren. Adoptiekinderen hadden het recht dat te weten. Hij wachtte alleen nog het juiste moment af. Haar veertigste verjaardag.

'Walter.' Elizabeth kwam op hem afgelopen. 'Heb je al iets van de verzekering gehoord? Zoals je weet gaat de aflevering morgen over verbranding, en hoewel dat volgens mij echt geen substantieel gevaar gaat vormen, wil ik – Walter?' Ze wapperde met haar hand voor zijn gezicht. 'Walter?'

'Zestig seconden, Zott,' zei de cameraman.

'Het kan geen kwaad om een paar extra brandblussers bij de hand te hebben. Nogmaals, ik heb liever die met stikstof in plaats van die nieuwe modellen met water en schuim, maar wie ben ik; ze zijn vast beide geschikt. Walter? Luister je? Geef eens antwoord.' Ze fronste haar wenkbrauwen en draaide zich toen weer naar het podium. 'Ik spreek je de volgende pauze wel.'

Toen ze het podium weer op ging draaide Walter zich om en zag haar de trap op lopen, in haar blauwe broek – ze droeg een bróék – met een riem hoog om haar middel. Wie dacht ze wel niet dat ze was? Katharine Hepburn? Lebensmal zou door het lint gaan. Hij draaide zich om en wenkte de visagiste bij zich.

'Ja, meneer Pine?' zei Rosa, met haar handen vol sponsjes. 'Hebt u iets nodig? Zotts gezicht zag er goed uit, trouwens. Ze glom niet.'

Hij slaakte een zucht. 'Ze glimt nóóit,' zei hij. 'Ook al zou je onder die lampen binnen een halve minuut een biefstuk kunnen braden, toch zweet ze nooit. Hoe kan dat?'

'Dat is inderdaad uitzonderlijk,' zei Rosa.

'En daar zijn we weer,' hoorde hij Elizabeth zeggen, terwijl ze met beide handen naar de camera wees.

'Wees alsjeblieft normaal,' fluisterde Walter.

'Goed,' zei Elizabeth tegen haar kijkers thuis. 'Ik vertrouw erop dat jullie onze korte pauze hebben gebruikt om de wortels, selderij en uien in kleine ongelijksoortige eenheden te hakken, om zo het nodige oppervlak te creëren voor een makkelijke opname van de kruiden, en ook de baktijd te verkorten. Nu ziet het er dus zo uit.' Ze hield een pan schuin naar de camera. 'Dan voegt u nu een ruime hoeveelheid natriumchloride –'

'Is het nou echt zo moeilijk voor haar om zout te zeggen?' siste Walter. 'Echt?'

'Ik vind het leuk dat ze van die wetenschapswoorden gebruikt,' zei Rosa. 'Daar voel ik me – weet ik veel – capabel door.'

'Capabel?' zei hij. 'Capábel? Wat is er ineens mis met je slank en mooi willen voelen? En wat is dat in vredesnaam voor broek? Waar komt die vandaan?'

'Gaat het wel, meneer Pine?' vroeg Rosa. 'Wilt u misschien iets drinken?'

'Ja,' zei hij. 'Cyanide.'

In de daaropvolgende minuten leidde Elizabeth de kijkers door de chemische samenstelling van verschillende andere ingrediënten en bij alles wat ze in de pan deed legde ze uit welke verbindingen er werden gelegd.

‘Zo.’ Ze hield de pan weer schuin naar de camera. ‘Wat hebben we nu? Een vermenging, wat een combinatie is van twee of meer pure substanties waarin elke substantie haar eigen chemische verhoudingen behoudt. In het geval van onze kippastei kunt u zien hoe uw wortels, erwten, uien en selderij met elkaar vermengd zijn en toch aparte entiteiten blijven. Denk daar eens over na. Een succesvolle kippastei is als een zeer efficiënt functionerende maatschappij. Laten we haar Zweden noemen. Hier heeft elke groente haar eigen plek. Niet één stukje wil belangrijker zijn dan het andere. En wanneer u er de extra kruiden bijvoegt – knoflook, tijm, peper en natriumchloride – dan hebt u een smaak gecreëerd die niet alleen het karakter van elke substantie versterkt, maar ook het zuurgehalte in evenwicht brengt. Resultaat? Gesubsidieerde kinderopvang. Al heeft Zweden vast ook wel zijn eigen problemen. Op zijn minst huidkanker.’ Ze zag het teken van de cameraman. ‘We zijn zo bij u terug, na deze boodschappen.’

‘Wat was dát?’ hijgde Walter. ‘Wat zei ze daar?’

‘Gesubsidieerde kinderopvang.’ Rosa haalde een sponsje over zijn voorhoofd. ‘Dat moeten we maar eens op het verkiezingsprogramma zien te krijgen.’ Ze boog zich voorover en zag een adertje op Walters voorhoofd kloppen. ‘Zeg, zal ik niet wat acetylsalicylzuur voor u halen? Dat helpt tegen –’

‘Wát zei je daar?’ siste hij, en hij sloeg haar sponsje weg.

‘Gesubsidieerde kinderopvang.’

‘Nee, dat andere.’

‘Acetylsalicylzuur?’

‘Aspiríne,’ eiste hij schor. ‘Hier bij KCTV noemen we dat aspiríne. Bayer-aspirine. Wil je weten waarom? Omdat Bayer een van onze sponsors is. Dat zijn de mensen die onze rekeningen betalen. Weet je wel? Zeg het. Aspiríne.’

‘Aspirine,’ zei ze. ‘Ben zo terug.’

‘Walter?’ Boven hem klonk ineens de stem van Elizabeth, waardoor hij opsprong.

‘Jezus, Elizabeth!’ zei hij. ‘Je hoeft me niet zo te besluipen!’

‘Ik besloop je helemaal niet. Je had je ogen dicht.’

‘Ik zat ná te denken.’

‘Over de brandblussers? Ik ook. Laten we er drie doen. Twee is genoeg, maar met drie elimineren we denk ik vrijwel de hele kans op een ramp. Tot aan, of misschien net iets boven, de 99 procent.'

'Lieve help,' zei hij trillend tegen zichzelf terwijl hij zijn klamme handen aan zijn broek afveegde. 'Is dit een nachtmerrie? Waarom word ik niet wakker?'

'Je maakt je druk om die ene procent,' zei Elizabeth. 'Niet doen, joh. Dat kleine beetje is voornamelijk straf-van-God-gedoe – aardbevingen, tsunami's – dingen die onmogelijk voorkomen kunnen worden, omdat de wetenschap nog niet zover is.' Zwijgend trok ze haar riem goed. 'Walter, vind je het gebruik van die term "straf van God" niet interessant? Als je bedenkt dat de meeste mensen willen geloven dat God gaat over lammetjes, liefde en baby's in kribbes, en datzelfde zogenaamd goedgezinde wezen toch aan de lopende band onschuldige mensen loopt te straffen, wat wijst op een probleem met agressiebeheersing – misschien wel een bipolaire persoonlijkheid. Op een psychiatrische afdeling zou zo'n patiënt elektroshocktherapie krijgen. Waar ik geen voorstander van ben. Elektroshocktherapie is nog steeds niet afdoende bewezen. Maar is het niet interessant dat een straf van God zo veel met elektroshocktherapie gemeen heeft? Qua gewelddadigheid, wreedheid –'

'Zestig seconden, Zott.'

'... meedogenloosheid, barbaarsheid –'

'Jezus, Elizabeth, alsjeblieft.'

'Hoe dan ook, laten we er drie doen. Iedere vrouw moet weten hoe je een brand blust. Dan beginnen we met de dooftechniek, en als dat niet werkt stappen we over op stikstof.'

'Veertig seconden, Zott.'

'En wat is dat met die broek?' vroeg Walter, die zijn tanden zo stevig op elkaar klemde dat de woorden er ternauwernood uit kwamen.

'Hoe bedoel je?'

'Je weet heel goed wat ik bedoel.'

'Vind je hem mooi? Vast wel. Jij hebt er ook altijd een aan en ik snap wel waarom. Hij zit heerlijk. Maak je geen zorgen; ik ben van plan jou alle eer te doen toekomen.'

'Nee! Elizabeth, ik heb nóóit –'

'Hier is uw aspirine, meneer Pine,' onderbrak Rosa hem, die naast hem verscheen. 'En Zott – laat me even snel kijken – mooi, mooi – draai je gezicht even de andere kant op – mooi – verbazingwekkend zelfs. Oké, je kunt op.'

'Zott, nog tien,' riep de cameraman.

'Ben je ziek, Walter?'

'Heb je dat stamboomproject gezien?' fluisterde hij.

'Acht seconden, Zott.'

'Je ziet bleek, Walter.'

'Die bóóm,' perste hij er met moeite uit.

'Room? Maar dat past helemaal niet in dit recept.'

Elizabeth liep het podium weer op, draaide zich naar de camera en zei: 'En daar zijn we weer.'

'Ik weet niet wat jij denkt dat je me gegeven hebt,' snauwde Walter tegen Rosa, 'maar het werkt niet.'

'Het heeft even tijd nodig.'

'En die héb ik niet,' zei hij. 'Geef hier die pot.'

'U hebt al het maximale ingenomen.'

'O ja?' snauwde hij. 'Leg me dan eens uit waarom er nog steeds een paar in zitten.'

'Stort dan nu uw versie van Zweden,' zei Elizabeth, 'in de molecuulconfiguratie van zetmeel, lipide en proteïne die u daarstraks al had uitgerold – uw taartkorst – die waarin de chemische verbindingen konden ontstaan dankzij het watermolecuul, H_2O, en waarmee u het perfecte huwelijk van stabiliteit en structuur hebt gecreëerd.' Ze zweeg en wees met haar inmiddels bebloemde handen naar een taartkorst gevuld met groenten en kip.

'Stabiliteit en structuur,' herhaalde ze met haar blik op het studiopubliek. 'Chemie is onlosmakelijk verbonden met het leven – chemie is per definitie gelijk aan leven. Maar net als uw pastei vereist het leven een stevige basis. Bij u thuis bent u die basis. Dat is een enorme verantwoordelijkheid, de ondergewaardeerdste baan ter wereld die desondanks de hele boel bij elkaar houdt.'

Een aantal vrouwen in de studio zat driftig te knikken.

'Neem nu even de tijd om uw experiment te bewonderen,' vervolgde Elizabeth. 'U hebt de elegantie van chemische verbindingen gebruikt om een korst te construeren die de smaak van uw bestanddelen zowel opslaat als versterkt. Bekijk uw vulling nog één keer, en vraag u dan af: wat wil Zweden? Citroenzuur? Wellicht. Natriumchloride? Waarschijnlijk. Breng het op smaak. Als u tevreden bent, leg dan uw tweede korst er als een deken bovenop, en ribbel de randen om zo een afsluiting te maken. Maak dan een paar kerven in de bovenkant, als luchtgat. Het doel van het luchtgat is de watermolecuul de ruimte te geven die hij nodig heeft om in stoom te veranderen en te ontsnappen. Zonder dat luchtgat verandert uw pastei in de Vesuvius. Wilt u uw dorpsbewoners van een wisse dood redden, maak dan altijd een kerf.'

Ze pakte een mes en maakte drie kerfjes. 'Ziezo,' zei ze. 'Plaats hem dan nu in uw oven op honderdnegentig graden Celsius. Zo'n drie kwartier laten bakken.' Ze keek omhoog naar de klok.

'Zo te zien hebben we wat tijd over,' zei ze. 'Misschien kan ik een vraag uit het publiek beantwoorden.' Ze keek naar de cameraman, die een vinger bij zijn keel hield alsof hij die wilde doorsnijden. 'NEE, NEE, NEE,' vormde hij met zijn mond.

'Hallo.' Ze wees naar een vrouw op de eerste rij, met haar bril boven op een stijf kapsel en steunkousen om haar dikke benen.

'Ik ben mevrouw George Fillis uit Kernville,' zei de vrouw nerveus terwijl ze opstond, 'en ik ben achtendertig jaar. Ik wilde alleen even zeggen met hoeveel plezier ik naar uw programma kijk. Het… het verbaast me hoeveel ik ervan heb opgestoken. Ik weet dat ik niet de slimste ben,' zei ze met het schaamrood op haar kaken, 'dat zegt mijn man altijd, maar vorige week toen u zei dat osmose de beweging was van een minder dicht oplosmiddel door een semipermeabel membraan heen naar een ander dichter oplosmiddel, vroeg ik me eigenlijk af of… nou ja…'

'Ga door.'

'Nou, of mijn beenoedeem niet misschien een bijverschijnsel zou kunnen zijn van een gebrekkige hydraulische geleiding gecombineerd met een onregelmatige osmotische reflectiecoëfficiënt van plasmaproteïnen. Wat denkt u?'

'Een zeer nauwkeurige diagnose, mevrouw Fillis,' zei Elizabeth. 'Welke tak van de geneeskunde beoefent u?'

'O,' stamelde de vrouw, 'nee, ik ben geen arts. Ik ben alleen maar huisvrouw.'

'Er is geen vrouw op aarde die alléén maar huisvrouw is,' zei Elizabeth. 'Wat doet u verder?'

'Niets. Een paar hobby's. Ik lees graag medische tijdschriften.'

'Interessant. En wat nog meer?'

'Naaien.'

'Kleding?'

'Lichamen.'

'Wondhechtingen?'

'Ja. Ik heb vijf jongens. Die komen altijd vol scheuren en gaten thuis.'

'En toen u zo oud was als zij, wat wilde u toen worden?'

'Een liefhebbende echtgenote en moeder.'

'Nee, serieus –'

'Openhartchirurg,' flapte de vrouw eruit.

Er hing een doodse stilte in de ruimte, het gewicht van haar idiote droom was als te nat opgehangen was op een windstille dag. Openhartchirurgie? Even leek de hele wereld in afwachting van het gelach dat nu moest uitbarsten. Maar toen klonk er achter in het publiek één onverwachte klap, onmiddellijk gevolgd door een tweede, en toen een derde, en toen nog tien, en twintig – en algauw was iedereen in het publiek opgestaan en riep er iemand: 'Dokter Fillis, hartchirurg', en toen werd het een daverend applaus.

'Nee, nee,' zei de vrouw met klem boven het lawaai uit. 'Het was maar een grapje. Dat kan ik helemaal niet. En trouwens, het is toch al te laat.'

'Het is nooit te laat,' zei Elizabeth nadrukkelijk.

'Maar ik zou het nooit kunnen. Kan het niet.'

'Hoezo?'

'Omdat dat heel moeilijk is.'

'En vijf jongens grootbrengen niet?'

De vrouw bracht haar vingertoppen naar de zweetpareltjes op haar voorhoofd. 'Maar waar zou iemand als ik ook maar moeten beginnen?'

'De openbare bibliotheek,' zei Elizabeth, 'gevolgd door het examen voor medische opleidingen, de universiteit en een klinische opleidingsperiode.'

De vrouw besefte kennelijk ineens dat Elizabeth haar bloedserieus nam. 'Gelooft u écht dat ik dat kan?' vroeg ze met trillende stem.

‘Wat is het moleculaire gewicht van bariumchloride?’

‘208,23.’

‘Het komt wel goed met u.’

‘Maar mijn man –’

‘Is een geluksvogel. O, trouwens, het is Weggeefdag, mevrouw Fillis,’ zei Elizabeth, ‘iets wat zojuist door mijn producent is bedacht. Om onze steun te betuigen aan uw onverschrokken toekomst, krijgt u mijn kippastei mee naar huis. Kom hem maar halen.’

Onder een daverend applaus gaf Elizabeth de nu vastberaden ogende mevrouw Fillis de met folie bedekte pastei. ‘We zijn nu officieel door de tijd heen,’ zei Elizabeth. ‘Maar ik hoop dat u morgen weer kijkt als we de wereld van de keukenbrandjes gaan verkennen.’

Toen keek ze recht door de cameralens heen en, bijna alsof ze het voorzien had, recht in de verbijsterde gezichten van de vijf kinderen van mevrouw Fillis die in Kernville languit voor de buis lagen, met grote ogen, open mond, alsof ze zojuist hun moeder voor het eerst gezien hadden.

‘Jongens, ga de tafel dekken,’ instrueerde Elizabeth. ‘Jullie moeder heeft even tijd voor zichzelf nodig.’

30

99 procent

‘Mad,’ begon Elizabeth een week later voorzichtig, ‘juffrouw Mudford belde me vandaag op mijn werk. Iets over een ongepaste gezinsfoto?’

Madeline was ineens zeer geïnteresseerd in een korstje op haar knie.

‘En aan die foto zat een stamboom vast,’ zei Elizabeth vriendelijk. ‘Waarop je beweert direct af te stammen van’ – ze zweeg, om een lijst te raadplegen – ‘Nefertiti. Sojourner Truth en Amelia Earhart. Klinkt dat je bekend in de oren?’

Madeline keek onschuldig op. ‘Niet echt.’

‘En aan de boom hing een appel met het etiket “Weldoener”.’

‘Huh.’

‘En daaronder had iemand “Mensen zijn dieren” geschreven. Dat was drie keer onderstreept. En daar stond weer bij: “Vanbinnen zijn mensen genetisch gezien voor 99 procent hetzelfde.”’

Madeline keek naar het plafond.

‘99 procent?’ zei Elizabeth.

‘Wat?’ zei Madeline.

‘Dat klopt niet.’

‘Maar –’

‘In de wetenschap moet alles altijd precies kloppen.’

‘Maar –’

‘Feit is dat het wel 99,9 procent kan zijn. Negenennegentig *komma negen*.’ Toen zweeg ze en sloeg haar armen om haar dochter. ‘Het is mijn schuld, lieverd. Los van pi hebben we de decimalen nog niet echt goed behandeld.’

‘Sorry dat ik stoor,’ riep Harriet, die door de achterdeur binnenkwam. ‘Telefoonberichten. Vergat ik je te geven.’ Ze gooide een lijstje neer voor Elizabeth en draaide zich weer om om te gaan.

‘Harriet.’ Elizabeth scande de lijst. ‘Wie is dit? De predikant van de presbyteriaanse kerk?’

Madelines armhaartjes gingen rechtovereind staan.

‘Het klonk als zo’n telefoontje van de kerk die leden werft. Hij vroeg naar Mad. Had vast een slechte lijst voor zijn neus. Hoe dan ook, deze wilde ik je echt laten zien,’ zei ze met een tikje op de lijst. ‘De *LA Times*.’

‘Die hebben ook al naar mijn werk gebeld,’ zei Elizabeth. ‘Ze willen een interview.’

‘Een interview!’

‘Kom je nog een keer in de krant?’ vroeg Mad bezorgd. Haar gezin had twee keer in de krant gestaan: een keer toen haar vader was overleden, en een keer toen haar vaders grafsteen door een verdwaalde kogel aan gruzelementen was geschoten. Geen al te beste voorgangers.

‘Nee, Mad,’ zei Elizabeth. ‘Degene die me wil interviewen is niet eens wetenschapsjournalist, hij schrijft voor de vrouwenpagina. Hij heeft al gezegd dat hij het niet over chemie wil hebben, maar alleen over avondeten. Hij begrijpt duidelijk niet dat die twee onlosmakelijk met elkaar verbonden zijn. En ik vermoed dat hij ook dingen gaat vragen over ons gezin, ook al heeft hij daar niks mee te maken.’

‘Waarom niet?’ vroeg Madeline. ‘Wat is er mís met ons gezin?’

Vanonder de tafel keek Half Zeven op. Hij vond het vreselijk dat Mad dacht dat er iets mis was met hun gezin. En wat Nefertiti en de anderen betrof: dat was niet alleen ijdele hoop van Mad – het klopte ook echt, in die zin dat alle mensen van dezelfde voorouders stamden. Hoe kon Mudford dat nou niet weten? Zelfs híj wist dat, en hij was een hond. O, en trouwens, mocht het iemand interesseren, hij had net een nieuw woord geleerd: ‘dagboek’. Dat was iets waarin je gemene dingen over je familie en vrienden schreef om vervolgens van ganser harte te hopen dat ze het nooit te zien zouden krijgen. Met ‘dagboek’ stond zijn aantal woorden op 648.

‘Ik zie jullie morgen,’ riep Harriet, en ze sloeg de deur achter zich dicht.

‘Wat is er mis met ons gezin, mama?’ vroeg Madeline nog een keer.

'Niks,' zei Elizabeth scherp terwijl ze de tafel afruimde. 'Half Zeven, help me even met de zuurkast. Ik wil met koolwaterstofdamp proberen af te wassen.'

'Vertel eens over papa.'

'Ik heb je alles al verteld, lieverd.' Ineens straalde ze van warmte. 'Hij was een briljante, eerlijke, liefdevolle man. Een geweldige roeier en getalenteerd chemicus. Hij was lang met grijze ogen, net als jij, en hij had heel grote handen. Zijn ouders waren bij een tragisch treinongeluk om het leven gekomen, en zijn tante is tegen een boom gebotst. Hij ging naar een tehuis voor jongens waar...' Ze zweeg, en haar blauw-wit geruite jurk deinde bij haar kuiten terwijl ze opnieuw nadacht over haar afwasexperiment. 'Doe me een plezier, Mad, en zet dit zuurstofmasker op. En Half Zeven, jou help ik wel even met je beschermbril. Ziezo.' Ze trok bij iedereen de bandjes aan. 'Hoe dan ook, toen ging je vader naar Cambridge, waar hij –'

'Uis oor ongens,' probeerde Mad door het masker heen.

'We hebben het hier al over gehad, lieverd. Ik weet nauwelijks iets over dat tehuis voor jongens. Je vader had het er niet graag over. Het was privé.'

'Pri-é? Of eheim?' probeerde ze door het masker heen.

'Privé,' zei haar moeder resoluut. 'Soms gebeuren er vervelende dingen. Dat hoort bij het leven. Wat dat tehuis voor jongens betreft, daar sprak je vader niet over omdat hij vermoedelijk wist dat hij het niet kon veranderen door erin te blijven hangen. Hij is opgegroeid zonder gezin, zonder ouders om op terug te vallen, zonder de bescherming en liefde waar ieder kind recht op heeft. Maar hij zette door. Vaak kun je het best met iets vervelends omgaan,' zei ze, voelend naar haar potlood, 'door het om te draaien – het als kracht te gebruiken, te weigeren je door het vervelende te laten definiëren. Ertegen te véchten.'

Door de manier waarop ze dat zei – als een strijder – werd Madeline ongerust. 'Is jou ook iets vervelends overkomen, mama?' probeerde ze te vragen. 'Los van de dood van papa?' Maar het afwasexperiment was al in volle gang, en haar vraag ging verloren in de cocon van haar masker en het gerinkel van de telefoon.

'Ja, Walter,' zei Elizabeth even later.

'Ik hoop dat ik niet stoor –'

'Helemaal niet,' zei ze, ondanks een vreemd gebrom op de achtergrond. 'Waar kan ik je mee helpen?'

'Nou, ik belde om twee dingen. Het eerste is die stamboomopdracht. Ik vroeg me af of –'

'Ja,' zei ze bevestigend. 'We zitten in de puree.'

'Wij ook,' zei hij jammerlijk. 'Kennelijk wist ze meteen dat de namen die ik op de takken had gezet complete verzinsels waren. Heb jij dat ook gedaan?'

'Nee,' zei Elizabeth. 'Mad had een rekenfoutje gemaakt.'

Hij zweeg niet-begrijpend.

'Ik moet morgen naar Mudford,' ging ze verder. 'Trouwens, ik weet niet of je het al gehoord hebt, maar de meisjes zitten komend najaar allebei weer bij haar in de klas. Ze gaat lesgeven aan groep drie, en als ik zeg "lesgeven" bedoel ik dat uiteraard ironisch. Ik heb al een klacht ingediend.'

'Lieve hemel,' verzuchtte Walter.

'Wat was het tweede ding, Walter?'

'Dat gaat om Phil,' zei hij. 'Die is... eh... die is niet... blij.'

'Ik ook niet,' zei Elizabeth. 'Hoe heeft die man ooit uitvoerend producent kunnen worden? Het ontbreekt hem aan visie, leiderschap en manieren. En het is ronduit verwerpelijk hoe hij in de tv-studio met vrouwen omgaat.'

'Nou,' zei Walter, die terugdacht aan een paar weken geleden, toen Lebensmal tijdens een gesprek over Elizabeth zelfs op hem gespuugd had. 'Ik moet toegeven dat hij me er wel eentje is.'

'Hij is me er niet eentje, Walter. Hij is een loeder. Ik ga een klacht bij het bestuur indienen.'

Walter schudde zijn hoofd. *Daar gaan we weer met de klachten.* 'Elizabeth, Phil zit ín het bestuur.'

'Nou, er moet iemand op de hoogte worden gebracht van zijn gedrag.'

'Je weet toch,' zei Walter met een zucht, 'je weet toch inmiddels dat het wemelt van de Phils in de wereld. We moeten er gewoon het beste van zien te maken. Het beste maken van een vervelende situatie. Waarom doe je dat niet gewoon?'

Ze probeerde een goede reden te bedenken om het beste van Phil Lebensmal te maken. Nee – ze kon er niet één bedenken.

'Hoor eens, ik heb een idee,' ging hij verder. 'Phil heeft zijn zinnen op een nieuwe potentiële sponsor gezet – een soepfabrikant. Hij wil dat je die soep in je programma gebruikt, in een ovenschotel bijvoorbeeld. Als je dat doet – een grote sponsor binnenhaalt – laat hij ons waarschijnlijk iets meer met rust.'

'Een soepfabrikant? Ik werk alleen met verse ingrediënten.'

'Zou je op zijn minst kunnen probéren me tegemoet te komen?' smeekte hij. 'Het gaat om één blikje soep. Denk eens aan de anderen – alle mensen die bij jouw programma werken. We moeten allemaal een gezin onderhouden, Elizabeth; we hebben allemaal onze baan nodig.'

Er viel een stilte aan haar kant van de lijn, alsof ze zijn woorden liet bezinken. 'Ik wil Phil graag onder vier ogen spreken,' zei ze. 'Om de lucht te klaren.'

'Néé,' zei Walter met klem. 'Dat niet. Dat nooit.'

Ze slaakte een afgemeten zucht. 'Goed dan. Vandaag is het maandag. Neem dat blik donderdag maar mee. Ik zal kijken wat ik kan doen.'

Maar zoetjesaan werd de week steeds een beetje erger. De dag daarop – dinsdag – waren de onthullingen van Mudfords stamboomopdracht op school het gesprek van de dag: Madeline was een buitenechtelijk kind; Amanda had geen moeder; de vader van Tommy Dixon was alcoholist. Niet dat het de kinderen zelf ook maar iets uitmaakte, maar Mudford werkte, met een opgewonden blik in haar gemene, vochtige ogen, de gegevens als een hongerig virus naar binnen om ze vervolgens door te geven aan de andere moeders, die ze als taartglazuur door de hele school verspreidden.

Op woensdag schoof iemand stiekem een vel papier met het salaris van elke werknemer van KCTV bij Elizabeth onder de deur door. Met wijd open ogen bekeek Elizabeth de bedragen. Verdiende zij een derde van wat de sportverslaggever verdiende? Een man die nog geen drie minuten per dag op tv was en wiens enige talent bestond uit het oplezen van scores? Erger nog, er bestond bij KCTV kennelijk zoiets als 'winstdeling'. Maar alleen de mannelijke werknemers was gevraagd daaraan mee te doen.

Maar pas echt woedend werd Elizabeth door hoe Harriet eruitzag toen ze donderdagochtend binnenkwam.

Ze had net een briefje in Madelines lunchtrommel gestopt – *Materie kan niet worden gecreëerd of vernietigd, maar wel opnieuw worden geordend. Met andere woorden, ga niet naast Tommy Dixon zitten* – toen Harriet aan tafel plaatsnam en ondanks de donkere ochtend haar zonnebril niet afzette.

'Harriet?' vroeg Elizabeth, meteen gealarmeerd.

Met een stem die heel hard zijn best deed te doen alsof het allemaal niets voorstelde legde Harriet uit dat meneer Sloane de avond ervoor uit zijn doen was geweest. Zij had wat van zijn blootblaadjes weggedaan, de Dodgers hadden verloren, hij vond het maar niks dat Elizabeth die vrouw had aangemoedigd om hartchirurg te worden. Hij had een leeg bierflesje naar haar gegooid en zij was als een doelwit op een schietbaan achterovergevallen.

'Ik bel de politie,' zei Elizabeth, en ze pakte de telefoon.

'Nee.' Harriet legde haar hand op haar arm. 'Die doen toch niks en die voldoening gun ik hem niet. Bovendien heb ik hem een pak rammel gegeven met mijn handtas.'

'Ik ga er nu naartoe,' zei Elizabeth. 'Hij moet begrijpen dat dit soort gedrag niet wordt getolereerd.' Ze stond op. 'Ik pak even mijn honkbalknuppel.'

'Nee. Als je hem aanvalt rekent de politie jou in, in plaats van hem.'

Daar dacht Elizabeth over na. Harriet had gelijk. Ze klemde haar kiezen op elkaar en voelde weer die al te vertrouwde woede om haar eigen confrontatie met de politie van jaren terug. *Geen spijtverklaring dus?* Ze stak haar hand naar achteren om haar potlood te zoeken.

'Ik red me wel. Ik ben niet bang voor hem, Elizabeth; ik walg van hem. Dat is een verschil.'

Elizabeth kende dat gevoel precies. Ze bukte zich en sloeg haar armen om Harriet. Ondanks hun vriendschap raakten de twee vrouwen elkaar maar zelden aan. 'Ik zou voor je door het vuur gaan,' zei Elizabeth en ze trok haar naar zich toe. 'Dat wéét je toch wel, hè?'

Harriet keek verrast op naar Elizabeth, met tranen in haar ogen. 'Nou, ik ook. Idem.' Na een tijdje maakte de oudere vrouw zich los. 'Ik red me wel,' beloofde de oudere vrouw, haar gezicht afvegend. 'Laat het maar los.'

Maar Elizabeth was er het type niet naar om dingen los te laten. Toen ze vijf minuten later van de oprit af reed, had ze al een plan gesmeed.

'Hallo kijkers,' zei Elizabeth drie uur later. 'En welkom terug. Zien jullie dit?' Ze hield een blik soep dicht bij de camera. 'Dit is een ware tijdbesparing.'

Vanuit zijn producentenstoel slaakte Walter een dankbare zucht. Ze gebruikte de soep!

'Dat komt doordat het boordevol chemicaliën zit,' zei ze en ze smeet het met een doffe dreun in de vuilnisbak. 'Geef je je dierbaren hier genoeg van, dan leggen ze uiteindelijk het loodje en hoef je ze dus nooit meer eten te geven, wat je enorm veel tijd bespaart.'

De cameraman draaide zich beduusd om naar Walter. Walter keek op zijn horloge alsof hij een belangrijke afspraak was vergeten, stond toen op en liep weg, linea recta naar het parkeerterrein, waar hij in zijn auto stapte en naar huis reed.

'Gelukkig zijn er veel snellere manieren om je dierbaren om zeep te helpen,' ging ze verder. Ze liep naar haar ezel, waar een verzameling getekende paddenstoelen op te zien was. 'En paddenstoelen zijn een uitstekend begin. Persoonlijk zou ik kiezen voor de *Amanita phalloides*.' Ze gaf een tikje op een van de tekeningen. 'Ook wel bekend als de groene knolamaniet. Niet alleen is zijn gif tegen extreme hitte bestand, waardoor het een perfect ingrediënt is voor een onschuldig ogende ovenschotel, maar hij lijkt ook in sterke mate op zijn niet-giftige neefje, de Tropische beurszwam. Dus als er iemand sterft en er komt een verhoor, dan kunt u gewoon het domme huisvrouwtje spelen en u beroepen op paddenstoelenverwarring.'

Phil Lebensmal keek op van zijn bureau naar een van de schermen in zijn met tv's volgehangen kantoor. Wat zei ze daar nou?

'Het mooie aan giftige paddenstoelen,' ging ze verder, 'is het gemak waarmee ze op verschillende manieren kunnen worden klaargemaakt. Hebt u geen zin in ovenschotel, dan maakt u toch gevulde paddenstoelen? Iets wat u kunt delen met uw buurman – die man die uit alle macht zijn vrouw het leven zuur probeert te maken. Die staat toch al met één been in het graf. Waarom zou u hem dan geen handje helpen met het andere?'

Hierop schoot iemand uit het publiek onverwacht in de lach en klapte even. In de tussentijd legde de camera ook een aantal handen vast die zorgvuldig de woorden '*Amanita phalloides*' opschreven.

'Dat van je dierbaren vergiftigen was natuurlijk maar een grapje,' zei Elizabeth. 'Uw echtgenoot en kinderen zijn vast allemaal geweldige mensen die altijd de moeite nemen u te laten weten hoezeer ze uw harde werk waarderen. Of in het onwaarschijnlijke geval dat u buitenshuis werkt, dan zorgt uw rechtvaardige baas er vast voor dat u hetzelfde verdient als uw mannelijke evenknie.' Ook hier werd om gelachen en geklapt, wat bleef aanhouden toen ze weer achter het werkblad ging staan. 'Vanavond wordt het een broccoliovenschotel met páddenstoelen,' zei ze, een mandje met – zou het? – Tropische beurszwammen omhooghoudend. 'We gaan beginnen.'

Er kan rustig gezegd worden dat niemand in Californië die avond een hap door zijn keel kreeg.

'Zott,' zei Rosa, de visagiste, toen ze naar buiten liep. 'Lebensmal wil je om zeven uur spreken.'

'Zeven uur?' Elizabeth verschoot van kleur. 'Die man heeft duidelijk geen kinderen. Heb je Walter trouwens gezien? Volgens mij is hij boos op me.'

'Die is vroeg weggegaan,' zei Rosa. 'Zeg, volgens mij kun je beter niet alleen naar Lebensmal. Ik ga wel met je mee.'

'Dat hoeft niet, Rosa.'

'Misschien moet je eerst Walter even bellen. Van hem mogen we nooit alleen met Lebensmal afspreken.'

'Dat weet ik,' zei Elizabeth. 'Geen zorgen.'

Aarzelend keek Rosa naar de klok.

'Ga naar huis. Het stelt niks voor.'

'Bel tenminste Walter eerst even,' zei Rosa. 'Laat het hem weten.' Ze draaide zich om om haar spullen te pakken. 'O, trouwens, geweldig, die aflevering van vanavond. Heel grappig.'

Elizabeth keek met opgetrokken wenkbrauwen op. 'Grappig?'

Even voor zevenen, toen ze haar aantekeningen voor de aflevering van morgen af had, hing Elizabeth haar grote tas om en liep ze door de lege gangen van KCTV naar het kantoor van Lebensmal. Na twee keer kloppen ging ze naar binnen. 'Je wilde me spreken, Phil?'

Lebensmal zat aan een enorm bureau bezaaid met stapels papier en half opgegeten eetwaar. Op vier televisies stonden luidruchtige herhalingen in zwart-wit op en er hing een muffe sigarettenlucht. Op het ene toestel was een soapserie te zien; op een ander Jack LaLanne; op weer een ander een kinderprogramma en op het vierde *Supper at Six*. Ze had nog nooit eerder haar eigen programma gezien, nooit het geluid van haar stem door een luidspreker ervaren. Het was afschuwelijk.

'Dat werd eens tijd,' zei Lebensmal geïrriteerd en hij drukte een sigaret uit in een decoratief geslepen glazen schaaltje. Hij wees naar een stoel om aan te geven dat Elizabeth moest gaan zitten, liep toen geërgerd naar de deur en sloeg die dicht, waarna hij hem op slot draaide.

'Ik had zeven uur begrepen,' zei ze.

'Zei ik dat je wat mocht zeggen?' snauwde hij.

Links van haar hoorde ze zichzelf de interactie tussen warmte en fructose uitleggen. Met een schuin hoofd keek ze naar het toestel. Had ze wel de juiste pH-waarde vermeld? Ja, gelukkig wel.

'Weet je wel wie je voor je hebt?' wilde hij weten vanaf de andere kant van de kamer. Maar zijn woorden werden overstemd door de schallende tv's.

'Weet ik wel wat voor… recépt?'

'*Ik zei*,' zei hij harder deze keer, terwijl hij terugliep naar zijn bureau, '*weet je wel wie je voor je hebt?*'

'Jij bent PHIL LEBENSMAL,' zei Elizabeth luidkeels. 'Vind je het erg als ik die tv's uitzet? Zo versta ik niks.'

'Sla niet zo'n toon aan!' zei hij. 'Als ik vraag of je wel weet wie je voor je hebt, bedoel ik ook *weet je wel wie je voor je hebt?*'

Even leek ze in de war. 'Nogmaals, jij bent Phil Lebensmal. Maar als je wilt, kijken we voor de zekerheid even op je rijbewijs.'

Hij kneep zijn ogen toe.

'Kniebuigingen!' riep Jack LaLanne.

'Dansfeestje!' lachte een clown.

'Ik heb nooit van je gehouden,' bekende een verpleegster.

'Zuurrijke pH-waarden,' hoorde ze zichzelf zeggen.

'Ik ben Menéér Lebensmal, uitvoerend producent van –'

'Sorry, Phil,' zei ze met een gebaar naar het dichtstbijzijnde tv-toestel, 'maar ik kan je echt niet –' Ze pakte de afstandsbediening.

'BLIJF,' bulderde hij, 'VAN MIJN TELEVISIES AF!'

Hij stond op, pakte een stapel dossiermappen, liep naar haar toe en ging wijdbeens als een driepoot voor haar staan.

'Weet je wat dit zijn?' Hij wapperde met de mappen in haar gezicht.

'Dossiermappen.'

'Niet zo bijdehand. Het zijn kijkersenquêtes voor *Supper at Six*. Advertentieopbrengsten. Kijkcijfers.'

'Echt?' zei ze. 'Daar zou ik graag eens naar –' Maar voor ze kon kijken griste hij ze alweer weg.

'Alsof jij weet hoe je die bevindingen moet interpreteren,' zei hij scherp. 'Alsof jij ook maar énig benul hebt van wat dit allemaal betekent.' Hij sloeg met de mappen op zijn bovenbeen en beende toen terug naar zijn bureau. 'Ik heb deze nonsens al veel te lang getolereerd. Het is Walter niet gelukt jou eronder te houden maar mij gaat dat wel lukken. Als jij je baantje wilt behouden, dan draag je wat ik uitkies, maak je de cocktails die ik wil en gebruik je normale woorden voor het avondeten. Je gaat ook –'

Hij zweeg midden in zijn zin, ontmoedigd door haar reactie – of eigenlijk gebrek aan reactie. Het was de manier waarop ze in haar stoel zat. Als een ouder die wacht tot haar kind klaar is met zijn driftbui.

'Bij nader inzien,' foeterde hij impulsief, 'ben je ontslagen!' En toen ze nog steeds niet reageerde stond hij op, liep stampend naar de vier tv's en zette ze allemaal uit, waarbij hij twee knoppen kapotmaakte. 'IEDEREEN IS ONTSLAGEN!' brulde hij. 'Jij, Pine, en iedereen die ook maar het kleinste rolletje heeft gespeeld in jou op weg helpen met je geleuter. Jullie vliegen er allemaal UIT!' Hijgend ging hij terug naar zijn bureau en plofte in zijn stoel, waar hij wachtte op de enige twee reacties van haar die nu konden of onvermijdelijk zouden moeten komen: tranen of verontschuldigingen, het liefst beide.

Elizabeth knikte in de inmiddels stille kamer en streek haar broek glad.

'Je ontslaat me vanwege de aflevering over giftige paddenstoelen van vanavond. En verder iedereen die bij het programma betrokken is.'

'Precíés,' zei hij met nadruk, niet in staat zijn verbijstering te verbergen over het feit dat zijn dreigement geen indruk op haar had gemaakt. 'Iedereen staat op straat en dat komt door jóú. Ontslagen. Allemaal door jou, Zott.' Hij leunde achterover en wachtte tot ze zou gaan kruipen.

'Dus even voor de goede orde,' zei ze, 'ik word ontslagen omdat ik jouw kleren niet aan wil en niet in jouw camera wil glimlachen, maar ook omdat – heb ik het goed? – ik niet weet "wie je bent". En om je punt kracht bij te zetten ontsla je iedereen bij *Supper at Six*, ook al werken al die mensen ook bij vier of vijf andere programma's waar ze dan ineens afwezig zullen zijn. En worden al die programma's daar dusdanig door getroffen dat ze niet meer kunnen worden uitgezonden.'

Gefrustreerd door haar overduidelijke logica verstijfde Phil. 'Die vacatures heb ik binnen vierentwintig uur opgevuld.' Hij knipte met zijn vingers.

'En dat is je definitieve beslissing, ondanks het succes van het programma.'

'Já, dat is mijn definitieve beslissing,' zei hij. 'En, néé, het programma is géén succes – daar gaat het juist om.' Hij pakte de mappen weer en zwaaide ermee rond. 'Elke dag stromen er klachten binnen – over jou, je meningen… je wétenschap. Onze sponsors dreigen op te stappen. Die soepfabrikant – die klaagt ons vast aan.'

'Sponsors,' zei ze, met haar vingertoppen tegen elkaar tikkend alsof ze blij was dat hij haar eraan herinnerde. 'Daar wilde ik het nog met je over hebben. Maagzuurtabletten? Aspirine? Met dat soort producten wek je de indruk dat het eten uit het programma niet goed zal vallen.'

'Omdat het dat ook niet doet,' vuurde Phil terug. Hij had de afgelopen twee uur meer dan tien maagzuurtabletten geslikt en nog steeds was zijn maag in rep en roer.

'Wat die klachten betreft,' erkende ze. 'Daar hebben we er inderdaad een paar van gehad. Maar die vallen in het niet bij de steunbetuigingen. Die ik niet had zien aankomen. Van jongs af aan hoor ik er al niet bij, Phil, maar ik begin te denken dat dat juist de reden is dat het programma het zo goed doet.'

‘*Het programma doet het helemaal niet goed*,’ volhardde hij. ‘Het is een ramp!’ Wat gebeurde hier? Waarom praatte ze nog steeds alsof ze niet ontslagen was?

‘Het gevoel hebben er niet bij te horen is verschrikkelijk,’ ging ze onverstoorbaar verder. ‘Mensen willen van nature ergens bij horen – zo zitten we biologisch in elkaar. Maar onze samenleving geeft ons het gevoel dat we nooit goed genoeg zijn om erbij te horen. Snap je wat ik bedoel, Phil? Omdat we onszelf afmeten aan waardeloze maatstaven als geslacht, ras, religie, politiek, scholen. Zelfs lengte en gewicht –’

‘Wát?’

‘Daartegenover staat *Supper at Six*, dat zich op onze overeenkomsten – onze chemie – richt. Dus onze kijkers zitten dan misschien wel gevangen in aangeleerd maatschappelijk gedrag – zoals het aloude adagium van “mannen zijn zus, vrouwen zijn zo” – door dit programma worden ze geïnspireerd verder te kijken dan hun neus lang is. Om logisch na te denken. Als een wetenschapper.’

Phil leunde achterover in zijn stoel, omdat hij nooit eerder had gevoeld hoe het was om te verliezen.

‘Daarom wil je me ontslaan. Omdat je een programma wilt dat maatschappelijke normen bevestigt. Dat het vermogen van een individu beperkt. Ik begrijp het volkomen.’

Phils slaap begon te kloppen. Met bevende handen pakte hij een pakje Marlboro, tikte er eentje uit en stak hem aan. Even bleef het stil terwijl hij diep inhaleerde en het oplichtende uiteinde heel zachtjes knetterde, als een poppenkampvuur. Toen hij uitblies bekeek hij haar gezicht. Ineens stond hij, trillend van frustratie, op en beende naar een dressoir vol gewichtig ogende amberkleurige whisky’s en bourbons. Hij pakte er een en schonk een dik shotglas zo vol dat het er bijna overheen liep. Hij sloeg het achterover en schonk er nog een in en draaide zich toen om naar haar. ‘We hebben een pikorde hier,’ zei hij. ‘En het wordt hoog tijd dat jij leert hoe die werkt.’

Verbouwereerd keek ze hem aan. ‘Ik wil graag officieel verklaren dat Walter Pine zich tot het uiterste heeft ingespannen om mij jouw aanwijzingen te laten opvolgen. Ondanks het feit dat hij ook gelooft dat er meer in het programma zou kunnen en móéten zitten. Hij moet dit niet op zijn brood krijgen, ik heb het gedaan. Hij is integer, een trouwe werknemer.'

Bij het horen van Walters naam zette Lebensmal zijn glas neer en nam nog een trek van zijn sigaret. Hij hield niet van tegenspraak, en al helemaal niet van een vrouw. In zijn bij zijn middel openhangende krijtstreepcolbert keek hij haar strak aan en maakte intussen langzaam zijn riem los. 'Dit had ik waarschijnlijk al veel eerder moeten doen.' Hij liet de riem door de lussen glijden. 'De basisregels vaststellen. Maar laten we het in jouw geval maar zien als onderdeel van je ontslaggesprek.'

Elizabeth drukte haar onderarmen in de stoelleuning. Met vaste stem zei ze: 'Ik raad je aan niet dichterbij te komen, Phil.'

Hij keek haar boosaardig aan. 'Jij wil maar niet begrijpen wie er hier de baas is, hè? Maar dat komt wel.' Toen keek hij omlaag, maakte de knoop los en ritste zijn broek open. Hij haalde zijn handel tevoorschijn, liep struikelend naar haar toe en liet zijn genitaliën op een paar centimeter van haar gezicht slapjes bungelen.

Verwonderd schudde ze haar hoofd. Ze had geen idee waarom mannen dachten dat vrouwen onder de indruk van of bang voor mannelijke genitaliën zouden zijn. Ze boog voorover en voelde in haar tas.

'Ik weet wie ik ben!' riep hij schor, zichzelf op haar werpend. 'De vraag is: wie denk jij verdomme wel niet dat jij bent?'

'Ik ben Elizabeth Zott,' zei ze rustig, terwijl ze een 35 centimeter lang, pas geslepen koksmes tevoorschijn haalde. Maar ze wist niet of hij het wel gehoord had. Hij viel meteen flauw.

31

De beterschapskaart

Het was een hartaanval. Geen grote, maar in 1960 overleefde bijna niemand ook maar een kleine hartaanval. Hij mocht van geluk spreken dat hij nog leefde. Volgens de artsen moest hij drie weken in het ziekenhuis blijven, met daarna nog minstens een jaar volledige bedrust. Werken was geen optie.

'Heb jíj de ambulance gebeld?' stamelde Walter. 'Was jij erbíj?' Het was de dag erna en Walter had het nieuws zojuist vernomen.

'Dat klopt,' zei Elizabeth.

'En hij lag – waar? Op de vloer? Naar zijn hart te grijpen? Te hijgen?'

'Niet echt.'

'Nou, hoe ging het dán?' Walter stak gefrustreerd zijn armen omhoog terwijl Elizabeth en de visagiste een blik uitwisselden. 'Wat is er gebéúrd?'

'Ik kom zo wel even terug,' zei Rosa snel terwijl ze haar koffertje inpakte. Voor ze wegging gaf ze Elizabeth een kneepje in haar schouder. 'Altijd een eer, Zott. Een absolute eer.'

Met opgetrokken wenkbrauwen van paniek sloeg Walter deze hele uitwisseling gade. 'Je hebt Phils leven gered,' zei hij nerveus terwijl de deur in het slot viel, 'dat snap ik. Maar wat is er precies gebeurd? Niks weglaten, begin bij wat je daar in eerste instantie te zoeken had. Na zevenen? Dat slaat nergens op. Vertel. Alle details.'

Elizabeth draaide haar stoel naar Walter. Ze haalde haar HB2-potlood uit haar knot, klemde het achter haar linkeroor, pakte toen haar koffiebeker en nam een slok. 'Hij wilde iets bespreken,' zei ze. 'Zei dat het niet kon wachten.'

'Iets bespréken?' zei hij vol afschuw. 'Maar ik zei toch – je weet toch – we hebben het hierover gehád. Je mag nooit in je eentje naar Phil. Niet dat ik denk dat je je mannetje niet staat, maar ik ben gewoon je producent en het lijkt me altijd beter als –' Hij haalde een zakdoek tevoorschijn en hield hem tegen zijn voorhoofd. 'Elizabeth.' Hij ging zachter praten. 'Even tussen jou en mij, Phil Lebensmal is geen fijne man – snap je wat ik bedoel? Hij is niet te vertrouwen. Hij benadert problemen op een manier die –'

'Hij heeft me ontslagen.'

Walter trok wit weg.

'En jou ook.'

'Jezus!'

'Hij heeft iedereen bij het programma ontslagen.'

'Niet!'

'Hij zei dat jij me er niet onder wist te houden.'

Walter werd asgrauw. 'Begrijp het nou.' Hij kneep in zijn zakdoek. 'Je weet wat ik van Phil vind. Je weet dat ik het vaak niet met hem eens ben. Héb ik je eronder gehouden? Laat me niet lachen. Héb ik je gedwongen die stomme outfits aan te trekken? Nooit. Héb ik je gesmeekt de vrolijke tekstkaartjes te lezen? Goed, dat wel, maar alleen omdat ik ze had geschreven.' Hij hief zijn handen omhoog. 'Luister, Phil heeft me twee weken gegeven – twee weken om hem te laten zien dat jouw extravagante aanpak daadwerkelijk wat uithaalt – dat je meer fanmail, meer telefoontjes, meer mensen in de rij voor je studiopubliek krijgt dan alle andere programma's bij elkaar, en je alleen al om die reden zou moeten blijven. Maar je weet toch dat ik daar niet zomaar naar binnen kan stormen en zeggen: "Phil jij hebt het mis en zij heeft gelijk." Dat is zelfmoord. Nee. Met Phil omgaan betekent dat je zijn ego moet strelen, je invalshoek moet kiezen, hem naar de mond moet praten. Je weet heus wel wat ik bedoel. Toen je dat blikje soep liet zien dacht ik dat we er waren. Tot je zei dat het vergif was.'

'Dat is het ook.'

'Luister,' zei Walter. 'Ik leef in de echte wereld, en in die wereld zeggen en doen we van alles om ons stomme baantje te behouden. Heb je ook maar enig idee wat ik het afgelopen jaar allemaal heb moeten slikken? En weet je wat? Onze sponsors staan op het punt om op te stappen.'

'Dat heb je van Phil.'

'Ja, en ik zal je eens wat vertellen. Het maakt niet uit hoeveel warme knuffelbrieven jíj krijgt – als de sponsors zeggen: "We moeten die Zott niet," dan is het gedaan. En volgens het onderzoek van Phil moeten ze je niet.' Hij stak zijn zakdoek weer in zijn zak, stond toen op om een wegwerpbekertje met water te vullen en wachtte op het klokken van de watertank, een onaangenaam geluid dat hem altijd aan zijn maagzweer deed denken. 'Luister,' zei hij met zijn hand op zijn onderbuik. 'Laten we dit maar onder de pet houden tot ik er iets op heb bedacht. Hoeveel mensen weten het? Alleen jij en ik, toch?'

'Ik heb het iedereen van het programma verteld.'

'Níét.'

'Ik durf zelfs te stellen dat het hele gebouw inmiddels op de hoogte is.'

'Níét,' zei hij nog eens, met zijn hand tegen zijn voorhoofd. 'Verdomme, Elizabeth, ben je wel helemaal lekker? Weet je niet hoe ontslag werkt? Stap één: nooit de waarheid vertellen – doe alsof je de loterij hebt gewonnen, een veeboerderij in Wyoming hebt geërfd, een fantastisch aanbod in New York hebt gekregen, zoiets. Stap twee: drink je helemaal klem tot je bedacht hebt wat je gaat doen. Jezus. Het lijkt wel of je helemaal niet bekend bent met de stamrituelen bij tv!'

Elizabeth nam nog een slok koffie. 'Wil je nou nog horen wat er gebeurd is of niet?'

'Is er nog meer dan?' vroeg hij angstig. 'Wat dan? Gaat hij ook onze auto's invorderen?'

Ze keek hem recht aan, met een lichte frons in haar normaal gesproken rimpelloze voorhoofd, en ineens richtte hij zijn aandacht van zichzelf naar haar. Hij was niet op zijn gemak. Hij had het belangrijkste onderdeel van haar bespreking met Phil compleet over het hoofd gezien. Ze was alleen met hem geweest.

'Vertel maar.' Hij kreeg het gevoel dat hij moest overgeven. 'Vertel het alsjeblieft.'

Waren de meeste mannen zoals Phil? Naar Walters idee niet. Maar déden de meeste mannen iets aan mannen als Phil, onder wie hijzelf? Nee. Natuurlijk kwam dat beschamend of laf over, maar wat kón er nou feitelijk aan worden gedaan? Met een man als Phil maakte je nou eenmaal geen ruzie. Om dit soort gevolgen te vermijden deed je gewoon wat je werd opgedragen. Dat wist iedereen en iedereen deed dat ook. Maar Elizabeth was niet iedereen. Hij legde een bevende hand op zijn voorhoofd, en haatte elke vezel van zijn ruggengraatloze lichaam. 'Heeft hij iets geprobeerd? Moest je hem van je af slaan?' fluisterde hij.

Ze ging rechtop in haar stoel zitten, en door het licht van haar make-upspiegel kreeg ze een extra krachtig aura. Angstig bestudeerde hij haar gezicht, en bedacht dat Jeanne d'Arc er waarschijnlijk ook zo had uitgezien vlak voordat de lucifer werd afgestreken.

'Hij probeerde het.'

'God!' riep Walter en plette het wegwerpbekertje in zijn hand. 'God, nee toch!'

'Rustig maar, Walter. Het is hem niet gelukt.'

Walter aarzelde. 'Door die hartaanval,' zei hij opgelucht. 'Natuurlijk! Wat een bizarre timing. De hartaanval. Godzijdank!'

Ze keek hem geamuseerd aan en voelde toen in haar tas, dezelfde tas die ze de avond ervoor mee naar Phils kantoor had genomen.

'Ik zou God maar niet danken.' Ze trok hetzelfde 35 centimeter lange koksmes uit haar tas.

Hij hapte naar adem. Net als de meeste koks stond Elizabeth er altijd op haar eigen messen te gebruiken. Ze bracht ze iedere ochtend mee en nam ze 's avonds weer mee naar huis. Dat wist iedereen. Iedereen behalve Phil.

'Ik heb hem niet aangeraakt,' legde ze uit. 'Hij viel gewoon om.'

'Jezus –' fluisterde Walter.

'Ik heb een ambulance gebeld, maar je weet hoe het verkeer is rond die tijd. Duurde een eeuwigheid. Maar ik heb mijn tijd goed benut tijdens het wachten. Hier. Kijk maar.' Ze gaf hem de mappen waar Lebensmal mee had lopen zwaaien. 'Aanbiedingen om ons programma aan te kopen,' zei ze terwijl hij duidelijk verbaasd de inhoud bekeek. 'Wist jij dat we de afgelopen drie maanden in de staat New York zijn uitgezonden? En ook een paar interessante nieuwe sponsoraanbiedingen. In weerwil van wat Phil je heeft gezegd buitelen de sponsors over elkaar heen voor ons programma. Zoals deze,' zei ze, met een tikje op een advertentie voor de radio- en televisiecorporatie.

Walter bleef omlaagkijken en staarde naar de stapel. Hij gebaarde Elizabeth hem haar koffiebeker aan te geven, en toen ze dat deed sloeg hij die in één teug achterover.

'Sorry,' bracht hij uiteindelijk uit. 'Het is gewoon erg overweldigend allemaal.'

Ongeduldig keek ze naar de klok aan de muur.

'Hoe kunnen we nou zijn ontslagen?' ging hij verder. 'Ik bedoel, we hebben hier een hit in handen en dan worden we ontslágen?'

Elizabeth keek hem bezorgd aan. 'Nee, Walter,' zei ze langzaam. 'We zijn níét ontslagen. We hebben de leiding.'

Vier dagen later zat Walter aan Phils oude bureau, alle asbakken waren uit de kamer gehaald, het Perzisch tapijt was weg, de telefoonknoppen gloeiden van de belangrijke belletjes.

'Walter, voer gewoon de noodzakelijke veranderingen door,' zei ze, hem eraan herinnerend dat hij vervangend uitvoerend producent was. En toen hij terugschrok van die verantwoordelijkheid vereenvoudigde ze de taakomschrijving. 'Doe gewoon het juiste, Walter. Zo moeilijk is dat niet, toch? Zeg tegen de anderen dat ze hetzelfde doen.'

Dat was lang niet zo makkelijk als ze het deed klinken – de enige managementstijl die hij kende was die van intimidatie en manipulatie; zo was híj altijd gemanaged. Maar kennelijk geloofde ze – god, wat was ze naïef! – dat werknemers productiever waren als ze zich gerespecteerd voelden.

'Hou op met wiebelen, Walter,' zei ze toen ze bij Woody Elementary op het zoveelste gesprek met Mudford stonden te wachten. 'Grijp het roer. Stuur. Bij twijfel, doe alsof.'

Doen alsof. Dát kon hij wel. Binnen een paar dagen had hij een reeks overeenkomsten gesloten en *Supper at Six* door het hele land verkocht. Toen haalde hij een nieuwe reeks sponsordeals binnen die de resultaten van KCTV zouden verdubbelen. En uiteindelijk, voor hij kon terugkrabbelen, riep hij de hele zender bijeen om iedereen bij te praten over Phils cardiovasculaire aandoening, en ook de rol die Elizabeth had gespeeld bij het redden van zijn leven, en dat hij van ganser harte hoopte dat iedereen, ondanks het 'incident' zijn belangrijke werk bij KCTV zou blijven voortzetten. Van al die dingen maakte Phils hartaanval het grootste applaus los.

'Ik heb onze vormgever gevraagd deze beterschapskaart te maken,' zei hij en hij hield een gigantische kaart omhoog met een karikatuur van Phil die een winnende touchdown maakte. Maar in plaats van een normale football had Phil zijn hart in handen, wat, nu Walter erover nadacht, misschien niet de beste keuze was. 'Neem alsjeblieft even de tijd om hem te ondertekenen,' zei Walter. 'En schrijf er, als je wilt, iets persoonlijks bij.'

Later die dag, toen de kaart bij hem aanbelandde voor zijn eigen handtekening, bekeek hij de beterschapswensen. De meeste waren het standaard 'Beterschap!' maar een paar waren iets grimmiger.

Krijg de tering, Lebensmal.

Ik had nooit een ambulance gebeld.

Val dood.

Het handschrift van die laatste herkende hij – een van Phils secretaresses.

Ook al wist hij dat hij onmogelijk de enige kon zijn die een hekel had aan zijn baas, toch had hij nooit geweten hoe groot de club was waar hij toe behoorde. Dat was bemoedigend, zeker, maar ook hartverscheurend. Want als producent hoorde hij bij Phils managementteam, wat betekende dat hij Phils plannen erdoorheen had moeten krijgen en daarbij diegenen die er uiteindelijk de prijs voor betaalden over het hoofd had gezien. Hij pakte een pen en volgde voor de vierde keer die dag het eenvoudige advies van Elizabeth Zott op: doe het juiste.

WORD MAAR NOOIT MEER BETER, schreef hij in koeienletters in het midden. Toen stak hij de kaart in een enorme envelop, legde hem in het UIT-vakje en deed een plechtige belofte. Er moest wat veranderen. Te beginnen bij zichzelf.

32

Half doorbakken

'Weet mama hiervan?' vroeg Mad terwijl Harriet haar gejaagd haar Chrysler in werkte. Het nieuwe schooljaar was al een tijdje op gang, en zoals beloofd was Mudford weer haar juf. Daarom vond Harriet dat ze best een dagje kon missen. Of twintig.

'Goeie grutten, nee!' Harriet verstelde de achteruitkijkspiegel. 'Zouden we dit ooit doen als zij ervan wist?'

'Maar wordt ze dan niet boos?'

'Alleen als ze erachter komt.'

'Die handtekening heb je best goed nagemaakt,' zei Mad, die het briefje bestudeerde dat Harriet had geschreven om Mad uit school te houden. 'Op de E en de Z na.'

'Goh,' zei Harriet geïrriteerd, 'heb ik even geluk dat er op school geen forensische handschriftexperts werken.'

'Ja, echt,' beaamde Mad.

'Ik zal je vertellen wat we gaan doen,' zei Harriet zonder acht op haar te slaan. 'We gaan net als iedereen in de rij staan, en eenmaal binnen lopen we meteen door naar de achterste rij. Er gaat nooit iemand op de achterste rij zitten. Daar zitten we goed want zo zijn we, mocht er iets misgaan, in een mum van tijd bij de nooduitgang.'

'Maar de nooduitgang is alleen voor noodgevallen,' zei Mad.

'Ja, gut, als je moeder ons ziet, geldt dat wel als noodgeval.'

'Maar er zit een alarm op die deuren.'

'Ja – nog een bijkomend voordeel. Mochten we er snel vandoor moeten, dan wordt ze afgeleid door het lawaai.'

‘Weet je zéker dat dit een goed idee is, Harriet?’ vroeg Mad. ‘Volgens mama is een televisiestudio niet veilig.’

‘Onzin.’

‘Volgens haar is het –’

‘Mad, het is er veilig, Het is een leeromgeving. Jouw moeder leert mensen koken op tv, toch?’

‘Ze leert mensen chemie,’ corrigeerde Madeline haar.

‘Wat voor gevaar kunnen we daar nou lopen?’

Madeline keek uit het raam. ‘Bovenmatige radioactiviteit,’ zei ze.

Harriet slaakte een diepe zucht. Dit kind werd precies haar moeder. Normaal gesproken gebeurde dat pas later in het leven, maar Mad lag ruim voor op schema. Ze zag Mad al als volwassene voor zich. *Hoe vaak moet ik het nog zeggen*, zou ze naar haar eigen kind roepen. *Nooit een bunsenbrander onbeheerd achterlaten!*

‘We zijn er!’ barstte Mad plotseling uit toen het parkeerterrein van de studio in zicht kwam. ‘KCTV! Sjonge!’ En toen betrok haar gezicht. ‘Maar, Harriet, moet je die rij zien.’

‘Godverdorie,’ vloekte Harriet bij het zien van de krioelende mensenmenigte op het parkeerterrein. Er waren honderden mensen, voornamelijk vrouwen met een handtas aan hun bezwete onderarm, maar ook enkele tientallen mannen met een colbertje dat ze aan twee vingers lieten bungelen. Iedereen gebruikte een geïmproviseerde waaier – landkaarten, hoeden, kranten.

‘Zijn die hier allemaal voor mama’s programma?’ vroeg Madeline diep onder de indruk.

‘Nee, lieverd, er worden hier allerlei programma’s opgenomen.’

‘Pardon, mevrouw,’ zei een parkeerwacht, die Harriet gebaarde te stoppen. Hij leunde naar binnen aan de kant van Madeline. ‘Hebt u het bordje niet gezien? Het is vol.’

‘Oké, waar kan ik dan parkeren?’

‘Bent u hier voor *Supper at Six*?’

‘Ja.’

‘Dan spijt ’t me zeer – maar u kunt niet naar binnen,’ zei hij met een gebaar naar de lange rij. ‘De meeste van die mensen zijn voor niks gekomen. Mensen komen om vier uur ’s ochtends al in de rij staan. Het meeste studiopubliek is al geselecteerd.’

‘Wat?’ riep Harriet uit. ‘Ik had geen idee.’

‘Populair programma,’ zei de man.

Harriet aarzelde. ‘Maar dit kind heeft er een dag school voor gemist.’

‘Spijt me, oma,’ zei hij. Toen boog hij zich verder de auto in. ‘En ook voor jou, meid. Ik stuur dagelijks een hele hoop mensen weg. Geen leuke klus, kan ik je vertellen. Ik word hier aan de lopende band uitgefoeterd.’

‘Dat zou mijn moeder nooit goedvinden,’ zei Mad. ‘Zij zou het nooit goedvinden dat er iemand wordt uitgefoeterd.’

‘Klinkt alsof je een lieve moeder hebt,’ zei de man. ‘Maar kunnen jullie effe doorrijden? Ik moet nog veel meer mensen wegsturen.’

‘Oké,’ zei Mad. ‘Maar zou u iets voor me willen doen? Zou u uw naam in mijn notitieboek willen schrijven? Dan vertel ik mijn moeder hoe zwaar u het hier hebt.’

‘Mád,’ siste Harriet.

‘Wil je m’n handtekening?’ Hij moest lachen. ‘Nou, da’s dan voor het eerst.’ En voor Harriet het wist nam hij het notitieboekje van Mad aan en schreef er *Seymour Browne* in, waarbij hij de lijntjes in haar schoolschrift zorgvuldig gebruikte om te bepalen hoe hoog de grote en hoe klein de kleine letters moesten zijn. Hij sloeg het schrift dicht en sprong toen, bij het zien van de twee woorden op de voorkant, als een losgeschoten elektrische kabel op.

‘Madeline Zótt?’ las hij ongelovig.

In de studio was het donker en fris, met dikke kabels die van de ene naar de andere kant liepen en overal camera’s, die allemaal klaarstonden om te zwenken en op te nemen wat door de lampen aan het plafond werd uitgelicht.

‘Kijk eens,’ zei de secretaresse van Walter Pine, die Madeline en Harriet naar een paar ineens op wonderbaarlijke wijze vrijgekomen stoelen op de eerste rij bracht. ‘De beste plaatsen die er zijn.’

‘Eigenlijk,’ zei Harriet. ‘Als ik zo vrij mag zijn? We hadden een beetje bedacht dat we heel graag achterin zouden zitten.’

‘Och, hemel, nee, toch,’ zei de vrouw. ‘Dan vermoordt meneer Pine me.’

‘Er gaat sowieso iemand dood,’ mompelde Harriet.

‘Ik vind het fijne stoelen,’ zei Madeline, die ging zitten.

‘Het is heel anders om een programma live te zien dan vanuit huis,’ legde de secretaresse uit. ‘Je ziet niet meer alleen het programma – je maakt er deel van uit. En de belichting – die maakt een wereld van verschil. Ik garandeer u dat dit de beste plek is.’

‘We willen Elizabeth Zott gewoon niet afleiden,’ zei Harriet in een hernieuwde poging. ‘We willen niet dat ze nerveus wordt.’

‘Zott, nerveus?’ De secretaresse moest lachen. ‘Da’s een goeie. Hoe dan ook, ze kan het publiek niet zien. Ze wordt verblind door de lampen.’

‘Weet u het zeker?’ vroeg Harriet.

‘Zo zeker als dood en belastingen.’

‘Iedereen gaat dood,’ merkte Mad op. ‘Maar niet iedereen betaalt belasting.’

‘Zozo, ben jij me daar een vroegwijs dametje,’ zei de secretaresse, met ineens wat irritatie in haar stem. Maar voordat Mad wat statistieken over belastingontduiking uiteen kon zetten zette het kwartet de herkenningsmelodie van *Supper at Six* in en verdween de secretaresse in de ether. Links van haar zag Madeline hoe Walter Pine in een stoel met stoffen rugleuning ging zitten. Hij knikte en toen rolde er een camera naar de juiste positie, waarna een man met koptelefoon zijn duim omhoogstak. Toen het lied bij de laatste maten was aangekomen kwam er een bekende gestalte als een president het podium op, met geheven hoofd, kaarsrechte houding en haar dat glansde onder het felle licht.

Madeline had haar moeder op wel honderd verschillende manieren gezien – ’s ochtends vroeg, ’s avonds laat, terugwijkend van een bunsenbrander, turend in een microscoop, ruziënd met juf Mudford, fronsend in een poederdoos, net uit de douche, haar omhelzend. Maar zo had ze haar nog nooit gezien – echt helemaal nooit. Mama! dacht ze, gloeiend van trots. *Mammie!*

‘Hallo,’ zei Elizabeth. ‘Ik heet Elizabeth Zott, en dit is *Supper at Six*.’

De secretaresse had gelijk. Die lampen hadden iets, ze lieten dingen zien die je op de korrelige zwart-wit-tv thuis ontgingen.

‘Vanavond wordt het biefstuk,’ zei ze, ‘wat betekent dat we de chemische samenstelling van vlees gaan onderzoeken, en daarbij kijken we vooral naar het verschil tussen "gebonden water" en "vrij water" omdat – en dat zal u misschien verrassen,' zei ze terwijl ze een groot lendenstuk pakte, '– vlees voor zo'n 72 procent uit water bestaat.'

'Net als sla,' fluisterde Harriet.

'Dus duidelijk niet zoals sla,' zei Elizabeth, 'dat veel meer water bevat – tot wel 96 procent. Waarom is water belangrijk? Omdat het de meest voorkomende molecuul in ons lichaam is: 60 procent van ons gestel. Hoewel ons lichaam tot drie weken zonder eten kan, zijn we zonder water binnen drie dagen dood. Maximaal vier.'

Er steeg een ontzet gemompel op uit het publiek.

'Denk daarom,' zei Elizabeth, 'als u uw lichaam van brandstof wilt voorzien, altijd eerst aan water. Maar nu, terug naar het vlees.' Ze pakte een groot glad mes en stak een verhaal af over de vitaminen in een biefstuk tijdens haar demonstratie van hoe je een stuk vlees vlindert, waarbij ze niet alleen uitlegde wat het lichaam met het ijzer, het zink en de vitamine B deed, maar ook waarom eiwit essentieel was voor groei. Vervolgens legde ze uit welk percentage van het water in het spierweefsel uit vrije moleculen bestond, en sloot af met in haar ogen ongetwijfeld opwindende definities van vrij en gebonden water.

Tijdens haar uitleg bleef het studiopubliek muisstil – geen gekuch, geen gefluister, geen benen die over en van elkaar werden geslagen. Als er een geluidje klonk, dan was het alleen het incidentele gekrabbel van pen op papier van de aantekeningen die werden gemaakt.

'Tijd voor de reclame,' zei Elizabeth op een teken van de cameraman. 'Hopelijk zien we u zo weer terug.' Toen legde ze het mes neer en beende de set af, waarbij ze even bleef staan voor de visagiste, die een sponsje op haar voorhoofd drukte en wat losse haren gladstreek.

Madeline draaide zich om om het publiek te bekijken. Ze zaten nerveus, ongeduldig te wachten tot Elizabeth weer zou verschijnen. Ze voelde een steekje van jaloezie. Ineens besefte ze dat ze haar moeder met een hoop andere mensen moest delen. Ze vond het maar niks.

'Als u uw biefstuk met een half teentje verse knoflook hebt ingewreven,' zei Elizabeth een paar minuten later, 'besprenkel dan het vlees aan beide kanten met natriumchloride en piperine. Leg dan, zodra u de boter ziet schuimen' – ze wees naar een warme gietijzeren braadpan – 'de biefstuk in de pan. Wacht altijd tot de boter schuimt. Schuim geeft aan dat het water in de boter is verdampt. Dat is essentieel. Want nu kan de biefstuk in lipiden worden gebakken in plaats van H_2O op te nemen.'

Terwijl de biefstuk lag te knetteren haalde ze een envelop uit haar schortzak. 'Terwijl deze ligt te bakken wil ik graag een brief met jullie delen die ik van Nanette Harrison uit Long Beach kreeg. Nanette schrijft: 'Beste mevrouw Zott, ik ben vegetariër. Niet om religieuze redenen – ik vind het gewoon niet zo aardig om levende wezens op te eten. Volgens mijn man heeft het lichaam vlees nodig en is het dom gedrag van mij, maar ik vind het gewoon vreselijk te bedenken dat een dier zijn leven voor mij heeft gegeven. Dat heeft Jezus ook gedaan en kijk eens hoe het hem is vergaan. Met vriendelijke groet, mevrouw Nanette Harrison, Long Beach, Californië.'

'Nanette, je brengt hier een interessant punt te berde,' zei Elizabeth. 'Wat we eten heeft gevolgen voor andere levende wezens. Maar planten leven ook, en toch staan we er maar zelden bij stil dat die nog steeds leven als we ze in stukken hakken, tussen onze kiezen vermalen, door onze slokdarm persen en in onze maag vol zoutzuur verteren. Kortom, ik juich je toe, Nanette. Jij denkt na over wat je eet. Maar vergis je niet, je neemt nog steeds actief leven weg om het jouwe te behouden. Daar kunnen we niet omheen. En wat Jezus betreft, geen commentaar.' Ze draaide zich om en terwijl ze de biefstuk, waar het sap bloedrood vanaf droop, uit de pan prikte, keek ze recht de camera in. 'Nu een bericht van onze sponsor.'

Harriet en Madeline keken elkaar met grote ogen aan. 'Soms vraag ik me wel eens af: hoe kán dit programma zo populair zijn?' fluisterde Harriet.

'Pardon, dames.' De secretaresse was terug. 'Meneer Pine vroeg of hij jullie even kan spreken?' Ze bracht het als een vraag, ook al was het dat niet. 'Komen jullie mee?' Ze nam hen stilletjes mee bij het podium vandaan en een gang door tot ze bij een kantoor aankwamen waar Walter Pine liep te ijsberen. Er hingen vier tv's aan de muur, en op allemaal stond *Supper at Six* op.

'Hallo, Madeline,' zei hij. 'Wat leuk om je te zien, maar ook een verrassing. Hoor jij niet op school te zitten?'

Mad hield haar hoofd scheef. 'Dag meneer Pine.' Ze wees naar Harriet. 'Dit is Harriet. Het was haar idee. Zij heeft het briefje vervalst.'

Harriet keek haar boos aan.

'Walter Pine,' zei Walter en hij pakte Harriet bij haar hand. 'Eindelijk. Heel leuk u te ontmoeten, Harriet... Sloane, toch? Ik heb veel goeds over u gehoord. Maar,' zei hij zachter, 'hoe konden jullie dit nou doen? Als ze erachter komt dat jullie hier zijn –'

'Dat weet ik,' zei Harriet. 'Voor de goede orde, we hebben nog gevraagd om achterin te zitten.'

'Amanda wou ook mee,' zei Mad, 'maar Harriet wou het vergrijp niet nog erger maken. Vervalsing is een misdrijf, maar kidnappen –'

'Wat attent van u, mevrouw Sloane,' onderbrak hij haar. 'Al zijn jullie, dat jullie het even weten, als het aan mij ligt altijd welkom. Toch ligt het niet aan mij. Jouw moeder,' zei hij en hij keek naar Madeline, 'probeert je alleen maar te beschermen.'

'Tegen radioactiviteit?'

Hij aarzelde. 'Je bent een heel pienter meisje, Madeline, dus als ik zeg dat jouw moeder je tegen beroemdheid probeert te beschermen, weet je vast wat ik bedoel.'

'Nee.'

'Het betekent dat ze je privacy wil beschermen. Je wil beschermen tegen alles wat er wordt gezegd en gedacht over iemand die in de schijnwerpers staat. Iemand die beroemd is.'

'Hoe beroemd is mijn moeder eigenlijk?'

'Sinds we landelijk zijn gegaan,' zei Walter, die zijn voorhoofd met zijn vingertoppen aanraakte, 'is ze iets bekender. Want nu kunnen mensen op plekken als Chicago, Boston en Denver jouw mama ook zien.'

'Hak de rozemarijn fijn,' zei Elizabeth zachtjes op de achtergrond, 'met het scherpste mes dat u hebt. Zo wordt de schade aan de plant tot een minimum beperkt en ontstaat er geen overtollige elektrolytlekkage.'

'Waarom is het erg om beroemd te zijn?' vroeg Madeline.

'Ik zeg niet dat het erg is,' zei Walter. 'Alleen brengt het soms verrassingen met zich mee die niet allemaal even positief zijn. Soms willen mensen geloven dat ze een beroemdheid als jouw moeder persoonlijk kennen. Zo voelen ze zich belangrijk. Maar dan moeten ze wel verhalen over je moeder verzinnen, en die verhalen zijn lang niet allemaal even leuk. Jouw moeder wil er gewoon voor zorgen dat niemand een verhaal over jou verzint.'

'Verzinnen mensen verhalen over mijn moeder?' vroeg Madeline gealarmeerd. Dat kwam vast door die lichten – die gaven haar moeder iets onkwetsbaars. Daar had het publiek behoefte aan: een vrouw die respect afdwong en dat ook kreeg – ook al had haar moeder problemen, net als ieder ander. Mad dacht dat het misschien net zoiets was als dat zij deed alsof ze niet goed kon lezen. Je deed wat je moest doen om je erdoorheen te slaan.

'Maak je maar niet druk.' Walter legde zijn hand op haar knokige schouder. 'Als er iemand is die haar mannetje staat is het jouw moeder wel. Maar weinig mensen zullen het tegen Elizabeth Zott opnemen. Ze probeert er alleen maar voor te zorgen dat ze geen misbruik van jou proberen te maken. Snap je? Dat geldt ook voor u, mevrouw Sloane.' Hij keek naar Harriet. 'U brengt meer tijd met Elizabeth door dan wie dan ook; uw vriendinnen willen u vast maar wat graag uit de school horen klappen.'

'Ik heb niet veel vriendinnen,' zei Harriet. 'En al was dat wel zo, dan nog weet ik wel beter.'

'Heel slim,' zei Walter. 'Ik heb ook niet veel vrienden.'

Eigenlijk, dacht hij, had hij er maar één: Elizabeth Zott. En zij was niet zomaar een vriendin, maar zijn beste vriendin. Dat had hij haar nooit verteld, maar toch was het zo. Ja, heel wat mensen zouden vast beweren dat een man en vrouw niet echt bevriend konden zijn. Die hadden het mis. Elizabeth en hij bespraken alles, intieme dingen – dood, seks en kinderen. Daarbij steunden ze elkaar als vrienden, lachten zelfs samen als vrienden. Al moest hij toegeven dat Elizabeth niet bepaald een lachebek was. En ondanks de groeiende populariteit van het programma leek ze de laatste tijd depressiever dan ooit.

'Dus,' zei Walter, 'misschien moesten we maar zorgen dat jullie hier wegkomen voordat je moeder erachter komt en we straks allemaal de pineut zijn.'

'Maar waarom denkt u dat mijn moeder zo populair is?' vroeg Madeline, die haar nog steeds liever niet wilde delen.

'Omdat ze precies zegt wat ze denkt,' zei Walter. 'Dat is heel zeldzaam. Maar ook omdat het eten dat ze maakt heel erg lekker is. En omdat iedereen kennelijk iets over chemie wil leren. Vreemd genoeg.'

'Maar waarom is het zo zeldzaam om te zeggen wat je denkt?'

'Omdat dat gevolgen heeft,' zei Harriet.

'Enorme gevolgen,' beaamde Walter.

Vanaf een tv in de hoek zei Elizabeth: 'Het ziet ernaar uit dat we vandaag tijd hebben voor een vraag uit het publiek. Ja, u daar, in die lavendelblauwe jurk.'

Er stond een vrouw stralend op. 'Ja, hallo, ik ben Edna Flattistein en ik kom uit China Lake? Ik wil alleen maar even zeggen dat ik het programma geweldig vind en helemaal wat u laatst zei over dankbaar zijn voor je eten, en ik vroeg me af welk gebed u het liefst opzegt voor de maaltijd, om onze lieve Heer te danken voor de overvloed! Dat zou ik dolgraag willen horen! Dank u wel!'

Elizabeth hield haar hand boven haar ogen alsof ze Edna beter wilde kunnen zien.

'Hallo Edna,' zei ze, 'en bedankt voor je vraag. Het antwoord is nee: ik heb geen lievelingsgebed. Sterker nog, ik bid überhaupt niet.'

In het kantoor trokken Walter en Harriet wit weg.

'Alsjeblieft,' fluisterde Walter. 'Zeg het niet.'

'Omdat ik atheïst ben,' zei Elizabeth onbewogen.

'Daar gaat ze,' zei Harriet.

'Met andere woorden, ik geloof niet in God,' zei Elizabeth erachteraan terwijl het publiek naar adem hapte.

'Wacht. Is dat zeldzaam?' vroeg Madeline. 'Is niet in God geloven een van die zéldzame dingen?'

'Maar ik geloof wel in de mensen die het eten mogelijk hebben gemaakt,' vervolgde Elizabeth. 'De boeren, de plukkers, de vrachtwagenchauffeurs, de vakkenvullers in de supermarkt. Maar vooral geloof ik in jou, Edna. Omdat jij de maaltijd hebt gemaakt waar jouw gezin mee wordt gevoed. Omdat door jou een nieuwe generatie tot bloei komt. Omdat door jou anderen in leven blijven.'

Ze zweeg, keek even naar de klok en wendde zich toen rechtstreeks tot de camera. 'De tijd is om voor vandaag. Ik hoop dat u morgen weer kijkt als we de fascinerende wereld van temperatuur gaan verkennen, en hoe die van invloed is op smaak.' Toen hield ze haar hoofd een beetje schuin, alsof ze overwoog of ze nou wel of niet te ver was gegaan. 'Kinderen, dek de tafel,' zei ze extra vastberaden. 'Jullie moeder heeft even tijd voor zichzelf nodig.'

En binnen een paar tellen begon Walters telefoon aan één stuk door te rinkelen.

33

Geloof

Als je in 1960 op tv had verklaard niet in God te geloven, werd er doorgaans niet van je verwacht dat je nog lang op tv bleef. Dat bleek wel uit het feit dat Walters telefoon algauw volstroomde met bedreigingen van sponsors en kijkers die Elizabeth Zott ontslagen, achter de tralies en/of gestenigd wilden zien. Dat laatste kwam van zogenaamde mensen van God – diezelfde God die tolerantie en vergeving predikte.

'Godverdomme, Elizabeth,' zei Walter nadat hij Harriet en Madeline tien minuten eerder via een zijdeur naar buiten had gewerkt. 'Sommige dingen kun je beter voor je houden!' Ze zaten in de kleedkamer van Elizabeth, haar geelgeruite schort zat nog stevig om haar smalle middel geknoopt. 'Je hebt het volste recht te geloven wat je wilt, maar je moet jouw geloof niet aan anderen opdringen, en al helemaal niet op de landelijke televisie.'

'Hoe heb ik mijn geloof dan aan anderen opgedrongen?' vroeg ze verbaasd.

'Je weet best wat ik bedoel.'

'Edna Flattistein stelde me een duidelijke vraag en die heb ik beantwoord. Ik ben blij dat ze het gevoel heeft haar geloof in God te kunnen uiten en ik gun haar dat van harte. Maar diezelfde clementie zou ik ook moeten krijgen. Er zijn zo veel mensen die niet in God geloven. Sommigen geloven in astrologie of tarotkaarten. Harriet gelooft dat het geluk brengt om bij Yahtzee op de dobbelstenen te blazen.'

'Ik denk dat we allebei wel weten,' zei Walter knarsetandend, 'dat God en Yahtzee niet helemaal hetzelfde zijn.'

'Eens,' zei Elizabeth. 'Yahtzee is leuk.'

'Dit zal ons nog duur komen te staan,' waarschuwde Walter haar.

'Kom op, Walter,' zei ze. 'Je moet er wel een beetje in geloven.'

Het geloof – eerwaarde Wakely werd geacht deskundig te zijn op dat gebied, maar vandaag de dag kon hij dat van hem maar moeilijk vinden. Na urenlang een zeurend kerklid te hebben getroost dat iedereen van alles de schuld gaf ging hij terug naar zijn kantoor omdat hij alleen wilde zijn. Maar daar zat zijn parttime typiste, juffrouw Frask, aan zijn bureau, die op zijn typemachine met dertig woorden per minuut voortsukkelde, met haar ogen gekluisterd aan de televisie van zijn kantoor.

'Kijk eens goed naar deze tomaat,' hoorde hij een vaag bekend uitziende vrouw met een potlood in haar haar op televisie zeggen. 'U denkt misschien niets met dit stuk fruit gemeen te hebben, maar dat hebt u wel. DNA. Tot wel 60 procent. Draai u nu eens om naar uw buurvrouw. Herkent u zich in haar? Misschien wel, misschien niet. Toch delen jullie zelfs nog meer: 99,9 procent van jullie DNA – net als met ieder ander mens op aarde.' Ze legde de tomaat neer en hield een foto van Rosa Parks omhoog. 'Daarom sta ik achter onze leiders van de burgerrechtenbeweging, onder wie de uiterst dappere Rosa Parks. Discriminatie op grond van huidskleur is niet alleen bespottelijk, maar ook een teken van diepe onwetendheid.'

'Juffrouw Frask?' vroeg Wakely.

'Heel even, eerwaarde,' zei ze, met één vinger omhoog. 'Het is bijna afgelopen. Hier is uw preek.' Ze rukte een vel papier uit de typemachine.

'Je zou denken dat de onwetenden eerder zouden uitsterven,' ging Elizabeth verder. 'Maar Darwin vergat dat de onwetenden maar zelden vergeten te eten.'

'Wat ís dat?'

'*Supper at Six*. Nooit van *Supper at Six* gehoord?'

'Ik heb tijd voor een vraag,' zei Elizabeth. 'Ja, u daar met die –'

'Hallo, ik ben Francine Luftson en ik kom uit San Diego! En ik wil alleen even zeggen dat ik een enorme fan ben, ook al gelooft u niet in God! Wat ik me afvroeg: is er iets van een dieet dat u kunt aanraden? Ik weet dat ik moet afvallen, maar ik lijd niet graag honger. Ik slik dagelijks vermageringspillen. Dank u wel!'

'Bedankt, Francine,' zei Elizabeth. 'Maar ik zie duidelijk dat je niet te zwaar bent. Daarom moet ik aannemen dat je bovenmatig beïnvloed bent door al die beelden van te dunne vrouwen waar het vandaag de dag van wemelt in de bladen, en die je moreel en zelfvertrouwen ondermijnen. In plaats van diëten en pillen slikken...' Ze zweeg. 'Mag ik iets vragen?' vroeg ze. 'Hoeveel mensen in het publiek slikken vermageringspillen?'

Er gingen een paar nerveuze handen omhoog.

Elizabeth bleef wachten.

De meeste andere handen gingen ook omhoog.

'Stop met die pillen,' eiste ze. 'Dat zijn amfetaminen. Die kunnen tot een psychose leiden.'

'Maar ik hou niet van sport,' zei Francine.

'Misschien heb je nog niet de juiste gevonden.'

'Ik kijk Jack LaLanne.'

Bij het horen van Jacks naam deed Elizabeth haar ogen dicht. 'En roeien?' vroeg ze, ineens vermoeid.

'Roeien?'

'Róéien,' zei ze nogmaals, en ze deed haar ogen open. 'Dat is een nietsontziende vorm van recreatie, erop gericht om elke spier in je lichaam en hersenen op de proef te stellen. Het vindt voor zonsopgang plaats, maar al te vaak als het regent. Het heeft een dikke eeltlaag tot gevolg. Je krijgt er een bredere borstkas en stevigere armen en bovenbenen van. Ribben breken; handen krijgen blaren. Roeiers vragen zich soms af: "Waar doe ik dit voor?"'

'Sjonge,' zei Francine bezorgd. 'Roeien klinkt afschuwelijk!'

Elizabeth keek verbaasd. 'Mijn punt is dat door roeien de behoefte aan zowel diëten als vermageringspillen wordt weggenomen. Het is ook goed voor je ziel.'

'Maar ik dacht dat u niet in de ziel geloofde.'

Elizabeth zuchtte. Ze deed haar ogen weer dicht. Calvin. *Zeg je nou echt dat vrouwen niet kunnen roeien?*

'Ik heb nog met haar samengewerkt.' Frask zette de televisie uit. 'Op Hastings, tot we allebei werden ontslagen. Echt – hebt u nooit van haar gehoord? Elizabeth Zott. Ze wordt landelijk uitgezonden.'

'Is ze ook een roeier?' vroeg Wakely verbluft.

'Hoe bedoelt u, "ook"?' vroeg Frask. 'Kent u nog meer roeiers dan?'

'Mad.' Wakely bekeek de enorme hond die Madeline mee naar het park had genomen. 'Waarom heb je me niet verteld dat je moeder op tv is?'

'Ik dacht dat u dat al wist. Iedereen weet dat. Helemaal nu ze niet in God gelooft.'

'Het is niet erg om niet in God te geloven,' zei Wakely. 'Dat is een van de dingen die we bedoelen als we zeggen dat het een vrij land is. Iedereen mag geloven wat hij wil, zolang hij met zijn overtuiging maar niemand anders kwaad doet. Trouwens, naar mijn idee is wetenschap een vorm van religie.'

Madeline trok een wenkbrauw op.

'Wie is dit eigenlijk?' Hij stak zijn hand uit zodat de hond eraan kon ruiken.

'Half Zeven,' zei ze, terwijl er twee vrouwen luid keuvelend voorbijliepen.

'Misschien heb ik het mis, hoor, Sheila,' zei een van de vrouwen, 'maar zei ze nou niet dat gietijzer nul-komma-een-een calorieën nodig heeft om de temperatuur van één gram atomische massa met één graad Celsius te verhogen?'

'Dat klopt, Elaine,' zei de andere. 'Daarom koop ik dus ook een nieuwe koekenpan.'

'Nu herken ik hem pas,' zei Wakely toen de vrouwen waren doorgelopen. 'Van je gezinsfoto. Wat een mooie hond.'

Half Zeven drukte zijn hoofd in de hand van de man. *Goed volk.*

'Hoe dan ook, je denkt vast dat ik het was vergeten – het is alweer een hele tijd geleden – maar ik heb eindelijk werk gemaakt van All Saints. Eerlijk gezegd heb ik ze na ons eerste gesprek een paar keer gebeld, maar de bisschop was er nooit. Maar vandaag kreeg ik zijn secretaresse te pakken en die zei dat er niets bekend was over een Calvin Evans. Ziet ernaar uit dat we het verkeerde tehuis hebben.'

‘Nee,’ zei Madeline. ‘Het is wel het goede. Ik weet het zéker.’
‘Mad, ik denk niet dat de secretaresse van een kerk zou liegen.’
‘Wakely,’ zei ze. ‘Iedereéén liegt.’

34

All Saints

'Hoe heette het ook alweer? All Saints?' vroeg de bisschop nog een keer geschrokken. Het was 1933, en hij had gehoopt op een nieuwe aanstelling in een welgestelde, in whisky gedrenkte parochie, maar kreeg een morsig jongenstehuis midden in Iowa, waar ruim honderd jongens van wisselende leeftijd die tot toekomstig crimineel werden opgeleid hem er voortdurend aan zouden herinneren dat de volgende keer dat hij een aartsbisschop uitlachte hij zou proberen dat niet recht in diens gezicht te doen.

'All Saints,' had de aartsbisschop gezegd. 'Daar hebben ze behoefte aan discipline. Net als jij.'

'Eerlijk gezegd ben ik niet zo goed met kinderen,' had hij tegen de aartsbisschop gezegd. 'Weduwes, prostituees – daar kom ik echt tot mijn recht. Wat dacht u van Chicago?'

'Naast discipline,' ging de aartsbisschop onverstoorbaar verder, 'hebben ze ook geld nodig. Jouw takenpakket daar bestaat onder andere uit langetermijnfinanciering bemachtigen. Krijg je dat voor elkaar, dan vind ik misschien wel iets beters voor je voor de toekomst.'

Maar die toekomst kwam maar niet. Toen 1937 eenmaal om de hoek kwam kijken had de bisschop het geldprobleem nog steeds niet opgelost. Het enige productieve wat hij had gedaan? Zijn tien pagina's tellende lijst van 'ik haat het hier'-woede teruggebracht tot de vijf belangrijkste problemen: derderangspriesters, papperig eten, schimmel, pedofielen en een gestage stroom jongetjes die te wild of hongerig waren om bij een gewoon gezin te kunnen horen. Het waren kinderen die niemand wilde, wat de bisschop volkomen begreep omdat hij ze zelf ook niet wilde.

Tot dan toe hadden ze het uitgezongen met de gebruikelijke katholieke middelen: sherryverkoop, bijbelboekenleggers, smeken, slijmen. Maar waar ze daadwerkelijk behoefte aan hadden was precies dat waar de aartsbisschop het over had: een schenking. Het probleem was dat rijke mensen meestal dingen financierden waar het jongenstehuis niet in voorzag. Leerstoelen. Beurzen. Gedenktekens. Hoe vaak hij het idee van schenkingen ook probeerde te slijten, potentiële donateurs wisten altijd meteen de vinger op de zere plek te leggen: 'Beurzen?' zeiden ze dan spottend. Het jongenstehuis was niet echt een school, net zoals een gevangenis niet echt een plek is om te rehabiliteren – niemand doet zijn best er te worden toegelaten. Een leerstoel financieren? Zelfde probleem – het tehuis had geen vakgroepen, laat staan leerstoelen. Gedenktekens? Hun pupillen waren te jong om te sterven, en trouwens, wie wilde er nou net die kinderen gedenken die iedereen probeerde te vergeten?

Dus zat hij, vier jaar later, nog steeds gevangen tussen de maisvelden met een stelletje afgedankte kinderen. Het leek inmiddels wel duidelijk dat daar niet tegen op te bidden viel. Als tijdverdrijf maakte hij soms lijstjes van welke jongens de meeste problemen opleverden, maar zelfs dat was tijdverspilling omdat die lijst toch altijd werd aangevoerd door hetzelfde joch. Calvin Evans.

'Die predikant uit Californië belde weer over Calvin Evans,' zei de secretaresse tegen de inmiddels een stuk oudere witharige bisschop toen ze wat mappen op zijn bureau kwam leggen. 'Ik had al gedaan wat u zei: zeggen dat ik de dossiers had bekeken maar dat er hier nooit iemand gewoond had die zo heette.'

'Goeie genade. Waarom laat hij ons niet met rust?' De bisschop schoof de mappen opzij. 'Die protestanten ook. Weten nooit van ophouden!'

'Wie was die Calvin Evans eigenlijk?' vroeg ze nieuwsgierig. 'Een priester?'

'Nee.' De bisschop zag de jongen voor zich dankzij wie hij decennia later nog stééds in Iowa zat. 'Een vloek.'

Toen ze weg was dacht de bisschop hoofdschuddend terug aan al die keren dat Calvin in zijn kantoor had gestaan, na een zoveelste overtreding – een raam breken, een boek stelen, een priester een blauw oog slaan die hem alleen maar wat liefde wilde geven. Zo nu en dan kwam er een goedbedoelend koppel naar het tehuis om een van de jongens te adopteren, maar niemand toonde ooit interesse in Calvin. En gaf ze eens ongelijk?

Maar toen was op een dag die man, Wilson, uit het niets opgedoken. Zei dat hij van de Parker Stichting was, een schatrijk katholiek fonds. Toen de bisschop hoorde dat er iemand van de Parker Stichting in het gebouw was, wist hij zeker dat hij eindelijk zijn schaapjes op het droge had. Zijn hart ging sneller kloppen bij de gedachte aan de som geld waar deze meneer Wilson mee zou komen. Hij zou het aanbod aanhoren en dan, op een waardige manier, meer proberen los te krijgen.

'Dag bisschop,' zei meneer Wilson, alsof hij geen tijd te verliezen had. 'Ik ben op zoek naar een jongetje, tien jaar, lang waarschijnlijk, met blond haar.' Hij legde uit dat deze jongen vier jaar eerder door een aaneenschakeling van ongelukken zijn familie was verloren. Hij had reden om aan te nemen dat de jongen hier zat, op All Saints. De jongen had nog levende familieleden die pas onlangs te weten waren gekomen dat hij bestond; ze wilden hem terug. 'Hij heet Calvin Evans,' zei hij tot besluit, met een blik op zijn horloge alsof hij door moest naar een andere afspraak. 'Als er hier een jongen woont die aan die beschrijving voldoet, zou ik hem graag ontmoeten. Ik ben zelfs van plan om hem mee te nemen.'

De bisschop staarde Wilson met een halfopen mond van teleurstelling aan. In de tijd tussen het moment dat hij gehoord had over de man in het gebouw en hun handdruk had hij in gedachten al een heel dankwoord opgesteld.

'Gaat het wel goed?' vroeg meneer Wilson. 'Ik wil u niet opjutten, maar mijn vliegtuig vertrekt over twee uur.'

Geen woord over geld. De bisschop voelde Chicago door zijn vingers glippen. Hij keek Wilson eens goed aan. Hij was lang en arrogant. Net als Calvin.

'Misschien zou ik even een kijkje bij de jongens mogen nemen. Zien of ik hem zelf herken.'

De bisschop draaide zich naar het raam. Die ochtend nog had hij Calvin betrapt toen die zijn handen in het doopvont stond te wassen. 'Er is niks heiligs aan dit water,' had Calvin hem laten weten. 'Het komt rechtstreeks uit de kraan.'

Maar hoe graag hij ook van Calvin af wilde, hij had nog steeds een groter probleem: geld. Hij staarde naar buiten, naar de stuk of tien vervallen grafstenen die her en der verspreid over de binnenplaats stonden. IN MEMORIAM, stond erop.

'Bisschop?' Wilson was opgestaan. Zijn aktetas hing al aan één hand.

De bisschop gaf geen antwoord. Hij mocht die man niet, die hier zonder afspraak in zijn dure pak was komen opdagen. Hij was een bisschop, nota bene – kon er misschien een beetje respect vanaf? Hij schraapte zijn keel om tijd te rekken en keek naar de grafstenen van alle getergde bisschoppen die hem waren voorgegaan. Hij kon deze Parker Stichting met haar onmetelijke fonds niet aan zijn neus voorbij laten gaan.

Hij draaide zich weer naar Wilson. 'Ik heb verschrikkelijk nieuws,' zei hij. 'Calvin Evans is overleden.'

'Trouwens, als die irritante predikant ooit weer belt,' instrueerde de oude bisschop zijn secretaresse terwijl ze zijn koffiebeker afruimde, 'zeg dan maar dat ik dood ben. Of nee, wacht – zeg maar,' zei hij, met zijn vingers tegen elkaar tikkend, 'dat u erachter bent gekomen dat er ene Calvin Evans in een ander tehuis zat – ergens als, weet ik veel, Poughkeepsie? Maar dat dat tot de grond toe is afgebrand en dat alle dossiers verloren zijn gegaan.'

'Moet ik iets uit mijn duim zuigen?' vroeg ze bezorgd.

'U zou niks uit uw duim zuigen,' zei hij. 'Niet echt. Er branden aan de lopende band gebouwen af. Bijna niemand houdt zich aan de bouwvoorschriften.'

'Maar –'

'Doe nou maar gewoon,' zei de bisschop. 'Die predikant verdoet onze tijd. Wij moeten ons op fondsenwerving richten, weet u nog? Geld voor onze lévende, ádemende kinderen. Wordt u gebeld over geld, dan doe ik mee. Maar die larie over Calvin Evans – dat is een dood spoor.'

Wilson keek alsof hij het niet goed had gehoord. 'Wat... wat zei u daar?'

'Calvin is onlangs overleden aan longontsteking,' zei de bisschop domweg. 'Heel erg. Hij was enorm geliefd hier.' Terwijl hij het verhaal verzon noemde hij Calvins goede manieren, dat hij de beste was bij Bijbelstudie, dol was op mais. Hoe meer details hij vertelde, hoe meer Wilson verstijfde. Hij ging zo op in zijn verhaal dat hij naar de archiefkast liep om een foto te pakken. 'Deze gebruiken we voor zijn herdenkingsfonds,' zei hij wijzend op een zwart-witfoto van Calvin. Met zijn handen bij zijn middel, een voorovergebogen bovenlichaam en zijn mond wijd open alsof hij iemand uitschold. 'Ik ben dol op die foto. Typisch Calvin.'

Hij keek hoe Wilson zwijgend naar de foto staarde. De bisschop wachtte tot hij om iets van bewijs zou vragen. Maar nee – zo te zien was hij in shock, verdrietig zelfs.

Ineens had hij zich afgevraagd of deze meneer Wilson misschien wel helemaal geen zogenaamd verloren gewaand familielid was. Eén ding klopte – de lengte. Was Calvin misschien zijn neef? Of nee – zijn zóón? Goeie genade. Als dat zo was, dan had de man geen idee hoeveel ellende hem nu bespaard bleef. Hij schraapte zijn keel en wachtte nog een paar minuten om het slechte nieuws te laten bezinken.

'Uiteraard willen we een schenking aan het herdenkingsfonds doen,' zei Wilson na een tijdje met onvaste stem. 'De Parker Stichting wil de herinnering aan deze jonge jongen graag in ere houden.' Hij slaakte een zucht, waardoor hij nog meer ontmoedigd oogde, en trok toen een chequeboekje.

'Natuurlijk,' zei de bisschop meelevend. 'Het Calvin Evans Herdenkingsfonds. Een bijzonder eerbetoon aan een bijzondere jongen.'

'Ik neem later nog contact op om een doorlopende bijdrage te organiseren, bisschop,' zei Wilson moeizaam, 'maar neemt u in de tussentijd alstublieft deze cheque aan, namens de Parker Stichting. We danken u voor alles wat u… gedaan hebt.'

De bisschop had zichzelf gedwongen de cheque aan te nemen zonder ernaar te kijken, maar zodra Wilson de deur uit was legde hij het papiertje plat op zijn bureau. Zeer aardig bedragje. En er kwam nog meer aan, dankzij zijn idee om een herdenkingsfonds op te richten voor iemand die nog niet eens dood was. Hij leunde achterover in zijn stoel en vouwde zijn handen voor zijn borst ineen. Mocht er nog iemand bewijs nodig hebben dat God bestond, dan hoefde hij niet verder te zoeken.

All Saints: daar waar God daadwerkelijk degenen hielp die zichzelf hielpen.

Wakely was, na Madeline in het park te hebben achtergelaten, terug naar zijn kantoor gelopen, waar hij schoorvoetend de telefoon had gepakt. De enige reden dat hij All Saints weer ging bellen was om Mad te bewijzen dat ze het mis had. Dat niet iedereen loog. Maar, over ironie gesproken, daar moest hij eerst zelf voor liegen.

'Goedemiddag.' Hij zette een Brits accent op bij het horen van de bekende stem van de secretaresse. 'Ik ben op zoek naar iemand van de afdeling Schenkingen. Ik zou graag een forse donatie willen doen.'

'O!' zei de secretaresse opgewekt. 'Ik verbind u direct door met de bisschop.'

'Ik heb begrepen dat u graag een donatie wilt doen,' zei de oude bisschop even later tegen Wakely.

'Dat klopt,' loog Wakely. 'Mijn parochie legt zich toe op het helpen van, eh, kinderen.' Hij zag het lange gezicht van Madeline voor zich. 'Met name weeskinderen.'

Maar was Calvin Evans wel wees geweest? mijmerde Wakely. Toen ze nog penvrienden waren had Calvin maar al te duidelijk gemaakt dat hij inderdaad een ouder had die nog in leven was. *IK HAAT MIJN VADER, IK HOOP DAT HIJ DOOD IS*. Wakely zag de getypte hoofdletters nog voor zich.

'Om precies te zijn ben ik op zoek naar het tehuis waar Calvin Evans is opgegroeid.'

'Calvin Evans? Sorry, maar die naam doet geen belletje rinkelen.'

Aan de andere kant van de lijn bleef Wakely stil. De man loog. Hij hoorde dagelijks leugenaars aan; hij wist het. Maar hoe groot was de kans dat twee geestelijken elkaar tegelijkertijd zaten voor te liegen?

'Ach, wat jammer,' zei Wakely voorzichtig. 'Want mijn donatie is speciaal bestemd voor het tehuis waar Calvin Evans zijn jeugd heeft doorgebracht. U doet vast en zeker geweldig werk, maar u weet hoe donateurs kunnen zijn. Eigenzinnig.'

Aan de andere kant van de lijn drukte de bisschop op zijn oogleden. Ja, hij wist hoe donateurs konden zijn. De Parker Stichting had zijn leven tot een hel gemaakt; eerst met die wetenschapsboeken en roeiersfratsen, toen met hun overdreven reactie toen ze erachter kwamen dat ze met hun schenking het leven eerden van iemand die technisch gezien niet, nou ja, dood was. En hoe waren ze daarachter gekomen? Omdat die beste Calvin uit de niet-helemaal-dood had weten op te staan en op de cover was gekomen van een of ander vaag blad dat *Chemistry Today* heette. Zo'n twee seconden later had er een vrouw aan de lijn gehangen die met een stuk of honderd rechtszaken dreigde.

Wie was Avery Parker? De Parker achter de Parker Stichting.

De bisschop had haar nooit eerder gesproken – hij had alleen met Wilson te maken gehad, van wie hij nu begreep dat die haar persoonlijke vertegenwoordiger en advocaat was. Maar nu hij erover nadacht, hij herinnerde zich nog wel een slordige handtekening naast die van Wilson op alle schenkingsdocumenten van de afgelopen vijftien jaar.

'Hebt u de Parker Stichting voorgelogen?' had ze door de telefoon geschreeuwd. 'Hebt u gedaan alsof Calvin Evans op zijn tiende aan longontsteking is overleden, alleen maar voor een schenking?'

En hij dacht: dame, u hebt geen idee hoe erg het is hier in Iowa.

'Mevrouw Parker,' zei hij zalvend. 'Ik begrijp dat u van streek bent. Maar ik bezweer u dat de Calvin Evans die hier gewoond heeft écht dood is. Die op die cover heeft gewoon dezelfde naam, meer niet. Die naam komt heel vaak voor.'

'Nee,' zei ze vastberaden. 'Het was Calvin. Ik herkende hem onmiddellijk.'

'Hebt u hem wel eens ontmoet dan?'

Ze aarzelde. 'Nou, nee.'

'Aha,' zei hij, op een toon die doeltreffend communiceerde hoe bespottelijk haar gedrag was.

Vijf seconden later had ze de schenkingen stopgezet.

'We hebben geen makkelijk vak, hè, eerwaarde Wakely?' zei de bisschop. 'Donateurs glippen je zo door de vingers. Maar ik moet eerlijk zijn – we zouden uw donatie goed kunnen gebruiken. Zelfs al heeft deze Calvin Evans hier niet gewoond, dan hebben we wel nog andere jongens die het net zozeer verdienen.'

'Dat geloof ik meteen,' beaamde Wakely. 'Maar ik ga er niet over. Ik kan deze donatie – had ik al gezegd dat het vijftigduizend dollar betreft? – alleen aan Calvin Evans –'

'Wácht even,' zei de bisschop, wiens hart sneller ging slaan bij het horen van zo'n hoog bedrag. 'Probeert u het alstublieft te begrijpen: het heeft met privacy te maken. We praten nooit over individuele personen. Al had die jongen hier gewoond, dan nog mogen we dat niet zeggen.'

'Aha,' zei Wakely. 'Maar ja...'

De bisschop keek naar de klok. Het was bijna tijd voor zijn lievelingsprogramma, *Supper at Six*. 'Nee, wácht nou even,' blafte hij, omdat hij de donatie niet wilde mislopen en zijn programma niet wilde missen. 'U dwingt me echt open kaart te spelen. Even onder ons, ja, Calvin Evans is hier inderdáád opgegroeid.'

'Echt waar?' Wakely ging rechtop zitten. 'Hebt u daar bewijs voor?'

'Natúúrlijk heb ik bewijs,' zei de bisschop beledigd, voelend aan alle rimpels die Calvin hem door de jaren heen bezorgd had. 'Zouden we soms het Calvin Evans Herdenkingsfonds hebben als hij hier niet had gewoond?'

Wakely was overdonderd. 'Pardon?'

'Het Calvin Evans Herdenkingsfonds. Dat hebben we jaren geleden opgezet om eer te bewijzen aan die lieve jongen die tot een geweldige jonge chemicus is uitgegroeid. Elke fatsoenlijke bibliotheek heeft vast de belastingformulieren liggen om te bewijzen dat het bestaat. Maar bij de Parker Stichting – die het bekostigd heeft – stonden ze erop dat we er geen ruchtbaarheid aan gaven, en u kunt vast wel raden waarom. Het is niet alsof ze daar elk tehuis dat een kind is verloren kunnen subsidiëren.'

'Een kind is verloren?' vroeg Wakely. 'Maar Evans was al volwassen toen hij overleed.'

'J-j-ja,' stamelde de bisschop. 'Klopt. Maar we refereren nog steeds aan onze oude bewoners als kinderen. Omdat we ze zo het best gekend hebben – als kinderen. Calvin Evans was ook een geweldig kind. Hartstikke slim. Heel lang. Maar nog even over die donatie.'

Een paar dagen later trof Wakely Madeline weer in het park. 'Ik heb goed en slecht nieuws,' zei hij. 'Je had gelijk. Je vader heeft inderdaad op All Saints gezeten.' Hij vertelde wat de bisschop hem had verteld: dat Calvin

Evans een 'geweldig kind' en 'hartstikke slim' was. 'Ze hebben zelfs een Calvin Evans Herdenkingsfonds,' zei hij. 'Ik heb het nagevraagd bij de bibliotheek. Dat werd bijna vijftien jaar gefinancierd door een stichting, de Parker Stichting.'

Ze keek bedenkelijk. 'Werd?'

'De stichting is een poosje geleden gestopt met doneren. Dat gebeurt soms. Prioriteiten veranderen.'

'Maar, Wakely, mijn vader is pas zés jaar dood.'

'Ja, en?'

Nou, waarom zou de Parker Stichting vijftien jaar lang een herdenkingsfonds financieren? Terwijl' – ze rekende iets uit op haar vingers – 'hij de eerste negen jaar daarvan nog niet eens dood was?'

'O ja,' zei Wakely met een rood hoofd. Het verschil tussen de data was hem niet opgevallen. 'Tja – in die tijd was het waarschijnlijk nog niet echt een herdenkingsfonds, Mad. Misschien meer een erefonds – hij zei tenslotte dat het ter ére van je vader was.'

'En als ze dat fonds hebben, waarom zeiden ze dat dan niet toen je de eerste keer belde?'

'Dat had met privacy te maken,' zei hij, de bisschop napratend. Dat klonk tenminste nog enigszins logisch. 'Hoe dan ook, nu komt het leuke. Ik heb de Parker Stichting opgezocht en ontdekt dat die door ene meneer Wilson wordt gerund. Die woont in Boston.' Hij keek haar verwachtingsvol aan. 'Wilson,' zei hij nog eens. 'Ook wel bekend als jouw appelweldoener.' Hij leunde achterover op het bankje, wachtend op een positieve reactie. Maar toen het kind bleef zwijgen zei hij erachteraan: 'Wilson klinkt als een heel nobele man.'

'Hij klinkt slecht voorgelicht.' Mad bestudeerde een korstje. 'Alsof hij *Oliver Twist* nooit heeft gelezen.'

Mad had een punt. Maar toch, Wakely had hier een hoop tijd aan besteed en iets meer opgetogenheid bij haar verwacht. Of in elk geval dankbaarheid. Alhoewel, waarom eigenlijk? Niemand toonde ooit enige dankbaarheid voor zijn werk. Hij sloofde zich iedere dag uit om mensen te troosten; nam al hun zorgen en problemen met ze door en kreeg dan altijd weer datzelfde zinnetje te horen: 'Waarom word ik door God gestraft?' Jezus. Hoe moest hij dat nou weten?

'Hoe dan ook.' Hij probeerde niet terneergeslagen te klinken. 'Dat is het verhaal.'

Madeline sloeg teleurgesteld haar armen over elkaar. 'Wakely,' zei ze. 'Moest dat het goede of het slechte nieuws voorstellen?'

'Dat was het góéde nieuws,' zei hij nadrukkelijk. Hij had maar heel weinig ervaring met kinderen en kreeg steeds meer de behoefte om dat vooral zo te houden. 'Het enige slechte nieuws dat ik heb is dat ik weliswaar een adres van de Parker Stichting heb, maar dat het alleen een postbus is.'

'Wat is daar erg aan?'

'Rijke mensen hebben een postbus om ongewenste correspondentie te weren. Het is in wezen een soort prullenbak voor post.' Hij voelde in zijn tas en haalde er na wat geritsel een vel papier uit tevoorschijn. 'Hier is het, het postbusnummer. Maar alsjeblieft, Mad, verwacht er niet te veel van.'

'Ik verwacht niet.' Mad bekeek het adres. 'Ik geloof.'

Verbaasd keek hij haar aan. 'Goh, wat een grappig woord om uit jouw mond te horen.'

'Hoezo?'

'Omdat,' zei hij, 'tja, nou ja. Religie gebaseerd is op geloof.'

'Maar u beseft toch wel,' zei ze voorzichtig, alsof ze hem niet nog verder in verlegenheid wilde brengen, 'dat geloof niet op religie gebaseerd is. Toch?'

35

De geur van mislukking

Op maandagmorgen om half vijf ging Elizabeth zoals gewoonlijk in het donker en warm ingepakt van huis, op weg naar het boothuis. Maar meteen toen ze het normaal gesproken lege parkeerterrein op reed zag ze dat bijna alle plekken al bezet waren. Ze zag ook nog iets anders. Vrouwen. Heel veel vrouwen. Die door het donker naar het gebouw toe sjokten.

'O god,' fluisterde ze. Ze zette haar capuchon op en schoot tussen de kleine menigte door, in de hoop dr. Mason op tijd te vinden om het te kunnen uitleggen. Maar het was al te laat. Hij zat achter een lange tafel inschrijfformulieren uit te delen. Zonder te lachen keek hij naar haar op.

'Zott.'

'Je vraagt je misschien af wat er aan de hand is,' zei ze zachtjes.

'Niet echt.'

'Wat er denk ik is gebeurd,' zei Elizabeth, 'is dat een van mijn kijkers om een dieettip vroeg, en ik zei dat ze misschien kon gaan sporten. Misschien heb ik iets over roeien laten vallen.'

'Misschien.'

'Mogelijk.'

Een vrouw in de rij wendde zich tot haar vriendin. 'Wat ik nu al leuk vind aan dat roeien,' zei ze, wijzend op een foto van acht mannen in een gladde boot, 'is dat je de hele tijd lekker kunt blijven zitten.'

'Eens zien of ik je geheugen kan opfrissen.' Mason gaf de volgende vrouw in de rij een pen aan. 'Eerst omschreef je roeien als de ergste vorm van straf, om vervolgens voor te stellen dat vrouwen uit het hele land eens een poging zouden wagen.'

'Nou. Volgens mij heb ik het niet precíés zo gezegd –'

'Wel. Dat weet ik omdat ik je programma heb gezien terwijl ik zat te wachten op de ontsluiting van een patiënt. En mijn vrouw ook, die mist het nooit.'

'Sorry, Mason, echt. Ik had nooit verwacht dat –'

'O, nee?' snauwde hij. 'Twee weken geleden weigerde een patiënt nog te persen voor jij klaar was met je uitleg over de maillardreactie.'

Ze keek verbaasd op, en dacht er toen over na. 'Tja. Dat ís ook wel een gecompliceerde reactie.'

'Ik ben je hier al sinds vrijdag over aan het bellen,' zei hij nadrukkelijk.

Elizabeth schrok. Dat was waar. Hij had naar zowel de studio als haar huis gebeld en in alle drukte was het haar totaal ontschoten hem terug te bellen.

'Sorry,' zei ze. 'Ik had het heel druk.'

'Had je hulp wel kunnen gebruiken bij het organiseren hiervan.'

'Ja.'

'Het lijkt me duidelijk dat wij vandaag het water niet in gaan.'

'Nogmaals, sorry.'

'Weet je wat ik pas echt onverteerbaar vind?' Hij gebaarde naar een vrouw die op en neer stond te springen. 'Ik probeer mijn vrouw al jaren aan het roeien te brengen. Zoals je weet ben ik ervan overtuigd dat vrouwen een hogere pijngrens hebben. Toch kon ik zeggen wat ik wou, ze was niet te vermurwen. Maar slechts één zinnetje van Elizabeth Zott –'

De springende vrouw stopte even om haar duim naar Elizabeth op te steken.

'... en ze wist niet hoe snel ze hierheen moest komen.'

'Aha, ik begrijp het,' zei Elizabeth langzaam met een goedkeurend knikje naar de vrouw. 'Dus eigenlijk ben je blij.'

'Ik –'

'Dus wat je eigenlijk wilt zeggen is: *dank je wel*, Elizabeth.'

'Néé.'

'Héél graag gedaan, dr. Mason.'

'Néé.'

Ze wierp weer een blik op de vrouw. 'Je vrouw gaat op de ergometer.'

'O god,' riep Mason. 'Betsy, nee, díé niet!'

In andere boothuizen door het hele land gebeurde iets vergelijkbaars. Er kwamen vrouwen opdagen, en sommige clubs stimuleerden hen om lid te worden. Maar dat wil niet zeggen dat elke club dat deed. Of dat het alle kijkers van het programma van Elizabeth aanstond wat ze te zeggen had.

GODDELOZE HEIDEN! stond er op een haastig gekrabbeld bord, versierd met de beeltenis van Elizabeth en omhooggehouden door een gemeen uitziende vrouw die voor de KCTV-studio stond.

Het was voor Elizabeth het tweede parkeerterrein van die ochtend, en net als het eerste stond het voller dan normaal.

'Demonstranten,' zei Walter, die haar inhaalde. 'Daarom zeggen we bepaalde dingen niet op tv, Elizabeth,' hielp hij haar herinneren. 'Daarom houden we onze mening vóór ons.'

'Walter,' zei Elizabeth, 'vreedzaam protest is een waardevolle manier om de dialoog aan te gaan.'

'Noem je dit een dialoog?' zei hij, terwijl iemand: 'BRAND IN DE HEL!' riep.

'Ze willen gewoon aandacht,' zei ze alsof ze uit persoonlijke ervaring sprak. 'Uiteindelijk gaan ze wel weer wat anders doen.'

Toch was hij er niet gerust op. Ze kreeg doodsbedreigingen. Die informatie had hij aan de politie en de studiobeveiliging doorgespeeld; hij had zelfs Harriet Sloane gebeld om haar op de hoogte te brengen. Maar Elizabeth had hij het niet verteld omdat hij wist dat ze voor eigen rechter zou gaan spelen. Bovendien had de politie heel geruststellend op de bedreigingen gereageerd. 'Stelletje ongevaarlijke mafketels,' waren hun woorden geweest.

Uren later, aan de andere kant van de stad, was Half Zeven er ook niet gerust op. Afgelopen vrijdag was hem aan het eind van het programma van Elizabeth opgevallen dat niet iedereen meeklapte. Vandaag was er ook weer eentje. Een niet-klapper.

Hij bleef onrustig wachten tot het schepsel en Harriet druk in de weer waren in het lab, sloop toen de achterdeur uit, liep op een drafje vier straten in zuidelijke richting en toen twee straten westelijk, tot hij uitkwam bij de oprit van een autoweg. Toen er een pick-up met platte bak langzamer ging rijden om in te voegen op de snelweg, sprong hij erop.

Natuurlijk wist hij hoe je bij KCTV kwam. Iedereen die *De ongelooflijke reis* had gelezen begreep hoe niet-ongelooflijk het was dat honden nagenoeg alles konden vinden. Hij had zich altijd verwonderd over dat verhaal over die speld in een hooiberg dat Elizabeth hem ooit had voorgelezen – verwonderd, want wat was er nou zo moeilijk aan het vinden van een speld in een hooiberg? De geur van koolstofstaal was niet te missen.

Kortom, het was een fluitje van een cent om naar KCTV te komen. Er binnenkomen daarentegen niet.

Banjerend over het parkeerterrein, zigzaggend tussen de auto's waarvan de staartvinnen en motorkapemblemen stonden te glimmen in de onverwacht warme zon, zocht hij naar een ingang.

'Zeg, hondje,' zei een uit de kluiten gewassen man in een donkerblauw uniform. Hij stond voor een deur die er belangrijk uitzag. 'Waar dacht jij naartoe te gaan?'

Wat Half Zeven wilde zeggen was *naar binnen*, dat hij, net als deze man in zijn blauwe uniform, ook in de beveiliging zat. Maar aangezien hij dat onmogelijk uit kon leggen, ging hij voor acteren – de taal van televisie bij uitstek.

'Agossie,' zei de man toen Half Zeven tot een zeer overtuigend hoopje inzakte. 'Wacht maar, jochie, ik ga hulp halen!' Hij bonsde op de deur tot er iemand opendeed, tilde Half Zeven toen op en droeg hem naar het airconditioned gebouw. Een minuutje later stond Half Zeven water uit een van Elizabeths eigen mengbakjes te lebberen.

Je kon zeggen wat je wilde over het menselijk ras, maar ze hadden – volgens Half Zeven – het vermogen om aardig te zijn en dat gaf hun als soort net dat beetje extra.

'Half Zeven?'

Elizabeth!

Hij rende op haar af zoals een hond met een echte zonnesteek dat nooit zou kunnen.

'Wat zullen we nou kr–' begon de man in het blauwe uniform bij het zien van de wonderbaarlijke genezing.

'Hoe kom jij hier nou binnen, Half Zeven?' Elizabeth sloeg haar armen om hem heen. 'Hoe heb je me gevonden? Dit is mijn hond, Seymour,' zei ze tegen de man in het blauwe uniform. 'Het is Half Zeven.'

'Eigenlijk is het half zes, mevrouw, maar wel nog snikheet buiten. Hoe dan ook, de hond ging onderuit dus heb ik hem naar binnen gebracht.'

'Bedankt, Seymour,' zei ze. 'Ik ben je echt eeuwig dankbaar. Hij moet hier helemaal naartoe zijn komen rennen,' zei ze vol ongeloof. 'Dat is vijftien kilometer.'

'Of misschien was hij met uw dochtertje mee,' opperde Seymour. 'Samen met oma in de Chrysler? Net als een paar maanden geleden?'

'Wacht,' zei Elizabeth die abrupt opkeek. 'Wát?'

'Ik kan het uitleggen,' zei Walter met zijn handen omhoog alsof hij een eventuele aanval wilde afwenden.

Elizabeth had al lang geleden duidelijk gemaakt dat Madeline onder geen beding de studio in mocht. Hij had geen idee waarom; Amanda kwam er zo vaak. Maar steeds als Elizabeth erover begon, knikte hij alsof hij het helemaal begreep en stemde ermee in ook al snapte hij er niks van en kon het hem ook niets schelen.

'Het was een huiswerkopdracht,' loog hij. 'Bekijk-je-ouders-op-hun-werk-dag.' Hij had geen idee waarom hij zich ineens geroepen voelde een alibi voor Harriet Sloane te verzinnen, maar het voelde goed. 'Je hebt het druk,' zei hij. 'Waarschijnlijk was je het gewoon vergeten.'

Elizabeth schrok. Misschien was dat wel zo. Had Mason die ochtend niet precies hetzelfde gezegd? 'Ik wil gewoon niet dat mijn dochter me als televisiepersoonlijkheid gaat zien.' Ze rolde één mouw op. 'Ik wil niet dat ze denkt dat ik – nou ja – een show opvoer.' Ze zag haar vader voor zich, en haar gezicht werd zo hard als cement.

'Maak je maar geen zorgen,' zei Walter droog. 'Niemand zal wat jij doet óóit verwarren met een show.'

Ze boog zich in alle ernst naar voren. 'Dank je wel.'

Zijn secretaresse kwam binnen met een dikke stapel post. 'Ik heb alle dringende zaken bovenop gelegd, meneer Pine,' zei ze. 'En ik weet niet of u het weet, maar er staat een grote hond in de gang.'

'Een wat...?'

'Die is van mij,' zei Elizabeth vlug. 'Dat is Half Zeven. Door hem weet ik van Mads bezoekje voor de "Bekijk-je-ouders-op-hun-werk-dag". Seymour zei –'

Bij het horen van zijn naam stond Half Zeven op en kwam in de lucht snuffelend het kantoor binnen. *Walter Pine. Heeft weinig zelfvertrouwen.*

Met grote ogen ging Walter weer in zijn stoel zitten. Die hond was enorm. Hij haalde kort adem, richtte zijn aandacht toen op zijn stapel post, nog maar met een half oor luisterend naar Elizabeth, die maar doorratelde over wat dat beest allemaal wel niet kon – zitten, blijven, apporteren waarschijnlijk, god mocht het weten. Hondenmensen waren altijd zo opschepperig, zo belachelijk trots op het minste of geringste wat hun hond presteerde. Maar haar oneindige verhandeling gaf hem wel de tijd die hij nodig had om te bedenken hoe snel hij Harriet Sloane kon bellen om haar over het leugentje te vertellen, zodat zij hem met haar kant van het verhaal kon ondersteunen.

'Wat vind je ervan? Je wilde toch al iets nieuws proberen,' zei Elizabeth. 'Zou het werken?'

'Waarom niet?' zei hij welwillend, zonder enig idee te hebben waar hij zojuist mee had ingestemd.

'Fantastisch,' zei ze. 'Beginnen we er morgen mee?'

'Doen we!' zei hij.

'Hallo,' zei Elizabeth meteen de volgende dag al. 'Ik heet Elizabeth Zott en dit is *Supper at Six*. Ik wil u graag voorstellen aan mijn hond, Half Zeven. Zeg maar dag tegen iedereen, Half Zeven.' Half Zeven hield zijn kop schuin en het publiek lachte en klapte, en Walter, die pas tien minuten eerder te horen had gekregen dat de hond niet alleen weer in het gebouw was, maar dat de kapster ook nog ter voorbereiding op zijn closeup zijn pony had geknipt, plofte neer in zijn producentenstoel en zwoer om nooit meer te liegen.

Toen Half Zeven een maand in het programma zat was het bijna niet voor te stellen dat hij er niet van meet af aan had bij gezeten. Iedereen liep met hem weg. Hij had zelfs al zijn eerste fanmail binnen.

De enige die kennelijk niet zo opgetogen over zijn aanwezigheid was, was Walter. Half Zeven ging ervan uit dat dat kwam doordat Walter geen 'hondenmens' was – een concept waar hij maar moeilijk bij kon.

'Nog dertig seconden voor de deuren opengaan, Zott,' hoorde hij de cameraman zeggen terwijl hij rechts op het podium ging zitten en nadacht over nieuwe manieren om Walter voor zich te winnen. Vorige week had hij een bal voor Walters voeten neergelegd, als uitnodiging om te spelen. Hij hield zelf helemaal niet van apporteren, vond het een zinloos spelletje. En Walter, zo bleek, ook.

'Oké, laat ze maar binnen,' riep iemand eindelijk, en de deuren gingen open en met veel o's en a's ging het dankbare publiek op zoek naar hun stoel, waarbij sommigen wezen naar de grote klok met de wijzers die nog altijd permanent op zes uur stonden, zoals toeristen naar Mount Rushmore zouden wijzen. 'Daar hangt-ie,' zeiden ze. 'Daar hangt de klok.'

'En daar is de hond!' zei bijna iedereen. 'Kijk – het is Half Zeven!'

Hij begreep niet waarom Elizabeth het sterrendom niet omarmde. Hij vond het heerlijk.

'De schil van de aardappel,' verklaarde Elizabeth tien minuten later, 'bestaat uit verkurkte dode cellen, die de buitenste component vormen van het knolperiderm. Ze vormen de beschermingsstrategie –'

Als een agent van de geheime dienst stond hij naast haar en scande het publiek.

'... wat bewijst dat zelfs knollen begrijpen dat aanval de beste verdediging is.'

Het publiek was in vervoering, waardoor hij makkelijk elk gezicht in kaart kon brengen.

'De aardappelschil staat bol van de glycoalkaloïden,' ging ze verder, 'dat zijn toxines die zo onverwoestbaar zijn dat ze zowel koken als bakken met het grootste gemak overleven. En toch gebruik ik de schil wel, niet alleen omdat hij vol vezels zit, maar ook omdat het een dagelijks geheugensteuntje is dat in het echte leven, net als in aardappelen dus, overal gevaar in schuilt. De beste strategie is niet bang voor het gevaar te zijn, maar er respect voor te hebben. Om het vervolgens,' zei ze terwijl ze een mes pakte, 'te lijf te gaan.' De camera zoomde in terwijl ze behendig een uitloper wegsneed. 'Uitlopers en groene plekken moet je altijd weghalen,' instrueerde ze, terwijl ze de volgende aardappel uitstak. ‘Daar zitten de hoogste concentraties glycoalkaloïden in verstopt.’

Half Zeven bekeek het publiek aandachtig, op zoek naar één specifiek gezicht. Aha, en daar zat ze. De niet-klapper.

Elizabeth kondigde aan dat het tijd was voor de reclameboodschappen, en verliet toen het podium. Meestal liep hij dan achter haar aan, maar vandaag ging hij het publiek in, wat meteen tot opgewonden geklap en ‘Kom dan!’-geroep leidde. Van Walter mocht hij dat nooit – omdat mensen bang of allergisch konden zijn – maar hij deed het toch omdat hij wist dat het belangrijk was het publiek te bespelen, en ook omdat hij bij de niet-klapper in de buurt wilde komen.

Ze zat aan het eind van de vierde rij, met een verbeten gezicht en opeengeperste lippen. Hij kende het type wel. Terwijl anderen in de rij hun hand uitstaken om hem te aaien, scande hij de vrouw als een röntgenapparaat. Ze was stijf, onverbiddelijk. Eerlijk gezegd had hij een beetje met haar te doen. Niemand werd zo gemeen zonder dat hem iets was aangedaan.

De vrouw met de dunne lippen draaide zich naar hem toe en keek hem met kille ogen aan. Behoedzaam stak ze een hand in haar tas en haalde er een sigaret uit, waar ze twee keer mee op haar bovenbeen tikte.

Een rookster. Had hij kunnen weten. Het was welbekend dat mensen geloofden de intelligentste soort op aarde te zijn, en toch waren ze de enige dieren die vrijwillig kankerverwekkende stoffen inhaleerden. Net toen hij zich van haar af wilde wenden bedacht hij zich, omdat hij onder de nicotine nog een andere geur bespeurde. Heel flauw, maar bekend. Hij rook nog eens, terwijl het *Supper at Six*-kwartet zijn ‘En daar is ze weer!’-deuntje inzette. Hij keek nog eens naar de niet-klapper. Ze zette haar tas weer op de vloer aan de rand van het middenpad. Haar hand beefde toen ze de sigaret naar haar lippen bracht.

Hij stak zijn neus omhoog. *Nitroglycerine? Onmogelijk.*

‘Vul een grote pan met H_2O,’ zei Elizabeth, weer op het podium, ‘neem dan de aardappelen…’

Hij rook nog eens. *Nitroglycerine. Bij verkeerd gebruik maakt dat een vreselijk kabaal, als vuurwerk, of* – hij slikte, omdat hij aan Calvin moest denken – *een terugslag.*

'... en leg ze in de pan op hoog vuur.'

'Zoek dan, verdomme,' hoorde hij zijn africhter in Camp Pendleton dringend zeggen. *'Zoek die klotebom!'*

'Het zetmeel van de aardappel, een langzame koolhydraat die uit de moleculen amylose en amylopectine bestaat...'

Nitroglycerine. De geur van mislukking.

'... terwijl het zetmeel langzaam afbreekt...'

Het komt uit de tas van de niet-klapper.

Op Camp Pendleton hoefde de hond de bom alleen maar te lokaliseren, niet onschadelijk te maken – dat was de taak van de africhter. Maar zo nu en dan deden een paar uitslovers – de Duitse herders – ook dat zelfs.

Hoewel het fris was in de studio begon Half Zeven te hijgen. Hij probeerde door te lopen, maar zijn poten leken wel van water. Hij bleef staan. Hij hoefde alleen maar, zei hij tegen zichzelf, het spelletje dat hij het allerstomst vond – apporteren – te spelen, en de door hem zo gehate geur te halen – nitroglycerine. Hij werd al misselijk bij het idee.

'Wat is dit nou weer?' vroeg Seymour Browne toen hij een damestas, met vochtig handvat, op zijn beveiligingstafel naast de deur zag staan. 'Er zit vast ergens een dame doodongerust te wezen.' Hij klikte de tas open om naar een legitimatiebewijs te zoeken, maar toen de tas gapend openging haalde hij diep adem en pakte de telefoon.

'Nu een met uw armen over elkaar,' zei een verslaggever tegen Seymour terwijl hij een nieuwe flitslamp in zijn camera deed. 'Kijk maar stoer, alsof de dader niet besefte met wie hij te maken had.'

Vreemd genoeg was het weer diezelfde verslaggever – die van het kerkhof. Omdat hij nog steeds zijn journalistieke kansen probeerde te vergroten had hij onlangs een illegale politieradio in zijn auto geïnstalleerd en vandaag had dat eindelijk zijn vruchten afgeworpen: bij de KCTV-studio had iemand een kleine bom in een damestas gevonden.

Hij maakte aantekeningen terwijl Seymour uitlegde dat die tas domweg op zijn tafel was verschenen; hij had geen idee hoe hij daar terecht was gekomen. Hij had hem opengemaakt om een legitimatiebewijs te zoeken maar had alleen een stapeltje flyers gevonden waarop Elizabeth Zott als een goddeloze communist werd weggezet, en twee staafjes dynamiet die met zulke knullige draadjes aan elkaar waren geknoopt dat het ding eerder een kapot stuk speelgoed leek.

'Maar waarom zou iemand in hemelsnaam KCTV willen bombarderen?' vroeg de verslaggever. 'Jullie maken toch vooral matineeprogramma's? Soapseries? Clownsprogramma's?'

'We maken allerlei programma's.' Seymour haalde een bevende hand door zijn haar. 'Maar sinds een van onze presentatrices gezegd heeft niet in God te geloven, zijn er wat problemen.'

'Wat?' vroeg de verslaggever ongelovig. 'Wíé gelooft er niet in God? Over wat voor programma hebben we het hier?'

'Seymour – Seymour!' Walter Pine baande zich samen met een agent een weg door een groepje bezorgde werknemers. 'Seymour, goddank, je bent ongedeerd. Na wat je gedaan hebt – je hebt je leven in de waagschaal gesteld!'

'Niets aan de hand, meneer Pine,' zei Seymour. 'En ik heb niks gedaan, hoor. Niet echt.'

'Eerlijk gezegd, meneer Browne,' zei de agent, die even in zijn aantekeningen keek, 'hebt u wel iets gedaan. We hadden deze dame al een tijdje in het vizier. Het is een verstokte McCarthy-aanhangster, totaal gestoord. Zei dat ze nu al maanden doodsbedreigingen aan het versturen was.' Hij klapte zijn aantekeningenboekje dicht. 'Ze was het kennelijk beu om genegeerd te worden.'

'Dóódsbedreigingen?' De verslaggever veerde op. 'Dus het is – wat – een nieuwsprogramma? Opinie? Debat?'

'Kook,' zei Walter.

'Als u die tas niet te pakken had gekregen, meneer Browne, had deze dag wel eens heel anders kunnen aflopen. Hoe hebt u dat überhaupt gedaan?' wilde de agent weten. 'Hoe hebt u die tas buiten haar medeweten weten te bemachtigen?'

'Dat probeer ik nou steeds duidelijk te maken. Dat heb ik niet gedáán,' zei Seymour nadrukkelijk. 'Hij lag gewoon op mijn tafel.'

'Je bent te bescheiden.' Walter gaf hem een schouderklopje.

'Het kenmerk van een echte held,' zei de agent knikkend.

'Mijn redacteur gaat hiervan smullen,' zei de verslaggever.

Vanaf een afstandje lag Half Zeven uitgeput naar de mannen te kijken.

'Nog een paar foto's en dan is het –' Vanuit zijn ooghoek zag de verslaggever Half Zeven. 'Hé,' zei hij. 'Ken ik die hond niet ergens van? Ik ken die hond.'

'Iedereen kent die hond,' zei Seymour. 'Die zit in het programma.'

De verslaggever keek Walter verward aan. 'Ik dacht dat u zei dat het een kookprogramma was.'

'Dat is het ook.'

'Een hond in een kookprogramma? Wat dóét die hond dan precies?'

Walter aarzelde. 'Niks,' gaf hij toe. Maar zodra dat zijn mond uit was, voelde hij zich verschrikkelijk.

Vanaf de andere kant van de kamer kruiste de blik van Half Zeven de zijne. Walter was geen hondenmens, maar zelfs hij kon het zien: het beest was diepbedroefd.

36

Life en dood

'Groot nieuws!' riep Walter een week later, toen hij trillend van opwinding bij Elizabeth, Harriet, Madeline en Amanda aan tafel ging zitten. Dat was vaste prik geworden – zondagavond samen eten in het lab van Elizabeth. 'Het tijdschrift *Life* heeft vandaag gebeld. Ze willen een coverstory schrijven!'

'Geen interesse,' zei Elizabeth.

'Maar het is *Life*!'

'Dan willen ze allemaal persoonlijke informatie – dingen die niemand wat aangaan. Ik weet hoe dat gaat.'

'Luister,' zei Walter. 'We hebben dit echt nodig. De doodsbedreigingen zijn afgelopen, maar we kunnen best wat positieve publiciteit gebruiken.'

'Nee.'

'Je hebt alle tijdschriften afgewezen, Elizabeth. Dat kun je niet blijven volhouden.'

'*Chemistry Today* zou ik met alle liefde te woord staan.'

'Ja.' Hij rolde met zijn ogen. 'Fantastisch. Niet echt onze doelgroep, maar ik was zo wanhopig dat ik ze ook echt gebeld heb.'

'En?' vroeg ze vol spanning.

'Ze zeiden dat ze geen belangstelling hadden voor een interview met een vrouw die op tv kookt.'

Elizabeth stond op en liep weg.

'Help, Harriet,' smeekte Walter toen ze na het eten buiten op de trap bij de achterdeur zaten.

'Je had haar nooit een tv-kok moeten noemen.'

'Weet ik, weet ik. Maar zij had niet aan de grote klok moeten hangen dat ze niet in God gelooft. Dat kunnen we nooit meer terugdraaien.'

De hordeur ging open. 'Harriet?' onderbrak Amanda hen. 'Kom je spelen?'

'Zo dadelijk.' Harriet sloeg een arm om het meisje. 'Ga anders alvast een fort bouwen met Mad. Dan kom ik er zo aan.'

'Amanda is erg dol op je, Harriet,' zei Walter zachtjes terwijl zijn dochter weer naar binnen rende. Hij slikte nog net in: *en ik ook*. In de afgelopen maanden was hij Harriet door zijn regelmatige bezoekjes aan huize Zott steeds vaker gaan zien. Elke keer dat hij wegging merkte hij dat hij nog uren aan haar liep te denken. Ze was getrouwd – niet gelukkig, volgens Elizabeth – maar wat maakte het uit, ze had toch geen belangstelling in hem getoond, en gaf haar eens ongelijk. Hij was vijfenvijftig, kalend, slecht in zijn werk, en had een jong kind dat technisch gezien niet eens van hem was. Als er een boek was met de titel *De minst aantrekkelijke eigenschappen van de man*, zou hij op het omslag staan.

'O ja?' vroeg Harriet, met een knalrode hals van het compliment. Ze frunnikte aan haar jurk en trok hem tot aan haar sokken omlaag. 'Ik ga wel met Elizabeth praten,' beloofde ze. 'Maar jij moet eerst met de schrijver gaan praten. Zeg dat hij persoonlijke vragen moet vermijden. Met name alles over Calvin Evans. Zeg dat hij zich vooral moet richten op Elizabeth – op wat zíj allemaal heeft bereikt.'

Het interview werd gepland voor de week daarop. De verslaggever, Franklin Roth, een prijswinnend journalist, stond erom bekend dat hij zelfs het vertrouwen van de weerbarstigste sterren wist te winnen. Toen hij op zijn stoel midden in het *Supper at Six*-publiek plaatsnam stond Elizabeth al een grote berg groenten weg te hakken. 'Veel mensen denken dat eiwit in vlees, eieren en vis zit,' zei ze, 'maar eiwit vindt zijn oorsprong in planten, en planten worden gegeten door de grootste, sterkste dieren ter wereld.' Ze hield een *National Geographic* omhoog met een artikel over olifanten, om vervolgens tergend precies het metabolische proces van 's werelds grootste landdier uit te leggen, waarbij ze de camera vroeg in te zoomen op een foto van de olifantenuitwerpselen.

'Je kunt de vezels gewoon zien zitten,' zei ze met een tikje op de foto.

Roth had het programma een aantal keer gezien en vond het verbazingwekkend vermakelijk, maar nu als onderdeel van het publiek, merkte hij dat het – 98 procent van het publiek bestond uit vrouwen – evenzeer deel van het verhaal uitmaakte als Zott. Iedereen was er zo te zien gewapend met pen en papier naartoe gekomen; een paar hadden chemieboeken bij zich. Ze zaten allemaal aandachtig te luisteren zoals dat bij een hoorcollege of in de kerk zou moeten, maar bijna nooit gebeurt.

Tijdens een van de reclameblokken wendde hij zich tot zijn buurvrouw. 'Mag ik u iets vragen?' vroeg hij beleefd en hij liet zijn legitimatie zien. 'Wat vindt u zo leuk aan het programma?'

'Dat ik serieus word genomen.'

'Niet de recepten?'

Ze keek hem ongelovig aan. 'Soms denk ik wel eens,' zei ze langzaam, 'dat als een man een dag als vrouw in Amerika moest doorbrengen, hij de middag nog niet zou halen.'

De vrouw aan zijn andere kant tikte op zijn knie. 'Bereid u maar voor op een opstand.'

Na het programma nam hij een kijkje achter de schermen, waar Zott hem een hand gaf en de hond, Half Zeven, hem als een fouillerende agent besnuffelde. Na een korte kennismaking nodigde ze hem en zijn fotograaf in haar kleedkamer uit, waar ze over het programma vertelde – of eigenlijk meer over de chemie die ze in het programma behandelde. Hij luisterde beleefd, zei toen iets over haar broek – noemde het een gewaagde keuze. Ze keek hem verbaasd aan, en feliciteerde hem toen met zijn zelfde gewaagde keuze. De toon was gezet.

Terwijl de fotograaf er stilletjes op los klikte, begon hij om van onderwerp te veranderen over haar kapsel. Ze keek hem kil aan.

De fotograaf keek bezorgd naar Roth. Hij had de opdracht gekregen om ten minste één foto van een lachende Elizabeth te nemen. *Doe iets*, gebaarde hij naar Roth. *Zeg iets grappigs.*

'Mag ik vragen naar dat potlood in uw haar?' probeerde Roth het opnieuw.

'Natuurlijk,' zei ze. 'Het is een HB2. "Twee" verwijst naar de hardheid van de stift, al is het niet echt een stift, er zit geen inkt in. Het bevat grafiet, een allotroop van koolstof.'

'Nee, ik bedoelde waarom een –'

'Een potlood in plaats van een pen? Omdat grafiet, in tegenstelling tot inkt, uitwisbaar is. Mensen maken fouten, meneer Roth. Een potlood stelt je in staat de fout uit te wissen en door te gaan. Wetenschappers verwachten fouten, en om die reden omarmen we mislukking.' Vervolgens wierp ze een afkeurende blik op zijn pen.

De fotograaf rolde met zijn ogen.

'Moet u horen.' Roth sloeg zijn notitieboekje dicht. 'Ik dacht dat u met dit interview had ingestemd, maar ik merk dat het u is opgedrongen. Ik interview nooit iemand tegen zijn zin; mijn welgemeende excuses voor het ongemak.' Toen draaide hij zich naar de fotograaf en wees met zijn hoofd naar de deur. Ze waren al halverwege het parkeerterrein toen Seymour Browne hen tegenhield. 'Zott zegt wacht hier even,' zei hij.

Vijf minuten later reed Roth naast Elizabeth Zott in haar oude blauwe Plymouth, met de hond en de fotograaf naar de achterbank verbannen.

'Hij bijt toch niet, hè?' vroeg de fotograaf terwijl hij tegen het raampje aan kroop.

'Alle honden kunnen bijten,' zei ze over haar schouder. 'Net zoals alle mensen schade kunnen toebrengen. Het is de kunst je redelijk te gedragen, dan is er geen schade nodig.'

'Was dat een "ja"?' vroeg hij, maar ze voegden in op de snelweg en zijn vraag ging verloren in de acceleratie van de motor.

'Waar gaan we heen?' vroeg Roth.

'Mijn lab.'

Maar toen ze voor een kleine bruine bungalow parkeerden in een oude maar nette buurt, meende hij het verkeerd verstaan te hebben.

'Ik ben bang dat ik u nu op mijn beurt excuses verschuldigd ben,' zei ze tegen Roth terwijl ze hun voorging naar binnen. 'Mijn centrifuge heeft het begeven. Maar ik kan wel koffiezetten.'

Ze ging aan de slag terwijl de fotograaf erop los klikte, en Roth met open mond van verbazing rondkeek in wat eens een keuken geweest had moeten zijn. Het zag eruit als een kruising tussen een operatiekamer en een biologische gevarenzone.

'De lading was uit balans,' legde ze uit, en wijzend op een groot zilverkleurig ding zei ze er nog iets achteraan over de scheiding van vloeistoffen die berust op dichtheid. Centrifuge? Hij had geen idee. Hij sloeg zijn notitieboekje weer open. Ze zette een schaal koekjes voor zijn neus.

'Met kaneelaldehyde,' legde ze uit.

Hij draaide zich naar de hond, die hem aan zat te kijken.

'Half Zeven, wat een ongewone naam voor een hond,' zei hij. 'Wat betekent het?'

'Wat het betékent?' Ze draaide zich naar hem toe en stak een bunsenbrander aan, met een bedenkelijke blik alsof ze zich voor de zoveelste keer afvroeg waarom hij alsmaar van die basale vragen stelde. Toen gaf ze een gedetailleerde beschrijving van de Babyloniërs, die een sexagesimaal systeem gebruikten – in zestigtallen tellen, legde ze uit – voor zowel wiskunde als astronomie. 'Hopelijk is het nu duidelijk,' zei ze.

In de tussentijd vroeg de fotograaf, die door haar was uitgenodigd om even rond te kijken, naar het apparaat midden in de woonkamer. 'De ergometer?' zei ze. 'Dat is een roeimachine. Ik ben roeier. Net als veel vrouwen.'

Roth legde zijn notitieboekje op de tafel in het lab en liep achter hen aan de volgende kamer in, waar ze de roeislag demonstreerde. 'Een "erg" is een energie-eenheid,' legde ze uit terwijl ze een beetje eentonig heen en weer bewoog en de fotograaf vanuit verschillende hoeken kiekte. 'Roeien vergt een hoop erg.' Toen stond ze op en nam de fotograaf wat foto's van het eelt op haar hand, waarna ze met zijn allen weer naar het lab gingen, waar Roth de hond aan zijn aantekeningen zag staan lebberen.

Zo verliep het interview: van het ene saaie moment naar het andere. Hij bleef zijn vragen stellen en zij beantwoordde ze – beleefd, plichtsgetrouw, wetenschappelijk. Met andere woorden: hij had niets.

Ze zette een kop koffie voor hem neer. Hij was niet echt een koffiedrinker – te bitter naar zijn smaak – maar ze had zich zo'n moeite getroost om hem te zetten: flesjes, buisjes, pipetjes, stoom. Uit beleefdheid nam hij een slok. Toen nog een.

'Is dit echt koffie?' vroeg hij vol ontzag.

'Misschien vindt u het leuk om te zien hoe Half Zeven me helpt in het lab,' bood ze aan. Vervolgens bond ze de hond een veiligheidsbril om en vertelde ze over haar onderzoeksgebied – abiogenese, noemde ze het – spelde het toen, a-b-i-o, pakte toen zijn kladblok en schreef het er in blokletters op. Intussen nam de fotograaf de ene na de andere foto van Half Zeven, die op een knop drukte om de zuurkast omhoog en omlaag te laten gaan.

'Ik wilde u mee hiernaartoe nemen,' zei ze tegen Roth, 'omdat ik uw lezers wil laten zien dat ik eigenlijk geen tv-kok ben. Ik ben chemicus. Een tijdlang heb ik een van de grootste chemische raadsels proberen op te lossen.'

Toen legde ze uit wat abiogenese was, en vol opwinding omschreef ze alles precies om een volledig beeld te schetsen. Ze was heel goed in uitleggen, besefte hij, kon zelfs saaie concepten spannend laten lijken. Hij maakte uitgebreid aantekeningen terwijl zij naar van alles in haar lab wees, en zo nu en dan onderzoeksresultaten en haar interpretaties met hem deelde, zich opnieuw verontschuldigend voor de slecht functionerende centrifuge en met de uitleg dat een cyclotron thuis uitgesloten was, omdat het volgens de huidige gemeentewet niet was toegestaan een radioactief apparaat te installeren. 'Politici maken het ons niet makkelijk, hè?' zei ze. 'Evengoed, de oorsprong van het leven. Daar was ik naar op zoek.'

'Maar nu niet meer?' vroeg hij.

'Nee, niet meer,' zei ze.

Roth draaide op zijn stoel. Hij was nooit ook maar enigszins geïnteresseerd geweest in wetenschap – mensen, dat was zijn ding. Maar bij Elizabeth lukte het hem niet erachter te komen wie ze was, in plaats van wat ze deed. Hij vermoedde dat er wel een ingang was, maar Walter Pine had hem specifiek gewaarschuwd die kant niet op te gaan – dat het slecht met het interview zou aflopen als hij dat deed. Toch besloot Roth het erop te wagen. 'Vertel eens over Calvin Evans,' zei hij.

Alleen al bij het noemen van Calvins naam sloeg Elizabeth om, met een teleurgestelde blik in haar ogen. Ze keek Roth lang en indringend aan, zoals je naar iemand kijkt die zijn belofte heeft verbroken. 'Dus u bent geïnteresseerder in het werk van Calvin,' zei ze vlak.

De fotograaf keek Roth hoofdschuddend aan en slaakte een zucht, als om te zeggen: 'lekker bezig, slimmerik'. Hij gaf het op en zette zijn lensdop erop. 'Ik ga naar buiten,' zei hij afkeurend.

'In zijn werk ben ik niet geïnteresseerd,' zei Roth. 'Ik wilde graag meer weten over uw relatie met Evans.'

'Wat hebt u daarmee te maken?'

Opnieuw voelde hij de strakke blik van de hond op zich gericht. *Ik heb de locatie van je halsslagader opgespoord en opgeslagen.*

'Er zijn gewoon een hoop kletspraatjes over hoe het nou zat tussen u twee.'

'Kletspraatjes.'

'Ik heb begrepen dat hij van goede komaf was – roeier, Cambridge – en dat u,' hij keek in zijn aantekeningen, 'op UCLA hebt gezeten. Al zie ik wel dat u uw bachelor daar niet hebt gedaan. Waar hebt u die behaald? Ik heb ook gehoord dat u door Hastings bent ontslagen.'

'U hebt mijn referenties nagetrokken.'

'Dat hoort bij mijn werk.'

'En die van Calvin dus ook.'

'Nou, nee, dat hoefde niet. Hij was zo beroemd dat –'

Ze hield haar hoofd scheef, op zo'n manier dat hij er ongemakkelijk van werd.

'Juffrouw Zott,' zei hij. 'U bent ook best beroemd –'

'Roem interesseert me niet.'

'U kunt uw verhaal het beste niet door de mensen laten vertellen, juffrouw Zott,' waarschuwde Roth. 'Die zijn geneigd de feiten te verdraaien.'

'Net als verslaggevers.' Ze ging op de kruk naast hem zitten. Heel even leek ze mee te willen werken, maar toen bedacht ze zich en richtte haar aandacht op de muur.

Zo bleven ze lang zitten – zo lang dat de koffie koud werd en zelfs het getik van haar Timex-horloge zijn enthousiasme leek te verliezen. Buiten werd er getoeterd en riep een vrouw: 'Hoe vaak moet ik het nog zeggen.'

Als er één ding geldt voor de journalistiek, dan is het wel dit: pas als de verslaggever ophoudt met vragen begint het onderwerp te vertellen. Roth wist dat, maar dat was niet waarom hij bleef zwijgen. Dat was meer omdat hij zichzelf haatte. Hem was verteld deze grens niet over te gaan en toch had hij het gedaan. Hij had haar vertrouwen gewonnen, en was er vervolgens overheen gewalst. Hij wilde zijn excuses aanbieden, maar als schrijver wist hij al dat woorden niets zouden uithalen. Bij welgemeende excuses doen ze dat zelden.

Ineens kwam er een gillende sirene voorbij en schrok hij als een hert op.

Ze boog zich naar voren en sloeg zijn notitieboekje weer voor hem open. 'Dus u wilt meer weten over Calvin en mij?' vroeg ze scherp. En toen begon ze hem het enige te vertellen wat niemand ooit aan een verslaggever moet vertellen: de naakte waarheid. En hij wist nauwelijks wat hij ermee aanmoest.

37

Uitverkocht

Elizabeth Zott is vandaag de dag zonder meer de invloedrijkste, intelligentste persoon op tv, schreef hij op stoel 21C in het vliegtuig terug naar New York. Hij wachtte even, bestelde toen nog een whisky met water en aanschouwde het grote niets onder zich. Hij was een goede schrijver en een goede verslaggever en door de combinatie van die twee talenten, vermengd met een fikse hoeveelheid alcohol, kon hij vast wel iets bedenken – hoopte hij. Haar verhaal was niet vrolijk, en in zijn vakgebied was dat meestal een goede zaak. Maar in dit geval, en bij deze vrouw...

Hij trommelde met zijn vingers op het klaptafeltje van de luchtvaartmaatschappij. In principe moet een verslaggever altijd in het midden blijven: onpartijdig en ongevoelig voor emoties. Maar nu bevond hij zich hier, ergens aan de zijkant; om precies te zijn, aan háár kant en bepaald niet bereid het verhaal van de andere kant te zien. Roth ging verzitten en sloeg zijn nieuwe drankje in één lange teug achterover.

Verdomme. Hij had genoeg anderen geïnterviewd – Walter Pine, Harriet Sloane, een paar mensen van Hastings, alle medewerkers van *Supper at Six*. Hij had zelfs toegang tot het kind, Madeline, gekregen, dat lezend het lab was binnengelopen – was het echt *Het geluid en de drift* geweest? Maar hij durfde het kind niets te vragen omdat dat helemaal verkeerd voelde, maar ook omdat de hond fysiek tussenbeide was gekomen. Toen Elizabeth het even druk had met een sneetje op Madelines been, had Half Zeven zich naar hem toe gedraaid en zijn tanden ontbloot.

Maar het maakte niet uit wat de anderen hadden gezegd, háár woorden zouden hem de rest van zijn leven bijblijven.

'Calvin en ik waren zielsverwanten,' begon ze.

Vervolgens beschreef ze haar gevoelens voor die verlegen, humeurige man zo intens dat hij er diepbedroefd van werd. 'Er is geen chemie voor gevorderden voor nodig om te begrijpen hoe uitzonderlijk onze situatie was,' zei ze. 'Calvin en ik hadden niet gewoon een klik; het was een botsing. Letterlijk zelfs – in de foyer van een theater. Hij spuugde over me heen. U bent toch wel bekend met de oerknaltheorie?'

Toen vertelde ze verder over hun relatie, met woorden als 'desintegratie', 'dichtheid', 'hitte', waarbij ze benadrukte dat er aan hun passie een wederzijds respect voor het talent van de ander ten grondslag lag. 'Weet u wel hoe bijzonder dat is?' vroeg ze. 'Dat een man het werk van zijn geliefde net zo serieus neemt als dat van hemzelf?'

Hij haalde diep adem.

'Ik ben natuurlijk chemicus, meneer Roth,' zei ze, 'en dat zou op het eerste gezicht een verklaring zijn voor Calvins belangstelling in mijn onderzoek. Maar ik heb met heel wat andere chemici samengewerkt en niet een van hen was van mening dat ik erbij hoorde. Alleen Calvin en nog een andere.' Ze kreeg een chagrijnige blik. 'Namelijk dr. Donatti, directeur Chemie op Hastings. Hij wist niet alleen dat ik erbij hoorde, hij wist ook dat ik iets op het spoor was. In feite heeft hij mijn onderzoek gestolen. Het onder zijn eigen naam gepubliceerd.'

Roth zette grote ogen op.

'Ik heb diezelfde dag nog ontslag genomen.'

'Waarom hebt u dat niet naar buiten gebracht?' vroeg hij. 'Waarom wilde u er geen erkenning voor?'

Elizabeth keek Roth aan alsof hij van een andere planeet kwam. 'Ik neem aan dat u een grapje maakt.'

Roth kreeg een kleur van schaamte. Natuurlijk. Wie zou er ooit het woord van een vrouw serieuzer nemen dan dat van het mannelijke hoofd van de hele afdeling? Als hij eerlijk was tegen zichzelf wist hij ook niet of hij dat zelf zou hebben gedaan.

'Ik werd verliefd op Calvin,' zei ze, 'omdat hij intelligent en lief was, maar ook omdat hij de allereerste man was die me serieus nam. Stel je eens voor dat alle mannen vrouwen serieus zouden nemen. Dan zou het onderwijs veranderen. Er zou een revolutie plaatsvinden onder de beroepsbevolking. Huwelijksconsulenten zouden geen werk meer hebben. Begrijpt u mijn punt?'

Dat deed hij, maar met grote tegenzin. Zijn vrouw was onlangs bij hem weggegaan, omdat hij volgens haar haar werk als huisvrouw en moeder niet serieus nam. Maar huisvrouw en moeder zijn was toch ook niet echt werk? Meer een rol. Hoe dan ook, ze was weg.

'Daarom wilde ik *Supper at Six* gebruiken om vrouwen chemie te leren. Want als ze chemie begrijpen, gaan ze ook begrijpen hoe dingen werken.'

Roth keek haar niet-begrijpend aan.

'Ik heb het over atomen en moleculen, Roth,' legde ze uit. 'De echte regels waar de concrete wereld door bepaald wordt. Als vrouwen die basisconcepten begrijpen, gaan ze ook de onjuiste grenzen zien die er voor hen gesteld zijn.'

'Door mannen, bedoelt u.'

'Door kunstmatig cultureel en religieus beleid dat mannen in de bijzonder onnatuurlijke rol van niet-gemengd leiderschap duwt. Al met een klein beetje basiskennis over chemie wordt het gevaar van zo'n onevenwichtige benadering duidelijk.'

'Tja,' zei hij, in het besef dat hij het zo nog nooit bekeken had. 'Ik vind ook dat de maatschappij veel te wensen overlaat, maar wat religie betreft ben ik van mening dat die ons nederig houdt – ons leert wat onze plek op aarde is.'

'Echt waar?' zei ze verbaasd. 'Volgens mij laat religie ons juist vrijuit gaan. Volgens mij leert ze ons dat niets daadwerkelijk onze schuld is; dat iets of iemand de touwtjes in handen heeft; dat wij uiteindelijk niet verantwoordelijk zijn voor hoe het eraan toegaat; dat we voor verbetering alleen maar hoeven te bidden. Maar wij zijn wel degelijk verantwoordelijk voor al het slechte in de wereld. En wij hebben het vermogen dat te veranderen.'

'Maar u wilt toch zeker niet zeggen dat mensen het universum kunnen veranderen.'

'Ik heb het over onszélf veranderen, meneer Roth – onze fouten herstellen. De natuur werkt op een hoger intellectueel niveau. We kunnen meer leren, we kunnen verder komen, maar om dat te bereiken zullen we de deuren moeten opengooien. Te veel briljante geesten wordt toegang tot wetenschappelijk onderzoek ontzegd dankzij domme vooroordelen over gender en ras. Daar word ik woest van en dat zou u ook moeten zijn. Er zijn een hoop problemen die de wetenschap moet oplossen: hongersnood, ziektes, uitsterving. En zij die moedwillig de deur dichtgooien voor anderen op basis van een egoïstisch en ouderwets cultureel beeld zijn niet alleen oneerlijk, maar ook opzettelijk lui. Op het Hastings Research Instituut wemelt het ervan.'

Roth stopte met schrijven. Dit deed een belletje rinkelen. Hij werkte voor een vooraanstaand tijdschrift, en toch was zijn nieuwe redacteur afkomstig van *The Hollywood Reporter* – een roddelblaadje – en werkte hij, Roth, ondanks zijn Pulitzer, nu voor iemand die nieuws 'een stukje' noemde en maar bleef volhouden dat 'vuile was' een essentieel onderdeel van een verhaal was. *Journalistiek is een onderneming met winstoogmerk!* liet zijn baas hem aan de lopende band weten. *Mensen willen de drek zien!*

'Ik ben atheïst, meneer Roth,' zei ze met een diepe zucht. 'Of eigenlijk humanist. Maar ik moet toegeven dat ik soms misselijk word van het menselijk ras.'

Ze stond op, pakte hun kopjes en zette ze naast het bordje van het oogspoelpunt. Hij had sterk het gevoel dat hun interview was afgelopen, maar toen draaide ze zich weer naar hem toe.

'Wat mijn bachelordiploma betreft,' zei ze, 'dat heb ik niet, en ik heb ook nooit beweerd er een te hebben. Ik ben volledig op basis van zelfstudie toegelaten tot de doctoraalopleiding van Meyers. Over Meyers gesproken,' zei ze met luide stem terwijl ze het potlood uit haar haar haalde. 'Daar moet u iets over weten.' Toen vertelde ze hem het hele verhaal, waarbij ze uitlegde dat ze van UCLA was geschopt omdat als mannen vrouwen verkrachten, ze liever hebben dat vrouwen hun mond houden.

Roth slikte.

'Wat mijn achtergrond betreft, ik ben opgevoed door mijn broer,' ging ze verder. 'Hij heeft me leren lezen, hij heeft me bekendgemaakt met de wonderen van de bibliotheek, hij heeft me proberen af te schermen van mijn ouders' obsessie voor geld. Op de dag dat we John aan een dakspant van de schuur zagen hangen, wachtte mijn vader niet eens tot de politie er was. Bang dat hij te laat voor zijn optreden zou zijn.' Haar vader, legde ze uit, was een dag des oordeels-entertainer die vijfentwintig jaar cel had gekregen omdat hij tijdens het verrichten van een wonder drie mensen had omgebracht, waarbij het ware wonder was dat het bij drie was gebleven. En haar moeder, die had ze al ruim twaalf jaar niet gezien. Voorgoed verdwenen naar Brazilië met een spiksplinternieuw gezin. Belastingontduiking bleek iets te zijn waar je levenslang aan vastzat.

'Maar Calvins jeugd slaat toch wel alles.' Ze vertelde over de dood van zijn ouders, gevolgd door die van zijn tante – waardoor hij in een katholiek jongensweeshuis was beland, waar hij door priesters was misbruikt tot hij groot genoeg was om dat een halt toe te roepen. Ze had zijn oude dagboek gevonden, diep weggestopt in de dozen die Frask en zij hadden gestolen. Ook al was zijn kinderlijke handschrift dikwijls niet te lezen, toch klonk zijn triestheid overal tussen de regels door.

Wat ze Roth niet vertelde was dat ze in de bladzijdes van Calvins dagboek de bron van zijn aanhoudende wrok had ontdekt. *Ik zit hier terwijl ik hier helemaal niet thuishoor*, had hij geschreven, alsof hij wou zeggen dat er een alternatief was geweest. *En ik zal het die man, hem, nooit maar dan ook nooit vergeven. Nooit. Zolang als ik leef.* Na het lezen van zijn correspondentie met Wakely had ze begrepen dat dat de vader was die hij dood had gewenst. Die hij gezworen had te zullen haten tot de dag van zijn dood. Aan die belofte had hij zich gehouden.

Roth keek van bovenaf naar de tafel. Hij had een normale jeugd gehad – twee ouders, geen zelfmoorden, geen moorden, niet eens ook maar één verdwaalde aanraking van de priester uit zijn parochie. En toch vond hij altijd wel iets om over te klagen. Wat was er mis met hem? Net zoals mensen de slechte gewoonte hebben om andermans problemen en tragiek weg te wuiven, hebben ze ook de slechte gewoonte om niet te waarderen wat ze hebben. Of hadden. Hij miste zijn vrouw.

'En voor Calvins dood,' zei ze, 'draag ik de volle verantwoordelijkheid.' Hij trok wit weg toen ze het ongeluk, de riem en de sirenes beschreef, en dat ze daardoor niemand ooit nog op wat voor manier ergens van zou weerhouden, nooit meer. In haar ogen was er uit zijn dood een hele reeks andere mislukkingen voortgekomen: overdonderd door de diefstal van Donatti had ze haar onderzoek aan de wilgen gehangen; vastbesloten om haar dochter erbij te laten horen had ze haar ingeschreven op een school waar ze dat juist niet deed; en erger nog, ze was precies de persoon geworden die ze per se niet wilde zijn, een entertainer, net als haar vader. O ja, en ze had ook nog Phil Lebensmal een hartaanval bezorgd. 'Al zie ik dat laatste niet echt als een mislukking,' zei ze.

'Waar hadden jullie het daarbinnen over?' vroeg de fotograaf op weg naar de luchthaven. 'Heb ik iets gemist?'

'Nee, hoor,' loog Roth.

Roth had voor hij in de taxi stapte al besloten niet te zullen onthullen wat hij had gehoord. Hij zou zijn artikel binnen de deadline schrijven, aan alle eisen voldoen en het geen woord te lang maken. Hij zou een hoop opschrijven zonder iets te zeggen. Hij zou over haar vertellen, maar niets dóórvertellen. Met andere woorden, hij zou zijn deadline halen, en in de journalistiek is dat 99 procent van de wet.

In tegenstelling tot wat Elizabeth Zott u zal vertellen, is Supper at Six *niet zomaar een introductie in de chemie*, schreef hij die dag in het vliegtuig. *Het is vijf dagen per week een half uur durende les in het leven. En niet in wie we zijn of waar we uit bestaan, maar meer in wat we zouden kunnen worden.*

In plaats van persoonlijke informatie schreef hij een tweeduizend woorden tellende omschrijving van abiogenese, gevolgd door vijfhonderd woorden over hoe de olifant zijn eten verteert.

'Dit is geen verhaal!' had zijn redacteur na het lezen van de eerste versie geschreven. 'Waar is de vuile was van Zott?'

'Die was er niet,' zei Roth.

En ja hoor, nog geen twee maanden later stond ze op de cover van het tijdschrift *Life*, met haar armen over elkaar, een somber gezicht, geflankeerd door de kop: 'Waarom we alles eten wat zij ons voorschotelt'. Bij het zes pagina's tellende artikel stonden vijftien foto's van Elizabeth in actie – in het programma, op haar ergometer, bij de visagie, Half Zeven aaiend, in overleg met Walter Pine, haar haar vastmakend. Het artikel opende met de zin van Roth, over dat ze vandaag de dag de intelligentste persoon op televisie was, alleen had de redacteur 'intelligentste' vervangen door 'aantrekkelijkste'. Vervolgens volgde een korte omschrijving van haar grootste programmahits – de brandblusaflevering, de giftige-paddenstoelenaflevering, de ik-geloof-niet-in-God-aflevering, en talloze andere – eindigend met zijn observatie dat het een programma vol levenslessen was. Maar de rest?

'Ze is de engel des doods', was het citaat dat een gretige verslaggever in de bezoekersruimte van de Sing Sing-gevangenis uit Zotts vader had losgekregen. 'Duivelsgebroed. En ze is arrogant.'

De jonge verslaggever had ook een citaat weten los te krijgen van Meyers op UCLA, die Zott neerzette als een 'kleurloze studente met meer interesse in mannen dan in moleculen', en er nog aan toevoegde dat ze er in het echt lang niet zo goed uitzag als op tv.

'Wie?' had Donatti gevraagd toen de onervaren verslaggever over Zotts arbeidsverleden was begonnen. 'Zott? O, wacht – u bedoelt Lekkere Lizzie? "Lekkertje", zo noemden we haar altijd,' zei hij, 'en dan sputterde ze altijd tegen zoals vrouwen dat doen als ze niet écht tegensputteren.' Hij glimlachte, en bewees zijn punt door haar oude labjas tevoorschijn te halen, waar nog steeds haar initialen op prijkten: E.Z. 'Lekkertje was een geweldige laborante – dat is een baan die we hier hebben voor mensen die de wetenschap in willen maar er de hersenen niet voor hebben.'

Het laatste citaat kwam van mevrouw Mudford. 'Vrouwen horen thuis, en het feit dat Elizabeth Zott niet thuis is, is ontwrichtend gebleken voor het welzijn van haar kind. Regelmatig overdreef ze wat haar kind allemaal wel niet kon – het eerste teken van een statusgevoelige ouder. Natuurlijk heb ik, toen haar dochter bij mij in de klas zat, heel hard mijn best gedaan daar tegenwicht aan te bieden.' Naast het citaat van Mudford stond, ongelooflijk maar waar, een afdruk van de stamboom van Madeline. *Leugens!* Had Mudford erboven geschreven. *Melden bij mij!*

Van alles uit het artikel richtte die boom de meeste schade aan. Want daar had Madeline niet alleen Walter als familielid aangemerkt – waar de lezers onmiddellijk uit opmaakten dat Elizabeth met haar producent sliep – maar er ook een tekeningetje van een opa in boevenpak bij gemaakt, een oma die *tamales* at in Brazilië, een grote hond die *Lassie* zat te lezen, een appel waar 'Weldoener' op stond, een vrouw met de naam Harriet die haar man vergiftigde, de grafsteen van een dode vader, een kind met een strop om zijn nek, en nog wat haastige verwijzingen naar Nefertiti, Sojourner Truth en Amelia Earhart.

Het tijdschrift was binnen vierentwintig uur uitverkocht.

38

Brownies

Juli 1961

Er wordt wel eens gezegd dat slechte publiciteit niet bestaat, en dat was in dit geval helemaal waar. *Supper at Six* was populairder dan ooit.

'Elizabeth,' zei Walter toen ze met een ijzige blik tegenover hem in zijn kantoor zat. 'Ik weet dat je kwaad bent om dat artikel – dat zijn we allemaal. Maar bekijk het eens van de positieve kant. Er hebben zich hele drommen nieuwe adverteerders gemeld. Een aantal fabrikanten smeekt om een heel nieuwe lijn onder jouw naam te mogen uitbrengen. Pannen, messen, van alles!'

Ze perste haar lippen op elkaar, en hij wist dat dat niet veel goeds betekende.

'Mattel heeft zelfs een opzet gestuurd voor een chemieset voor meisjes –'

'Een chemieset?' Ze veerde enigszins op.

'Het is natuurlijk maar een opzet,' zei hij voorzichtig terwijl hij haar het voorstel aangaf. 'Er kan vast nog wel het een en ander aan –'

'"Meisjes!"' las ze hardop voor. '"Maak jullie eigen parfum... met wetenschap!" Godallemachtig, Walter! En de doos is roze? Bel die mensen nu meteen – dan zal ik ze vertellen waar ze hun plastic injectieflacon in kunnen steken.'

'Elizabeth,' zei hij rustig, 'we hoeven niet overal ja op te zeggen, maar dit biedt wel mogelijkheden voor levenslange financiële zekerheid. Niet alleen voor ons, maar ook voor onze meisjes. We moeten ook nadenken over anderen.'

'Dit is geen nádenken, Walter, dit is marktgericht denken.'

'Meneer Pine,' zei een secretaresse. 'Meneer Roth op lijn twee.'

'Waag het niet,' waarschuwde Elizabeth hem, met de pijn van wat haar was aangedaan nog op haar gezicht, 'dat telefoontje aan te nemen.'

'Hallo,' zei Elizabeth een paar weken later, 'ik heet Elizabeth Zott en dit is *Supper at Six*.'

Ze stond achter een snijplank, met een kleurrijke berg groenten voor zich. 'Vandaag draait het avondeten om aubergine.' Ze pakte een groot paars gewas. 'Aubergine heeft een zeer hoge voedingswaarde, maar kan door de fenolverbindingen bitter zijn. Om die bitterheid weg te nemen –' Ze zweeg abrupt en draaide de groente rond in haar handen alsof ze er helemaal niet tevreden mee was. 'Laat ik het anders formuleren. Om je te hoeden voor de néiging tot bitterheid van de aubergine...' Opnieuw zweeg ze en slaakte een hoorbare zucht. Toen legde ze de aubergine weg.

'Laat maar,' zei ze. 'Het leven is al bitter genoeg.' Ze draaide zich om en trok een kastje achter zich open, waar ze allemaal nieuwe ingrediënten uit haalde. 'Nieuw plan,' zei ze. 'We gaan brownies maken.'

Madeline lag op haar buik voor de televisie met haar benen achter zich gekruist omhoog. 'Geloof dat we vanavond alweer brownies eten, Harriet. Dat is al de vijfde dag op een rij.'

'Ik maak altijd brownies als ik mijn dag niet heb,' bekende Elizabeth. 'Ik ga niet doen alsof sucrose een essentieel ingrediënt is waar ons welzijn van afhangt, maar persoonlijk voel ik me beter als ik het eet. Goed, we gaan beginnen.'

'Mad,' zei Harriet boven de stem van Elizabeth uit terwijl ze haar lippenstift bijwerkte en haar haar goed deed. 'Ik moet even weg, oké? Geen telefoon opnemen, voor niemand opendoen, en niet naar buiten gaan. Ik ben terug voor je moeder thuis is. Begrepen? Mad? Hoor je me?'

'Hè?'

'Tot zo.' De deur klikte achter haar dicht.

'Brownies zijn het lekkerst wanneer ze gemaakt zijn van cacaopoeder van goede kwaliteit of ongezoete bakchocolade,' vervolgde Elizabeth. 'Ik vind zelf Hollandse cacao het lekkerst. Die is rijk aan polyfenolen, die, zoals jullie weten, reductiemiddelen zijn die het lichaam beschermen tegen oxiderende...'

Madeline keek aandachtig naar de tv terwijl haar moeder het cacaopoeder bij de gesmolten boter en suiker voegde en vervolgens zo krachtig met de houten lepel in de kom sloeg dat die ieder moment leek te kunnen breken. Toen *Life* in de rekken lag was ze apetrots geweest. Haar moeder – op de cover! Maar nog voor ze hem had kunnen lezen had haar moeder alle exemplaren – ook die van Harriet – in een vuilniszak gestopt en de zware zak op de stoep gezet. 'Ik verbíéd je die leugens te lezen,' had ze tegen Madeline gezegd. 'Begrepen? Ik verbied het je.'

Madeline knikte. Maar de volgende dag ging ze meteen naar de bibliotheek en las aan één stuk door, terwijl ze met haar vinger haar ogen langs de kolommen begeleidde. 'Nee,' stamelde ze. 'Nee, nee, nee.' Er vielen tranen op een foto van haar moeder die haar haar vastzette, alsof ze dáár de hele dag mee bezig was. 'Mijn moeder is wetenschapper. Chemicus.'

Ze richtte haar aandacht weer op de televisie, waar haar moeder walnoten stond te hakken. 'Walnoten zijn uitzonderlijk rijk aan vitamine E in de vorm van gamma-tocoferol,' zei ze. 'Dat beschermt je hart.' Al bleek uit haar gehak duidelijk dat de walnoten maar weinig konden repareren aan de schade aan haar hart.

Uit het niets ging de bel, en Mad sprong op. Ze mocht van Harriet nooit meer opendoen, maar Harriet was er niet. Ze keek uit het raam in de verwachting een vreemde te zien staan, maar ze zag Wakely.

'Mad,' zei eerwaarde Wakely toen ze opendeed. 'Ik heb over je ingezeten.'

Vanuit de televisie legde Elizabeth Zott uit hoe lucht over de ruwe oppervlakken van de suikerkristallen werd meegedragen en vervolgens door een laagje vet werd ingekapseld, waardoor er schuim ontstond. 'Als ik de eieren toevoeg,' zei ze, 'zorgt het eiwit ervoor dat de door vet ingekapselde luchtbellen niet inzakken als ze worden warm gemaakt.' Ze zette de kom neer. 'We zijn zo terug, na deze reclameboodschappen.'

'Ik hoop dat je het niet erg vindt dat ik even langskom,' zei Wakely. 'Ik dacht dat je vast wel thuis zou zijn tijdens het programma van je moeder. Maakt ze echt brownies voor het avondeten?'

'Ze heeft haar dag niet.'

'Dat artikel in *Life* – kan ik me goed voorstellen. Waar is je oppas?'

'Harriet komt zo terug.' Ze aarzelde, omdat ze wist dat het waarschijnlijk niet verstandig was om dit te vragen. 'Wakely. Wil je blijven eten?'

Hij zweeg. Als menu's afhankelijk waren van het soort dag dat je had, zou hij de rest van zijn leven iedere avond brownies eten. 'Ik wil me niet opdringen, Mad. Ik wilde alleen maar even kijken of alles wel goed met je ging. Ik vind het vreselijk dat ik je niet beter kon helpen met die stamboom, al ben ik trots op wat je hebt gemaakt. Je hebt je stamboom met brede, eerlijke pennenstreken getekend. Familie is veel meer dan biologie.'

'Dat weet ik.'

Hij keek om zich heen in de kleine kamer vol boeken en zag de ergometer. 'Daar staat hij,' zei hij verwonderd. 'De roeimachine. Die zag ik in het tijdschrift staan. Handige vader had je, zeg.'

'Ik heb een heel handige móéder,' verklaarde ze. 'Mijn moeder heeft onze keuken omge–' Maar voor ze hem het lab kon laten zien kondigde Elizabeth vanuit de televisie aan dat ze er weer was. 'Een van de dingen die ik leuk vind aan koken,' zei ze, bloem toevoegend, 'is het intrinsieke nut ervan. Als we eten maken, maken we niet zomaar iets wat lekker is – we maken iets wat onze cellen van energie voorziet, iets wat ons in leven houdt. Heel anders dan wat anderen maken. Zoals –' ze zweeg en keek toen rechtstreeks, met toegeknepen ogen de camera in – 'tijdschriften.'

'Die arme moeder van jou,' zei Wakely hoofdschuddend.

De achterdeur vloog met een knal open.

'Harriet?' riep Mad.

'Nee, lieverd, ik ben het.' De stem klonk vermoeid. 'Ik ben vroeg thuis.'

Wakely verstijfde. 'Je moeder?'

Hij was er niet klaar voor om Elizabeth Zott te ontmoeten. Het was al heel wat om in het huis te zijn waar Calvin Evans ooit gewoond had, maar om ineens ook de vrouw te ontmoeten die hij niet had kunnen troosten op Evans' begrafenis? De beroemde atheïstische tv-presentatrice? Die laatst nog op de cover van *Life* stond? Nee. Hij moest onmiddellijk weg – nu, voor ze een volwassen man alleen met haar jonge dochter in een verder leeg huis aantrof. Goeie genade! Hoe had hij dit in zijn hoofd gehaald? Kon het er nog slechter uitzien?

'Tot kijk,' fluisterde hij naar Mad en hij liep naar de voordeur. Maar voor hij die kon opendoen kwam Half Zeven naast hem staan.

Wakely!

'Mad?' riep Elizabeth, die haar tassen in het lab gooide en de woonkamer binnenkwam. 'Waar is –' Ze bleef staan. 'O.' Ze keek verwonderd, verrast om een man met een priesterboord met haar deurklink in zijn hand te zien staan.

'Hoi mama,' zei Madeline, die nonchalant probeerde te klinken. 'Dit is Wakely. Een vriend van me.'

'Eerwáárde Wakely.' Wakely liet schoorvoetend de klink los om zijn hand uit te steken. 'Presbyteriaanse kerk. Duizendmaal excuses dat ik u lastigval, mevrouw Zott,' zei hij snel. 'Echt duizendmaal. U zult wel moe zijn na uw lange dag. Madeline en ik hebben elkaar een tijdje terug in de bibliotheek ontmoet, en ze heeft gelijk, we zijn bevriend, we – ik wilde net weggaan.'

'Wakely heeft me met de stamboom geholpen.'

'Verschrikkelijke opdracht,' zei hij. 'Volkomen ongepast. Ik ben pertinent tegen huiswerkopdrachten die zich met privézaken van het gezin bemoeien – maar nee, ik heb nauwelijks geholpen. Hád ik maar kunnen helpen. Calvin Evans – zijn werk – heeft veel invloed op mijn leven gehad. Tja, het klinkt misschien gek gezien het werk dat ik doe, maar ik was een bewonderaar, een fan zelfs; Evans en ik waren zelfs –' Hij zweeg. 'Nogmaals, gecondoleerd – het was vast geen –'

Wakely hoorde zichzelf doorratelen als een stoomtrein. Hoe meer hij kletste hoe angstaanjagender Elizabeth hem aankeek.

'Waar is Harriet?' Ze wendde zich tot Madeline.

'Boodschappen doen.'

Vanuit de televisie zei Elizabeth Zott: 'Ik heb tijd voor een paar vragen.'

'Bent u echt chemica?' vroeg iemand. 'Want volgens *Life* –'

'Já,' blafte ze. 'Heeft er iemand nog een echte vraag?'

In haar woonkamer zag Elizabeth er paniekerig uit. 'Zet af, nu,' zei ze. Maar voor ze de knop te pakken had vroeg een vrouw uit het publiek nieuwsgierig: 'Uw dochter is toch onwettig, of niet?'

Wakely deed twee stappen naar de televisie en zette die zelf uit. 'Niet naar luisteren, Mad,' zei hij. 'Er is veel domheid in de wereld.' Toen keek hij om zich heen alsof hij wilde kijken of hij niets had laten liggen en zei: 'Het spijt me heel erg u gestoord te hebben.' Maar toen hij zijn hand weer op de deurklink legde, legde Elizabeth een hand op zijn mouw.

'Eerwaarde Wakely,' zei ze met de droevigste stem die hij ooit had gehoord. 'Wij hebben elkaar al eens ontmoet.'

'Dat hebt u me nooit verteld.' Madeline pakte een tweede brownie. 'Waarom hebt u me niet verteld dat u op mijn vaders begrafenis was?'

'Omdat,' zei hij, 'ik daar maar een figurant was, meer niet. Ik keek huizenhoog op tegen je vader, maar dat wil niet zeggen dat ik hem ook kende. Ik wilde helpen – ik wilde de juiste woorden vinden om je moeder bij te staan in haar verlies, maar dat lukte me niet. Ik had je vader nooit ontmoet, begrijp je – maar het voelde alsof ik hem begreep. Dat klinkt vast pretentieus,' zei hij, zich tot Elizabeth richtend. 'Het spijt me.'

Elizabeth had nauwelijks een woord gezegd tijdens het eten, maar de bekentenis van Wakely raakte haar blijkbaar ergens toch. Ze knikte.

'Mad,' zei ze. 'Onwettig betekent dat je een kind was dat buiten het huwelijk werd geboren. Het betekent dat je vader en ik niet getrouwd waren.'

'Ik begrijp heus wel wat het betekent,' zei ze. 'Ik begrijp alleen niet waarom het zo belangrijk is.'

'Het is alleen belangrijk voor de oliedommen onder ons,' merkte Wakely op. 'Ik praat de hele dag door met de dommen. Ik weet hoe ze denken. Als predikant had ik gehoopt een deuk in dat soort domheid te slaan – mensen te laten zien dat ze met hun gedrag zo veel onnodige... hoe dan ook, je moeder had volkomen gelijk in het artikel toen ze zei dat onze maatschappij voor een groot deel op fabeltjes is gebaseerd, dat onze cultuur, religie en politiek de waarheid vaak verdraaien. Illegitimiteit is maar een van die fabeltjes. Besteed geen aandacht aan dat woord of aan wie het ook maar gebruikt.'

Elizabeth keek verbaasd op. 'Dat is uiteindelijk helemaal niet in het *Life*-artikel terechtgekomen.'

'Wat niet?'

'Dat van die fabeltjes. Over het verdraaien van de werkelijkheid.'

Nu was het aan hem om verbaasd te kijken. 'O ja, niet in *Life*. Maar in Roths nieuwe –' Hij keek naar Mad, alsof hij zich nu pas herinnerde waarom hij ook alweer was langsgekomen. 'O, lieve hemel.' Hij bukte zich om een onverzegelde bruine envelop uit zijn tas te halen en legde die voor Elizabeth neer. Er stonden drie woorden op de voorkant: *Elizabeth Zott. VERTROUWELIJK.*

'Mama,' zei Mad vlug. 'Meneer Roth kwam een paar dagen geleden langs. Ik deed niet open omdat ik dat niet mag, maar ook omdat het Roth was, en Roth volgens Harriet Volksvijand Nummer Eén is.' Ze zweeg en liet haar hoofd hangen. 'Ik heb zijn artikel in *Life* gelezen,' gaf ze toe. 'Ik weet dat dat niet mocht van jou, maar ik heb het toch gedaan en het was vreselijk. En ik weet ook niet hoe Roth aan mijn stamboom is gekomen, maar dat is wel gebeurd en dat is mijn schuld, en –' De tranen biggelden over haar wangen.

'Lieverd.' Elizabeth ging zachter praten en nam het kind bij zich op schoot. 'Nee, natuurlijk is het niet jouw schuld; niets wat hiermee te maken heeft is jouw schuld. Jij hebt niks verkeerd gedaan.'

'O, jawel,' snotterde Mad terwijl haar moeder haar over haar haar aaide. 'Die,' zei ze, wijzend naar de bruine envelop die Wakely op tafel had gelegd, 'die komt van Roth. Hij had hem bij de voordeur gelegd en ik heb hem opengemaakt. En hoewel er vertrouwelijk op stond, heb ik het toch gelezen. En toen heb ik hem naar Wakely gebracht.'

'Maar, Mad, waarom zou je dat...' Ze zweeg en keek Wakely verontrust aan. 'Wacht eens even. Hebt u het ook gelezen?'

'Ik was er niet toen Mad langskwam,' legde Wakely uit, 'maar mijn typiste vertelde dat Mad was langs geweest en dat ze erg over haar toeren was. Dus ik geef toe – ik heb het artikel ook gelezen. En mijn typiste eerlijk gezegd ook, het is behoorlijk –'

'Godallejezus!' ontplofte Elizabeth. 'Zijn jullie wel goed bij je hoofd? Betekent het woord "vertrouwelijk" dan helemaal niets meer?' Ze griste de envelop van tafel.

'Maar, Mad.' Wakely negeerde de woede van Elizabeth. 'Waarom was je er zo door van slag? Meneer Roth probeert het tenminste goed te maken. Hij heeft tenminste de waarheid geschreven.'

'Hoezo, de waarheid?' vroeg Elizabeth. 'Die man zou niet weten hoe dat –' Maar toen ze in de envelop voelde en de inhoud eruit haalde zweeg ze. 'Waarom hun verstand ertoe doet,' was de titel van het nieuwe stuk.

Het was een proefartikel – nog niet geplaatst. Onder de titel stond een foto van Elizabeth in haar thuislaboratorium, met naast zich Half Zeven met zijn beschermbril op. Om haar heen een fotorand van andere vrouwelijke wetenschappers uit de hele wereld in hun laboratoria. 'Het vooroordeel van de wetenschap,' luidde de ondertitel, 'en wat deze vrouwen eraan doen.'

Er zat een briefje aan vast.

Sorry, Zott. Ben weg bij Life. *Probeer nog steeds de waarheid naar buiten te brengen, niet dat ook maar iemand erop zit te wachten. Ben tot nu toe door tien wetenschappelijke tijdschriften afgewezen. Ga nu een verhaal maken in een land dat Vietnam heet. Tot ziens, FR*

Elizabeth las het nieuwe stuk met ingehouden adem. Het stond er allemaal in: haar doelen, haar experimenten. En die andere vrouwen en hun werk – ze voelde zich gesterkt door hun strijd, geïnspireerd door hun voortgang.

Maar Madeline zat te huilen.

'Lieverd,' zei Elizabeth. 'Ik snap het niet. Waarom ben je hier zo door van slag? Meneer Roth heeft het goed gedaan. Het is een goed stuk. Ik ben niet boos op je; ik ben blij dat je het hebt gelezen. Hij heeft iets eerlijks over mij en die andere vrouwen geschreven en ik hoop van ganser harte dat het geplaatst wordt. Ergens.' Ze keek nog eens naar zijn briefje. Al tien keer afgewezen door wetenschappelijke tijdschriften? Echt waar?

'Dat weet ik,' Madeline veegde met haar hand onder haar neus, 'maar daarom ben ik juist verdrietig, mama. Omdat jij in een lab thuishoort. Maar je kookt eten op tv en... en... dat komt door míj.'

'Nee,' zei Elizabeth teder. 'Niet waar. Iedere ouder moet de kost verdienen. Dat hoort bij het volwassen zijn.'

'Maar vooral door míj zit je niet in een lab –'

'Alweer niet waar –'

'Wel waar. Dat heeft de typiste van Wakely me zelf verteld.'

Elizabeths mond viel open.

'Jezus christus.' Wakely sloeg zijn handen voor zijn gezicht.

'Wat?' vroeg Elizabeth. 'Wie is die typiste van u?'

'Ik geloof dat u haar misschien kent,' zei Wakely.

'Nou moet je even goed luisteren, Mad,' zei Elizabeth. 'Heel goed. Ik ben nog steeds chemicus. Een chemicus op televisie.'

'Nee,' zei Mad verdrietig. 'Dat ben je niet.'

39

Mijne heren

Het was twee dagen eerder, en juffrouw Frask was lekker op dreef. Normaal gesproken kon ze 145 woorden per minuut typen – sowieso al snel – maar het wereldrecord was 216 woorden per minuut, en vandaag had Frask, met drie vermageringspillen en een kop koffie achter de kiezen, het gevoel dat ze het misschien wel zou verbreken. Maar net toen ze bij de laatste loodjes was, ze met haar vingers op de toetsen hamerde en de stopwatch vlak naast haar doortikte, hoorde ze ineens een woord.

'Pardon.'

'Potjandorie!' Ze schoof weg van het bureau. Toen ze opzijkeek zag ze een mager kind staan met een bruine envelop in haar handen.

'Hallo,' zei het kind.

'Wat zullen we nou krijgen!' stamelde Frask.

'U bent snel, zeg.'

Frask drukte haar hand op haar hart alsof ze dat in toom wilde houden. 'D-dank je,' wist ze nog net uit te brengen.

'Uw pupillen zijn helemaal verwijd.'

'Pa-pardon?'

'Is Wakely er ook?'

Frask ging achterover in haar stoel zitten, met haar hart nog in haar keel, terwijl het kind zich vooroverboog om de inhoud van de typemachine te bekijken.

'Zeg!' zei Frask.

'Ik reken het uit,' legde het kind uit. Toen deinsde ze vol ontzag achteruit. 'Wauw. U komt al bij Stella Pajunas in de buurt.'

'H-hoe weet jij nou wie Stella –'

'Snelste typiste ter wereld. 216 woorden per –'

Frask zette grote ogen op.

'... maar ik onderbrak u, dus dat moeten we meerekenen –'

'Wie bén jij?' drong Frask aan.

'Mevrouw, u zweet.'

Frask bracht haar hand snel naar haar vochtige voorhoofd.

'U zit op 180 woorden per minuut. Afgerond.'

'Hoe heet jij?'

'Mad,' zei het kind.

Frask nam de gezwollen, paarsige lippen van het kind op, haar lange, onhandige ledematen. 'Evans?' vulde ze zonder erbij na te denken in.

Ze keken elkaar aan, allebei even verbaasd.

'Jouw moeder en vader en ik hebben vroeger samengewerkt,' legde Frask aan Mad uit met een bord dieetkoekjes erbij. 'Op Hastings. Ik zat bij Personeelszaken en je vader en moeder zaten allebei op de afdeling Chemie. Je vader was heel beroemd – dat weet je vast wel. En je moeder nu ook.'

'Door *Life*,' zei het kind met gebogen hoofd.

'Nee,' zei Frask ferm. 'Ondanks *Life*.'

'Wat was mijn vader voor iemand?' Mad nam een hap van een koekje.

'Hij...' Frask aarzelde. Ze realiseerde zich dat ze geen idee had wat voor iemand hij was geweest. 'Hij was stapelverliefd op je moeder.'

Madeline veerde op. 'Echt waar?'

'En je moeder,' zei ze voor het eerst zonder jaloezie, 'was stapelverliefd op hem.'

'En wat nog meer?' vroeg Mad gretig.

'Ze waren heel gelukkig samen. Zo gelukkig, dat je vader je moeder voor zijn dood een cadeautje naliet. Weet je wat dat cadeautje was?' Ze maakte een knikje met haar hoofd naar Mad. 'Jij.'

Madeline rolde lichtjes met haar ogen. Dit soort dingen zeiden volwassenen altijd als ze iets mooier wilden maken dan het was. Een keer had ze Wakely tegen een bibliothecaresse horen zeggen dat haar nicht, Joyce, weliswaar gestorven was – midden in de supermarkt naar haar hart had gegrepen en toen dood was neergevallen – maar dat ze niet geleden had. O nee? Had iemand Joyce iets gevraagd?

'En wat gebeurde er toen?'

Wat er gebeurde? dacht Frask. Nou, ik strooide gemene geruchten rond over je moeder, wat uiteindelijk tot haar ontslag leidde, wat ertoe leidde dat ze arm werd, wat ertoe leidde dat ze uiteindelijk terug naar Hastings ging, wat ertoe leidde dat je moeder tegen me stond te schreeuwen in het damestoilet, wat leidde tot de ontdekking dat we allebei verkracht waren, wat ertoe leidde dat we allebei niet konden afstuderen, wat leidde tot onbevredigende carrières in een bedrijf dat door een handjevol incompetente klootzakken werd geleid. Dat gebeurde er.

Maar wat ze zei was: 'Nou, je moeder besloot dat het leuker zou zijn om thuis te blijven en jou te krijgen.'

Madeline legde haar koekje neer. Daar had je het weer. Volwassenen en hun knipperlichtrelatie met de waarheid.

'Ik zie niet in wat daar zo leuk aan is,' zei Mad.

'Hoe bedoel je?'

'Was ze niet verdrietig?'

Frask keek weg.

'Als ik verdrietig ben, wil ik niet alleen zijn.'

'Koekje?' vroeg Frask halfslachtig.

'Alleen thuis,' ging Madeline verder. 'Zonder papa. Zonder werk. Zonder vrienden.'

Frask gaf ineens blijk van een bijzondere interesse voor een artikel met de titel 'Ons dagelijks brood'.

'Wat is het ware verhaal?' vroeg Madeline.

'Ze is ontslágen,' zei Frask, zonder stil te staan bij het effect dat haar woorden zouden kunnen hebben. 'Ontslagen omdat ze zwanger was van jóú.'

Madeline kromp ineen alsof ze van achteren was neergeschoten.

'Nogmaals, niet jouw schuld,' verzekerde Frask het kind, dat al tien minuten zat te snikken. 'Echt niet. Het zou je verbazen hoe bekrompen die lui op Hastings waren. Ontzettende etterbakken.' Frask, die bedacht dat zij zelf ook tot die etterbakken had behoord, at de rest van de koekjes op, terwijl Mad, ondanks haar schokkerige ademhaling, haar erop wees dat koekjes tartrazine bevatten, een kleurstof die in verband was gebracht met slechte lever- en nierfuncties.

'Hoe dan ook,' zei Frask erachteraan, 'je ziet het helemaal verkeerd. Je moeder is niet om jou bij Hastings weggegaan. Ze kon er dánkzij jou weg. En toen nam ze de domme beslissing om terug te gaan, maar dat is een ander verhaal.'

Madeline slaakte een zucht. 'Ik moet gaan.' Ze snoot haar neus terwijl ze op de klok keek. 'Sorry dat ik uw typetest heb verpest. Wilt u deze aan Wakely geven?' Ze gaf haar de onverzegelde envelop met *Elizabeth Zott: VERTROUWELIJK* erop.

'Zal ik doen,' beloofde Frask, en ze gaf haar een knuffel. Maar zodra de deur achter haar was dichtgevallen liet ze de instructies van het kind links liggen en maakte de envelop open. 'Godallemachtig,' zei ze boos terwijl ze het nieuwste artikel van Roth las. 'Zott is écht stoer.'

'Heren,' typte ze een halve minuut later woest, zich richtend tot de redacteuren van het tijdschrift *Life*. 'Ik heb uw bespottelijke coverstory over Elizabeth Zott gelezen en ik ben van mening dat uw feitenchecker ontslagen dient te worden. Ik ken Elizabeth Zott – ik heb met Elizabeth Zott samengewerkt – en ik weet heel zeker dat alles in dit artikel gelogen is. Ik heb ook met meneer Donatti gewerkt. Ik weet wat hij heeft gedaan op Hastings en ik heb de documenten om dat te bewijzen.'

Vervolgens volgde in haar brief een lijst van de prestaties van Elizabeth als chemica, waarvan ze de meeste pas te weten was gekomen na het lezen van Roths nieuwe artikel, en waarbij ze benadrukte wat voor onrecht Zott op Hastings was aangedaan. 'Donatti heeft haar financiering ingepikt,' schreef ze, 'en haar toen zonder reden ontslagen. Dat weet ik,' gaf ze toe, 'omdat ik eraan mee heb gewerkt – een zonde waar ik op het moment boete voor probeer te doen door preken uit te typen voor de kost.' Toen legde ze uit hoe Donatti later niet alleen het onderzoek van Zott had gestolen maar ook belangrijke investeerders had voorgelogen. Ze eindigde met de opmerking dat ze, ook al wist ze dat *Life* nooit het lef zou hebben haar brief af te drukken, toch het gevoel had hem te moeten schrijven.

Hij verscheen meteen in het volgende nummer.

'Elizabeth, moet je dit lezen!' zei Harriet opgetogen, met het laatste nummer van *Life* in handen. 'Vanuit het hele land hebben er vrouwen protestbrieven geschreven aan *Life*. Het is een opstand – ze staan allemaal aan jouw kant. Er staat er zelfs een in van iemand die beweert met jou op Hastings te hebben samengewerkt.'

'Geen interesse.'

Toen Elizabeth klaar was met haar dagelijkse lunchtrommelbriefjes aan Madeline deed ze de deksel erop om vervolgens te doen alsof ze druk in de weer was met de bunsenbrander. De afgelopen weken had ze haar best gedaan om positief te blijven – niet aan het artikel denken, prentte ze zichzelf in. Gewoon doorgaan. Die strategie had haar door zelfmoord, verkrachting, leugens, diefstal en catastrofaal verlies heen geholpen; dat zou ze nu weer doen. Alleen was dat niet zo. Deze keer had *Life* haar er met zijn verkeerde voorstelling van zaken weer onder gekregen. De schade voelde permanent, als een brandmerk. Ze zou er nooit aan kunnen ontsnappen.

Harriet las hardop uit de brieven voor. 'Als Elizabeth Zott er niet was geweest –'

'Harriet, ik zei toch: géén interesse,' snauwde ze. Wat had het voor zin? Haar leven was voorbij.

'Maar dat ongepubliceerde stuk van Roth dan,' zei Harriet, die deed of ze haar toon niet hoorde. 'Dat wetenschapsachtige. Ik had geen idee dat er nog meer vrouwelijke wetenschappers waren – buiten jou en Curie, bedoel ik. Ik heb het twee keer helemaal gelezen. Vond het fascinerend. Wat heel wat zegt, omdat, nou ja, je weet wel. Wetenschap.'

'Het is al door tien tijdschriften afgewezen,' zei Elizabeth mat. 'Voor vrouwen in de wetenschap bestaat geen enkele interesse.' Ze pakte haar autosleutels. 'Ik ga Mad even gedag zeggen, en dan ben ik ervandoor.'

'Wil je me een plezier doen? Probeer haar deze keer niet wakker te maken.'

'Harriet,' zei Elizabeth. 'Dat doe ik toch nooit?'

Zodra Harriet de Plymouth van Elizabeth de oprit af hoorde rijden deed ze de lunchtrommel van Madeline open, benieuwd naar wat voor wijze woorden Elizabeth nu weer had opgeschreven. *Je beeldt het je niet in*, stond er op het briefje. *De meeste mensen zijn verschrikkelijk.*

Harriet drukte bezorgd haar vingertoppen tegen haar hoofd. Ze liep het lab door en veegde werkbladen af, de zwaarte van de depressie van Elizabeth was op meer manieren zichtbaar dan haar ooit eerder was opgevallen. De stapel lege aantekeningenboekjes voor onderzoek, de onaangeroerde chemische hulpstoffen, de ongeslepen potloden. Dat vervloekte *Life* ook, dacht ze. Ondanks zijn naam had het tijdschrift het leven van Elizabeth gestolen – er een eind aan gemaakt – grotendeels door de leugenachtige citaten van mensen als Donatti en Meyers.

'Ach, liefje,' zei Harriet toen Mad in de deuropening verscheen. 'Heeft mama je wakker gemaakt?'

'Ben ik wel gewend.'

Ze gingen samen aan tafel en namen een paar kleine hapjes van de muffins die Elizabeth die ochtend vroeg voor het ontbijt had gemaakt.

'Ik maak me ernstig zorgen, Harriet,' zei Mad. 'Over mama.'

'Tja, ze voelt zich heel somber, Mad,' zei Harriet. 'Maar ze komt er snel weer bovenop. Wacht maar af.'

'Weet je het zeker?'

Harriet keek weg. Nee, ze wist het niet zeker. Ze had nog nooit in haar leven iets minder zeker geweten. Iedereen heeft een breekpunt; ze was bang dat Elizabeth eindelijk het hare had bereikt.

Ze richtte haar aandacht op het laatste nummer van *Ladies' Home Journal*. 'Hebt u vertrouwen in uw kapper?' vroeg een artikel. 'Het jaar van de belangrijke blouse,' berichtte een ander. Met een zucht pakte ze nog een muffin. Zij was het die Elizabeth had overgehaald om dat interview met *Life* te doen. Als er iemand schuld aan had, was zij het.

Ze bleven zwijgend zitten, terwijl Mad aan het papiertje van haar muffin frunnikte en Harriet de woorden van Elizabeth opnieuw door haar hoofd liet gaan, over dat niemand interesse had om over vrouwen in de wetenschap te lezen. Dat klonk alsof het klopte. Of toch niet?

Ze hield haar hoofd schuin. 'Wacht eens even, Mad,' zei ze langzaam, terwijl er een idee in haar opkwam. 'Wacht verdorie eens heel even.'

40

Normaal

'Ik denk vaak aan de dood,' bekende Elizabeth op een kille novemberavond aan Wakely.

'Ik ook,' zei hij.

Ze zaten samen op de trap bij de achterdeur zachtjes te praten. Madeline zat binnen tv te kijken.

'Volgens mij is dat niet normaal.'

'Misschien niet inderdaad,' zei hij. 'Maar ik weet ook niet precies wat er wel normaal is. Erkent de wetenschap normaal? Hoe zou jij normaal definiëren?'

'Tja,' zei ze. 'Normaal is denk ik zoiets als gemiddeld.'

'Weet ik niet, hoor. Normaal is niet zoals het weer; je kunt normaal niet verwachten. Je kunt normaal niet eens maken. Voor zover ik weet bestaat normaal misschien wel helemaal niet.'

Ze keek hem aan van opzij. 'Vreemde woorden van iemand die de Bijbel normaal vindt.'

'Helemaal niet,' zei hij. 'Ik durf gerust te stellen dat er niet één normale gebeurtenis in de Bijbel voorkomt. Is waarschijnlijk een van de redenen dat hij zo populair is. Wie wil er nou geloven dat het leven precies is wat het lijkt?'

Ze keek hem nieuwsgierig aan. 'Maar u gelooft in die verhalen. U predikt ze.'

'Ik geloof in een paar dingen,' corrigeerde hij haar. 'Met name de dingen over de moed niet verliezen, niet toegeven aan het duister. En wat het woord "prediken" betreft, ik heb meer met "verhalen vertellen". Hoe dan ook, het doet er niet toe wat ik geloof. Wat ik denk is dat jij je dood voelt, en dus gelooft dat je dood bent. Maar je bent niet dood. Je bent springlevend. En daarmee bevind je je in een lastig parket.'

'Hoe bedoelt u?'

'Je weet best wat ik bedoel.'

'U bent een vreemde predikant.'

'Nee, ik ben een predikant van likmevestje,' corrigeerde hij haar.

Ze aarzelde. 'Ik moet u iets bekennen, Wakely. Ik heb uw brieven gelezen. Die u en Calvin elkaar schreven. Die waren natuurlijk privé, maar ze zaten bij zijn spullen en ik heb ze gelezen. Jaren geleden.'

Wakely draaide zich om en keek haar aan. 'Heeft Evans ze bewáárd?' Ineens miste hij zijn oude vriend.

'Ik weet niet of u het weet, maar dankzij u heeft hij die baan op Hastings aangenomen.'

'Wat?'

'U zei dat het heerlijk weer was in Commons.'

'Echt?'

'U weet hoe belangrijk het weer was voor Calvin. Hij had naar tig andere plekken kunnen gaan waar hij veel meer kon verdienen, maar hij kwam hierheen, naar Commons. "Lekkerste weer ter wereld", volgens mij omschreef u het zo.'

Wakely voelde het gewicht van zijn lichtvaardige advies. Om iets wat hij gezegd had, was Evans naar Commons gekomen, en toen in Commons gestorven. 'Maar het weer is alleen later op de dag mooi,' legde hij uit, alsof hij dat verschuldigd was. 'Als de ochtendmist is opgetrokken. Het verbaast me dat hij hiernaartoe is verhuisd om in de zon te kunnen roeien. Er is helemaal geen zon – niet wanneer roeiers roeien.'

'Dat hoeft u mij niet te vertellen.'

'Ik ben verantwoordelijk,' zei hij ontzet, nu hij ten volle inzag welke rol hij gespeeld had bij Calvins vroegtijdige dood. 'Het is allemaal mijn schuld.'

'Nee, nee,' verzuchtte Elizabeth. 'Ik ben degene die die riem heeft aangeschaft.'

Samen bleven ze zitten luisteren naar Madeline, die met de herkenningsmelodie van een tv-programma meezong dat op de achtergrond klonk. *A horse is a horse, of course, of course, and no one can talk to a horse of course, that is, of course, unless the horse is the famous Mister Ed!*

Met een schok herinnerde Wakely zich het geheim dat Madeline hem die dag in de bibliotheek had ingefluisterd. *Mijn hond kent 981 woorden.* Dat had hem overvallen. Waarom zou een kind als Madeline, dat zo gespitst was op de waarheid, ervoor kiezen zo'n pertinente leugen te vertellen?

En wat hij tegen haar had gezegd? Erger kon niet. *Ik geloof niet in God.*

Even deed ze haar ogen dicht, en toen schraapte ze haar keel. 'Ik had een broer, Wakely,' zei ze alsof ze een zonde opbiechtte. 'Die is ook gestorven.'

Wakely fronste zijn wenkbrauwen. 'Een broer? Wat erg. Wanneer was dat? Wat is er gebeurd?'

'Het is al lang geleden. Ik was tien. Hij heeft zich opgehangen.'

'Ach jezus,' zei Wakely met trillende stem. Ineens dacht hij weer aan de stamboom van Madeline. Helemaal onderaan stond een kind met een strop om zijn nek.

'Zelf ben ik ook ooit bijna doodgegaan,' zei ze. 'Ik sprong in een groeve. Ik kon niet zwemmen. Nog steeds niet.'

'Wát?'

'Mijn broer sprong meteen achter me aan. Heeft me op de een of andere manier naar de kant weten te krijgen.'

'Aha.' Wakely begon langzaamaan haar schuldgevoel te doorgronden. 'Jouw broer heeft je gered – dus vind jij dat je hem ook had moeten kunnen redden. Is dat het?'

Met een bleek gezicht draaide ze zich naar hem toe.

'Maar, Elizabeth, je kon niet zwemmen – daarom sprong hij achter je aan. Je moet begrijpen dat het zo niet werkt bij zelfmoord. Zelfmoord is een stuk gecompliceerder.'

'Wakely,' zei ze. 'Hij kon ook niet zwemmen.'

Ze stopten met praten. Wakely wanhopig omdat hij niet wist wat hij moest zeggen, Elizabeth somber omdat ze niet wist wat ze moest doen. Half Zeven duwde de hordeur open en drukte zich tegen Elizabeth aan.

'Je hebt het jezelf nooit vergeven,' zei Wakely na een tijdje. 'Maar je moet het hém vergeven. Je moet je erbij neerleggen.'

Ze maakte een droevig geluid, als een langzaam leeglopende band.

'Je bent wetenschapper,' zei hij. 'Het is je werk om dingen te bevragen – naar antwoorden te zoeken. Maar soms – en dat weet ik toevallig heel zeker – zijn die er gewoon niet. Ken je dat gebed dat begint met: "God, geef me de wijsheid me neer te leggen bij de dingen die ik niet kan veranderen?"'

Ze keek bedenkelijk.

'Dat slaat duidelijk niet op jou.'

Ze hield haar hoofd scheef.

'Chemie is verandering en verandering is de kern van jouw geloofsleer. En dat is goed, want daar kunnen we er wel meer van gebruiken – mensen die weigeren zich bij de status quo neer te leggen, die niet bang zijn tegen het onaanvaardbare in het geweer te komen. Maar soms is het onaanvaardbare – de zelfmoord van jouw broer, de dood van Calvin – wel permanent, Elizabeth. Dingen gebeuren. Dat is nou eenmaal zo.'

'Soms begrijp ik wel waarom mijn broer eruit is gestapt,' gaf ze zachtjes toe. 'Na alles wat er is gebeurd wil ik dat soms ook.'

'Dat snap ik.' Wakely dacht aan de schade die het stuk in *Life* had aangericht. 'Geloof me. Maar dat is niet jouw ware probleem. Jouw probleem is niet dat je eruit wilt stappen.'

Verward draaide ze zich naar hem toe.

'Maar dat je er weer ín wilt stappen.'

41

Herpakken

'Hallo,' zei Elizabeth. 'Ik heet Elizabeth Zott, en dit is *Supper at Six.*'

Vanuit zijn producentenstoel deed Walter Pine zijn ogen dicht en dacht terug aan de dag van hun ontmoeting.

In haar witte labjas, met opgestoken haar en heldere stem was ze zijn secretaresse voorbij gestormd. Hij wist nog hoe overweldigend hij haar had gevonden. Ja, ze was aantrekkelijk, maar nu pas realiseerde hij zich dat dat weinig te maken had met haar uiterlijk. Nee, het was haar zelfvertrouwen, de zekerheid van wie ze was. Die zaaide ze om zich heen, tot die wortel schoot in anderen.

'Ik begin de aflevering van vandaag met een belangrijke mededeling,' zei ze. 'Ik vertrek per direct bij *Supper at Six.*'

Vanuit het publiek steeg een ongelovig geroezemoes op. 'Wat?' vroegen de mensen elkaar. 'Wat zei ze?'

'Dit wordt mijn laatste aflevering,' bevestigde ze.

Vanuit een bungalow in Riverside liet een vrouw een doosje eieren op de vloer vallen. 'Dat kunt u niet menen!' riep iemand op de derde rij.

'Ik meen alles wat ik zeg,' zei Elizabeth.

Een diepe droefheid daalde neer over de studio.

Overdonderd keek Elizabeth naar Walter. Die keek met een bemoedigend knikje terug. Dat was het enige waar hij toe in staat was zonder in te storten.

De avond ervoor was ze onaangekondigd naar zijn huis gereden. Bijna had hij niet opengedaan; hij had bezoek. Maar toen hij door het spionnetje keek en haar zag staan, met Mad slapend in de auto op de stoep en Half Zeven achter het stuur gepropt als de bestuurder van een vluchtauto, had hij ongerust de deur opengegooid.

'Elizabeth,' had hij met bonzend hart gezegd. 'Wat is er – wat is er gebeurd?'

'Is het Elizabeth?' vroeg een stem vlak achter hem. 'Godallejezus, wat is er aan de hand? Iets met Mad? Is ze gewond?'

'Hárriet?' Elizabeth deinsde vol verbazing achteruit.

Even zwegen ze alle drie, als in een toneelstuk waarin iedereen zijn tekst is vergeten. Uiteindelijk zei Walter met veel moeite: 'We probeerden het nog even stil te houden,' en flapte Harriet eruit: 'Tot mijn scheiding rond is,' en pakte Walter haar hand, en slaakte Elizabeth een verbaasde gil, waardoor Half Zeven opschrok, die per ongeluk hard op de claxon drukte – meermaals – waardoor Madeline weer wakker schrok, en toen Amanda, en toen iedereen in de buurt die de vergissing had begaan om vroeg naar bed te gaan.

Elizabeth bleef aan de drempel genageld staan. 'Ik had geen idee,' bleef ze maar zeggen. 'Hoe heb ik dat nou over het hoofd kunnen zien? Ben ik zo blind?'

Harriet en Walter keken elkaar aan alsof ze dat wilden bevestigen: tja, eigenlijk wel.

'Binnenkort vertellen we je het hele verhaal,' zei Walter. 'Maar waarom ben je hier? Het is negen uur.' Elizabeth was onuitgenodigd langsgekomen, iets wat ze nog nooit had gedaan. 'Wat is er?'

'Niks ergs,' zei Elizabeth. 'Alleen heb ik nu een naar gevoel over de reden van mijn komst. Jullie nieuws is zo positief en dat van mij is –'

'Wat? Wát?'

'Eigenlijk,' zei ze, alsof ze haar antwoord ter plekke verbeterde. 'Is mijn nieuws ook positief.'

Walter zwaaide ongeduldig met zijn handen alsof hij haar wilde aansporen op te schieten.

'Ik... ik heb besloten met het programma te stoppen.'

'Wát?' stamelde Walter.

'Morgen,' zei ze erachteraan.

'Nee!' zei Harriet.

'Ik stop ermee,' zei ze nog een keer.

Het was de toon in haar stem, daaruit bleek dat haar besluit misschien impulsief was, maar ook onherroepelijk. Onderhandelen was nutteloos; het had geen enkele zin te beginnen over onbeduidende zaken als contracten of misgelopen rijkdom of hoe haar lege plek moest worden opgevuld. Haar besluit stond vast, en om die reden barstte Walter in tranen uit.

Ook Harriet herkende die toon, en met de trots van een moeder die doet alsof wanneer haar kind aankondigt dat ze haar leven wil gaan wijden aan iets wat nauwelijks verdient, barstte ook zij in tranen uit. Met beide armen trok ze Walter en Elizabeth dicht tegen zich aan.

'Ik heb met volle teugen genoten van mijn tijd als presentator van *Supper at Six*,' ging Elizabeth verder, recht de camera in kijkend, 'maar ik heb besloten terug te keren naar de wereld van wetenschappelijk onderzoek. Ik wil van deze gelegenheid gebruikmaken om jullie allemaal te bedanken, niet alleen voor het kijken,' zei ze, steeds harder om boven het geroezemoes uit te komen, 'maar ook voor jullie vriendschap. De afgelopen twee jaar hebben we samen veel bereikt. Honderden maaltijden, kun je je dat voorstellen. Maar we hebben niet alleen recepten geschreven, dames. Ook geschiedenis.'

Verbaasd deed ze een stap naar achteren toen het publiek onder instemmend gebrul opstond.

'VOOR IK WEGGA,' riep ze, 'DENK IK DAT JULLIE HET WEL LEUK ZULLEN VINDEN OM TE HOREN –' Ze hief haar handen om het publiek tot rust te manen. 'Herinnert iemand zich nog ene mevrouw George Fillis – die vrouw die de moed had ons te vertellen dat ze hartchirurg wilde worden?' Ze voelde in haar schort en haalde er een brief uit. 'Ik heb een update. Kennelijk heeft mevrouw Fillis niet alleen haar kandidaats geneeskunde in recordtempo afgerond, maar is ze ook voor het doctoraal toegelaten. Gefeliciteerd, mevrouw George – o nee, sorry – Márjorie Fillis. We hebben geen moment aan u getwijfeld.'

Hierdoor hervond het publiek meteen zijn vuur en ondanks haar normaal gesproken ernst zag Elizabeth dr. Fillis voor zich die haar handen voor een operatie waste en ze kon er niets aan doen. Ze glimlachte.

'Maar ik durf te wedden dat het voor Marjorie,' zei Elizabeth, iets harder weer, 'niet eens zozeer moeilijk was om terug naar school te gaan, als wel om de moed op te brengen dat te doen.' Met een markeerstift beende ze naar haar ezel. CHEMIE IS VERANDERING, schreef ze.

'Steeds als u aan uzelf twijfelt,' zei ze, zich weer naar het publiek toe draaiend, 'steeds als u bang bent, bedenk dan één ding. Moed ligt ten grondslag aan verandering – en verandering is waar we chemisch gezien op gebouwd zijn. Dus als u morgen wakker wordt, leg dan deze eed af. Houd uzelf niet langer tegen. Onderschrijf niet langer wat anderen vinden over wat u wel en niet zou kunnen bereiken. En laat u niet langer in een nutteloos hokje stoppen van sekse, ras, economische status of religie. Sta niet toe dat uw talent verloren gaat, dames, ontwerp uw eigen toekomst. Als u vandaag naar huis gaat, vraag u dan af wat ú gaat veranderen. En begin er dan aan.'

Door het hele land sprongen er vrouwen van de bank en sloegen schreeuwend op de keukentafel, deels uit opgetogenheid over haar woorden en deels uit verdriet om haar vertrek.

'Voor ik WEGGA,' riep ze boven het kabaal uit, 'wil ik graag een heel bijzondere VRIENDIN BEDANKEN. Ze heet HARRIET SLOANE.'

In de woonkamer van Elizabeth viel Harriets mond open.

'Harriet,' fluisterde Mad. 'Je bent beroemd!'

'Zoals u weet,' ging Elizabeth verder, terwijl ze het publiek met haar handen weer tot bedaren bracht, 'sloot ik mijn aflevering altijd af door uw kinderen op te dragen de tafel te dekken, zodat u even tijd voor uzelf had. "Even tijd voor jezelf" – dat was het advies dat Harriet Sloane me bij onze eerste ontmoeting gaf, en door datzelfde advies heb ik nu besloten weg te gaan bij *Supper at Six*. Harriet was degene die me adviseerde dat moment te gebruiken om weer met mijn eigen behoeftes in contact te komen, mezelf te herpakken. En dankzij Harriet heb ik dat eindelijk gedaan.'

'Godallemachtig nog aan toe.' Harriet werd bleek.

'Sjonge, Pine gaat je vermóórden,' zei Mad.

'Bedankt, Harriet,' zei Elizabeth. 'Jullie allemáál bedankt,' zei ze met een knikje naar het publiek. 'En nu, voor de laatste keer dus, wil ik jullie kinderen vragen de tafel te dekken. En vervolgens ga ik u allemaal vragen even de tijd te nemen om uzelf te herpakken. Daag uzelf uit, dames. Gebruik de wetten van chemie en verander de status quo.'

Opnieuw kwam het publiek overeind, en opnieuw klonk er een daverend applaus. Maar toen Elizabeth zich omdraaide om weg te lopen werd duidelijk dat het publiek nergens heen ging – niet zonder een laatste aanwijzing. Omdat ze niet precies wist wat ze nu moest, keek ze naar Walter. Hij maakte een gebaar alsof hij een idee had, krabbelde toen iets op een tekstkaartje en hield dat voor haar omhoog. Ze knikte en richtte zich weer op de camera.

'Hiermee is uw introductie in de chemie afgerond,' kondigde ze aan. 'Einde van de les.'

42

Personeel

Januari 1962

Iedereen was ervan uitgegaan – waarbij iedereen bestond uit Harriet, Walter, Wakely, Mason en Elizabeth zelf – dat ze bedolven zou worden onder de baanaanbiedingen. Universiteiten, onderzoekslaboratoria, misschien zelfs wel het ministerie van Volksgezondheid. Ondanks de schijnvertoning die *Life* van haar leven had gemaakt, was ze een prominente figuur, beroemd van tv.

Maar dat gebeurde niet. Sterker nog, er gebeurde helemaal niets. Niet alleen werd ze niet één keer gebeld, maar al haar sollicitatiebrieven aan onderzoeksinstellingen bleven volkomen onbeantwoord. Ondanks haar populariteit in de middag had de wetenschappelijke gemeenschap nog steeds ernstige twijfels bij haar academische kwalificaties. Dr. Meyers, dr. Donatti – zeer vooraanstaande chemici – waren in *Life* aangehaald met de opmerking dat ze geen echte wetenschapster was. En daarmee was het bezegeld.

En zo raakte ze bekend met het andere cliché over roem: dat die vergankelijk was. De enige Elizabeth Zott waar ook maar iemand op zat te wachten, was de versie met een schort om.

'Je kunt altijd nog terug naar het programma,' zei Harriet toen Elizabeth met Half Zeven en haar armen vol bibliotheekboeken binnenkwam. 'Je weet dat Walter je meteen zou terugnemen als je hem de kans gaf.'

'Dat weet ik.' Ze legde de boeken neer. 'Maar ik kan het niet. In elk geval doen de herhalingen het goed. Koffie?' vroeg ze terwijl ze een bunsenbrander aanstak.

'Daar heb ik geen tijd voor. Ik heb een afspraak met mijn advocaat.' Harriet viste wat briefjes uit de zak van haar schort. 'Dr. Mason wil je spreken over een nieuw uniform voor het damesteam en – misschien moet je even gaan zitten? – Hastings heeft gebeld. Ik had bijna meteen opgehangen. Kun je het je voorstellen? Hástings. Die durven wel zeg, om hiernaartoe te bellen.'

'Wie was het?' Elizabeth moest haar best doen om niet al te bezorgd te klinken. De afgelopen tweeënhalf jaar had ze gewacht op het moment dat Hastings zou merken dat Calvins dozen weg waren.

'Het hoofd Personeelszaken. Maar geen zorgen. Ik zei dat ze de pot op kon.'

'Ze?'

Harriet rommelde door de berichten. 'Hier heb ik het. Ene juffrouw Frask.'

'Frask werkt niet meer bij Hastings,' zei Elizabeth opgelucht. 'Die is vijf jaar geleden ontslagen. Ze typt nu preken uit voor Wakely.'

'Interessant,' zei Harriet. 'Nou, ze beweerde dat ze hoofd Personeelszaken bij Hastings is.'

Elizabeth keek bedenkelijk. 'Ze maakt graag grapjes.'

Toen Harriets auto de oprit af was gereden schonk Elizabeth een kop koffie voor zichzelf in en pakte toen de telefoon.

'Kantoor van juffrouw Frask, u spreekt met juffrouw Finch,' zei de stem.

'Kantóór van juffrouw Frask?' schamperde Elizabeth.

'Pardon?' klonk de stem.

Elizabeth aarzelde. 'Sorry,' zei ze, 'maar met wie spreek ik?'

'Met wie spreek ík?' wilde de stem weten.

'Oké, oké,' zei Elizabeth. 'Ik speel het spelletje wel mee. Elizabeth Zott en ik bel voor juffrouw Frask.'

'Elizabeth Zott,' zei degene aan de andere kant van de lijn. 'Goeie.'

'Is er een probleem?' vroeg Elizabeth.

Het was de toon. De vrouw aan de andere kant herkende hem meteen. 'O,' zei ze zachtjes. 'U bent het écht. Mijn excuses, juffrouw Zott. Ik ben een groot fan. Het is een eer u te mogen doorverbinden. Blijft u even aan de lijn.'

'Zott,' klonk het vlak daarna. 'Dat werd eens tijd, verdomme!'

'Hallo, Frask,' zei Elizabeth. 'Hoofd Personeelszaken op Hastings? Weet Wakely wel dat je telefoongrappen loopt uit te halen?'

'Drie dingen, Zott,' zei Frask opgewekt. 'Eén: geweldig artikel. Ik heb altijd al geweten dat ik je ooit nog eens ergens op de cover zou zien staan, maar daar? Geniale zet. Wil je het koor bereiken, ga dan naar de plek waar ze ter kerke gaan.'

'Hè?'

'Twee. Wat een enige werkster heb je –'

'Harriet is geen werkster –'

'... meteen toen ik zei dat ik vanuit Hastings belde zei ze dat ik de pot op kon. Mijn dag kon niet meer stuk.'

'Frask –'

'Ten derde moet je zo snel mogelijk langskomen – vandaag dus nog – het liefst nog binnen een uur als dat je lukt. Weet je die rijke investeerder nog? Die is terug.'

'Frask,' verzuchtte Elizabeth, 'je weet dat ik best van grapjes hou, maar –'

Frask schoot in de lach. 'Jíj die van grapjes houdt? Is dát soms een grap? Nee, Zott, moet je horen. Ik werk weer bij Hastings – sterker nog, ik sta aan de top. Die investeerder van jou zag die brief van mij aan *Life* en nam contact met me op. De rest vertel ik je nog wel; ik heb nu geen tijd. Ik ben met een grote schoonmaak bezig. God, wat hou ik van schoonmaken! Kun je komen of niet? O ja, nooit gedacht dat ik dit zou zeggen, maar neem je die verrekte hond ook mee? De investeerder wil hem graag ontmoeten.'

Harriet stapte met bevende handen het advocatenkantoor van Hanson & Hanson binnen. De afgelopen dertig jaar had ze bij haar priester gebiecht dat haar echtgenoot dronk en vloekte en zelf nooit de mis bijwoonde, dat hij haar als zijn persoonlijke slaafje behandelde, dat hij haar uitschold. En de afgelopen dertig jaar had de priester geknikt en vervolgens uitgelegd dat ze, hoewel echtscheiding uitgesloten was, nog een hoop andere mogelijkheden had. Zo zou ze kunnen bidden om een betere echtgenote te worden, zichzelf eens goed in de spiegel kunnen aankijken en proberen te begrijpen hoe ze hem boos had gekregen, wat meer aandacht aan haar uiterlijk kunnen besteden.

Daarom had ze zich op alle damesbladen geabonneerd – omdat dat zelfhulpbijbels waren en ze haar zouden laten zien wat haar te doen stond. Maar welk advies ze ook opvolgde, tussen haar en meneer Sloane werd het er niet beter op. Erger nog, soms had het advies een averechts effect – zoals die keer dat ze een permanent had genomen, iets waarvan het tijdschrift beweerde dat hij daarvan 'zou opkijken', maar wat juist was uitgelopen op een eindeloze klaagzang over hoe vies ze rook. Maar toen was Elizabeth Zott in haar leven gekomen en had ze zich eindelijk gerealiseerd dat ze misschien wel helemaal geen nieuwe kleren of ander haar nodig had. Maar een carrière. Bij een tijdschrift.

Was er iemand ter wereld die meer van tijdschriften afwist dan zij? Dat was onmogelijk. En om dat te bewijzen wist ze precies waar ze moest beginnen. Bij het nog ongeplaatste artikel van Roth.

Volgens Harriet had Roth de klassieke denkfout gemaakt – hij was ervan uitgegaan dat alleen wetenschappelijke tijdschriften belangstelling zouden hebben voor een stuk over vrouwen in de wetenschap. Harriet wist dat hij het mis had. Ze belde hem op om haar zaak voor te leggen, maar zijn antwoordapparaat liet weten dat Roth nog steeds in – waar was het ook alweer? Vietnam zat. Ze stuurde het artikel dus maar zonder zijn toestemming in. Waarom niet? Als het werd goedgekeurd zou hij haar bedanken, en zo niet, dan was hij niet erger af dan nu.

Ze nam het pakketje mee naar het postkantoor om het te laten wegen, deed er een aan zichzelf geadresseerde envelop met postzegel bij om snel antwoord te krijgen, bad toen drie weesgegroetjes, sloeg twee keer een kruis, haalde één keer diep adem en gooide hem in de bus.

Na twee weken zonder antwoord voelde ze een lichte bezorgdheid. Na vier maanden, de bijtende pijn van afwijzing. Ze probeerde de feiten onder ogen te zien. Misschien wist ze wel helemaal niet zo veel over tijdschriften als ze dacht. Misschien zat er wel niemand te wachten op Harriet met haar Roth-artikel, net zoals er niemand zat te wachten op Elizabeth met haar abiogenese.

Of misschien had meneer Sloane, boos om Harriets hervonden geluk, wel besloten haar op een geheel nieuwe manier te straffen. Misschien gooide hij haar post wel weg.

'Juffrouw Zott,' dweepte de receptioniste van Hastings toen Elizabeth de hal in kwam. 'Ik laat juffrouw Frask weten dat u er bent.' Ze stak een kabel in het schakelbord. '*Ze is er!*' siste de vrouw naar iemand aan de andere kant van de lijn. 'Mag ik u iets vragen?' Ze hield een exemplaar omhoog van *De reis van de Beagle*. 'Ik ben net aan de avondschool begonnen.'

'Maar natuurlijk.' Elizabeth zette haar handtekening op de cover. 'Goed van u, hoor.'

'Dat komt door u, juffrouw Zott,' zei de jonge vrouw ernstig. 'O ja, en zou u, als het niet te veel gevraagd is, ook mijn tijdschrift willen signeren?'

'Nee,' zei Elizabeth. '*Life* heeft mijn leven verwoest.'

'O, sorry,' zei de jonge vrouw. 'Ik lees *Life* niet. Ik bedoelde uw laatste.' Ze hield een dik glad magazine omhoog.

Elizabeth keek omlaag en schrok toen ze door haar eigen gezicht werd aangestaard.

'Waarom hun verstand ertoe doet,' stond er op de cover van *Vogue*.

Terwijl ze de gang door sjeesden, waarbij het geklak van hun hakken in scherp contrast stond met de gedempte geluiden van generatoren en ventilatoren uit de andere laboratoria, liet Frask Elizabeth weten dat ze in het oude lab van Calvin zouden samenkomen.

'Waarom dáár?' vroeg Elizabeth.

'Die rijkaard stond erop.'

'Wat leuk u te ontmoeten, juffrouw Zott.' Wilson maakte zijn lange ledematen los van de kruk. Hij stak zijn hand uit en Elizabeth nam hem op: zorgvuldig geknipt grijs haar, saliekleurige ogen, wollen krijtstreeppak. Ook Half Zeven besnuffelde hem grondig, waarna hij zich naar Elizabeth draaide. *Helemaal in orde.*

'Ik wilde u al heel lang ontmoeten,' zei Wilson. 'We waarderen het zeer dat u bereid was binnen zo'n kort tijdsbestek te komen.'

'We?' vroeg Elizabeth verbaasd.

'Hij bedoelt mij,' zei een vrouw van in de vijftig, die met een klembord uit de voorraadkast van het lab tevoorschijn kwam. Ze had van dat haar dat ooit blond was geweest maar zich nu langzaam aan de ouderdom overgaf. Net als Wilson droeg ze een pak, maar dat van haar was lichtblauw en zag er, ondanks de perfecte snit, minder serieus uit dankzij een goedkope madeliefjesbroche op haar revers. 'Avery Parker,' zei ze nerveus en ze pakte de hand van Elizabeth. 'Aangenaam.'

Half Zeven, die zijn onderzoek naar Wilson had afgerond, zette zich nu aan de analyse van Parker. Hij besnuffelde haar been. 'Hallo, Half Zeven,' zei ze. Ze bukte zich en drukte zijn hoofd tegen haar bovenbeen. Hij snoof onderzoekend en trok toen verbaasd zijn kop weg. 'Waarschijnlijk ruikt hij mijn hond,' zei ze, hem weer naar zich toe trekkend. 'Bingo is een enorme fan van je,' zei ze van bovenaf tegen hem. 'Hij vond je werk voor het programma geweldig.'

Wat een uiterst intelligente sterveling.

'We hebben een volledige inventarislijst van elk lab nodig,' zei ze tegen Frask. 'En we moeten ook weten wat u nodig zou hebben, juffrouw Zott,' zei ze met een lichte eerbied in haar stem. 'Voor uw onderzoek. Uw onderzoek hier bij Hastings, bedoel ik.'

'Om uw werk over abiogenese voort te zetten,' kwam Wilson tussenbeide. 'In uw laatste aflevering kondigde u aan dat u van plan was weer onderzoek te gaan doen. Dan is er toch geen betere plek dan deze?'

Elizabeth hield haar hoofd scheef. 'Ik kan er wel een paar bedenken.'

De laatste keer dat ze in deze ruimte was geweest was met Frask, en toen had Frask haar laten weten dat Calvins spullen weg waren, Half Zeven het veld moest ruimen en Madeline op komst was. Ze bekeek het deprimerende schoolbord dat vol met andermans schrijfsels stond en keek toen weer naar meneer Wilson. Die hing als een rol stof op Calvins oude kruk.

'Ik wil uw tijd niet verdoen,' zei Elizabeth, 'maar ik zie mezelf niet terugkeren bij Hastings. Het is iets persoonlijks.'

'Dat kan ik begrijpen,' zei Avery Parker. 'Ik geef u geen ongelijk, na alles wat zich hier heeft voorgedaan. Toch zou ik graag de kans krijgen u op andere gedachten te brengen.'

Elizabeth keek rond in het lab, liet haar ogen op een van Calvins oude bordjes rusten. VERBODEN TOEGANG, stond er waarschuwend.

'Het spijt me,' zei ze. 'Maar bespaar u de moeite.'

Avery keek naar Wilson, die op zijn beurt naar Frask keek.

'Laten we anders even koffiedrinken,' zei Frask en ze sprong op. 'Ik zet wel even verse. En terwijl we daarop wachten kan de Parker Stichting u wat over hun plannen vertellen.' Maar nog voor ze halverwege de kamer was zwaaide de laboratoriumdeur open.

'Wilson!' riep Donatti alsof hij een verloren gewaande vriend begroette. 'Hoorde net dat u in de stad was.' Haastig en met uitgestoken hand liep hij op hem af, als een overenthousiaste verkoper. 'Heb meteen alles laten vallen om hierheen te komen. Technisch gezien ben ik nog met vakantie, maar –' Ineens viel hij stil, omdat hij tot zijn verbazing een bekend gezicht zag. 'Juffrouw Frask?' vroeg hij. 'Wat doet u –' Toen draaide hij zijn hoofd naar een streng ogende oudere vrouw met een klembord. En vlak achter haar stond – *wat gaan we nou krijgen?* – Elizabeth Zott.

'Hallo, dr. Donatti,' zei Avery, die haar hand uitstak net toen hij hem liet zakken. 'Leuk om eindelijk eens het gezicht bij de naam te zien.'

'Sorry, maar u bent...?' zei hij neerbuigend, terwijl hij zijn best deed de aanblik van Zott te vermijden zoals je dat bij een zonsverduistering zou doen.

'Ik ben Avery Parker,' zei ze, haar hand terugtrekkend. En toen hij verward bleef kijken, zei ze erachteraan: 'Parker. Als in de Párker Stichting.'

Zijn mond viel open van angst.

'Het spijt me te horen dat we uw vakantie hebben onderbroken, dr. Donatti,' zei Avery. 'Maar het goede nieuws is dat u binnenkort vrije tijd te over zult hebben.'

Donatti keek haar hoofdschuddend aan en draaide zich toen weer naar Wilson. 'Zoals ik al zei. Had ik geweten dat u kwam –'

'Maar we wilden niet dat u van onze komst op de hoogte zou zijn,' legde Wilson vriendelijk uit. 'We wilden u verrassen. Of nee, technisch gezien is dit denk ik eerder overvallen.'

'Pa-pardon?'

'Overvallen,' zei Wilson nog eens. 'U weet wel. Zoals u ons overviel door het geld van de Parker Stichting achterover te drukken. Of zoals u juffrouw Zott – of moet ik menéér Zott zeggen? – overviel toen u haar werk stal.'

Aan de andere kant van de kamer trok Elizabeth verbaasd haar wenkbrauwen op.

'Zeg lúíster eens,' zei Donatti met een vinger naar Zott. 'Ik weet niet wat die vrouw u allemaal verteld heeft, maar ik kan u verzekeren –' Hij stopte halverwege. 'En wat doet ú hier verdomme?' vroeg hij fel, wijzend naar Frask. 'Na die bespottelijke leugens in dat zeurderige briefje van u aan *Life*? Mijn advocaat wil u aanklagen.' Hij draaide zich naar Wilson. 'U weet dit waarschijnlijk niet, Wilson, maar we hebben Frask jaren terug al ontslagen. Ze heeft nog een appeltje met mij te schillen.'

'Dat klopt,' beaamde Wilson. 'Met een heel scherp mes.'

'Precíés,' zei Donatti.

'Dat weet ik,' zei Wilson. 'Omdat ik haar advocaat ben.'

Donatti's ogen puilden uit.

'Donatti,' zei Avery Parker terwijl ze in haar tas zocht en er een los vel papier uit haalde. 'Ik wil niet onbeleefd zijn, maar we hebben maar weinig tijd. We hebben alleen een snelle handtekening nodig en dan kunt u gaan.' Ze hield hem een document voor met als titel twee simpele woorden: 'Ontbinding arbeidsovereenkomst'.

Sprakeloos bekeek Donatti het document terwijl Wilson uitlegde dat de Parker Stichting onlangs een meerderheidsaandeel in Hastings had verworven. De brief van Frask, zei Wilson, had hen ertoe bewogen eens een nader kijkje te nemen – blablabla – wanpraktijken – blablabla – besloten het hele instituut over te nemen – Donatti kon het niet aanhoren. *Was dit niet Calvins oude lab?* Ergens in de verte hoorde hij Wilson doorbeuzelen over 'slecht management', 'gefingeerde onderzoeksresultaten', 'plagiaat'. God, wat had hij trek in een borrel.

'We gaan op een paar dingen bezuinigen,' zei Frask.

'Hoe bedoelt u, we?' snauwde Donatti terug.

'Ik ga op een paar dingen bezuinigen,' zei Frask.

'U bent secretarésse,' zei Donatti met een zucht, alsof hij moe was van deze hele poppenkast. 'Ontslagen, weet u nog?'

'Frask is ons nieuwe hoofd Personeelszaken,' liet Wilson hem weten. 'We hebben haar gevraagd een nieuw hoofd Chemie te zoeken.'

'Maar ík ben het hoofd Chemie,' bracht Donatti hem in herinnering.

'We hebben besloten iemand anders de baan aan te bieden,' zei Avery Parker. Ze knikte naar Elizabeth.

Elizabeth deed verbaasd een stap naar achteren.

'Geen spráke van!' bulderde Donatti.

'Het was niet echt een vraag,' zei Avery Parker, met de ontbinding van de arbeidsovereenkomst slapjes in haar hand. 'Maar als u dat fijn vindt, kunnen we het besluit over uw aanstelling overlaten aan iemand die echt bekend is met uw werk.' Voor de tweede keer wees ze met haar hoofd in de richting van Elizabeth.

Alle ogen richtten zich op Elizabeth, maar die merkte dat zo te zien niet; zij concentreerde zich al op de sputterende Donatti. Ze boog zich enigszins naar voren met haar handen in haar zij en met samengeknepen ogen, alsof ze door een microscoop keek. Het bleef twee tellen stil. Toen boog ze zich weer naar achteren alsof ze genoeg had gezien.

'Sorry, Donatti,' zei ze en ze gaf hem een pen. 'U bent gewoon niet slim genoeg.'

43

Doodgeboren

'Er zijn maar weinig mensen die me verrassen, mevrouw Parker.' Elizabeth keek hoe Frask Donatti uitliet. 'Maar u is het gelukt.'

Avery Parker knikte. 'Mooi. Het aanbod is oprecht. We hopen dat u het aanneemt. En trouwens, het is juffrouw Parker. Ik ben ongetrouwd. Ik ben,' zei ze erachteraan, 'zelfs nooit getrouwd geweest.'

'Ik ook niet,' zei Elizabeth.

'Ja.' Avery Parker ging een octaaf lager praten. 'Dat weet ik.'

Elizabeth hoorde de verandering in timbre en voelde meteen een lichte irritatie. Dankzij *Life* wist de hele wereld dat Madeline een buitenechtelijk kind was, en daardoor hoorde ze die toon nu aan de lopende band.

'Ik weet niet precies wat u allemaal over de Parker Stichting weet,' begon Wilson. Hij wandelde het lab door en bleef even staan om een beschrijving op een documentenmap te lezen.

'Ik weet dat uw aandacht uitgaat naar wetenschappelijk onderzoek.' Elizabeth draaide zich naar hem toe. 'Maar dat u begonnen bent met katholieke goede doelen. Kerken, koren, weeshuizen –' Ze zweeg abrupt, zich ineens terdege bewust van dat laatste woord. Ze bekeek Wilson eens wat aandachtiger.

'Ja, onze oprichters waren op katholieke doelen gefocust, maar onze missie is volkomen seculier. Wij proberen gewoon de beste mensen te vinden die werken aan de belangrijkste vraagstukken van vandaag.' Hij legde de documentenmap opzij op een manier waaruit bleek dat die daar sowieso niet onder viel. 'Zeven jaar geleden, toen wij u financierden, was u precies daarmee bezig – abiogenese. Ik weet niet of u het weet, juffrouw

Zott, maar u was de reden dat we in eerste instantie naar Hastings zijn gekomen. U en Calvin Evans.'

Bij het horen van Calvins naam kreeg ze het benauwd.

'Gek, hè, van Evans?' zei Wilson. 'Niemand lijkt te weten wat er ooit gebeurd is met zijn werk.'

Zijn terloopse opmerking sloeg bij haar in als een bom. Ze pakte een kruk, ging zitten en keek toe terwijl hij als een archeoloog in het lab rondneusde, hier en daar een klein hoekje aandachtig onderzoekend alsof het tot een veel grotere ontdekking zou kunnen leiden.

'Ik weet dat u al gezegd hebt waar u staat,' ging hij verder, 'maar misschien vindt u het leuk te weten dat we van plan zijn om veel apparatuur te moderniseren.' Hij wees naar een plank waar een verouderd destillatietoestel stond te verstoffen. Toen hij zijn arm omhoogstak schoot er een glimmende manchetknoop onder de mouw van zijn pak vandaan. 'Zoals dat daar, bijvoorbeeld. Dat ding ziet eruit alsof het in geen jaren is gebruikt.'

Maar Elizabeth reageerde niet. Ze was versteend.

Op zijn tiende had Calvin geschreven over een lange, rijk uitziende man met glimmende manchetknopen die in een chique limo bij het jongenstehuis voor was komen rijden. Kennelijk had hij het idee dat het tehuis de nieuwe wetenschapsboeken aan deze man te danken had. Maar in plaats van dankbaar te zijn voor het nieuwe leesvoer, was Calvin compleet overstuur geweest. *Ik zit hier terwijl ik hier helemaal niet thuishoor*, had hij opgekrabbeld. *En ik zal het die man, hem, nooit maar dan ook nooit vergeven. Nooit.*

'Meneer Wilson,' zei ze met apathische stem. 'U zegt dat uw stichting alleen seculiere projecten ondersteunt. Valt onderwijs daar ook onder?'

'Onderwijs? Eh, ja, natuurlijk,' zei hij. 'We ondersteunen meerdere universiteiten –'

'Nee, ik bedoel, hebt u ooit een school van leerboeken voorzien –'

'Zo nu en dan, maar –'

'En een weeshuis?'

Wilson zweeg meteen verbaasd. Zijn ogen schoten naar Parker.

In gedachten zag Elizabeth Calvins brief aan Wakely. *IK HAAT MIJN VADER. IK HOOP DAT HIJ DOOD IS.*

'Een katholiek jongenstehuis,' lichtte ze toe.

Weer keek Wilson naar Parker.

'In Sioux City te Iowa.'

Er viel een diepe stilte, die alleen werd doorbroken door het plotse geruis van een afzuigkap.

Met een norse blik keek Elizabeth Wilson aan.

Opeens leek het haar duidelijk: de baan die ze haar aanboden was een list. Ze waren hier met maar één reden: Calvins werk opeisen.

De dozen. Ze wisten ervan. Misschien had Frask het hun verteld, misschien hadden ze het zelf geraden. Hoe dan ook, Wilson en Parker hadden Hastings opgekocht; wettelijk gezien was Calvins werk van hen. Ze overlaadden haar met complimenten en beloftes, in de hoop dat dat genoeg zou zijn om die dozen boven water te krijgen. Maar als dat niet werkte hadden ze nog een laatste troef in handen.

Calvin Evans had een bloedverwant.

'Wilson,' zei Parker met trillende stem. 'Wil je ons even excuseren? Ik zou juffrouw Zott graag even onder vier ogen willen spreken.'

'Néé,' zei Elizabeth scherp. 'Ik heb vragen; ik wil de waarheid –'

Parker keek Wilson gelaten aan. 'Doe maar, Wilson. Ik ben over een paar minuten bij je.'

Toen de deur in het slot viel draaide Elizabeth zich naar Avery Parker. 'Ik weet best wat hier speelt,' zei ze. 'Ik wéét waarom u me vandaag hier hebt uitgenodigd.'

'We hebben u hier uitgenodigd om u een baan aan te bieden,' zei Parker. 'Dat was ons enige doel. We zijn grote bewonderaars van uw werk.'

Elizabeth zocht naar een teken van bedrog op het gezicht van de vrouw. 'Luister,' zei ze met kalmere stem. 'Ik heb geen probleem met u. Het gaat om Wilson. Hoelang kent u hem al?'

'We werken al bijna dertig jaar samen, dus ik zou zeggen dat ik hem heel goed ken.'

'Heeft hij kinderen?'

Ze keek Elizabeth met een vreemde blik aan. 'Ik geloof niet dat dat uw zaken zijn,' zei ze. 'Maar nee.'

'En dat weet u zéker.'

'Natuurlijk weet ik dat zeker. Hij is mijn advocaat – dit is míjn stichting, juffrouw Zott, maar hij is het gezicht.'

'En waarom is hij dat?' drong Elizabeth aan.

Avery Parker keek haar strak aan. 'Het verbaast me dat u dat nog moet vragen. Ik mag dan een aanzienlijk vermogen hebben, maar net als de meeste vrouwen op aarde ben ik aan handen en voeten gebonden. Ik mag niet eens een cheque uitschrijven als Wilson niet medeondertekent.'

'Hoe kan dat? Het is toch de Párker Stichting,' merkte Elizabeth op. 'Niet de Wilson Stichting.'

Parker snoof. 'Ja, een stichting die ik heb geërfd onder de voorwaarde dat mijn échtgenoot alle financiële beslissingen zou nemen. Aangezien ik ongetrouwd was in die tijd, wees het bestuur Wilson als gevolmachtigde aan. En omdat ik nog altijd ongetrouwd ben, heeft Wilson de touwtjes nog steeds in handen. U bent niet de enige die een vergeefse strijd heeft gevoerd, juffrouw Zott.' Ze stond op met een ferme ruk aan haar jasje. 'Al heb ik wel geluk: Wilson is een fatsoenlijke man.'

Ze draaide zich om en liep weg terwijl Elizabeth nog een vraag stelde, maar Avery Parker gaf geen antwoord en negeerde haar. *Wat had ze dan gedacht?* Elizabeth Zott had helemaal geen zin om terug naar Hastings te komen, en misschien was het, afgaand op al haar pittige vragen over Wilson – laat staan alle ándere problemen – ook maar beter als ze dat niet deed. Afwezig voelde Avery aan haar goedkope madeliefjesbroche. Wat was ze dom geweest. Hastings kopen, hierheen komen, Zott ontmoeten. Ja, ze was altijd gefascineerd geweest door Zott en haar onderzoek – ooit had ze er zelf van gedroomd om wetenschapper te worden. Maar jammer genoeg had er in haar opvoeding maar één ding centraal gestaan: lief zijn. Iets waar ze, volgens haar beide ouders en de katholieke kerk, ook al niet in geslaagd was.

'Juffrouw Párker,' drong Elizabeth aan.

'Juffrouw Zótt,' antwoordde Avery net zo nadrukkelijk. 'Ik heb me vergist. U wilt niet terug naar Hastings; geen probleem, ik ga u niet smeken.'

Elizabeth hield haar adem even in.

'Ik heb mijn leven lang al gesmeekt,' ging Parker verder. 'Ik heb er genoeg van.'

Elizabeth veegde wat losse plukken haar weg. 'Het is u niet eens om mij te doen,' zei ze verhit. 'Toch? U bent hier alleen maar voor die dozen.'

Avery hield haar hoofd scheef alsof ze het niet goed had gehoord. 'Dozen?'

'Ik begrijp het wel. U hebt Hastings gekocht, ze zijn van u. Maar deze hele poppenkast –'

'Wélke poppenkast?'

'... ik wil de waarheid weten over All Saints. Ik vind dat ik er recht op heb die te weten.'

'Pardon?' zei Parker. 'U vindt dat u er recht op hebt? Ik zal u een geheimpje over rechten vertellen. Die bestaan niet.'

'Wel voor de rijken, juffrouw Parker,' hield Elizabeth vol. 'Vertel maar eens over Wilson. Over Wilson en Calvin.'

Verbijsterd keek Avery Parker haar aan. 'Wilson en Calvin? Nee, nee...'

'Nogmaals, ik vind dat ik er recht op heb het te weten.'

Avery drukte haar handen op het werkblad. 'Ik was niet van plan dit vandaag al te doen.'

'Wat te doen?'

'Ik wilde u eerst beter leren kennen,' ging Avery verder. 'Dat is míjn recht, vind ik. Te weten wie ú bent.'

Elizabeth sloeg haar armen over elkaar. 'Pardón?'

Avery pakte de bordenwisser. 'Luister. Ik... ik moet u een verhaal vertellen.'

'Ik ben niet geïnteresseerd in verhalen.'

'Het gaat over een meisje van zeventien,' zei Avery Parker onverstoorbaar, 'dat verliefd werd op een jongeman. Het is een tamelijk standaardverhaal,' zei ze zwakjes, 'waarin het jonge meisje zwanger werd en door haar vooraanstaande ouders, die zich schaamden voor hun promiscue dochter, naar een katholiek tehuis voor ongehuwde moeders werd gestuurd.' Ze ging met haar rug naar Elizabeth staan. 'Misschien hebt u wel eens iets over die tehuizen gehoord, juffrouw Zott. Ze worden bestuurd als een gevangenis. Zitten vol jonge vrouwen met hetzelfde probleem.

Die krijgen hun baby, en staan die dan af. Er was een officieel formulier dat moest worden ingevuld en dat deden de meesten ook. Degenen die weigerden werden bedreigd: die moesten de bevalling alleen doorstaan; ze konden zelfs doodgaan. Ondanks de waarschuwing weigerde het jonge meisje te tekenen. Bleef volhouden dat ze réchten had.' Parker zweeg, hoofdschuddend alsof ze er niet bij kon hoe naïef dat was geweest.

'Ze hielden woord en zetten haar, toen haar weeën op gang kwamen, helemaal alleen in een kamer met de deur op slot. Daar bleef ze een hele dag, alleen, het uitschreeuwend van de pijn. Op een gegeven moment besloot de arts, woedend om het lawaai, uiteindelijk dat hij er genoeg van had. Hij ging naar binnen om haar te verdoven. Toen ze uren later bijkwam kreeg ze het vreselijke nieuws te horen. Haar baby was doodgeboren. Geschokt vroeg ze het lichaampje te mogen zien, maar volgens de arts hadden ze dat al weggedaan.'

'Tien jaar later,' ging Avery verder, zich met een verbeten gezicht naar Elizabeth toe draaiend. 'Een verpleegster van de ongehuwde moeders neemt contact op met de inmiddels zevenentwintigjarige vrouw. Wil geld voor de waarheid. Vertelt haar dat de baby niet dood is, maar net als alle andere baby's ter adoptie is afgestaan. Het enige ongewone is dat de adoptieouders van dit kind bij een tragisch ongeluk om het leven zijn gekomen, en vervolgens de tante van het kind ook stierf. Het kind werd naar een tehuis dat All Saints heette gestuurd, in Iowa.'

Elizabeth verstijfde.

'Dat was de dag,' zei Avery Parker met droevige stem, 'dat de jonge vrouw aan de zoektocht naar haar zoon begon.' Ze zweeg. 'Mijn zoon.'

Elizabeth deinsde naar achteren en trok wit weg.

'Ik ben de biologische moeder van Calvin,' zei Avery Parker langzaam, met tranen in haar grijze ogen. 'En met uw permissie, juffrouw Zott, zou ik dolgraag mijn kleindochter ontmoeten.'

44

De appel

Het was alsof de lucht uit de kamer werd gezogen. Elizabeth staarde Avery Parker aan, zonder te weten wat ze nu moest doen. Dit kon niet waar zijn. In Calvins eigen dagboek had gestaan dat zijn moeder bij de bevalling was gestorven.

'Juffrouw Parker,' zei Elizabeth voorzichtig, alsof ze over hete kolen liep. 'Door de jaren heen hebben veel mensen misbruik van Calvin proberen te maken. Veel van hen deden zich zelfs voor als een verloren gewaand familielid. Uw verhaal is –' Ze zweeg. Ze dacht terug aan alle brieven die Calvin had bewaard. Verdrietige Moeder – die had hem een aantal keer geschreven. 'Als u wist dat hij in dat weeshuis zat, waarom ging u hem dan niet halen?'

'Dat heb ik ook gedaan,' zei Avery Parker, 'of althans, ik heb Wilson gestuurd. Ik moet tot mijn schaamte bekennen dat ik de moed niet kon opbrengen om zelf te gaan.' Ze stond op en liep langs de werktafel. 'U moet begrijpen dat ik me er al lang geleden bij neer had gelegd dat mijn kind dood was. En nu hoorde ik ineens dat hij nog leefde? Ik was bang voor valse hoop. Net als Calvin ben ik talloze keren het doelwit van oplichting geweest, onder andere door tientallen mensen die beweerden zogenaamd familie van míj te zijn. Daarom stuurde ik Wilson,' zei ze nog eens, en ze keek naar de vloer alsof ze die beslissing voor de vijftigste keer heroverwoog. 'Ik heb hem meteen de volgende dag naar All Saints gestuurd.'

De vacuümpomp begon aan een nieuwe cyclus, waardoor er in het hele laboratorium een sissend geluid klonk.

'En...' spoorde Elizabeth haar aan.

'En,' zei Avery, 'de bisschop liet Wilson weten dat Calvin...' Ze aarzelde.

'Dat hij wat?' drong Elizabeth aan. 'Wát?'

Het gezicht van de oudere vrouw betrok. 'Dood was.'

Elizabeth leunde naar achteren, in shock. Het tehuis had geld nodig, de bisschop had zijn kans schoon gezien, er was een herdenkingsfonds. De feiten kwamen in een matte, lusteloze stroom de mond van de vrouw uit.

'Bent u ooit iemand verloren?' vroeg Avery met vlakke stem.

'Mijn broer.'

'Ziekte?'

'Zelfmoord.'

'O god,' zei ze. 'Dus dan weet u hoe het is om je verantwoordelijk voor iemands dood te voelen.'

Elizabeth verstrakte. Die woorden pasten haar precies, als een op maat gemaakte jas. 'Maar u hebt Calvin helemaal niet gedood,' zei ze met een zwaar gemoed.

'Nee,' zei Parker met haar stem vol wroeging. 'Ik heb iets veel ergers gedaan. Ik heb hem begraven.'

Aan de noordkant van de kamer ging een timer, en bevend liep Elizabeth erheen om hem af te zetten. Ze draaide zich om om naar de vrouw bij het schoolbord te kijken. Die stond opzij geleund. Half Zeven stond op en liep naar Avery toe. Hij drukte zijn kop tegen haar bovenbeen. *Ik weet hoe het is om tekort te schieten bij een dierbare.*

'Mijn ouders maakten al geruime tijd geld over naar tehuizen voor ongehuwde moeders en weeshuizen,' ging Avery frunnikend aan de bordenwisser verder. 'Ze meenden dat dat hen tot goede mensen maakte. En toch hebben ze dankzij hun blinde trouw aan de katholieke kerk mijn zoon tot wees gemaakt.' Ze zweeg. 'Ik heb de nagedachtenis aan mijn zoon al gefinancierd voor hij dood was, juffrouw Zott,' zei ze, oppervlakkig ademhalend. 'Ik heb hem twee keer begraven.'

Elizabeth voelde zich plotseling misselijk worden.

'Toen Wilson terugkwam van het jongenstehuis,' ging Avery verder, 'ben ik in een diepe depressie beland. Ik had nooit de kans gehad mijn eigen zoon te zien, had hem nooit vastgehouden, nooit zijn stem gehoord. Erger nog, ik moest leven met de wetenschap dat hij geleden had. Hij was mij kwijtgeraakt, toen zijn ouders, om vervolgens in die varkensstal van een jongenstehuis terecht te komen. Al die verliezen met dank aan de kerk.' Ze hield ineens op en liep rood aan. 'U gelooft niet in God uit wetenschappelijke overwegingen?' ontplofte ze ineens. 'Nou, ik geloof niet in God uit persóónlijke overwegingen.'

Elizabeth probeerde iets te zeggen maar ze kon niets uitbrengen.

'De énige beslissing die ik heb kunnen nemen,' zei Avery Parker, die haar stem weer onder controle probeerde te krijgen, 'was ervoor zorgen dat het hele herdenkingsfonds aan wetenschappelijk onderwijs werd besteed. Biologie. Chemie. Fysica. En lichamelijke opvoeding. Calvins vader – zijn biologische vader, bedoel ik – was een sportman. Een roeier. Daarom leerden alle jongens op All Saints roeien. Dat was een gebaar. Ter ere van hem.'

Elizabeth zag Calvin voor zich. Ze zaten in de twee, de vroege ochtendzon scheen op zijn gezicht. Hij lachte, met één hand aan de riem, de andere uitgestoken naar haar. 'Zo is hij op Cambridge toegelaten,' zei ze terwijl het beeld langzaam vervaagde. 'Met een roeibeurs.'

Avery liet de wisser vallen. 'Dat heb ik nooit geweten.'

De details bleven langzaam op hun plek vallen, maar er was iets wat aan Elizabeth bleef knagen.

'Maar... maar hoe kwam u er uiteindelijk achter dat Calvin...'

'*Chemistry Today*.' Parker ging op de kruk naast die van Elizabeth zitten. 'Die met Calvin op de cover. Ik herinner me die dag nog goed – Wilson kwam ermee zwaaiend mijn kantoor in gestormd. "Dit ga je niet geloven," zei hij. Ik pakte meteen de telefoon om de bisschop te bellen. Die hield natuurlijk vol dat het puur toeval was – "De naam Evans," zei hij, "komt veel voor." Ik wist dat hij loog en wilde hem aanklagen – tot Wilson me ervan overtuigde dat de publiciteit daarover niet alleen funest voor de stichting zou zijn maar ook gênant voor Calvin.' Ze leunde achterover en haalde diep adem voor ze verderging. 'Ik heb de financiering onmiddellijk stopgezet. Toen heb ik Calvin geschreven – meerdere keren. Ik legde alles zo goed mogelijk uit, vroeg of ik hem kon ontmoeten, zei dat ik zijn onderzoek wilde financieren. Hij zal wel gedacht hebben,' zei ze somber. 'Een of ander mens dat hem uit het niets schrijft en beweert dat ze zijn moeder is. Ik denk dat ik wel weet wat hij gedacht heeft, want ik heb nooit iets van hem terug gehoord.'

Elizabeth schrok. De Verdrietige Moeder-brieven verschenen weer op haar netvlies, de handtekening die er altijd onder stond en die nu plotseling meedogenloos duidelijk te zien was. *Avery Parker.*

'Maar als u een ontmoeting op touw had gezet. Naar Californië was gevlogen, dan had u toch zeker –'

Avery werd lijkbleek. 'Moet u horen. Een kind op de hielen zitten is één ding. Maar zodra dat kind volwassen is, verandert het. Ik besloot wat meer tijd te nemen. Hem tijd te geven te accepteren dat ik zou kunnen bestaan, over mijn stichting te lezen, te beseffen dat ik geen reden had om hem voor te liegen. Ik wist dat het jaren zou kunnen duren. Ik dwong mezelf geduldig te zijn. Maar kennelijk was ik,' zei ze, 'gezien wat er gebeurd is…' Ze richtte haar blik op een stapel notitieboeken. 'Te geduldig.'

'O gód.' Elizabeth liet haar hoofd in haar handen zakken.

'Maar,' ging Parker met monotone stem verder, 'ik bleef zijn carrière volgen. Ik dacht dat er misschien een kans, een manier was om hem te helpen. Maar hij bleek mijn hulp helemaal niet nodig te hebben. U wel.'

'Maar hoe wist u dan dat Calvin en ik…'

'Samen waren?' Er speelde een melancholieke glimlach om haar lippen. 'Iedereen had het erover,' zei Parker. 'Vanaf het moment dat Wilson en ik Hastings binnenkwamen, hoorden we alleen maar bedekte verwijzingen naar Calvin Evans en zijn schandelijke affaire. Dat was een van de redenen dat Donatti, toen Wilson hem vertelde abiogenese te willen financieren, zo zijn best deed hem ergens anders heen te sturen. Het laatste wat hij wilde was dat Calvin of iemand die betrokken was bij Calvin succes zou hebben. En dan was er nog het feit dat u een vrouw was. Donatti ging er terecht van uit dat de meeste donateurs nooit een vrouw zouden financieren.'

'Maar waarom zou uitgerekend u dat pikken?'

'Ik schaam me bijna om toe te geven dat ik ergens lol had in de positie waarin we hem brachten. Hij deed zo enorm zijn best Wilson ervan te overtuigen dat u een man was. Maar Wilson had wel degelijk een plan om buiten Donatti's medeweten met u af te spreken. Sterker nog, hij had zijn vlucht al geboekt. Maar toen...' Haar stem werd zachter.

'Wat?'

'Maar toen stierf Calvin,' zei ze. 'En stierf uw werk kennelijk met hem mee.'

Elizabeth zag eruit alsof ze een klap in haar gezicht had gehad. 'Juffrouw Parker, ik ben ontslágen.'

Avery Parker slaakte een zucht. 'Dat weet ik nu ook, dankzij juffrouw Frask. Maar in die tijd dacht ik dat u het misschien achter u probeerde te laten. U en Calvin waren nooit getrouwd. Ik ging ervan uit dat uw gevoelens voor mijn zoon misschien onbeantwoord waren. Iedereen zei dat hij een heel moeilijke man was – dat hij wrok bleef koesteren. Ik had natuurlijk geen idee dat u zwanger was. In de necrologie van de *LA Times* werd u aangehaald met de woorden dat u hem nauwelijks gekend had.' Ze haalde diep adem. 'Ik was er trouwens ook. Op de begrafenis.'

Elizabeth zette grote ogen op.

'Wilson en ik stonden een paar graven verder. Ik was gekomen om hem voor de laatste maal te begraven, en om u te spreken. Maar voor ik de moed bijeen had geraapt was u al weg. Weggelopen nog voor de dienst was afgelopen.' Ze liet haar hoofd in haar handen vallen en liet haar tranen de vrije loop. 'Hoe graag ik ook wilde geloven dat er iemand van mijn zoon gehouden had...'

Bij die woorden zakte Elizabeth in elkaar onder de meedogenloze last van het misverstand. 'Ik hield wel degelijk van uw zoon, juffrouw Parker!' riep ze. 'Met heel mijn hart. Nog steeds.' Ze keek op naar het lab waar ze elkaar voor het eerst hadden ontmoet, haar gezicht was wezenloos van verdriet. 'Calvin Evans was het beste wat me ooit is overkomen,' zei ze met een brok in haar keel. 'Hij was de briljantste, liefdevolste man; de aardigste, interessantste...' Ze zweeg. 'Ik weet niet hoe ik het uit moet leggen,' zei ze met overslaande stem, 'maar we hadden chemie. Echte chemie. En het was geen ongeluk.'

En misschien kwam het doordat ze eindelijk het woord 'ongeluk' in de mond nam, maar overvallen door het verpletterende gewicht van haar verlies legde ze haar hoofd op Avery's schouder en huilde ze zoals ze dat nog nooit had gedaan.

45

Supper at Six

In het lab leek de tijd tot stilstand te komen. Half Zeven hief zijn kop en keek naar de twee vrouwen. De oudere vrouw had haar armen als een beschermende cocon om Elizabeth geslagen, Elizabeths verlies was kennelijk iets waar ze maar al te vertrouwd mee was. Hij was dan misschien geen chemicus, hij was wel een hond. En als hond herkende hij een duurzame verbinding direct.

'Ik heb het grootste deel van mijn leven niet geweten wat er met mijn zoon gebeurd is,' zei Parker, met een trillende Elizabeth tegen zich aan. 'Ik heb geen idee wat voor adoptiegezin hij had, of het verhaal van de bisschop compleet gelogen was of slechts gedeeltelijk waar. Ik weet niet eens waarom hij naar Hastings is gegaan. Eerlijk gezegd weet ik nog steeds bijna niets,' zei ze. 'Tenminste, totdat ik de postbus van de stichting ging legen en daar onder alle maanden oude reclameblaadjes iets opvallends zag liggen.'

Ze voelde in haar tas en haalde er een brief uit.

Elizabeth herkende het handschrift meteen. Madeline.

'Uw dochter heeft Wilson geschreven en over haar stamboomproject verteld – die boom die ook in *Life* stond. Ze was ervan overtuigd dat haar vader in een jongenstehuis in Sioux City was opgegroeid – vreemd genoeg wist ze dat dat door Wilson was gefinancierd. Ze wilde hem persoonlijk bedanken, hem laten weten dat de Parker Stichting op haar boom voorkwam. Ik dacht even dat het een oplichtersbrief was, maar ze wist heel veel details. Adopties zijn normaal gesproken verzegeld, juffrouw Zott – een harteloze praktijk – maar met behulp van Madelines informatie heeft een privédetective uiteindelijk de waarheid boven tafel gekregen. Hier staat het allemaal.' Ze voelde weer in haar tas en haalde er een grote map uit. 'Kijk dit eens,' zei Parker met opstandige stem terwijl ze haar eigen vervalste overlijdensakte liet zien, de vergelding voor haar weigering om mee te werken in het tehuis voor ongehuwde moeders. 'Hiermee is het allemaal begonnen.'

Elizabeth nam het certificaat van haar aan. Madeline had ooit gezegd dat Wakely geloofde dat je sommige dingen maar beter in het verleden kon laten rusten, omdat er alleen in het verleden nog chocola van te maken was. En daar zag Elizabeth, zoals zo vaak met de dingen die Wakely zei, de wijsheid wel van in. Maar er was nog één ding waarvan ze dacht dat Calvin had gewild dat ze het zou vragen.

'Juffrouw Parker,' zei Elizabeth voorzichtig, 'wat is er met Calvins biologische vader gebeurd?'

Avery Parker sloeg de map weer open en gaf haar nog een overlijdensakte – al was deze wel echt. 'Die is aan tuberculose overleden,' zei ze. 'Nog voor Calvin geboren was. Ik heb wel nog een foto.' Ze deed haar portemonnee open en haalde er een vergeelde foto uit.

'Maar hij –' Elizabeth hapte naar adem terwijl ze de jonge man bekeek die naast een veel jongere Avery stond.

'Lijkt sprekend op Calvin? Ja, hè.' Ze haalde een exemplaar van de oude *Chemistry Today* tevoorschijn en legde het naast de foto. De twee vrouwen zaten naast elkaar terwijl Calvin en zijn zelfs nog jongere vader ieder vanuit hun eigen geschiedenis naar hen opkeken.

'Wat was hij voor iemand?'

'Wild,' zei Avery. 'Hij was muzikant, of wilde dat in elk geval zijn. We hebben elkaar bij toeval ontmoet. Hij botste met zijn fiets tegen me aan.'

'Was u gewond?'

'Ja,' zei ze. 'Gelukkig wel. Want hij tilde me op, zette me op zijn stuur, zei dat ik me goed moest vasthouden en scheurde met me naar de dokter. Tien hechtingen later,' zei ze wijzend op een oud litteken op haar onderarm, 'waren we verliefd. Hij gaf me deze broche.' Ze wees naar het scheef hangende madeliefje op haar revers. 'Ik draag hem nog elke dag.' Ze keek rond in het lab. 'Sorry dat we u naar deze plek hebben laten komen. Achteraf gezien besef ik dat dat wellicht pijnlijk voor u is. Sorry. Ik wilde gewoon in de ruimte zijn waar...' Ze zweeg.

'Ik begrijp het,' zei Elizabeth. 'Echt waar. En ik ben blij dat we hier samen zijn. Hier hebben Calvin en ik elkaar voor het eerst ontmoet. Precies hier,' zei ze wijzend. 'Ik had bekerglazen nodig, dus kwam ik de zijne stelen.'

'Dat klinkt heel vindingrijk,' zei Avery. 'Was het liefde op het eerste gezicht?'

'Nou, nee,' zei Elizabeth, die zich herinnerde hoe Calvin erop had gestaan dat haar baas hem belde. 'Maar uiteindelijk hadden we ons eigen vrolijke ongelukje. Dat vertel ik u nog wel eens.'

'Dat zou ik heel leuk vinden,' zei ze. 'Had ik hem maar kunnen leren kennen. Misschien kan dat alsnog via jou.' Ze haalde haperend adem en schraapte toen haar keel. 'Ik zou heel graag deel uitmaken van uw familie, juffrouw Zott,' zei ze. 'Ik hoop dat dat niet al te vrijpostig is.'

'Zeg maar jij, hoor. En je bént ook familie, Avery. Dat had Madeline al lang geleden in de gaten. Ze heeft niet Wilson op haar stamboom gezet – maar jou.'

'Ik begrijp niet helemaal wat je bedoelt.'

'Jij bent de appel.'

Avery keek met waterige grijze ogen naar een punt in de verte. 'De appel van de weldoener,' zei ze tegen zichzelf. 'Ik.'

Ze hoorden voetstappen buiten, gevolgd door een kort klopje. De labdeur zwaaide open en Wilson kwam weer binnen. 'Sorry dat ik jullie onderbreek,' zei hij voorzichtig, 'maar ik wilde even komen kijken of alles wel –'

'Ja,' zei Avery Parker. 'Eindelijk.'

'Godzijdank.' Hij bracht zijn hand naar zijn borst. 'In dat geval, hoe erg ik het ook vind nu over zaken te moeten beginnen, is er nog een hoop te doen, Avery, voor we morgen weggaan.'

'Ik kom er zo aan.'

'Ga je dan al weg?' vroeg Elizabeth verbaasd, terwijl Wilson de deur achter zich dichtsloeg.

'Ik ben bang van wel,' zei Avery. 'Zoals ik daarstraks al zei, was ik niet echt van plan je dit allemaal al te vertellen – niet voordat we elkaar wat beter hadden leren kennen.' Toen zei ze er hoopvol achteraan: 'Maar ik kom snel terug, dat beloof ik.'

'*Supper at six* dan maar?' zei Elizabeth, die haar niet wilde laten gaan. 'Vanavond eten bij mij in mijn thuislab. Zes uur. Iedereen – jij, Wilson, Mad, Half Zeven, ik, Harriet, Walter. Wakely en Mason moet je ook een keer ontmoeten. De hele familie.'

Avery Parker, wier lachende gezicht ineens op dat van Calvin leek, draaide zich om en pakte Elizabeths handen vast. 'De hele familie,' zei ze.

Toen de deur achter hen dichtviel bukte Elizabeth zich en legde haar handen om de kop van Half Zeven. 'Vertel eens. Wanneer wist je het?'

Om negentien voor drie, wilde hij zeggen. *Zo ga ik haar ook noemen.*

Maar hij draaide zich om, sprong op het tegenoverliggende werkblad en pakte een nieuw notitieboekje. Ze haalde het potlood uit haar haar, nam het boekje van hem aan en sloeg het toen op de eerste bladzijde open.

'Abiogenese,' zei ze. 'We gaan beginnen.'

Dankwoord

Schrijven doe je alleen, maar om een boek op de planken te krijgen heb je een heel leger nodig. Ik wil mijn leger graag bedanken:

In Zürich, mijn maatjes die de allereerste hoofdstukken hebben gelezen: Morgane Ghilardi, CS Wilde, Sherida Deeprose, Sarah Nickerson, Meredith Wadley-Suter, Alison Baillie en John Collette.

Mijn online schrijfvrienden van Curtis Brown: Tracey Stewart, Anna Marie Ball, Morag Hastie, Al Wright, Debbie Richardson, Sarah Lothian, Denise Turner, Jane Lawrence, Erika Rawnsley, Garret Symth en Deborah Gasking.

Mijn ongelooflijk behulpzame en getalenteerde romanschrijvers van de driemaandencursus bij Curtis Brown: Lizzie Mary Cullen, Kausar Turabi, Matthew Cunningham, Rosie Oram, Elliot Sweeney, Yasmina Hatem, Simon Hardman Lea, Malika Browne, Melanie Stacey, Neil Daws, Michelle Garrett, Ness Lyons, Ian Shaw, Mark Sapwell, en de briljante Charlotte Mendelson, die ons stimuleerde om steeds beter te worden.

Anna Davis voor haar charme en begeleiding; de onvermoeibare Jack Hadley, Katie Smart en Jennifer Kerslake; Lisa Babalis, die heel genereus mijn begin las en me hoop gaf; Sarah Harvey, Katie Harrison en Jodi Fabbri, het beste rechtenbeheerteam ter wereld; Rosie Pierce, die alle details met aplomb afhandelde; Jennifer Joel, een geruststellende, zelfverzekerde stem als het even tegenzat; Luke Speed, die waarschijnlijk aan een wetenschappelijk experiment deelneemt om te zien hoelang iemand zonder slaap kan; en Anna Weguelin, die, dat weet ik bijna zeker, ook al nooit slaapt.

Sterker nog, volgens mij wordt er bij Curtis Brown of ICM überhaupt niet aan slaap gedaan.

Een extra groot dankjewel gaat naar Felicity Blunt bij Curtis Brown. Een paar jaar geleden, voor ik naar Londen was verhuisd, was ik op zoek naar een agent en las ik ergens een interview met Felicity, en ik weet nog dat ik dacht: als ik een agent mocht kiezen... En toen kreeg ik haar. Dank je wel, Felicity, voor je vertrouwen in mij, je scherpe blik, je vriendelijkheid, je onverzettelijkheid en je niet-aflatende steun. Voel je, nu het boek af is, alsjeblieft vrij om met je kinderen te gaan spelen.

Chemie moet je niet alleen onderzoeken, je moet het ook nog goed doen. Daarvoor bijzondere dank aan dr. Mary Koto, goede vriendin, briljant bioloog en chocolade-ijsjeskenner, en dr. Beth Mundy, geweldige chemicus uit Seattle en lezer, die allebei heel vriendelijk en zorgvuldig de details hebben gecheckt.

Enorm veel genegen- en dankbaarheid voor al mijn roeiteammaatjes van Green Lake en Pocock in Seattle, met bijzonder veel dank aan roeier Donya Burns, die er ooit op stond dat onze vermoeide ploeg zich 'bij elke slag herpakte'. Die aansporing nestelde zich in mijn hoofd en werd uiteindelijk het advies dat Harriet aan Elizabeth gaf.

Aan de schrijvers die begrijpen hoe groot de worsteling is: Joannie Stangeland, dichter extraordinair; Diane Arieff, de allergrappigste persoon op aarde; Sue Monshaw omdat ze altijd vertrouwen bleef houden; en Laura Kasischke, die me zich waarschijnlijk niet meer herinnert maar haar schrijfadviezen en aanmoediging hebben heel erg veel betekend. Uiteindelijk, bijzonder veel dank aan Susan Biskeborn, de troostendste, kalmerendste, ondersteunendste stem in de schrijfwildernis. Dank je wel, Susan, omdat je altijd op het juiste moment weet wat je moet zeggen.

Aan sommige mensen met wie ik dit dolgraag had willen delen, maar dat niet meer kan: mijn ouders, die hun leven lang gelezen hebben, en aan Helen Martin, mijn oudste, liefste vriendin. Ik mis je, 86.

En voor de drie mensen die er al die tijd voor me waren: Sophie, bedankt dat je het balletje aan het rollen hebt gebracht door me die link naar Curtis Brown te sturen – zeggen dat ik bij je in het krijt sta is het understatement van het jaar. Ook bedankt voor je niet-aflatende steun en droge humor, je empathische begrip voor het hobbelige creatieve proces, je uitgeversinzichten en je immer parate bereidheid om alles uit je handen te laten vallen om de eeuwige vraag te beantwoorden: koekjes? Of elfjes?

Aan Zoë, bedankt dat je zo lief was op de slechte dagen en zo vrolijk op de goede, en ook voor je enge psychotische zesde zintuig, voor alle foto's van Ellie waar ik altijd zo om moet lachen en voor je zeer zorgvuldig samengestelde memeselectie, die waarschijnlijk in een museum thuishoort. Hoewel je heel wat op je eigen bord had liggen vond je altijd de tijd om even in te checken en te kletsen.

En aan David, bedankt is bij lange na niet genoeg dus schrijf ik het in hoofdletters: BEDANKT. Omdat je altijd klaarstond om te lezen, beter kookt dan ik, altijd met me in discussie gaat, en vooral omdat je deed alsof je niet schrok toen je uiteindelijk merkte hoeveel ik eigenlijk tegen mezelf praat op een dag.

En als laatste, bedankt aan mijn hond, Friday, die er niet meer is maar die ik nooit zal vergeten, en de immer onverstoorbare 99. Mijn excuses voor al die keren dat ik tegen jullie zei: 'Nog heel even deze paragraaf afmaken – dan gaan we.'